"黄河文明特色群"建设经费资助

南宋孝宗时期词风嬗变研究

陈丽丽◎著

中国社会科学出版社

图书在版编目（CIP）数据

南宋孝宗时期词风嬗变研究/陈丽丽著.—北京：
中国社会科学出版社，2019.10
ISBN 978-7-5203-5294-9

Ⅰ.①南…　Ⅱ.①陈…　Ⅲ.①宋词-诗词研究-南宋
Ⅳ.①Ⅰ207.23

中国版本图书馆 CIP 数据核字（2019）第 215265 号

出 版 人	赵剑英
责任编辑	郭晓鸿
特约编辑	宗彦辉
责任校对	夏慧萍
责任印制	戴 宽

出　　　版	中国社会科学出版社
社　　　址	北京鼓楼西大街甲 158 号
邮　　　编	100720
网　　　址	http://www.csspw.cn
发 行 部	010-84083685
门 市 部	010-84029450
经　　　销	新华书店及其他书店

印　　　刷	北京明恒达印务有限公司
装　　　订	廊坊市广阳区广增装订厂
版　　　次	2019 年 10 月第 1 版
印　　　次	2019 年 10 月第 1 次印刷

开　　　本	710×1000　1/16
印　　　张	22
插　　　页	2
字　　　数	315 千字
定　　　价	108.00 元

《南宋孝宗时期词风嬗变研究》序

陈丽丽老师2010年进入中国人民大学国学院，跟随我攻读博士学位，其时她已经是河南大学文学院的副教授。带着相对厚实的学术积累来到国学院，她再度从零开始，踏踏实实地将自己埋进了专业书堆。

陈丽丽攻读硕士学位阶段师从孙克强兄，此后一直保持对词学研究的浓厚兴趣，最终将自己的博士学位论文研究对象确定为：孝宗时期词风之嬗变。研究对象确定之后，她的第一个疑惑是：已经有了数篇相关的博士学位论文，研究上应该如何突破？我们讨论后达成共识，一切从文本文献出发，将此一时期歌词之创作现状、特点、原因等等因素梳理清晰，由此形成自己的研究观点。这种读书及其研究方法，没有新意，纯属老生常谈，却是从事学术研究的惟一正确途径，对文本文献所花费的时间，与将来的研究成果肯定成正比。我常常对学生说：假如能够对自己研究对象的文本文献做到"竭泽而渔"的阅读与思考，你一定会奉献出崭新的学术成果。"竭泽而渔"，是很难达到的境界。就"孝宗时期词风之嬗变"研究课题而言，必须通读《全宋词》，对孝宗时期的作家作品更要反复咀嚼体会，方能给予这一时期歌词创作以相对合适的定位；必须阅读孝宗时期所有的文学作品，包括笔记之类杂著，方能辨析歌词独有的文体特征；必须通读宋史，孝宗时段的历史文献更是需要重点突出、一网打尽，方能有相对的把握去讨论歌词创作与嬗变之成因；必须通读词论与相关文论，同时大量阅读今人的相关研究著作，去芜存菁，方能站在新的学术出发点。凡此种种，不一而足。扪心自问，有多少学者面对研究课题，能做到"竭泽而渔"？陈丽丽阅读与研究的成果，已经呈现在这本著作中，留待学界评论。

　　陈丽丽为人敦厚淳朴，性格执着坚韧。她的敦厚淳朴，表现为明白的是非观念，待人的热诚恳切，涉世的简单纯一，名利的淡然超脱。因此，生活中她会吃一些小亏，从长远的角度审视，一定是有所成就的必备条件。谈及她的执着坚韧，就会联想起为了一种文学现象、一篇作品解读，我们两人争论得面红耳赤，我夫人在一旁默默充当听众之场景。"吾爱吾师，吾更爱真理。"有这样坚持的学生，才是有出息的学生。当然，时至今日，我依然以为诸多争论中我站在"真理"一边。在高校教学科研多年，我遇见过许多聪明才智远胜我与陈丽丽者，然而，许多人缺乏了敦厚淳朴和执着坚韧，由此后继乏力。更加可怕的是，在学术风气日益败坏的当下，更多的人以聪明才智换取眼前的功名利禄，没有坐"冷板凳"的决心和竭泽而渔的毅力，贪多图快，偷盗剽窃，不惜制造大量的学术垃圾，甚至不断以学术迎合恶俗，以获取什么江什么河学者或某某国家评委之虚名。堕落为"精致的利己"者，最终将自己淹没在"学术江湖"之中。学界便有了"长江里面，水货很多"之共识。于是，我有了这么一份心得体会，敦厚淳朴和执着坚韧是将来学术有成的必备条件。其他领域真正有所成就者，也因以此为戒。

　　陈丽丽与我还有一个共同的爱好：打羽毛球。陈丽丽是运动健将，擅长多项运动，羽毛球为其中之一。在校学习期间，她与我有过无数次球场对决。刚开始，我凭借体力，稍占上风，很快我就屡屡成为球场的落败者。后来，我转战其他球场，多与高手搭档，回到人民大学，再次夺回球场主动权。陈丽丽总是有点不解，我球艺怎么就有了如此提高？直到她毕业以后，才得知我在外面"偷练"的经历。今天，我们已经集合起古典文学研究群落里的共同爱好者，学术会议之余，晚上再到球场切磋一番，其乐融融。我与陈丽丽都是其中的积极参与者。充沛的精力，同样是从事学术研究的必备条件。

　　陈丽丽毕业以后，回到河南大学工作，我们的交往交流非常频繁。除了学术方面的持续讨论之外，每到我生日，她总是要想方设法来到北京，为我庆祝，为我带来球拍、球衣之类的生日礼物。我多少次推辞，她总能找到

"去国图查阅文献资料"之类的理由，固执地来到北京。这一份醇厚的情谊，令人感动。在陈丽丽博士学位论文修订出版之际，拉杂写下以上文字，纪念我们之间的相互交往，同时滥竽充数，所谓"是以为序"。

诸葛忆兵

2019 年 3 月 14 日于时雨园家中

目　录

绪　论

南宋孝宗乾道（1165—1173）、淳熙（1174—1189）年间，是南宋中兴的重要阶段，也是两宋非常值得关注的一个时期。无论从历史、哲学，还是从文学角度来看，都有比较突出的成就。对此，宋人已有诸多言论，比如周密《武林旧事序》称："乾道、淳熙间，三朝授受，两宫奉亲，古昔所无。一时声名文物之盛，号'小元祐'，丰享豫大，至宝祐、景定，则几乎政、宣矣。"① 其《癸辛杂识》论及乾、淳道学与文学，称："尝闻吴兴老儒沈仲固先生云：'道学之名，起于元祐，盛于淳熙。'""南渡以来，太学文体之变，乾、淳之文，师淳厚，时人谓之'乾淳体'，人材淳古，亦如其文。"② 方回《跋遂初尤先生尚书诗》曾言："宋中兴以来，言治必曰乾、淳。言诗必曰尤、杨、范、陆。"③《瀛奎律髓》更多次谈及中兴四大诗人。东发学派创始人黄震谈道："乾、淳之盛，晦庵、南轩、东莱称'三先生'，独晦庵先生得年最高，讲学最久，尤为集大成。"④ 魏了翁《唐多令》词中亦有"人物盛乾淳，东嘉最得人"⑤ 之语。由此可见，在宋人观念中，孝宗乾道、淳熙时期已然是一个杰出、辉煌的历史阶段。

就文学而言，宋代的诗、词、散文、小说、戏曲皆大放异彩，尤其是词，

---

① （宋）周密：《武林旧事》，西湖书社1981年版，序言。
② （宋）周密：《癸辛杂识》，中华书局1988年版，第169、65页。
③ （宋）方回：《桐江集》，《续修四库全书》1322册，上海古籍出版社2002年版，第414页。
④ （宋）黄震：《黄氏日抄》卷四十，（清）永瑢、纪昀等《景印文渊阁四库全书》708册，台湾商务印书馆1986年版，第180页。
⑤ （宋）魏了翁：《唐多令》，唐圭璋编纂，王仲闻参订，孔凡礼补辑《全宋词》，中华书局1999年版，第3083页。下文所引宋词皆出自《全宋词》。

被视为赵宋"一代之文学"。从词史发展来看，北宋仁宗元祐年间与南宋孝宗乾、淳时期可以说是宋词发展的两个高峰，亦为北宋、南宋词风的代表。宋孝宗赵昚在位 28 年，在两宋 18 位皇帝中执政时长位居第五，然而，就现存《全宋词》词人、词作状况来看，生活于这一阶段的词人创作，无论绝对数量还是相对数量，在宋代各王朝中最为出众。此外，辛弃疾、姜夔这两位风格迥异的词坛巨匠也创作于这一时期。关于孝宗时期在词史上的重要地位，当代不少学者已有清晰认识。吴熊和先生《唐宋词通论》指出："南宋孝宗一朝，人物之盛，不下于北宋的元祐时期。"① 陶尔夫、刘敬圻先生《南宋词史》第二章以"词史的高峰期"为标题，具体指向后南渡时期，即以孝宗朝为主的创作阶段，并把"稼轩体"作为这一高峰的标志②。王兆鹏教授《唐宋词史论》把宋词的发展分为六代词人群，其中第四代词人群——"中兴词人群"便集中在孝宗朝，"这个时期的词坛，大家辈出，名作纷呈，多元化的艺术风格和审美规范并存共竞，是两宋词史上最辉煌的高峰期。此期词人阵营强大，有词集传世的知名词人就有五十多家"③。王兆鹏、刘学在《宋词作者的统计分析》一文中指出，宋词第四代词人群主要活跃在 1166—1207 年间，在宋词发展的六个代群中，这一时期"不仅作者和作品最多，而且出现了辛弃疾、姜夔和陆游、张孝祥、陈亮、刘过等大家、名家。有学者认为，宋词的高峰期是在辛弃疾时代，这从作者人数和词作数量上得到了印证"④。

很显然，南宋孝宗乾道、淳熙年间，无论是从创作队伍、创作数量，还是从艺术成就上来讲，都是词学史上不容忽视的一个阶段。进入 20 世纪以来，随着文学研究的深入和细化，乾、淳时期词人、词作逐渐被学界所关注，在文献整理和理论研究方面都取得了一些成绩。但客观地说，孝宗词坛的多样性、复杂性及这段时期在词体发展历程中的真实面貌并没有得到足够的认识和发掘。就宋词而言，词体发展到北宋末期已臻成熟，周邦彦是集大成者。

---

① 吴熊和：《唐宋词通论》，商务印书馆 2003 年版，第 245 页。
② 陶尔夫、刘敬圻：《南宋词史》，黑龙江人民出版社 1992 年版，第 98 页。
③ 王兆鹏：《唐宋词史论》，人民文学出版社 2000 年版，第 30 页。
④ 王兆鹏、刘学：《宋词作者的统计分析》，《文艺研究》2003 年第 6 期，第 54—59 页。

靖康之变（1126—1127）导致北宋灭亡，文人们经历了国破家亡、流离失所后，心胸、眼界与宣和时期明显不同，词坛创作境界大为改变。尤其是高宗建炎至绍兴中叶实行乐禁，加快了词体向文人化、案头化的发展进程。词的使用功能发生较大转变，赠妓演唱的娱乐功能虽仍普遍存在，但已不再是绝对主流。词体交际功能大为增强，无论是抒情言志、呈才唱和，还是亲友之间庆寿、科考、生子、乔迁等，皆可用词来表达。

　　这种文体功能的扩大到孝宗时期达到高峰。词作主题构成发生了巨大改变：最能体现词体本色特征并一直居于词坛绝对主导地位的艳情词急剧衰减；咏物词、寿词、述怀词等各种主题的创作数量明显增加。伴随着主题构成的改变，词体风格也呈现出纷繁复杂的态势：豪放与婉约、清雅与谐谑、当行本色与追求风骚，相互交织，各有体现。就在这个宋词创作的最高峰阶段，辛弃疾、姜夔这两位词坛巨匠相继登场，他们以成熟、鲜明的创作，确立起南宋词坛的重要风格，并且成为后代词人追慕和效仿的对象。此外，陈亮、刘过、陆游、张孝祥、韩元吉、韩淲、赵长卿、赵彦端、管鉴、袁去华、姚述尧、沈瀛、侯寘、张抡等众多词人，或沿承北宋风格，或追摹稼轩一路，或以理趣见长，共同构建起宋词的新高峰。

　　然而，对于这样一个显赫的词坛创作阶段，历代词学家们的认识和评价却有所不同。有赞之者，如清代浙西词派领袖朱彝尊，认为"词至南宋，始极其工"①；如凌廷堪，认为词"具于北宋，盛于南宋"②。有贬之者，如焦循，认为"南宋之词，渐远于词矣"③；如王世贞，认为"词至辛稼轩而变……然而秾情至语，几于尽矣"④。还有的干脆认为两宋词各有盛衰、各具特色，如周济，称："两宋词各有盛衰，北宋盛于文士，而衰于乐工。南宋盛于乐工，而衰于文士。"⑤作为孝宗词坛的代表，辛弃疾、姜夔这两位巨匠更

---

① （清）朱彝尊：《词宗·发凡》，朱彝尊、汪森《词综》，上海古籍出版社2014年版，第4页。
② （清）凌廷堪：《梅边吹笛谱》，刘荣平《赌棋山庄词话校注》，厦门大学出版社2013年版，第305页。
③ （清）焦循：《董晋卿絓雅词跋》，《雕菰集》卷十八，道光四年阮福刻本。
④ （明）王世贞：《艺苑卮言》，唐圭璋编《词话丛编》，中华书局1986年版，第391页。
⑤ （清）周济：《介存斋论词杂著》，唐圭璋编《词话丛编》，中华书局1986年版，第1629页。

是备受关注，对其评价亦各有褒贬。从南宋到清末，历代词学家都认识到辛、姜时代，是词史上的重要阶段，然而，各人态度却各有不同。这一现象是研究两宋乃至整个词史不容忽视的问题。具体来说，孝宗时期所体现的南宋词风、词貌究竟有哪些特点？与北宋有哪些异同？这种风尚为什么会引起后世词学者的不同评价？要想深入研究词体的发展脉络，孝宗时期是个不可回避的重点和难点。

南宋孝宗时期词风，主要是指 12 世纪下半叶，南宋孝宗皇帝执政时期（1162—1189）的词坛风貌。南宋孝宗于绍兴三十二年（1162）六月即位，淳熙十六年（1189）二月下诏传位，共执政 28 年，历隆兴（1163—1164）、乾道（1165—1173）、淳熙（1174—1189）三个年号。

本书以南宋孝宗时期的词坛风貌为研究对象，以孝宗时期活跃的词人及其词作为基础。由于词人的生平、创作具有延续性，不可能完全以朝代、时段生硬切割，再加之许多词人的生卒年并不明晰，绝大多数词作无法编年，因此，在界定孝宗词坛范围时，本书本着宽严结合的标准：在研究范围上从宽，尽可能包罗孝宗时期的各种词学现象。因此，凡是在孝宗时期有词作存世的词人皆归为孝宗词坛研究对象，具体操作以唐圭璋编纂、王仲闻参订、孔凡礼补辑的《全宋词》编排顺序为参照。由于《全宋词》基本上按时间先后收录词人，本书的研究对象大致从史浩始，至俞国宝止。

史浩，生于崇宁五年（1106），卒于绍熙五年（1194），其《望海潮》"熊罴嘉梦"一阕题"庆八十"，由此可断该词作于 1185 年，即孝宗淳熙十二年。史浩虽生于北宋徽宗年间，但经历了整个孝宗朝，且在孝宗朝后期仍有词作，因此，本书把史浩作为《全宋词》中孝宗词坛的开端。俞国宝，生卒年不详，淳熙太学生，存词 5 首。《武林旧事》卷三载："淳熙十二年（1185），太上皇高宗一日游西湖，见酒肆屏风上有《风入松》词云：'一春长费买花钱。……'高宗驻目称赏久之，宣问何人所作，乃大学生俞国宝醉笔也。"① 由于《全宋词》俞国宝之后的词人大多出生于孝宗朝，活跃于光宗

---

① （宋）周密：《武林旧事》，西湖书社 1981 年版，第 38 页。

以后，且词作系年难以辨别，故以俞国宝为孝宗词坛之终结。

　　在这个顺序范围基础上再进行考辨分析，史浩之前有几位词人，如杨无咎（1097—1171）、胡铨（1102—1180）、曹勋（1089—1174）等，传统上被视为南渡词人，由于可以明确他们在乾、淳年间仍有创作，因而，也作为孝宗词坛的考察对象。排序在史浩与俞国宝之间的一些词人，如崔若砺、高登、黄公度、石安民、葛立方、姚宽、汤思退、张仲宇、韦能谦等，确定卒于绍兴末隆兴初，则不被视为研究对象。另外，像高宗赵构，存世词作编年并非孝宗朝的，也排除在外。由此，大致确定属于孝宗词坛的词人共计226家，这些词人可以分为三种情况：一种是曹勋、胡铨、杨无咎、史浩、康与之等生年较早，创作高峰期在高宗年间，在孝宗朝仍有作品的前辈词人；一种是韩元吉、陆游、张孝祥、辛弃疾、陈亮、姜夔等在孝宗时期创作十分丰富的词人；另一种是刘过、韩淲、刘仙伦、郭应祥等生年较晚，在孝宗时刚起步的词人。这些词人的作品共计6150首。其中，存词10首以上的词人有77家，词作5859首。本书围绕这些在孝宗时期有创作的词人及其词作，以现存作品为基础资料，从词作的主题内容、价值功能、创作风格、词体地位等角度对孝宗时期丰富多样的词坛风貌进行分析研究，以期厘清词体在这一时期的真实状态及嬗变过程。

　　自宋末以来，孝宗词坛最受历代词学家们关注的热点，一是辛弃疾所代表的辛派词人，二是以姜夔为首的骚雅派词人。辛词与姜词，可以说是北宋苏轼、周邦彦这两种词体范式在南宋的最高发展，也可以说是词体通变过程中正、变的典型代表。姜词为正体，婉约多情、讲究音律、富于韵致；辛词乃变体，不拘声律、挥洒自如、率性而为，抒情、言志、咏物、谐谑各种风格兼而有之，把"以诗为词"推向了顶峰。这两位词坛巨匠及其后继所呈现出来的不同风貌，基本笼罩了乾、淳以后词体创作的发展方向。

　　从词体发展及词史演进来看，无论是在词学创作还是在词学观念上，孝宗时期都处在一个承上启下的嬗变阶段。就社会环境而言，与南渡时期的家国巨变及宁宗以后的宋金危机相比，这一时期的社会政治相对比较稳定，文人从南渡之初的颠沛流离中走出来，词体所依赖的声色娱乐场所再度昌盛，加之统治阶级的喜好，词体创作呈现出繁荣昌盛之象。然而，与北宋，尤其是周邦彦所处的徽宗时期进行比较，孝宗词坛的创作内容、创作风格明显不同。比较突出的，是词作主题构成发生很大改变。晚唐五代时期，以《花间集》为代表，确立起词体绮罗婉媚的当行本色。北宋中期，词坛创作繁荣复兴后，艳情主题与香艳婉约的词风一直作为词坛主流。南渡之后，由于国破家亡、朝廷乐禁等社会原因，艳情词创作大为衰减。到了乾、淳时期，社会繁荣稳定，歌舞娱乐不休，然而，艳情词创作却并没有重归主导地位，依然呈衰减趋势。与此同时，咏物、祝颂、述怀、说理等主题大量增加，文人以词唱和的情形也更为普遍。随着主题的改变，这一时期词作风格也呈现出多种面貌，除了传统绮罗婉媚一派外，刚劲豪放、清空骚雅、通脱旷达等各种类型皆大放光彩，整体上表现出明显的文人化、诗歌化倾向。

从客观来看，孝宗词坛的词人及词作，在继承北宋词风的同时，又确立起南宋独特的词体风尚，后世词人一直未脱窠臼。因此，探讨孝宗时期的词坛风貌及词风嬗变，对于宋词乃至整个词史的研究，具有深远的价值和意义。

本书考察孝宗时期词风嬗变，拟从该时期词坛整体风貌及成因，传统艳情本色的衰减，词体文人化、诗歌化的增强，以及孝宗与北宋词坛的差异等四个角度进行研究。

第一，孝宗词坛整体风貌及成因。

从现存宋词来看，孝宗词坛是两宋词人、词作数量最为众多的一个阶段。提及孝宗词坛，最受人们关注的往往是以辛弃疾为首的一批爱国词人及其豪放之作。从客观来看，爱国豪放词虽然被后人赋予极高地位，但在孝宗词坛所占比重并不算大。词发展到了孝宗朝，其表现内容几乎无所不包，"言情"成分与娱乐功能明显减弱，述怀、言志之作大为增加，"以诗为词"在这一时期得到了充分实现。词的艺术风格趋于多样，婉约、豪放、清空、闲逸、理趣、雄丽、谐谑等各种词作类型交织出现在孝宗词坛上，整体呈现出雅化格调。词体功能有所扩展，交际、记事、述怀功能大为增加，填词技巧成熟深化，次韵、联章创作较为突出。孝宗词坛之所以出现这种风貌，与当时繁荣发达的都市娱乐环境，高宗、孝宗对词体的倡导和喜爱，词体地位的提高，以及理学、佛教、道教的盛行有密切关系。

第二，孝宗时期的艳情词。

词为艳科，自花间确立起词体当行本色后，艳情词一直是词坛主流，北宋中叶词体复兴后，几乎所有重要词人皆致力于艳情词创作。南渡之初，国破家亡、朝廷乐禁，艳情词所依存的环境得到破坏。到了孝宗乾、淳盛世，都市繁华娱乐丝毫不亚于徽宗时期的东京汴梁，但是艳情词创作却大为衰减。然而，作为词体的重要组成部分，该时期艳情词的绝对数量还是相当可观的。除了传统应景赠妓、咏妓之外，借艳情寄托身世之感、艳情与咏物相结合的现象十分突出。纵观乾、淳时期艳情词，词人描写女性、抒发两性情感时比北宋词人显得冷静、内敛，语言表达也更含蓄、典雅，北宋那种淫亵、直露的词作已基本不见踪影。从艺术形式上看，这一时期艳情词中联章、大曲类的创作相对比较突出。随着南渡后词序的普遍使用，艳情词中的题序也明显增多，从而加强了艳情词的实指性。由于孝宗时期艳情词创作的衰减与雅化，与市井民间唱词娱乐需求产生了一定距离，为满足大众需要，坊间文人选编了歌本性质的《草堂诗余》，完全以北宋风格为主导，充分说明艳情词在南宋中期的市井娱乐层面上依然十分盛行，北宋传统之风在民间演唱时显然更受欢迎。

第三，孝宗词坛的文人化、诗歌化倾向。

作为宋词史上的创作高峰，孝宗词坛一方面表现出传统艳情词创作的衰退；另一方面，则表现出咏物、祝颂、节序、唱和、说理、述怀等各种主题的显著增长。词人心态、词风格调从北宋的幽婉、缠绵变得开阔、丰富，词体功能从较为单一的娱乐、抒情，扩展到酬赠、述怀、说理等许多领域。词中的女性色彩及脂粉气息大为减弱，文人、志士的形象越来越突出，从而呈现出自己独特的创作风貌，确立起南宋词坛的特有风格。综观孝宗词坛，无论是在主题内容还是艺术技巧上，词体都表现出明显的文人化、诗歌化倾向。

从主题内容上看，咏物、述怀、说理之类文人色彩浓郁的作品数量、比例大为增加；从艺术技巧上看，文人之间次韵唱和现象十分突出，议论、用典这两种极具宋诗特色的写作手法，在乾、淳时期词作中亦有集中体现。此外，陶潜、李白和苏轼这三位文人形象时常出现在孝宗时期词人笔下，同样折射出这一时期词体创作的文人化、诗歌化倾向。

第四，从两宋词风异同看孝宗词坛的嬗变。

词源自民间，用于佐欢，被视为诗余、小道，本属难登大雅之堂的通俗文学。然而，从整个词史来看，词的发展史同时也是词的诗化史、雅化史，这个历程在孝宗时期极为明显。以诗为词，追求风骚传统，是词体提升的具体表现，然而，偏离了自身的文体本色，越来越具有诗化性格的词，其到达顶峰的结局自然是走向衰落。从宋末开始，词学家们便围绕南北宋词风差异及盛衰提出许多相关论断，有赞孝宗时期为词坛之盛世，有斥其为词体衰落之开始。本书以盛衰之辨为视角，对相关各种观点进行梳理，并通过对两宋登临词及苏轼、辛弃疾这两位极具代表性的词人进行对比分析，从词史角度对孝宗词坛进行客观定位。

第一章　孝宗词坛创作风貌

孝宗一朝（1162—1189），从历史角度看，居于南宋（1127—1279）前中期，在两宋 319 年历史上属于中后阶段。就宋词发展脉络而言，孝宗词坛则正好处在宋词发展的中间阶段。赵宋王朝于公元 960 年建立后，诗、文这两种传统文体持续发展，新兴的曲子词则并未承接晚唐、五代的辉煌，而是在创作上出现了断裂与沉寂，直到仁宗年间（1022—1063）才逐渐重振。花间词人所确立的要眇宜修的词体风貌在柳永、晏殊、张先、欧阳修、秦观、晏几道等众多词人推动下不断演进，到徽宗时期呈现出极为繁盛的创作局面。

靖康之变（1126）的出现，不仅打破了宋王朝的政局与疆域，同时也给文学带来了巨大影响。故国沦陷、金兵南侵，加之朝廷尚俭、禁乐、罢教坊，使得曲子词所依赖的花间樽前、歌舞宴饮的娱乐环境受到极大冲击，词作数量锐减，绮丽婉约的艳情内容与温柔富贵的格调也陡然发生改变，在朱敦儒、叶梦得、李清照等大批南渡词人笔下，国破家亡的伤悲、身世飘零的哀叹代替了声色、柔情的描述；词的内容从闺阁走向家国，词的风格也变得开阔、大气。

到了孝宗时期，随着乐禁影响的彻底消除以及都市经济的繁荣发展，词体创作再度兴盛起来，辛弃疾、姜夔、陆游、陈亮等一大批词人纷纷涌现，词体自南渡后在内容和风格上所产生的转变到了乾、淳年间逐渐成熟、定型，从而形成了与北宋词风迥然不同的南宋特有风貌。正如周济所指出的："北宋词多就景叙情，故珠圆玉润，四照玲珑；至稼轩、白石一变而为即事叙景，使深者反浅，曲者反直。"① 无论从文体发展规律还是从具体创作来看，孝宗

---

① （清）周济：《介存斋论词杂著》，唐圭璋编《词话丛编》，中华书局 1986 年版，第 1634 页。

时期都称得上是宋词发展史上最为重要的一个阶段，具体表现在以下几个方面。

第一节　创作极为繁盛，传统词坛格局有所改变

唐圭璋先生编纂、王仲闻参订、孔凡礼补辑的《全宋词》，堪称当今最权威的宋词全本，共有词人 1330 余家，词作 19900 余首，残篇 530 余首。2011年由学苑出版社出版的周笃文、马兴荣主编的《全宋词评注》，收录 1513 家词人的词作，共计 20645 首。就现今所能看到的资料而言，南、北两宋存词约 2 万首，而孝宗 28 年间有创作的词人约有 226 家，词作 6150 首。列表如下：

表 1 - 1　　　　　　　　孝宗时期词人词作

序号	词人	词作总数（首）	词集
1	杨无咎（1097—1171）	177	《逃禅词》
2	曹勋（1098—1174）	183	《松隐集》
3	胡铨（1102—1180）	16	《澹庵长短句》
4	史浩（1106—1194）	180	《鄮峰真隐大曲》
5	仲并	35	《浮山诗余》
6	闻人武子	1	见《阳春白雪》
7	关注	3	
8	李石（1108—1181）	39	《方舟诗余》
9	康与之	42	《顺庵乐府》

序号	词人	词作总数（首）	词集
10	曾觌（1109—1180）	104	《海野词》
11	黄童	1	附于《知稼翁集》
12	倪偁（1116—1172）	33	《绮川词》
13	王之望（1103—1170）	26	《汉滨诗余》
14	魏杞（1121—1184）	2	见《全芳备祖前集》
15	陈知柔（？—1184）	1	见《诗人玉屑》
16	王识	1	
17	许庭	5	
18	邵某	1	
19	陈祖安	1	
20	王十朋（1112—1171）	20	《梅溪诗余》
21	吴淑姬	1	
22	程先	1	见《新安文献志》
23	朱耆寿	1	见《清波杂志》
24	石安民	1	
25	刘镇（1114—？）	2	见《草堂诗余》后集
26	魏掞之	1	
27	曾协（？—1173）	14	《云庄词》
28	郑庶	1	

序号	词人	词作总数（首）	词集
29	曾逮	存句	见《橘录》卷上
30	王炎（1115—1178）	2	见《回文类聚》
31	毛开	42	《樵隐诗余》
32	洪适（1117—1184）	134	《盘州乐章》
33	韩元吉（1118—1187）	82	《南涧诗余》
34	黄宰	1	
35	朱淑真（约1135—约1180）	25	《断肠词》
36	张抡	122	《道情鼓子词》《莲社词》
37	侯寘	95	《嬾窟词》
38	赵彦端（1121—1175）	158	《介庵词》
39	王千秋	73	《审斋词》
40	李吕（1122—1198）	18	《澹轩诗余》
41	陈从古（1122—1182）	1	《洮湖词》
42	刘珙（1122—1178）	1	见《截江网》卷六
43	黄格	1	
44	李流谦（1123—1176）	25	《澹斋词》
45	洪迈（1123—1202）	6	
46	赵缩手	1	
47	张风子	1	

续 表

序号	词人	词作总数（首）	词集
48	张珍奴	1	
49	洪惠英	1	
50	何作善	1	
51	刘之翰	1	
52	太学诸生	1	
53	袁去华	99	《宣卿词》
54	朱雍	20	《梅词》
55	晁公武（1105—1180）	1	见《阳春白雪》卷二
56	林仰	1	见《唐宋诸贤绝妙词选》
57	邵伯雍	1	
58	黄中辅	1	
59	法常	1	
60	陆淞	2	
61	卓世清	1	
62	李结	2	
63	向滈	43	《乐斋词》
64	程大昌（1123—1195）	47	《文简公词》
65	曹冠	63	《燕喜词》
66	葛郯（？—1181）	30	《信斋词》

序号	词人	词作总数（首）	词集
67	姚述尧	69	《箫台公余词》
68	甄龙友	4	
69	范端臣	2	见《草堂诗余》后集
70	耿时举	4	见《阳春白雪》
71	管鉴（1133？—1196）	68	《养拙堂词》
72	吴儆（1125—1183）	29	《竹洲词》
73	陆游（1125—1210）	145	《放翁词》
74	唐婉	1	
75	陆游妾某氏	1	
76	王崿（？—1182）	2	见《阳春白雪》
77	贾逸祖	1	见《铅山县志》
78	蜀妓（陆游携归）	1	
79	姜特立（1125—？）	21	《梅山词》
80	周必大（1126—1204）	17	《平园近体乐府》
81	范成大（1126—1293）	103	《石湖词》
82	游次公	5	
83	赵磻老	18	《拙庵词》
84	尤袤（1127—1194）	2	见《万柳溪边旧话》
85	赵眘（1127—1194）	1	见《宝真斋法书赞》

续　表

序号	词人	词作总数（首）	词集
86	谢懋（1116—1189）	14	《静寄居士乐章》
87	王质（1135—1189）	76	《雪山词》
88	沈瀛（1135—?）	90	《竹斋词》
89	杨万里（1127—1206）	8	《诚斋乐府》
90	某教授	1	
91	陈居仁（1129—1197）	1	见《钓台集》卷六
92	李洪（1129—?）	11	见《李氏花萼集》
93	李漳	6	见《李氏花萼集》
94	李泳	3	见《李氏花萼集》
95	李洤	2	见《李氏花萼集》
96	李淅	3	见《李氏花萼集》
97	朱熹（1130—1200）	19	《晦庵词》
98	黄铢（1131—1199）	3	见《中兴以来绝妙词选》
99	高宣教	1	
100	严蕊	3	
101	晦庵	1	
102	徐逸	1	见《阳春白雪》
103	沈端节	45	《克斋词》
104	张孝祥（1132—1169）	224	《于湖居士长短句》

续　表

序号	词人	词作总数（首）	词集
105	黄谈	1	《涧壑词》不传
106	张栻（1133—1180）	1	词附《晦庵词》
107	阎苍舒	1	见《芦浦笔记》
108	崔敦礼（？—1181）	7	《宫教乐章》一卷
109	陈造（1133—1203）	10	《江湖长翁词》
110	黄定	1	见《翰墨大全》
111	王自中（1134—1199）	1	见《钓台集》
112	李处全（1134—1189）	47	《晦庵词》
113	韩仙姑	1	
114	周颉	1	
115	王彭年	1	
116	李伯虎	1	
117	丘崈（1135—1208）	81	《文定公词》
118	朱晞颜（1133—1200）	1	见《粤西诗载》
119	吕胜己	89	《渭川居士词》
120	唐致政	1	
121	楼锷	1	见《词综》
122	林外	1	
123	梁安世（1136—1195）	1	见《粤西金石略》

续 表

序号	词人	词作总数（首）	词集
124	黄岩叟	1	
125	富㧑（1137？—？）	1	
126	邵怀英	1	
127	赵长卿	339	《仙源居士乐府》
128	罗愿（1136—1184）	1	
129	楼钥（1137—1213）	4	词附《攻媿集》
130	张良臣	3	见《阳春白雪》
131	舒邦佐（1137—1214）	1	见《双峰猥稿》
132	张孝忠	8	《野逸堂长短句》
133	方有开	2	
134	许及之	1	
135	傅大询	5	
136	刘德秀（？—1208）	1	
137	吴镒	2	《默轩词》已佚
138	林淳	11	《定斋诗余》
139	廖行之（1137—1189）	41	《省斋诗余》
140	京镗（1138—1200）	44	《松坡词》
141	张震	5	见《中兴以来绝妙词选》
142	张颍	1	见《洞霄诗集》

序号	词人	词作总数（首）	词集
143	王炎（1137—1218）	52	《双溪诗余》
144	杨冠卿（1139—?）	36	《客亭乐府》
145	崔敦诗（1139—1182）	2	
146	刘清之（1133—1189）	2	
147	赵汝愚（1140—1196）	1	见《阳春白雪》
148	辛弃疾（1140—1207）	629	《稼轩长短句》
149	赵善扛（1141—?）	14	见《中兴以来绝妙词选》
150	赵善括	49	《应斋词》
151	程垓	157	《书舟雅词》
152	虞俦	2	
153	徐似道	4	
154	徐安国	4	
155	黄仁杰	9	
156	蔡戡	3	《定斋诗余》
157	何澹（1146—?）	5	
158	陈三聘	72	《和石湖词》
159	石孝友	154	《金谷遗音》
160	韩玉	28	《东浦词》
161	熊良翰	1	

序号	词人	词作总数（首）	词集
162	熊可量	1	
163	熊上达	1	
164	苏十能	1	
165	朱景文	1	
166	欧阳光祖	2	
167	罗椿	1	
168	游九言（1142—1206）	4	《默斋词》
169	刘光祖（1142—1222）	11	《鹤林词》
170	何师心	1	见《宋涪溪胜览集》
171	赵蕃（1143—1229）	2	
172	何令修	1	
173	马子严	29	《古洲词》
174	赵师侠	154	《坦庵长短句》
175	陈亮（1143—1194）	74	《龙川词》
176	李訦（1144—1220）	2	
177	杨炎正（1145—?）	38	《西樵语业》
178	俞灏（1146—1231）	1	见《绝妙好词》
179	连久道	1	
180	赵师睪	1	

序号	词人	词作总数（首）	词集
181	宋先生	22	
182	叶适（1150—1223）	1	
183	王楙（1151—1213）	1	见《野客丛书》
184	刘褒	5	
185	章良能（？—1214）	1	见《绝妙好词》
186	熊以宁	3	
187	詹克爱	3	
188	李寅仲	1	见《截江网》
189	张镃（1153—1211）	86	《梅溪词》
190	刘过（1154—1206）	78	《龙洲词》
191	蔡幼学（1154—1217）	1	见《中兴以来绝妙词选》
192	卢炳	63	《烘堂词》
193	姜夔（1155—1221）	87	《白石道人歌曲》
194	汪莘（1155—1227）	68	《方壶诗余》
195	曹彦约（1157—1229）	1	见《截江网》
196	张潞	1	见《阳春白雪》
197	崔与之（1158—1239）	2	附《崔清献公集》
198	吴琚	6	
199	刘翰	7	《小山词》

序号	词人	词作总数（首）	词集
200	赵癯	1	
201	杜旟	3	
202	刘仙伦	31	《招山乐章》
203	杜斿	残句	
204	韩彦古（？—1192）	1	
205	张祥	1	
206	张履信	2	见《绝妙好词》
207	赵昂	1	
208	徐玑	2	
209	郭应祥（1157—？）	129	《笑笑词》
210	李壁（1159—1222）	10	
211	韩淲（1159—1224）	197	《涧泉诗余》
212	李廷忠	15	《橘山乐府》
213	胡惠斋	2	
214	谢直	1	
215	高似孙	3	见《阳春白雪》
216	易祓	3	见《中兴以来绝妙词选》
217	易祓妻	1	
218	章斯才	2	

序号	词人	词作总数（首）	词集
219	危稹	3	
220	王居安	2	
221	王克勤	1	见《翰墨大全》
222	钟将之	2	《岫云词》不传
223	吴礼之	20	《顺受老人词》
224	陈善	残句	
225	丁黼（？—1239）	1	
226	俞国宝	5	
	共计 226 家	6150	

其中，存词 10 首以上的词人有 77 家，辛弃疾、姜夔这两位风格迥异、对后世影响深远的词坛巨匠皆创作于这一时期。就现存宋代资料来看，南宋陈振孙《直斋书录解题》卷二十一"歌词类"共收录 104 种宋人别集，孝宗时期词人别集数量约 40 种，几乎是此前 200 年的总和，即便考虑到时代、版本散佚等因素，这个数据也足以说明孝宗时期词体创作之昌盛。

综观这一时期有创作流传的 200 多位词人，其身份可以说无所不包，既有孝宗赵昚这样的当朝帝王，又有赵长卿、赵彦端、赵善扛、赵善括、赵师侠等皇室宗亲；既有史浩、王之望、洪适、洪迈、王十朋、程大昌、范成大、周必大、楼钥、京镗等宰辅、公卿，又有游次公、李泳、林淳、廖行之等中、下层官吏。还有姜夔、刘过一类的布衣清客，此外，和尚、道人、隐士、妓女等各种身份的人物亦皆有词存世。如果说，从帝王、贵胄到布衣、方士都热衷于填词的现象在仁宗、徽宗、高宗朝也有体现的话，那么，孝宗时期词坛创作之盛，还可以从一个视角得以证明。乾道、淳熙年间，家族词人的现象比较显著，如韩元吉（1118—1187）、韩淲（1159—1224）父子二人，词作数量皆十分可观：韩元吉《焦尾集》现存词82首，韩淲《涧泉诗余》有197首。再如洪适（1117—1184）、洪迈（1123—1202）兄弟继承其父洪皓遗风，词采斐然，尤其是洪适，其《盘洲集》存词138首，不但内容丰富，而且有大曲、鼓吹曲、调笑转踏等多种联章组词。

更值得一提的是，这一时期甚至还出现了兄弟五人皆好词并有作品流传的现象。沈雄曾引《柳塘词话》云："词家以兄弟五人名者，南渡后，《李氏花萼集》，洪、漳、泳、洤、澜。他如杜伯高早登东莱之门，而仲高、叔高、季高、幼高，才名不肯相下。叶正则有杜子五兄弟之称。若今新城士禄、士禛、士禧、士祐，亦世所仅见者矣。"① 清代王氏兄弟四人暂且不论，词话中所提及的两组词家五兄弟的现象，皆出于孝宗年间。陈振孙《直斋书录解题》卷二十一"歌词类"录有《李氏花萼集》五卷，注曰："庐陵李氏兄弟五人：洪子大、漳子清、泳子永、洤子召、澜子秀，皆有官阀。"② 李氏五兄弟乃李正民之子，长兄李洪（1129—?），乾道八年（1172）为朝京官；李泳淳熙中曾任溧水令，淳熙末年卒。《李氏花萼集》今已亡佚，赵万里《校辑宋金元人词》有辑本，其中李洪存词11首，李漳6首，李泳3首，李洤2首，李澜3首。

沈雄提到的杜门五兄弟，即浙江兰溪的旟、旃、旂、旞、旜，五人皆工诗文，名噪一时。杜旟字伯高，杜旃字仲高，杜旂字叔高，杜旞字季高，杜旜字幼高，因五兄弟字中皆有"高"字，又被誉为"杜氏五高"③，其中，旟、旃二人词作尤佳。陈亮对杜氏兄弟称赞有加，认为"仲高之词，叔高之诗，皆入能品"④；又激赏仲高之丽句，"见所谓'半落半开花有恨，一晴一雨春无力'，已令人眼动；及读到'别缆解时风度紧，离舰尽处花飞急'，然

---

① （清）沈雄：《古今词话》，唐圭璋编《词话丛编》，中华书局1986年版，第818页。
② （宋）陈振孙：《直斋书录解题》，上海古籍出版社1987年版，第629页。
③ （清）王崇炳：《金华征献略》，《续修四库全书》547册，上海古籍出版社2002年版，第174页。
④ （宋）陈亮：《复杜伯高旟》，《陈亮集》，中华书局1974年版，第268页。

后知晏叔原之'落花人独立，微雨燕双飞'不得长擅美矣"①。遗憾的是，杜旟仅存词 3 首，杜旃只有残句。尽管从数量上看，李氏与杜氏五兄弟存词并不多，但同门五兄弟皆好填词的景况，在整个词史中极为罕见。这两组"词家五兄弟"皆属于孝宗朝，足可以证明当时词体创作之盛。就现存宋词资料来看，孝宗时期的词人、词作，无论从绝对数量还是从相对数量上来看，在整个宋代都最为突出。

孝宗乾、淳时期的词坛创作，不仅词人、词作数量极为繁盛，作品所表现的内容也极其丰富，可以说真正达到了"无事无意不可以入词"的境界。除了传统的赠妓、咏妓、感时、伤春、离别、酬唱、咏物、写景、述怀等内容外，从皇室册宝、寿圣诞辰、梓宫发引，到应制、侍宴、赴试、迁职，以及游仙、题壁、题画，自宫廷到民间，各种世相百态无所不呈。如果说，北宋中叶苏轼开启了"以诗为词"的创作倾向，那么，这种现象在孝宗词坛上则得到了充分实现。

从主题内容来看，孝宗词坛最显著的特点是传统题材格局发生了改变。晚唐五代至北宋末期，艳情词作为词体当行本色，一直独领风骚，无论从整体创作，还是从重要词人的作品构成来看，艳情创作始终占据着整个词坛半壁江山，居于绝对主导地位。南渡后，尤其是孝宗时期，艳情虽然仍是词坛的重要组成，但许多词人已经不再涉足，其所占比重降至 19.6%，一枝独秀的地位已不再明显。在艳情创作减少的同时，咏物、祝颂、述怀、节序、说理等多种主题蓬勃涌起，甚至还出现了寄内（向滈《卜算子》"休逗一灵心"）、叹老（李吕《沁园春》"射虎南山"）、落齿（辛弃疾《卜算子》"刚者不坚牢"）、盼雨（姚述尧《鹧鸪天》"几阵萧萧弄雨风"）等各种生活琐碎事态，精通星历的王识甚至以《水调歌头》词调来写"观星"。可以说，南渡后，尤其是到了孝宗时期，从宋金关系、国家政事、皇室册宝，到民俗意趣、祝寿、节序、生子、新居等，再到日常生活中的方方面面，词的表现内容几乎无所不包。

---

① （宋）陈亮：《复杜仲高旟》，《陈亮集》，中华书局 1974 年版，第 269 页。

客观地看，主题内容的扩大，使诗、词之间"言志"与"言情"，"庄"与"媚"的文体界限已不再泾渭分明，词体"言情"成分与娱乐功能明显减弱，述怀、言志之作大为增加，"以诗为词""以文为词"的倾向十分明显；但是，从另一个角度来看，词的主题内容越向诗文靠拢，便会越偏离"绮罗婉媚"的传统词体本色风貌，也就越发失去自己独有的文体特色。因此，孝宗时期以辛弃疾为代表的豪放词人一扫纤艳，用词写其胸中事，一方面，引起范开、汪莘、刘克庄等人的喜爱与共鸣；另一方面，则被视为粗豪，有失词家本色。通过这些褒贬与争议，更可见孝宗词坛创作的丰富与新变。

创作内容的丰富多样，直接导致词体风格的纷繁复杂。孝宗一朝是南宋词风的成熟确立阶段，在继承发扬传统的婉约风格外，最突出的是辛弃疾派词人的豪放及姜夔派词人的清空（或称"骚雅"），辛、姜两派不仅是南宋词风的重要构成，也是后世词人所尊奉的典范。值得注意的是，由于传统艳情之作在孝宗时期大为衰减，因而绮罗香艳、要眇宜修的词体本色格调也随之减弱。与南渡之前的花间格调相比，孝宗词坛显得开阔、理性、大气。

在今人概念中，一提及南宋词坛风貌，辛派爱国词人的旗帜便被树立起来，"豪放"似乎成为这一时期的主体风格。诚然，辛弃疾以 629 首词作雄居宋词创作之首，张孝祥、陆游、韩元吉、陈亮、刘过等人亦词作数量众多，且皆有爱国豪迈之词，但客观地说，爱国题材及豪放风格无论是在孝宗词坛整体创作上还是在这些爱国词人的别集中，所占数量、比重都不大。由于这些作品的内容、格调与传统词体本色相差甚远，因而显得较为瞩目。孝宗时期的豪放风格不仅仅体现在爱国词中，即便是写景一类的作品，其气象境界也极为阔大。如张孝祥《水调歌头·隐静山观雨》：

> 青嶂度云气，幽壑舞回风。山神助我奇观，唤起碧霄龙。电掣金蛇千丈，雷震灵鼍万叠，汹汹欲崩空。尽泻银潢水，倾入宝莲宫。
>
> 坐中客，凌积翠，看奔洪。人间应失匕箸，此地独从容。洗了从来尘垢，润及无边焦槁，造物不言功。天宇忽开霁，日在五云东。

词人开篇便写青山上云气蒸腾，丘壑中狂风飞舞。接下来，用山神、碧霄龙、金蛇、灵鼍等一系列神话意象来形容电闪、雷鸣。大雨像银河一样倾泻，注入宝莲宫内，客人穿过林子去看奔流的洪水。面对这样惊天动地的暴雨，人间肯定会有惊落筷子这种事件，然而，词人身处此地则独自逍遥从容。大雨洗涤了往日的尘垢，滋润了众多干旱的庄稼，但是造物主却不言其功。天空突然绽开晴光，太阳从东边五彩祥云中展露出来。词人描写山中观雨，视角十分开阔，从天上的风云雷雨，到地上的尘垢、禾稼，从实景到神话，从风起云卷到暴雨倾注再到云开日出，写得浪漫奔放、雄奇瑰丽。

除了豪放一派外，姜夔开创的清空词风对后世亦影响深远。姜夔存词数量并不多，仅80余首，内容也相对比较传统，大多是咏物、记游及抒写个人身世、离别相思之作，然而，却完全摆脱了花间以来绮罗婉媚的香艳风格。白石词以瘦硬清刚的笔法、精工典雅的语言、清幽冷隽的风格，被赞誉为"清空骚雅"，从而开启了后世文人词的新篇章。值得一提的是，姜夔开创的清空词风虽产生于孝宗时期，但是真正被效仿、被普及则是到了南宋中后期。

除了婉约、豪放、清空这三种被词学家广泛关注、认可的风格外，孝宗词坛还比较集中地呈现出其他一些格调，如闲逸、理趣、雄丽、谐谑等。田园山水是中国诗歌中的重要流派，恬淡优美的艺术境界与超凡闲逸的人生哲思是其主要特色，这种格调自张志和《渔父词》起，也时时见于词中。乾、淳时期，陶渊明成为文人们欣赏与效仿的对象，陶诗风格也渗入词中，表现隐逸、超脱思想内容的作品大增，数目远远超过前代，如倪偁《南歌子》"佳月当今夕""置酒临清夜""对月中秋夜"等六首、《朝中措》"森然修竹满晴窗"、曹冠的《西江月·泛舟》《宴桃源·游湖》等，都具有清旷、闲逸的格调。

除闲逸之外，这一时期不少词人，如张抡、沈瀛、宋先生等，常以词来阐述理学及佛、道思想，"致知格物""纯全天理""心空无物""菩提""波罗""楞严""阴阳均配""还元返本"等词语充斥其中，这些阐理之作与魏晋时期玄言诗颇有相似之处，其风格可归为理趣一派。

由于高宗、孝宗皆偏爱小词，因此，乾道、淳熙年间应制词颇多，王世贞曾指出："南宋如曾觌、张抡辈，应制之作，志在铺张，故多雄丽。"① 曾觌是高、孝二君都很喜欢的词臣，其现存应制、奉诏之作十余首，风格铺张富丽，如《醉蓬莱·侍宴德寿宫应制赋假山》一阕：

> 向逍遥物外，造化工夫，做成幽致。杏霭壶天，映满空苍翠。耸秀峰峦，媚春花木，对玉阶金砌。方丈瀛洲，非烟非雾，恍移平地。
>
> 况值良辰，宴游时候，日永风和，暮春天气。金母龟台，傍碧桃阴里。地久天长，父尧子舜，灿绮罗佳会。一部仙韶，九重鸾仗，年年同醉。

字里行间透出一种贵气与大气。除应制外，在侍宴、祝寿（尤其是皇室圣诞）等各种与皇室密切接触的场合，侍臣进奉之作大多如此，如史浩《声声慢·喜雪锡宴》下阕："况是东堂锡宴，龙墀骤，貂珰宣劝金荷。庆此嘉瑞，明岁黍稌应多。天家预知混一，把琼瑶、铺遍山河。这宴饮，馨华戎、同醉泰和。"由盛宴铺陈到同醉泰和，从朝堂到禾稼，开阔大气。即便是清雅的梅花，词臣们奉旨次韵时也写得不失富丽，如曾觌《蓦山溪·坤宁殿得旨次韵赋照水梅花》："花随人圣，须信世无双，腾凤吹，驻銮舆，堪与瑶池亚。"崔敦诗（1139—1182）的《六州》（商秋吉）、《十二时》（勋华并），庄重典丽，气度不凡，颇有《诗经》颂诗之风范。宋词中的富丽铺张，早在柳永《望海潮》《迎新春》等歌咏都市之作中已现端倪，到了徽宗时期，在大晟词人的谀颂之作中变得更为突出。靖康之变后，随着绍兴和议，乐禁废除，这种铺陈夸饰之气很快又弥漫开来，从而成为孝宗词坛上比较显著的一种风尚，尤其在应制、寿词中更为突出。

除了以上几种风格外，值得注意的是，以辛弃疾为代表的一批词人所创作的俳谐词及其所体现出的谐谑风格。俳谐词通常被归于俚俗一派，南宋王

---

① （明）王世贞：《艺苑卮言》，唐圭璋编《词话丛编》，中华书局1986年版，第391页。

灼曾对此类创作进行过梳理：

> 长短句中作滑稽无赖语，起于至和。嘉祐之前，犹未盛也。熙丰、元祐间，兖州张山人以诙谐独步京师，时出一两解。泽州孔三传者，首创诸宫调古传，士大夫皆能诵之。元祐间，王齐叟彦龄，政和间，曹组元宠，皆能文，每出长短句，脍炙人口。彦龄以滑稽语噪河朔，组潦倒无成，作《红窗迥》及杂曲数百解，闻者绝倒，滑稽无赖之魁也。夤缘遭遇，官至防御使。同时有张臣者，组之流，亦供奉禁中，号"曲子张观察"。其后祖述者益众，漫戏污溅，古所未有。组之子，知阁门事勋，字公显，亦能文。尝以家集刻板，欲盖父之恶。近有旨下扬州，毁其板云。①

王灼追溯了俳谐词的发展过程，尤其对徽宗政和年间的曹组介绍颇多。从当时影响之大，到后人追摹众多，再到曹组之子欲盖其恶，朝廷下旨毁板，可见，曹组词自北宋末年以来经历了天上地下的不同命运。王灼《碧鸡漫志》自序作于己巳三月，即绍兴十九年（1149），该序称此书始于乙丑冬，即绍兴十五年（1145）冬，词话中提到"近有旨下扬州，毁其板云"，由此可知，曹组及其俳谐词在高宗时期是被朝廷所排斥的。

然而，到了孝宗时期，俳谐之作又悄然回归，虽现存数量并不多，但从中可以看出一种变化：乾、淳时期俳谐词在保持戏谑、口语化的同时，极少有庸俗、无聊的表达，整体风格明显趋于雅化。例如，太学诸生所作的《南乡子》（洪迈被拘留）一阕，直涉政治。洪迈使金是个历史事件，发生于绍兴三十二年（1162）四月②，"七月，迈回朝，则孝宗已即位矣。殿中侍御史张震以迈使金辱命，论罢之。"③ 这首俳谐词以幽默嘲弄的语言，表达了太学生们对这一政治事件的讽刺态度。石孝友《惜奴娇》（合下相逢，算鬼病、须沾

---

① （宋）王灼：《碧鸡漫志》，唐圭璋编《词话丛编》，中华书局1986年版，第84页。
② 参见（宋）李心传《建炎以来系年要录》，上海古籍出版社1992年版，第861、876页。
③ （元）脱脱等：《宋史》，中华书局1977年版，第11571页。

惹）、（我已多情，更撞着、多情底你）二阕，以方言俗语写情事，泼辣大胆、调笑的语言中蕴含着深情，然而却不见丝毫色情。尤其后一首，全词以"你"为韵，形成"独木桥体"，而这种文体本身就具有俳谐特色，整首词语言、内容、形式相得益彰。淳熙八年（1181）以后，俳谐词在退居带湖的辛弃疾手中展现出更大魅力，其《西江月》（醉里且贪欢笑）、《千年调》（厄酒向人时）、《夜游宫·苦俗客》（几个相知可喜）等许多词作皆化俗为雅，以浅白、嘲谑口吻，或抒发心中郁闷不平，或抨击丑恶社会现象，从而赋予俳谐词较深的思想内涵。顾随曾有中肯评述："词中有所谓俳体者，颇为学人诟病。苦水却不然。窃以为俳体除尖酸刻薄、科诨打趣及无理取闹者外，皆真正独抒性灵之作也，以其人情味独重故。"①

综合来看，婉约、豪放、清空、闲逸、理趣、雄丽、谐谑等各种风格词作类型交织在孝宗词坛上，呈现出纷纭复杂的创作特色。然而仔细分析，无论哪种风格，在整体上都呈现出一种文人化、典雅化的倾向。词本为樽前娱乐的俗文学，自从到了文人手中，便踏上了雅化之路。雅俗之辨成为词史上一个重要命题，后代词学家相关言论极为丰富，甚至歧义纷呈。例如，对于稼轩词，张炎称"辛稼轩、刘改之作豪气词，非雅词也"②；而任良干则认为"邪正在人，不在世代；于心，不于诗词。……张于湖、李冠之《六州歌头》、辛稼轩之《永遇乐》，岳忠武之《小重山》，虽谓古之雅诗可也"③；邹祗谟亦有言"稼轩雄深雅健，自是本色，具从南华冲虚得来"④。针对同一词人及其作品，之所以出现"雅"与"非雅"的矛盾之论，主要是由于词论家们的品评角度不尽相同。

词体及各种文学作品中的雅俗，可以从思想内容和语言艺术两个层面进行分析。就词而言，其内容以表达文人士大夫心胸、情怀为雅，以表现色情、

---

① 顾随：《倦驼庵稼轩词说》，《词学》第6辑，华东师大出版社1988年版，第1—40页。

② （宋）张炎：《词源》，唐圭璋编《词话丛编》，中华书局1986年版，第267页。

③ （明）任良干：《词林万选序》，施蛰存主编《词籍序跋萃编》，中国社会科学出版社1994年版，第707页。

④ （清）邹祗谟：《远志斋词衷》，唐圭璋编《词话丛编》，中华书局1986年版，第652页。

市井题材为俗；在艺术上，以含蓄、清丽、比兴寄托为雅，以直白、浅露、俚词口语为俗。据此，可以把各种词作划分为四种类型：内容、语言皆雅；内容、语言皆俗；内容雅、语言俗；内容俗、语言雅。关于内容、语言皆雅、皆俗之作，历代论者观点比较一致，如姜夔词向来被奉为骚雅之典范，而柳永、欧阳修、黄庭坚等人的一些淫亵轻薄之作，则被视为恶俗。至于内容雅、语言俗一类，比较有代表性的是辛弃疾，其《采桑子》"书博山道中壁"（烟迷露麦荒池柳）、《鹧鸪天》"戏题村舍"（鸡鸭成群晚未收）、《丑奴儿》（少年不识愁滋味）等作，语言通俗而意蕴丰富。再如石孝友多艳情词，风格内容与柳永相似，却不曾有柳词中的色情成分。《惜奴娇》（我已多情）一阕，口语化强、格调似曲，然而，词人只是直率地抒发男女间专一、热烈、无法割舍的爱恋，没有一丝露骨色情成分。内容俗、语言雅的一类作品，则以刘过《沁园春》咏美人足、美人指甲为例，二词皆着笔于女人肢体，题材低俗，却文笔斐然，比拟、铺陈十分工丽。

南渡之后，崇雅之风渐盛，如果说，这种思潮在高宗时期主要体现在词论和词选上的话，那么，到了孝宗时期，则大量表现在具体创作中。词人、词作整体格调趋向雅致，最明显的是展现文人情怀、意趣的作品大为增加，登临、游览、怀古、隐逸之类的内容较以前更为多见。另一个表现是北宋柳永、欧阳修、黄庭坚之类用浅白口语直露描写色情、性爱的词作已难觅踪影。可以说，自词体产生以来，那些内容、语言皆俚俗的作品在孝宗时期极其少见；与此同时，姜夔这种清空骚雅的词风得到以范成大为首的文人集团的欣赏与认可。

第二节　词体功能的继承与扩展

综观乾、淳时期词坛，词人、词作数量的繁荣及主题、风格的多样，与词体功能的多样性密切相连。词是随着燕乐所产生的适用于歌楼、妓馆、宴饮等娱乐场所的一种音乐文学，供歌妓演唱，娱宾遣兴是其主要功能，这一功能在徽宗时期仍极为突出。靖康之变后，家国之痛、南渡之悲、朝廷乐禁，从社会客观环境到词人生活、心态都发生了巨大转变，传统的娱宾遣兴需求随之缩减。这一时期，词已经成为各阶层人们十分熟悉并习惯的一种体裁。除了歌舞宴乐外，词体逐渐渗透文人生活的各个方面，如交游、祝寿、集会、登临、应制等。词像诗一样，逐渐成为文人们交流与表达的重要工具，言志、述怀与交际功能迅速扩展。

周济曾提到，"北宋有无谓之词以应歌，南宋有无谓之词以应社"①，明确指出南北宋词体功能的差异，后人也以此作为两宋词风异同之至论，但也因此而造成一种错觉，即南渡之后词体音乐功能逐渐淡化、消失。其实，尽管南宋时期词体文人化、案头化倾向不断增强，但其音乐性、表演性无论在宫廷官贵阶层还是在市井里巷之间都依然存在，并且十分盛行。相比较而言，词体在北宋基本以应歌娱乐为主要功能；到了南宋，其功能不仅是娱乐，还扩展到文人酬赠及抚时感事等众多方面。

一　应歌功能及娱乐性得到延续

孝宗时期，词体应歌功能十分显著，这从当时许多词人题序中可以获得第一手资料证明。例如，韩元吉《满江红》序曰，"再至丹阳，每怀务观，有歌其所制者，因用其韵示王季夷、章冠之"。丹阳今属江苏镇江，隆兴二年（1164）冬，韩元吉以新鄱阳守的身份到镇江探望母亲，陆游恰好任通判，二人"相从者六十日"②，互相唱和。从该序可见，陆游所作之词是被用于歌唱的。周必大《谒金门》序曰，"和从周宣教韵祝千岁寿，请呼段、马二生歌之"，明确指出寿词在当时亦被用于演唱，而且是男性歌者来演唱。曹冠《霜天晓角》曰，"荷花令用欧阳公故事，歌《霜天晓角》词，擘荷花，遍分席

---

① （清）周济：《介存斋论词杂著》，唐圭璋编《词话丛编》，中华书局1986年版，第1629页。
② （宋）陆游：《京口唱和序》，钱忠联、马亚中主编，涂小马校注《陆游全集校注·9，渭南文集校注·1》，浙江教育出版社2011年版，第350页。

上，各人一片，最后者饮"，该词序不仅记载了当时文人聚会唱词助兴，还详细记录了行荷花令侑酒的细节。曹冠《哨遍》序曰，"东坡采《归去来词》作《哨遍》，音调高古。双溪居士括《赤壁赋》，被之声歌，聊写达观之怀，寓超然之兴云"，足见连檃栝《赤壁赋》一类的词作也被用于歌唱。与此相似，姚述尧《鹧鸪天》序称，"王清叔具草酌赏海棠为作二绝句，清叔击节，括以《鹧鸪天》歌之"，提到自己以《鹧鸪天》檃栝友人咏海棠二绝句，并用于演唱。

关于乾、淳时期以词演唱的情况，管鉴《养拙堂词》中保存着丰富信息。管鉴，字明仲，龙泉（今属浙江）人，徙居临川（今江西抚州），枢密管师仁之孙，享年 63 岁，据王兆鹏、邓建考辨，其生年当在 1133 年或稍后，卒于 1195 年或稍后。① 管鉴《念奴娇》序曰，"移节岭表，宋子渊置酒后堂饯别，出词付二姬歌以侑觞，席间和"，可见友人置酒饯行时以自己所作之词供歌妓演唱佐欢，词人即席唱和。《水龙吟》提到，"携家游甘泉寺，歌坡仙'小舟横截春江'之词，用韵。壮观、通幽、吸江，皆亭名"。词人携家人外出游赏，歌唱苏轼《水龙吟》以助兴，并用韵追和。管鉴有《酒泉子》二阕，词前小序为我们提供了极为可贵的词乐资料，其序曰，"唐德兴为海棠赋《酒泉子》词，而樽前无能歌者，即席用韵"，由此可以推知：南宋词尽管仍普遍用于歌唱，但有些词调已不再流行，以至于乐工已不会歌唱了。当然，在缺乏音像保存手段的古代，音乐新旧更迭现象十分正常，一个或若干个词调不能被演唱，并不代表着整个词体音乐性能的减弱或消失。孝宗时期同样产生了一批新的词调，如姜夔自创新调，通常都被范成大、张安国等官贵之家的歌妓用来演唱。不过，与北宋柳永，尤其是徽宗时期周邦彦等大量创制新调相比，南宋词调创新的情况并不突出。

除了题序中大量唱词记录外，词的演唱功能在许多南宋词作及史料笔记中也有体现。例如，袁去华《清平调·赠歌者》曰："移商换羽。花底流莺语。唱

---

① 王兆鹏、邓建：《南宋词人管鉴生平考索》，《上海大学学报》（社会科学版）2008 年第 2 期，第 64—68 页。

彻秦娥君且住。肠断能消几许。"其《思佳客·王宰席上赠歌姬》亦提到："把酒听歌始此回。流莺花底语徘徊。神仙也许人间见，腔调新翻辇下来。"皆是对歌妓唱词的细腻描写。杨无咎的《一丛花》曰："娟娟□月可庭方。窗户进新凉。美人为我歌新曲，翻声调、韵超出宫商。犀箸细敲，花瓷清响，余韵绕红梁。"《点绛唇·赵育才席上用东坡韵赠歌者》曰："换羽移宫，绝唱谁能和。伊知么。暂听些个。已觉丝成裹。"亦记录了歌妓演唱助兴的情形。

歌妓们在花间樽前浅吟低唱，是词体给人们带来的整体印象。南渡之后，尽管家国意识高涨、词体功能扩大，但娱乐、演唱依然是词体的主要功能。

二　文人唱和极为普遍，词体交际功能突出

与北宋应歌为主的娱乐性能相比，南渡之后词体功能更多地扩展到文人之间的应酬及文人个体的言说，如前文提到管鉴词序中称友人所作《酒泉子》已无人能歌，但词人仍即席用韵赋就二首，可见当时文人填词已不再以歌唱为目的，彼此唱和、互动交流已成为其创作的重要动机。由此可知，孝宗时期，词体在保持传统应歌功能的同时，其诗歌化与案头化创作倾向大为增强，具体表现在文人之间酬赠唱和现象及词体纪实性能的强化与突出。

唱和是中国传统诗词中的一种重要创作形式，就词体而言，唱和早在中唐时期便已出现，张志和的《渔父词》，白居易、刘禹锡的《忆江南》皆为佐证。有学者甚至认为，唱和"是词的早期功能的必然产物，同时也是词的繁荣的推动力之一"[1]。北宋时期，自张先集中明确出现 8 首唱和词开始，到苏门文人的酬赠往来，以词唱和之风逐渐兴起，然而，在整个词坛并不算普遍。南渡后，乐谱、乐工的流失，以及高宗初期乐禁的实行，加速了词体诗化、案头化的进程，文人之间不仅以诗酬赠，以词酬赠唱答的行为也高度繁荣起来，这种现象在孝宗年间十分普遍，甚至还出现了"鹅湖之会"这样的典型代表。

鹅湖在江西铅山境内，历史上有过两次"鹅湖之会"：一次是淳熙二年

---

① 郭英德：《两宋酬和词述略》，《中国文学研究》1992 年第 1 期，第 56—62 页。

（1175），由吕祖谦发起，朱熹"理学"与陆九渊"心学"在此展开激烈讨论，成为哲学史上的著名事件；另一次是淳熙十五年（1188），陈亮拜访辛弃疾，于鹅湖相聚，彼此激励、相互酬答，产生了一系列《贺新郎》同韵唱和词，从而成为文学史上一段佳话。辛弃疾在《贺新郎》（把酒长亭说）一阕的词序中详细记录了这次唱和的缘起："陈同父自东阳来过余，留十日，与之同游鹅湖，且会朱晦庵于紫溪，不至，飘然东归。既别之明日，余意中殊恋恋，复欲追路。至鹭鸶林，则雪深泥滑，不得前矣。独饮方村，怅然久之，颇恨挽留之不遂也。夜半，投宿泉湖吴氏四望楼，闻邻笛悲甚，为赋《贺新郎》以见意。又五日，同父书来索词。心所同然者如此，可发千里一笑。"①陈亮以同调"老去凭谁说"一阕唱和，题序："寄辛幼安，和见怀韵。"辛弃疾"同父见和，再用韵答之"，又以"老大那堪说"一阕回赠。陈亮则"酬辛幼安，再用韵见寄"回复一首"离乱从头说"，并且"怀辛幼安用前韵"又赋就"话杀浑闲说"一阕。辛、陈二人以同韵的《贺新郎》循环唱和、传情达意、互抒壮志、彼此砥砺，把唱和词创作推向一个高峰。

不仅如此，淳熙十六年（1189）春，杜斿（字叔高）从浙江金华到江西上饶探访，辛弃疾还以《贺新郎》"细把君诗说"一词赠友人，题云"用前韵送杜叔高"。前韵，即稼轩不久前寄赠陈亮的词调、词韵，从而把辛、陈二人之间的唱和推及杜叔高身上。孝宗时期，类似辛、陈之间的唱和活动极其普遍，无论是宴饮、集会，还是游览、鉴赏等场合，文人们时常以诗、词来唱和酬答、呈才助兴。

乾、淳年间的唱和词比之前任何时期都要丰富，从内容上看，有宴饮歌舞时的酬赠，有文人雅集时的咏物，有离别吟唱，还有应制、贺寿、述怀、节序等交流，唱和几乎深入词体的各种主题中。从形式上看，有次韵唱和（韵脚与原作完全相同），有依韵唱和（用原作相同韵部的字），有同题唱和，其中，尤以次韵之作最为突出。从唱和对象上看，有自唱自和，有时人互相唱和，也有追和前人之作。自唱自和多为自步其韵，如李处全有《水调歌

---

① 唐圭璋编纂，王仲闻参订，孔凡礼补辑：《全宋词》，中华书局1999年版，第2438页。

头·咏梅》"微雨眼明处，春信著南枝"一阕，另有同调"飞雪已传信，端叶未分枝"一阕，其序曰"前篇既出，诸君皆有属和，因自用韵"。洪适有一组《满庭芳》，其一"华发苍头"题曰"辛丑春日作"，乃淳熙八年（1181）自抒胸怀之词。另外，还有 9 首为酬赠之作，涉及徐守、叶宪、景卢、赵泉等人，皆为次自己前韵之作。沈瀛有《减字木兰花》48 首，皆为同韵词，其中包括"赠刘烟霞""竹斋侑酒辞""诸斋作真率会"等几组联章，亦为词坛少见的创作现象。

孝宗时期，文人之间相互唱和现象最为普遍，他们的唱和形式有普通唱和，也有次韵唱和，后者更为突出。例如，丘崈有《满江红》"十载重游"，序曰"和范石湖"，又有同调同韵"冠盖吴中"一阕，序曰"余以词为石湖寿，胡长文见和，复用韵谢之"，可见，丘崈、范成大、胡长文等人互相次韵相和，十分热闹。追和之作相对前两类数量比较少，这一时期词人所追和的前贤相对比较集中，周邦彦、苏轼、贺铸、秦观、柳永最受时人追捧。

综览宋词，绝大多数孝宗时期词人皆有唱和之作，最典型的是陈三聘，他追慕范成大，因而和范词 148 首，集为《和石湖词》一卷，今存 72 首。王之道（1093—1169）《相山词》现存 186 首，其中和词 112 首，占 60% 以上。以词唱和在南渡后已经成为文人社交的重要手段，这在辛派词人中格外突出，辛弃疾、张孝祥、叶梦得、陈亮、刘克庄、刘辰翁都有大量的唱和词。从宋词发展历程来看，唱和词在孝宗时期达到了一个新高度，不但数量众多，而且内容、形式缤纷多样，可以说，唱和这种创作形式，已经渗入乾、淳词人生活与创作的方方面面。

三　题序、词作富有纪实性，记事、述怀功能增强

随着人们对词体的深入研究，通常把词体结构分为：词调、词题、词序、词四个部分。词调与词是词体不可或缺的构成部分，自词体初创时便已存在。词题、词序则是随着词体发展而出现的补充内容，通常来看，词题是对词作主旨进行高度概括的词或短语；词序则是对创作背景、词作内容进行补充说

明的一段文字。从形式上看，词题短小，词序较长。就宋词发展来看，词的题、序在南渡后明显增加，尤其是到了孝宗年间，单就文学性能比较突出的词序统计，孝宗词坛上共计 553 则，而从北宋初直至高宗朝仅 450 则左右，孝宗一朝的词序数量超过了此前 200 年的总和。从词史上看，题序的发展与词体文人化倾向及词体功能扩大化呈同步状态，正如施蛰存所言："词的作用扩大，成为文人学士抒情写怀的一种新兴文学形式。于是，词的内容、意境和题材都繁复了。有时光看词的文句，还不知道为何而作。于是，作者有必要给加上一个题目。"①

题序中对于创作背景、创作主旨的交代，大大增加了词体的纪实性。比如，最具词体特色的艳情词，其创作目的多是供歌妓演唱之用，内容通常具有大众性和普遍性。然而，随着题序的大量使用，孝宗时期艳情词中的题序也越来越多。通过这些题序，我们可以了解到宋人创作的许多背景，如史浩的《西江月》：

> 红蓼千堤挺蕊，苍梧一叶辞柯。夜阑清露泻银河。洗出芙蓉半朵。
>
> 解带初开粉面，绕梁还听珠歌。心期端的在秋波。想得今宵只我。

以及李石的《出塞》：

> 花树树。吹碎胭脂红雨。将谓郎来推绣户。暖风摇竹坞。
>
> 睡起栏干凝伫。漠漠红楼飞絮。划踏袜儿垂手处。隔溪莺对语。

这两首都是格调非常传统、婉约的艳情词，初读通常不会有什么清晰感受，然而，分别辅之以题序，前者"即席答官伎得我字"，后者"夜梦一女子引扇求字，为书小阕"。则可以得知，前一首是词人与官伎的即席互动，后者则为记梦之作，一实一虚，各有不同。除艳情词外，更值得注意的是，一些寿词与唱和词往往会在题序中标明具体的时间、对象，这对于我们了解词人

---

① 施蛰存：《词学名词释义》，中华书局 1988 年版，第 93 页。

交游、考订词人生平大有裨益。

由于乾、淳时期许多词人的题序及词作具有明显的实指功能，从而对词人的生平命运轨迹有所记录和反映，因此，这一时期的词作甚至带有纪实的性质。

例如，宗室词人赵师侠，著有《坦庵词》一卷，其题序中多有行迹记录：如《满江红》（烟浪连天）一阕序曰"辛丑赴信丰，舟行赣石中"；《蝶恋花》（剪剪西风催碧树）序曰"癸卯信丰赋芙蓉"；《生查子》（春光不肯留）序曰"丙午铁炉冈回"；《风入松》（溪山佳处是湘中）序曰"戊申沿檄衡永，舟泛潇湘"；《凤凰阁》（正薰风初扇）序曰"己酉归舟衡阳作"等，行迹编年十分清晰。《四库总目提要》云："今观其集，萧疏淡远。不肯为剪红刻翠之文。洵词中之高格，但微伤率易，是其所偏。师侠尝举进士，其宦游所及，系以甲子，见于各词注中者，尚可指数。大约始于丁亥而终于乙巳。其地为益阳、豫章、柳州、宜春、信丰、潇湘、衡阳、莆中、长沙，其资阶则不可详考矣。"①

陆游（1125—1209）是文学史上一位高寿文人，孝宗年间正是其生命与创作的黄金期。乾道五年（1169）末，陆游被任命为左奉议郎，差四川夔州任通判，次年闰五月由山阴起程，十月抵达夔州，开始了八年的蜀地宦游生活。其间，于乾道八年（1172）初，接受四川宣抚使王炎之聘，赴南郑（今陕西汉中）任宣抚使司干办公事。因王炎九月被调入京，幕府解散，陆游只好重返成都，辗转蜀地为官，直至淳熙五年（1178）正月，被朝廷颁旨召回临安。陆游共在蜀地宦游九个年头，这段经历是他生命中的一段重要历程，也为其诗词创作提供了重要素材。在陆游词作中，蜀地宦游履历清晰可辨，如《满江红·夔州催王伯礼侍御寻梅之集》（疏蕊幽香），乃乾道六年（1170）初到夔州之作；《临江仙·离果州作》（鸠雨催成新绿）、《蝶恋花·离小益作》（陌上箫声寒食近）、《鹧鸪天·兼葭驿作》（看尽巴山看蜀山），皆为乾道八年（1172）赴王炎幕府途中所作；《浣溪沙·南郑席上》（浴罢华

---

① （清）永瑢等：《四库全书总目》，中华书局1965年版，第1813页。

清第二汤)、《秋波媚·七月十六日晚登高兴亭望长安南山》(秋到边城角声哀)为南郑任期间作;乾道九年(1173),返回成都后,无论其在嘉州、蜀州、荣州任职,皆有词作可循。

与陆游相似,京镗也是南宋中兴时期重要人物,历经高、孝、光、宁四朝,词作有《松坡居士乐府》二卷。淳熙十五年(1188),京镗任四川安抚制置使兼知成都府,期间创作出不少描绘成都风景及与友人唱和酬答的词作。例如,《绛都春》(正锦里元夕)写元夕灯市的繁华热闹;《木兰花慢》(蜀人从来好事)写重九药市;《洞仙歌》同样写药市,但词中"三年锦里,见重阳药市",表明是执政三年后所作;《定风波》中"万里西南天一角"一句,具有明显纪实色彩,可见乃其于成都所作。

综观两宋词作,北宋词人填词多以应歌为主,个人心胸情怀、履历色彩并不明晰,除了苏轼大量运用词序,个人生平轨迹较明显外,绝大多数词人的作品难以系年。而到了孝宗时期,由于词体功能扩大,文人以词记事述怀成分增多,通过题序及作品所传递的个人信息也随之更为明确、详细,辛弃疾、姜夔、陆游、陈亮、赵师侠、王质、京镗等许多词人的作品,都呈现出明显的纪实性。

第三节　填词技巧成熟深化

孝宗时期,词坛繁盛也体现在填词技巧的成熟与深化。词自唐代民间产生,在晚唐五代文人,尤其是花间、南唐词人手中,逐渐成熟、定型。时至北宋,经过近百年涵养,在柳永、晏殊、欧阳修、苏轼、晏几道、秦观、黄庭坚、贺铸等几代文人的推动下走向繁盛。北宋末年,由于徽宗皇帝的倡导,建立大晟乐府,以周邦彦为首的词人,从音律到章法,把词体创作推向一个新高度。南渡之后,虽然家国之变给词体创作带来巨大影响,但由北入南的一些词人,如李清照、朱敦儒、万俟雅言等继续推动着词史的发展,使词体到乾道、淳熙年间再次达到一个高峰。与北宋相比，孝宗时期的填词技巧也有所深化，用典、议论等宋诗手法更为突出。就艺术形式而言，次韵与联章之作的数量明显超过了前代，此外，集句创作也比较集中。

一　次韵

诗、词、曲、赋一类的韵文通常要押韵，音韵学自南朝产生后，因唐代科考对律诗要求逐渐严格，从而使诗歌格律音韵不断深化，唐人对诗韵极为关注。元和时期，元稹、白居易等大量采用同韵互相酬和，遂成依韵唱和之风。次韵是诗词唱和中对文人写作技术要求最高的一种，与依韵（用同一韵部）、用韵（用原韵的字）相比，次韵不但要求用原韵，而且要按照原韵的用字顺序相和。北宋时期，张先、苏轼等文人以词唱和时，便有次韵之作。不过，北宋时期文人们对词体的关注更多停留在音乐方面，"以诗为词"的苏轼，其作品也多供演唱。即便豪放之作，也被人以"关西大汉，执铁板，唱'大江东去'"来形容，因此，在演唱功能笼罩下，词的韵脚并不像诗韵那样被格外关注。

南渡后直至孝宗朝，词的演唱性、音乐性仍很明显，然而，文人们对词韵的追求变得热衷起来，这一时期甚至出现了专门制定的词韵。沈雄《古今词话》引录元代陶宗仪《韵记》曰："本朝应制颁韵，仅十之二三，而人争习之。户录一编以粘壁，故无定本。后见东都朱希真，复为拟韵，亦仅十有六条。其闭口侵寻、监咸、廉纤三韵，不便混入，未遑校雠也。鄱阳张辑始，始为衍义以释之。洎冯取洽重为缮录增补，而韵学稍为明备通行矣。……"[1]朱希真，即南北之交的"词俊"朱敦儒（1081—1159），陶宗仪曾见过其所拟制的十六条词韵。朱希真制定词韵极可能是在绍兴年间，尽管这部词韵未见于现存宋人著述，且在元后散佚，但陶氏的记录足以说明南渡之后，文人们已经开始总结、规范词体的用韵状况。

就具体创作而言，南渡后，尤其是孝宗年间，文人之间的和韵、次韵数

---

① （清）沈雄：《古今词话》，唐圭璋编《词话丛编》，中华书局1986年版，第832页。

量大增。据统计，宋代和韵词共有 2433 首①，孝宗时期约 550 首，占总数 22% 以上。对词韵的注重和实践，从一个侧面反映出文人填词技艺的高度成熟。作为词人之间交流甚至呈才的一种互动，次韵唱和之作在孝宗时期有一个明显的特征，即在辛弃疾、陈亮、刘过等"以诗为词"倾向明显的词人创作中极为突出，"尤其辛弃疾与刘辰翁两人，唱和词数量十分惊人。其中，仅和韵词，辛弃疾有 144 首，刘辰翁有 102 首，而北宋全部和韵词仅 150 首左右"②。次韵在南渡后成为词坛的普遍创作现象，而相比之下，在姜夔、赵长卿等这些秉承词体家法、风格婉约、严格讲求音律的词人作品中，次韵唱和所占的比重要远远少于辛派词人。从这个角度来看，次韵实际上是词体向诗歌化、案头化发展的一个重要体现。

二 联章

孝宗时期，词坛上另一种比较突出的创作艺术现象是联章组词的大量产生。与次韵一样，联章也是诗、词重要的创作形式，其特点是"把二首以上同调或不同调的词按照一定方式联合起来，组成一个套曲，歌咏同一或同类题材"，"唐宋词中的联章体主要有普通联章、鼓子词和转踏三种"③。"大曲、法曲也可视为一种联章。"④ 鼓子词、转踏、大曲、法曲由于其独特的表演功能，在文本形式上具有明确的规定性，此不赘述。普通联章是词体中最为常见的组词形式，从音乐角度可以分为同调联章（用同一个词调）和异调联章（用不同词调歌咏同一主题），同调之中又分为同调次韵与同调异韵。据统计，《全宋词》里就有 130 多位词人填写了 300 多组联章词。⑤ 其中，孝宗时期的联章创作状况见表 1-2。

---

① 参见童向飞《宋代唱和词研究》，博士学位论文，南京师范大学，2000 年。
② 李桂芹、彭玉平：《唱和词演变脉络及特征》，《甘肃理论学刊》2008 年第 3 期，第 117—121 页。
③ 夏承焘、吴熊和：《读词常识》，中华书局 2000 年版，第 36 页。
④ 同上书，第 37 页。
⑤ 刘华民：《宋词联章现象探讨》，《盐城师范学院学报》（人文社会科学版）2005 年第 1 期，第 34—39 页。

表 1-2　　　　　　　　　孝宗时期联章词创作

词人	大曲、法曲、鼓子词（组）	转踏（组）	普通联章（组）	备注
杨无咎			11	
曹勋	1		5	有回文联章
史浩	7		1	
仲并			1	
倪偁			3	皆次韵
许庭			1	咏柳
王十朋			1	咏十八香
毛开			1	
洪适	4	1	3	
张抡			10	皆为 10 首组词
侯寘			3	
赵彦端			6	有咏妓组词
李吕		1		调笑令
洪迈	1			高宗梓宫发引
李流谦			1	
程大昌			2	多寿词
葛郯			7	多次韵
姚述尧			1	咏水仙
管鉴			3	次韵

续 表

词人	大曲、法曲、鼓子词（组）	转踏（组）	普通联章（组）	备注
吴儆			4	次韵
陆游			1	渔父词
姜特立			1	自寿
周必大	1		1	
范成大			1	白玉楼步虚词
赵磻老			1	异调贺寿
王质			4	3 组次韵
沈瀛	2		8	
朱熹			1	
沈端节			1	
张孝祥			3	
李处全			2	次韵
丘崈			3	次韵
赵长卿			11	多次韵
林淳			2	次韵
廖行之			1	
杨冠卿			1	次韵
辛弃疾			11	多次韵
赵善扛			1	

续　表

词人	大曲、法曲、鼓子词（组）	转踏（组）	普通联章（组）	备注
赵善括			2	
程垓			1	次韵
何澹			1	次韵
石孝友			1	次韵
赵师侠			4	
陈亮			1	次韵
卢炳			2	次韵
姜夔			3	
汪莘			2	
郭应祥			1	
共计48家	16	2	136	

　　孝宗时期，词作存世的词人中，48 位皆有联章之作，其中，大曲、法曲、鼓子词等有 16 套，以史浩、沈瀛、洪适较为突出。史浩存有《采莲》《采莲舞》《太清舞》《柘枝舞》《花舞》《剑舞》《渔父舞》七套大曲，共 52 首，在宋代词史上可谓保留大曲数量最多，且体制最为完备。吴梅曾跋云："有歌词，有乐语。且诸曲之下，各载歌演之状，尤为欧、苏、郑、董诸子所未及。宋人大曲之详，无过于此者焉。"① 沈瀛有《野庵曲》《醉乡曲》两套，口语化较强。洪适的联章种类丰富，除了《句降黄龙舞》《句南吕薄媚舞》两套大曲外，还有《隆兴二年南郊鼓吹曲》，以及《渔家傲引》《生查子·盘洲

---

　　① 吴梅：《鄮峰真隐大曲跋》，施蛰存主编《词籍序跋萃编》，中国社会科学出版社 1994 年版，第221 页。

曲》两组按月排列的大型联章鼓子词。

调笑转踏是北宋中期以后流行的一种歌舞形式，又称《调笑集句》《调笑令》《调笑歌》《调笑词》等，现存仅有黄庭坚、秦观、郑仅、晁补之、邵伯温、毛滂、李邴、曾慥、李吕、洪适及无名氏等十一家 72 首（其中邵伯温一首有目无词）。孝宗时期共有 2 套 15 首，除了洪适《番禺调笑》外，还有李吕的《调笑》5 首。值得注意的是，自孝宗以后，宋代词坛上再未见调笑转踏。普通联章在这一时期最为繁盛，有 136 组，最典型的是张抡，其《莲社词》一卷共 122 首，其中共有 10 组联章：《点绛唇·咏春十首》《阮郎归·咏夏十首》《醉落魄·咏秋十首》《西江月·咏冬十首》，以及《踏莎行·山居十首》《朝中措·渔父十首》《菩萨蛮·咏酒十首》《诉衷情·咏闲十首》《减字木兰花·修养十首》《蝶恋花·神仙十首》，联章之作占其总数 80% 以上，在整个词史上也极为罕见。

综观孝宗时期普通联章之作，从内容上看，咏物主题最为突出，如王十朋《点绛唇》18 首，总题 "咏十八香"，分咏牡丹、芍药、兰、桂、梅、菊、荼蘼、梨、竹、海棠、莲、茉莉、含笑、蜡梅、水仙、丁香、瑞香等 18 种花卉；侯寘《菩萨蛮·木犀十咏》，描写木犀在月下、风中、溪边等各种情境下的种种丰韵姿态；杨无咎有两组《柳梢青》，皆咏梅之作，其乾道元年（1165）有序曰："范瑞伯要余画梅四支：一未开、一欲开、一盛开、一将残，仍各赋词一首。画可信笔，词难命意，却之不从，勉徇其请。予旧有《柳梢青》十首，亦因梅所作，今再用此声调，盖近时喜唱此曲故也。"[1] 除了咏花外，祝寿、艳情、说理、述怀、酬赠等诸多主题中皆有联章之作。从艺术手法上看，孝宗时期普通联章词，尤其是小型联章之作大多具有次韵性质，相比之下，北宋时期的次韵联章之作比较少。由此可见，南渡后，文人们在填词创作时虽然不失演唱的目的，但呈才、游戏及交际的性质更为明显。

---

① 唐圭璋编纂，王仲闻参订，孔凡礼补辑：《全宋词》，中华书局 1999 年版，第 1564 页。

三　集句

集句是选取前人成句合为篇章的创作方式，本是诗中一体，最早见于西晋傅咸的《七经诗》，以《诗经》之句连缀成篇。到了宋代，随着诗歌创作由才性走向学问，文人集句之作比较流行。从石延年到王安石，再到文天祥，皆好集句。王安石晚居金陵，喜集句，有多达百韵者，被沈括赞为"语意对偶，往往亲切，过于本诗"①。王安石不仅集句为诗，还集句为词，为《菩萨蛮》（海棠乱发皆临水）一阕，从而开创词中之集句体。由于集句需要饱读诗书，还要组合熨帖，创作难度很大，因而宋代集句词数量并不多。就现存全宋词看，在词序中明确显示出"集句"的，除了宣和年间无名氏所作《调笑集句》8 首组词外②，还有 30 余首集句词。

其中，北宋有 6 位词人共 10 首集句之作，分别为王安石《菩萨蛮·集句》（海棠乱发皆临水）、《菩萨蛮》（数间茅屋闲临水）；苏轼《南乡子·集句》（寒玉细凝肤）、又《集句》（怅望送春杯）、又《集句》（何处倚阑干）；黄庭坚《菩萨蛮》（半烟半雨溪桥畔）、《鹧鸪天·重九日集句》（寒雁初来秋影寒）；秦观《玉楼春·集句》（狂风落尽深红色）；晁补之《江神子·集句惜春》（双鸳池沼水融融）；郑少微《思越人·集句》（欲把长绳系日难）等。孝宗之后，仅有杨泽民《点绛唇·集句》（流水泠泠）、又《集句》（雨歇方塘）两首，以及汪元量《忆王孙》（汉家宫阙动高秋）等数首。

孝宗一朝是宋代集句创作相对比较集中的一个时期。在这较短的时间段内，就有杨冠卿《卜算子·秋晚集杜句吊贾傅》（苍生喘未苏）；辛弃疾《忆王孙·集句》（登山临水送将归）、《踏莎行·赋稼轩，集经句》（进退存亡）；赵彦端《南乡子·集句》（窗户映朝光）、《卜算子·集句》（脉脉万重心）、《菩萨蛮·集句》（青春背我堂堂去）；张孝祥《水调歌头·桂林集句》（五岭

---

① （宋）沈括撰，刘尚荣校点：《梦溪笔谈》，辽宁教育出版社 1997 年版，第 84 页。
② 张明华考辨作者为吴致尧。参见张明华《调笑集句作者考》，《文学遗产》2007 年第 5 期，第 88 页。

皆炎热）等 7 首集句词。从内容上看，杨冠卿的吊贾谊与张孝祥的咏桂林二首，内容明确、主题鲜明、颇具特色；从集句来源上看，辛弃疾的《踏莎行》（进退存亡）脱离了唐诗，语句皆源于经书，是一种创新与开拓。

由于集句是选择已有的成句汇聚形成新作品，所以，作者必须要有丰富的阅读量。词体是长短句形式，因而，集句词的创作要比集句诗难度更大。邹祗谟认为此体不能多作，并引用贺黄公（裳）的评论："生平不喜集句诗，以佳则仅一斑斓衣，不佳且百补破衲也。至词则尤难神合。"① 集句词要以他人诗、词、文、赋中的成句组合起来表达自己的意思，非博学之人不能为。比如，杨冠卿《卜算子·秋晚集杜句吊贾傅》一阕：

> 苍生喘未苏，买笔论孤愤，文采风流今尚存，毫髮无遗恨。
> 凄恻近长沙，地僻秋将尽。长使英雄泪满襟，天意高难问。

全词皆采用杜诗，按顺序八句分别取于《行次昭陵》《寄岳州贾司马六丈巴州严八使君两阁老五十韵》《丹青引赠曹将军霸》《敬赠陈谏议十韵》《入乔口》《秦州杂诗二十首》（其十八）、《蜀相》《暮春江陵送马大卿公恩命追赴阙下》。勾连紧密，起承转合一气呵成。乾、淳年间是宋代思想、文化高度发达的重要阶段，集句词创作较为频繁地出现，可以说是这一时期文人才情充沛的一种反映。

集句、次韵、联章，以及檃栝、回文等，都是具有一定限制性的创作方法，亦是诗歌创作发展到一定阶段的产物，这些创作形式在孝宗时期词坛中都有丰富的呈现，尤其前三者还形成一个相对集中的创作高潮，正说明该时期词体在创作技艺上不断走向成熟和深化，诗歌化的创作倾向十分明显。

---

① （清）邹祗谟：《远志斋词衷》，唐圭璋编《词话丛编》，中华书局 1986 年版，第 653 页。

第二章　孝宗词坛风貌形成原因

众所周知，南、北宋词风存在着明显的差别，明末云间词派盟主陈子龙曾指出："晚唐语多俊巧，而意鲜深至，比之于诗，犹齐梁对偶之开律也。自金陵二主，以至靖康，代有作者。或秾纤婉丽，极哀艳之情；或流畅淡逸，穷盼倩之趣。然皆境由情生，辞随意启，天机偶发，元音自成。繁促之中，尚存高浑，斯为最盛也。南渡以还，此声遂渺，寄慨者亢率而近于伧武，谐俗者鄙浅而入于优伶。以视周、李诸君，即有'彼都人士'之叹。"① 很显然，南渡是两宋词坛的分水岭，词体创作从内容到风格都产生了巨大改变，李后主、周邦彦那种哀艳之情、盼倩之趣在南渡之后已经变得杳渺，这种趋势在孝宗乾、淳年间更为突出、明显。

从整体来看，孝宗时期是两宋词史上现存作品数量最为众多的一个阶段。不但词人、词作数量最突出，而且作品风格也极为丰富，除了传统的婉约格调外，苏轼开创的豪放一派在辛派词人的推动下达到了顶峰。此外，精通音律的姜夔以其独特的创作个性，开创了最具文人气质的清空骚雅派。随着隐逸、说理、应制、祝颂及述怀等各类主题的大量出现，闲逸、理趣、雄丽、谐谑等各种风格也交织在词坛上。创作的多样化，使"词为艳科"的本色传统受到猛烈冲击，在词体发展中一直处于绝对主导地位的艳情词在南渡后，尤其是在孝宗年间明显衰退。当今学者普遍认为，这种创作风貌主要是由宋金对峙、中兴复国的社会现实所决定的。诚然，时代背景通常对作品内容、

---

① （明）陈子龙：《幽兰草词序》，施蛰存主编《词籍序跋萃编》，中国社会科学出版社 1994 年版，第 505 页。

风格产生一定影响，但就词这种具有艳情特质的娱乐文体而言，歌舞酒筵、声色享乐的生活环境是其创作、传播的主要因素，如果说，南渡之初这种环境有所破坏的话，那么，到孝宗乾淳年间，艳情词的创作环境完全得到了恢复。无论是社会财富的积累，还是市井娱乐的繁荣，丝毫不亚于北宋徽宗时期，然而，词坛创作风貌却与北宋大为不同。其中缘由值得深思。

孝宗被誉为"中兴盛帝"①，一直怀抱着复国之志，即位不久便发动北伐，然而，面对强劲的金兵，很快以失败告终，于是签订"隆兴和议"。从表象上看，"隆兴和议"与之前高宗"绍兴和议"及之后宁宗"嘉定和议"都属于无力抗金的软弱之举，历来被视为"屈辱条约"。但与"绍兴和议""嘉定和议"相比，"隆兴和议"条件最为宽松优厚：宋对金不再称臣，改为叔侄关系；岁贡由绍兴时的银 25 万两、绢 25 万匹，减为银 20 万两、绢 20 万匹。"嘉定和议"则又增加为银 30 万两、绢 30 万匹。这种历史上少有的降低赔款的和议，客观地说，是南宋对金关系的一种进步。

孝宗之初的"隆兴和议"，使宋室取得了四十年的暂时稳定，社会呈现出繁荣富庶的小康之象。宋末周密在回顾赵宋盛世时曾赞曰："乾道、淳熙间，三朝授受，两宫奉亲，古昔所无。一时声名文物之盛，号'小元祐'。"②《武林旧事》中极为详尽地记录了临安城瓦子勾栏、酒楼、歌馆的分布情况，并指出各酒楼中"每库设官妓数十人……每处各有私名妓数十辈……歌管欢笑之声，每夕达旦，往往与朝天车马相接。虽风雨暑雪，不少减也"；歌馆皆"群花所聚之地"；至于诸处茶肆，亦"各有等差，莫不靓妆迎门，争妍卖笑，朝歌暮弦，摇荡心目"③。临安城中的市井繁华娱乐之象，除了周密记述外，在不少南宋史料笔记，如吴自牧《梦粱录》、耐得翁《都城纪胜》、西湖老人《繁盛录》中皆有类似的记录。

《梦粱录》"妓乐"详细介绍了南宋歌妓在社会娱乐中的活跃状态："今

---

① （宋）陈傅良：《赴桂阳军拟奏事劄子第一》，《止斋集》卷十九，《四库全书》1150 册，第651 页。

② （宋）周密：《武林旧事》，西湖书社 1981 年版，序言。

③ 同上书，第 93—94 页。

士庶多以从省，筵会或社会，皆用融和坊、新街及下瓦子等处散乐家，女童装末，加以弦索赚曲，祗应而已。……街市有乐人三五为队，擎一二女童舞旋，唱小词，专沿街赶趁。元夕放灯、三春园馆赏玩，及游湖看潮之时，或于酒楼，或花衢柳巷妓馆家祗应，但犒钱亦不多，谓之'荒鼓板'。……但唱令曲小词，须是声音软美，与叫果子、唱耍令不犯腔一同也。朝廷御宴，是歌板色承应。如府第富户，多于邪街等处，择其能讴妓女，顾倩祗应。或官府公筵及三学斋会、缙绅同年会、乡会，皆官差诸库角妓祗直。"① 从士人到庶民，无论元夕放灯、游湖观潮，还是官府公筵、缙绅聚会，都有女童、歌妓演唱令曲小词的身影，甚至连朝廷御宴也有歌板承应。

依照常理，这种浮华靡丽的声色宴饮环境本应是艳情词繁荣发展的温床，徽宗崇宁至宣和时期的创作便是有力证明。然而，在孝宗朝，在这种歌舞繁华的世风之下，在这个宋词创作数量最为繁盛的阶段，最具词体本色特质的艳情词不仅没有持续兴盛，反而不断走向衰退，咏物、寿词、节序、述怀、说理等主题代之纷纭而起，究其原因，并不能简单地归结于抗金背景，而更应该从统治者的思想导向、词体自身的发展规律及社会文化思潮等多角度、多方面进行探讨。

第一节　统治阶级的喜好与导向

一　北宋末期以来皇室对词体的喜爱

自阶级产生后，任何一个历史时期的主流文化艺术总是围绕着统治阶级的指挥棒来转动。朱彝尊曾提到宋代君主对词的影响："仁宗于禁中度曲，时则有若柳永。徽宗以大晟名乐，时则有若周邦彦、曹组、辛次膺、万俟雅言，皆明于宫调，无相夺伦者也。洎乎南渡，家各有词，虽道学如朱仲晦、真希

---

① （宋）吴自牧：《梦粱录》，《丛书集成》，上海商务印书馆1939年版，第191页。

元，亦能倚声中律吕，而姜夔审音尤精。"① 宋词之所以为一代之文学，的确与统治阶级的喜好密不可分。高宗皇帝赵构对此更有清晰的认识，他曾明言："上有所好，下必有甚焉。"② 两宋共 18 位皇帝，除了南宋末赵显、赵昰、赵昺三位儿皇帝外，有词作存世的为仁宗、神宗、徽宗、钦宗、高宗、孝宗、宁宗，几近半数，尤其是南渡前后的徽宗、钦宗、高宗、孝宗四位，皆可圈可点。

徽宗赵佶存词 12 首，断句 2 首，所用词调最多，风格也最为丰富，其中有"触处笙歌鼎沸"（《声声慢·春》）、"欢声里，烛龙衔耀，黼藻太平春"（《满庭芳》）的繁华浮靡，也有"莹肌秀骨""似玉人羞懒"（《声声慢·梅》）的香艳，还有"无言哽噎""不忍抬头，羞见旧时月"（《醉落魄·预赏景龙门追悼明节皇后》）的哀婉。钦宗赵桓存词三首，充满了"奸臣招致北匈奴。边境年年侵侮"（《西江月》）的激愤与"一旦奸邪，倾天拆地，忍听琵琶"（《眼儿媚》）的悲楚。高宗赵构现存 15 首《渔父词》，这组词格调统一，充满了"烟艇小，钓丝轻。赢得闲中万古名"的闲逸与"倾绿酒，糁藜羹。保任衣中一物灵"的雍容。孝宗仅存一首《阮郎归·远德殿作和赵志忠》（留连春意晚花稠），传递出开阔的胸襟、明达的哲思与洒脱的人生态度。

从北宋末期直至南宋中兴，无论家国局势如何，历任最高统治者对词这种文体都很喜爱，其作品数量虽不多，但风格各异：徽宗词奢华浮靡中透出一些俗艳；钦宗词则深怀家国悲愤；高宗词闲逸散淡；孝宗词颇为理性通脱。南北之交这几位帝王的词作风格，不但能清晰体现出各自的心态、志趣及审美风格，而且基本上可以反映出南渡前后的具体时代风貌。

就孝宗一朝的词坛风尚而言，最直接的影响者是高宗、孝宗二位。孝宗作为执政之君，其喜好与导向自然对当朝世风与文风有着重要影响，但太上皇（高宗）的影响力也不容忽视。高宗赵构于绍兴三十二年（1162）禅位，

---

① （清）朱彝尊：《群雅集序》，《曝书亭集》，《四部丛刊》，上海商务印书馆 1929 年版，第 491 页。

② （清）徐松：《宋会要辑稿》，中华书局 1957 年版，第 4409 页。

直至淳熙十四年（1187）崩殂，几乎伴随着孝宗朝始终。虽然这位太上皇声称"淡泊为心，颐神养志"①，退居德寿宫，但由于他与孝宗之间特殊的养父子关系，孝宗"能尽宫廷之孝"②，对太上皇几乎唯命是从，因而，高宗实际上对孝宗及整个孝宗朝产生了深远影响。

罗大经（1195—1242）在《鹤林玉露》中记载："孝宗初年，规恢之志甚锐，而卒不得逞者，非特当时谋臣猛将凋丧略尽，财屈兵弱未可展布，亦以德寿圣智主于安静，不思违也。"③除了政治上的听命之外，孝宗对高宗的任何喜好皆全力满足，"以舜、禹之资，躬曾、闵之行，彩衣焜煌，参侍游遨于湖山之间，赋诗饮酒，承颜适志，以天下养者二十四年，此开辟以来所未有也。"④高宗喜爱小词，是宋代存词数量最多的皇帝。从现存各种笔记、词话中可以发现，在宋代各帝王中，与高宗相关的词本事最多，如王奕清《历代词话》中辑录关于高宗的词本事有十余则，乾、淳年间有 6 则，既有曾觌、张抡、吴琚等词臣的进献、应制之作，也有太学生俞国宝无意题壁之作，因此，考察孝宗时期的词坛风尚，不能不考虑高宗的影响。

二　高宗、孝宗所崇尚的词风

自南渡至宁宗嘉兴四年（1207）辛弃疾谢世这 80 年，可以说是南宋词风确立的重要阶段。在时局的影响下，传统艳情之作大为减少，爱国词明显增加，与此同时，超然隐逸之词、谀颂祝祷之词、述怀说理之词大为流行，词坛风尚趋于雅化，这种态势，与高、孝二帝对词的态度和喜好呈现出一定的同步性。

（一）清新简远的渔父家风

宋高宗赵构是徽宗第九子，钦宗之弟。靖康之变，徽、钦二帝被掳北上，赵构受命于危难，于南京（今河南商丘）登皇帝位。即位之初，为躲避金兵，

---

① （清）毕沅：《续资治通鉴》，中华书局 1957 年版，第 3645 页。
② （元）脱脱等：《宋史·孝宗本纪》，中华书局 1977 年版，第 615、692 页。
③ （宋）罗大经著，王瑞来点校：《鹤林玉露》，中华书局 1983 年版，第 302 页。
④ 同上书，第 332 页。

辗转流落于东南沿海，直至绍兴八年（1138）才定都临安。面对国破家亡，金兵南犯，高宗的心境应该与钦宗词中的表达最为接近，然而其思想、志向，尤其是词作所体现出的意绪格调却恰恰相反。

高宗现存 15 首《渔父词》乃联章组词，词前有序曰，"绍兴元年七月十日，余至会稽，因览黄庭坚所书张志和渔父词十五首，戏同其韵，赐辛永宗"，可见这组词作于绍兴元年（1131）。这一年，距靖康之变仅 5 年，内忧外患连绵不断。自正月起，金人不断洗掠、进犯天水县徒治翰（榆）林、扬州、河南寄治所西碧潭等地；此外，内乱也此起彼伏：顺县有余盛之乱，蓟州有李成之乱，安南"吴忠，与其徒宋破坛、刘洞天作乱，聚众数千人，焚上犹、南康等三县，杀巡尉，进犯军城"[①]。江西安抚大使朱胜非曾总结"方今兵患有三：曰金人，曰土贼，曰游寇"[②]。

在这种动荡纷乱的时局下，高宗所作之词不但无涉家国，反而显出一派闲逸清旷的气度，的确令人感到意外。虽然这种渔父意趣脱俗高雅，但并不合乎时宜，以至于名将曲端"尝作诗题柱，有指斥乘舆之意，曰：'不向关中兴事业，却来江上泛渔舟'"[③]。无独有偶，南唐后主李煜也有两首《渔父词》，虽为题画之作，亦抒发了"万顷波中得自由"的洒脱闲逸情怀。李煜与赵构，一为亡国之君，一为中兴之主，皆执政于外患迭起的乱世，都借《渔父词》抒发自己内心深处对闲适静雅生活的追求和渴望，从某种角度可以展现出他们的性情气质。高宗 15 首《渔父词》与时事政治的巨大落差，更能说明这位皇帝对渔隐之乐的向往是从骨子里散发出来的。

抛开政治背景不论，单就文学角度看，高宗这组《渔父词》颇值得肯定。"渔父"形象自先秦始便被赋予了独特的文化意蕴，成为超脱逍遥的象征。高宗对"渔父"生活的偏爱，可以映射出其精神追求及艺术品格。南宋廖莹中引《奎章录》曰："至于一时闲适寓景而作，则有《渔父词》十五章，又清

---

① （清）毕沅：《续资治通鉴》，中华书局 1957 年版，第 2871—2894 页。
② （宋）李心传：《建炎以来系年要录》，上海古籍出版社 1992 年版，第 588 页。
③ 同上书，第 606 页。

新简远，备骚雅之体。……虽古之骚人词客，老于江湖，擅名一时者，不能企及。"① 这种清新简远的格调在历代文人心中都颇受推崇。当权者的喜好往往对社会风气产生着潜移默化的影响，南渡之后，经过了战乱流离，而词风却始终未泯，究其原因，高宗的喜好不容忽视。尤其到了绍兴中叶，在朝廷主持的童子考试中，有些童子甚至把高宗的《渔父词》与经、子、书一起作为应试内容，如绍兴十三年十二月考试的饶州童子朱绶、绍兴十五年正月考试的宁伯拱、十一月考试的戴松、戴槐等②，由此可见高宗《渔父词》对于当时社会的巨大影响。这种影响必然带来世人对清新简远风格的崇尚，如向子諲《西江月》直言："欲识芗林居士，真成渔父家风。收丝垂钓月明中。总是神通妙用。"绍兴以后，"渔父家风"大为盛行，这与高宗的喜好不无关系。

（二）富贵雍容

除了《渔父词》体现出对宁静淡泊之风的追求外，作为一国之君，高宗不由自主地表现出对雍容大气、富贵安适的偏爱。南渡后，宋金僵持了十余年，绍兴十一年（1141），高宗赵构与宰相秦桧在战局并不落后的情况下，向金乞和，并顺应金人意图，解除韩世忠、张俊、岳飞等人兵权，杀害岳飞，最终与金签订"绍兴和议"，割地、称臣、赔款、纳绢。此后，宋金双方虽偶有冲突，但规模并不大。"绍兴和议"的签订，使南宋朝廷取得暂时安闲，高宗也舒坦许多，南渡之初被禁的教坊、音乐随之复苏。

教坊是唐初设置的掌管宫廷音乐及教习音乐的官署机构，宋初沿循旧制。然而南渡之后，教坊几经周折，《宋会要》有录："高宗建炎初，省教坊。绍兴十四年复置，凡乐工四百六十人，以内侍充钤辖。绍兴末复省。孝宗隆兴二年天申节，将用乐上寿，上曰：'一岁之间只两宫诞日外，余无所用，不知作何名色？'大臣皆言临时点集，不必置教坊。上曰：'善。'乾道后，北使每岁两至，亦用乐，但呼市人使之，不置教坊，止令修内司先两旬教习。"③

---

① （宋）廖莹中：《江行杂录》，《丛书集成初编》，中华书局1985年版，第8页。
② （清）徐松：《宋会要辑稿》，中华书局1957年版，第4410页。
③ 同上书，第351页。

《朝野类要》云："（教坊）中兴以来亦有之。绍兴末，台臣王十朋上章省罢之。后有名伶达伎皆留充德寿宫使臣，自余多隶临安府衙前乐。"① 南渡后，教坊反复省、立，体现出高宗的矛盾态度：既崇尚节俭，又爱好音乐。当王十朋上奏彻底废除教坊后，"名伶达伎"全都留在德寿宫，可见赵构卸下皇位后，便不再刻意掩饰自己对歌舞音乐的浓厚兴趣。

除自己填词外，高宗"又复刻意提倡，奖掖词才，康与之、张抡、吴琚之伦，皆以词受知，奖赏甚厚"②。词臣进奉、应制之风可以说伴随着高宗一生，在高、孝二朝皆很盛行。应制本是因为帝王的喜好而产生的文学现象，唐代便有李白应制《清平调》之说。北宋时，由于词为诗余、小道，极少登大雅之堂，因此，馆阁文臣在御前以词应制的记录相对较少，《青箱杂记》中所载夏竦应制《喜迁莺》一则，更像为词而杜撰的本事。北宋末期徽宗执政后，一方面，"怠弃国政，日行无稽"；另一方面，却对书画、音乐等艺术有着炽热追求，出于本性喜好及"王者功成作乐"的礼乐观，宋徽宗创制新乐，设立大晟府，晁端礼、万俟咏等一批大晟府职官成为其御用词人，按月律进词，吟咏升平，使宫廷应制词风十分盛行。"大晟词人的谀颂之作，主观上有扩大词的社会效用的意图。在他们手中，词不仅仅描写男女艳情，局限于'艳科'的狭小范围，只是作为娱乐工具；而且直接服务于现实社会政治，与诗文一样肩负起沉重的社会使命。"③

这种风气在南渡之后得到继承与延续，康与之、曾觌、张抡、吴琚皆为高宗身边词臣。"康伯可有声乐府，凡中兴以来粉饰治具，及慈宁归养，两宫欢集，必假其应制。尝于上元节进《瑞鹤仙》云：'瑞烟浮禁苑。正绛阙春回，新正方半。冰轮桂华满。溢花衢歌市，芙蓉开遍。龙楼两观，见银烛星球光烂。卷珠帘，尽日笙歌，盛集宝钗金钏。堪羡。绮罗丛里，兰麝香中，正宜游玩。风柔夜暖花影乱，笑声喧。闹蛾儿满路，成团打块，簇者冠儿斗

---

① （宋）赵升：《朝野类要》，《丛书集成初编》，中华书局1985年版，第8页。
② 王易：《词曲史》，东方出版社1996年版，第117页。
③ 诸葛忆兵：《徽宗词坛研究》，北京出版社2001年版，第47页。

转。喜皇都、旧日风光，太平再见。'高宗览之，极称赏'风柔夜暖'以下数语，赐金甚厚。"① 周密《武林旧事》卷七"乾淳奉亲"中记录有许多乾道、淳熙年间词臣们应制、进奉的本事，如曾觌的《阮郎归》（柳阴庭院占春光）、张抡的《柳梢青》（柳色初浓）及曾觌和作（桃靥红匀）、张抡《壶中天慢》（洞天深处）、张抡《临江仙》（闻到彤庭森宝杖）、吴琚《水龙吟》（紫皇高宴萧台）及曾觌《壶中天慢》（素飙扬碧）等，其中有载：

> 淳熙十年八月十八日，上诣德寿宫恭请两殿往浙江亭观潮。……太上宣谕侍宴官，令各赋《酹江月》一曲，至晚进呈，太上以吴琚为第一，其词云："玉虹遥挂，望青山隐隐，一眉如抹。忽觉天风吹海立，好似春霆初发。白马凌空，琼鳌驾水，日夜朝天阙。飞龙舞凤，郁葱环拱吴越。此景天下应无，东南形胜，伟观真奇绝。好是吴儿飞彩帜，蹴起一江秋雪。黄屋天临，水犀云拥，看击中流楫。晚来波静，海门飞上明月。"②

就应制之作而言，歌颂升平、取悦君主是其主要目的。葛立方《韵语阳秋》曾指出应制诗的特点为"大抵不出于典实富艳尔"③，应制词亦如此，从以上列举的词人词作中可见一斑。高宗不仅喜欢身边侍臣进奉词作，对民间作品也颇为关注。《武林旧事》卷三载：

> 淳熙间，寿皇以天下养……一日，御舟经断桥，桥旁有小酒肆，颇雅洁，中饰素屏，书《风入松》一词于上，光尧驻目称赏久之，宣问何人所作，乃太学生俞国宝醉笔也。其词云："一春长费买花钱。日日醉花边。玉骢惯识西泠路，骄嘶过、沽酒楼前。红杏香中歌舞，绿杨影里秋千。东风十里丽人天，花压鬓云偏。画船载取春归去，余情寄、湖水湖烟。明日再携残醉，来寻陌上花钿。"上笑曰："此词甚好，但末句未免

---

① （清）王奕清：《历代词话》，唐圭璋编《词话丛编》，中华书局1986年版，第1224页。
② （宋）周密：《武林旧事》，西湖书社1981年版，第125页。
③ （宋）葛立方：《韵语阳秋》，《丛书集成初编》，中华书局1985年版，第14页。

儒酸。"因为改定云"明日重扶残醉",则迥不同矣。即日命解褐云①。

太学生俞国宝在小酒肆题写一首《风入松》,描写春日西湖的美景及诗酒放旷的情怀。这首词中,酒楼、画船、红杏、绿杨、歌舞、丽人,一派明媚、升平之象。退位的高宗皇帝看到后颇为欣赏,但认为"再携残醉"有些穷酸,因而改为"重扶残醉",把携着剩酒变为喝得尽兴、次日醉意未消。几字之改,富足之气陡增,由此可见,统治阶级所欣赏的是雍容华贵的盛世气度。南渡之后,寿词、节序词创作大为高涨,数量和比例明显比北宋突出,谀颂赞美、富贵雍容的气象屡见不鲜,这种风尚,恐怕与高宗的审美喜好不无关系。

(三)洞明达理

孝宗皇帝也是位很有才气的君主,但是相比高宗对词的热情和喜爱,孝宗则显得理性、节制许多。胡铨(1102—1180)乃高、孝两朝重臣,有《澹然词》一卷。胡铨晚年有《经筵玉音问答》一文,详细记录隆兴元年(1163)五月三日晚上被孝宗皇帝在后殿内阁召见并彻夜欢会的过程。这次君臣之间私人聚会,除了谈及政事、家常、书法外,还有不少唱词助兴的细节:

> (上)令潘妃唱《贺新郎》,……上注酒顾予曰:"《贺新郎》者,朕自贺得卿也。"……《贺新郎》有所谓"相见了又重午",旨谓予曰:"不数日矣。"又有所谓"荆江旧俗今如故"之说,上亲手拍予背曰:"卿流落海岛二十余年,得不为屈原之葬鱼腹者,实祖宗天地留卿以辅朕也。"……潘妃执玉荷杯唱《万年欢》,此词乃仁宗亲制。……上乃亲唱一曲,名《喜迁莺》,以酌酒,且谓予曰:"梅霖初歇,惜乎无雨。"予乃躬揖饮讫。各就坐,上谓予曰:"朕昨苦嗽,声音稍涩,朕每在官,不妄作此,只是侍太上宴间,被上旨令唱。今夕与卿相会,朕意甚欢,故作此乐,卿幸勿嫌。"予答曰:"方今太上退闲,陛下御宇政,当勉志恢

---

① (宋)周密:《武林旧事》,西湖书社1981年版,第38页。

复，然此乐亦当有时。"……（潘妃）歌《聚明良》一曲，上抚掌大笑曰："此词甚佳，正惬朕意。"①

胡铨这篇亲笔实录，具有极重要的史料价值。单从词学角度看，这些文字提供了几方面信息：高、孝时期，皇室私宴亦有唱词侑觞助兴之风，聚会之间所唱之词，皆应时应景，烘托氛围；不仅贵妃擅唱词，孝宗皇帝亦能歌词。孝宗虽能唱词，但自称多侍宴高宗时奉命而为，平日并不妄作；在胡铨与孝宗观念中，唱词乃娱乐之道，与恢复之志相背离。通过胡铨的记载，可以看出，孝宗对词十分熟悉、喜好，但以其性格及所处地位、环境，又使他对词这种娱乐文体相对比较理性、节制，这种态度从其作品中也可窥见一斑。

孝宗仅存一首《阮郎归》，题序"远德殿作和赵志忠"，词曰：

> 留连春意晚花稠。云疏雨未收。新荷池面叶齐抽。凉天醉碧楼。
>
> 能达理，有何愁。心宽万事休。人生还似水中沤。金樽尽更酬。

这首词并非兴致所至的率性填写，而是在远德殿与赵志忠的唱和之作，带有交流互动性质。该词上阕写景，工丽传统；下阕则转向说理，提倡人生在世应心宽明理、尽情欢乐。这种洞明达观的胸怀，正是历代文人消解人生愁闷的良药。与北宋词人多抒发离别、愁苦之情不同，孝宗时期不少词人都在作品中传达洒脱、旷达的人生态度，如曹冠、沈瀛、陆游、辛弃疾等，从而形成一种达观、理性、远离小儿女之态的词坛风格，与孝宗词中表达的思想情调颇为一致。

综观孝宗词坛，传统的艳情之作明显衰减，而隐逸超然之词、谀颂祝祷之词，以及述怀说理之词大为流行。这种创作态势，正与高、孝二帝所偏爱的清新简远、富贵雍容、洞明达理的词风互相呼应。

---

① （宋）胡铨：《经筵玉音问答》，知不足斋丛书，第二集，刻本。

三 朝野对雅正的倡导

南渡之后,词坛最突出的特点是"复雅"之风盛行。这种风尚在高宗绍兴年间首先从词学思想上蔓延开来,主要体现在《梅苑》《乐府雅词》《复雅歌词》等词集的编纂意识,以及王灼《碧鸡漫志》为代表的词学理论上。到了孝宗年间,这种"复雅"之风渗入词的具体创作中,最典型的表现是姜夔及其所开创的"清空骚雅"词风,从而把词体雅化推向了词史的最高峰。除了姜夔外,孝宗时期其他词人的各种创作,无论主题是言情、咏物,还是述怀;无论风格是婉约,还是豪放,基本上都呈现出雅化的倾向。

孝宗词坛上这种浓郁的雅化色彩,其根源可以追溯到靖康之变后统治阶级对雅正的推崇及对徽宗时期俚俗风气的清算。据《宋史》等资料记载,宋朝各代君主都十分重视礼乐,尤其是徽宗赵佶,曾致力于新乐的创制,并于崇宁四年(1105)九月开始推行,亲自赐名为《大晟》。为了与旧乐相区别,还专门设置"大晟府"掌管,使"礼乐始分为二"①。徽宗所推行的大晟新乐制,不但对当时礼乐产生深远影响,而且对词坛繁荣也起到极大推动作用。然而,这一举措却被后人视为崇虚治饰,甚至是导致北宋灭亡的原因之一,如南宋谢维新所言:"不幸崇、观小人用事,倡为丰亨豫大之说,以文太平。虽能作大晟乐,置大司乐,要亦不过崇虚文以饰美观而已,亦奚救于宣、靖之弊哉!"② 赵文在《吴山房乐府序》中更是明确指出:

> 观欧、晏词,知是庆历、嘉祐间人语。观周美成词,其为宣和、靖康也无疑矣。声音之为世道邪?世道之为声音邪?有不自知其然而然者矣。悲夫!……《玉树后庭花》盛,陈亡;《花间》丽情盛,唐亡;清真盛,宋亡。可畏哉!③

---

① (元) 脱脱等:《宋史》,中华书局 1977 年版,第 3002 页。

② (宋) 谢维新:《古今合璧事类备要》外集卷十《音乐发挥》,《四库全书》941 册,第 499 页。

③ (宋) 赵文:《吴山房乐府序》,《青山集》,《四库全书》1195 册,第 13 页。

赵文把词与社会风气联系起来，认为词乃世道之体现，浮靡淫艳词风乃亡国之前兆。把词与国事相连的观点在南宋并不罕见，如谢驿在《杭州》一诗中写道："谁把杭州曲子讴，荷花十里桂三秋。那知卉木无情物，牵动长江万里愁。"谢驿，字处厚，生卒不详，《江西诗徵》卷十六称其与张栻（1133—1180）、张孝祥（1132—1169）有交，当为高、孝时期人物。谢驿此诗代表了当时流传于士人中的一种说法：柳永《望海潮》（江南形胜）一词流播广泛，金主完颜亮听到后，有慕于南方的"三秋桂子、十里荷花"，于是产生了投鞭渡江之志。这种把词作为北宋亡国诱因的说法未免有些牵强，但却体现了一种观念，即歌宴佐欢、娱宾遣兴之词与家国之事不无关联。

关于北宋灭亡原因，徽宗君臣骄奢淫逸、崇饰游观的习性难脱干系。《宋史·徽宗本纪》有评："自古人君玩物而丧志，纵欲而败度，鲜不亡者，徽宗甚焉。"① 宣和以后，朝野上下浮靡无度，最终于政和七年（1117）十二月招来金人分道犯境，于是徽宗只好"诏革弊事，废诸局，于大晟府及教乐所、教坊额外人并罢"②，然而，这些已经无法挽回北宋灭亡的命运。在亲历亡国之痛的有识之士心中，宣和年间朝野上下荒逸声色的做派是招致靖康之变的重要原因，因此，大晟新乐及浮靡、俚俗之声遭到高宗君臣的排斥。

绍兴四年（1134），国子丞王普提出："自历代至于本朝，雅乐皆先制乐章而后成谱。崇宁以后，乃先制谱，后命词，于是词律不相谐协，且与俗乐无异。乞复用古制。"③ 王普认为，历代雅乐都是先有乐章而后制谱，而崇宁之后的大晟新乐则是先制谱后有词，与俗乐没什么差别，因而乞请朝廷恢复古乐。王普奏议后，"寻皆如普议"，可见这种观点代表了朝臣们的普遍心声。废除大晟新乐，重新恢复古制，标志着高宗朝臣从礼乐开始对徽宗时期俚俗风气进行纠正。除朝廷礼乐外，高宗对词坛上的俚俗之风也进行肃清。王灼《碧鸡漫志》卷二曾提到，政和年间，曹元宠所作《红窗迥》等词令人绝倒，

---

① （元）脱脱等：《宋史》，中华书局 1977 年版，第 418 页。
② 同上书，第 3027 页。
③ 同上书，第 3030 页。

被视为滑稽无赖之魁。然而，到了高宗年间，朝廷却下旨毁其板。与肃清俚俗同步的是对雅正的提倡，到了"孝宗初践大位，立班设仗于紫宸殿，备陈雅乐"①。

北宋灭亡后，对雅正礼乐的重建是一个漫长过程。南渡之初，高宗经营多难，对稽古饰治之事无暇顾及，于是在建炎之初下诏减罢声乐，直到绍兴十二年（1142）年方弛乐禁，"天下不闻和乐之音者，一十有六年。绍兴壬戌，诞敷诏音，弛天下乐禁。黎民欢抃，始知有生之快，讴歌载道，遂为化围"②。蔡伸在《减字木兰花》一词中亦有描述："彤庭龙尾。礼备天颜知有喜。九奏初传。耳冷人间十七年。盈成持守。仁德如春渐九有。三辅名州。好整笙歌结胜游。"该词有序曰："癸亥元日，秀守刘卿任有词。时余适至秀，因用其韵二首，时初用乐。"癸亥，即绍兴十三年（1143），由于前一年朝廷刚废除乐禁，因而词人提到"时初用乐"，词中"耳冷人间十七年"，正是南渡后多年乐禁的形象写照。末句"好整笙歌结胜游"，则表现了歌乐恢复后，人们的欣喜之情。在这种词曲复苏的环境中，在统治阶级对雅正之乐的推重下，加上社会变动的亲身经历，鲖阳居士、曾慥等一些有识之士开始对词体进行总结，并对徽宗词坛进行反思。

《复雅歌词》"兼采唐宋，迄于宣和之季，凡四千三百余首"③，是南宋规模最大的一部词集，惜已亡佚。保留下来的有鲖阳居士《复雅歌词序》，该序作于绍兴十二年（1142），可以说是这一时期词学思想的重要体现。这篇序言从孟子"今之乐犹古之乐"论起，认为乐分郑、卫之音与韶、夏、汤、武之乐。当论及词体产生时，鲖阳居士认为，"开元、天宝间，君臣相为淫乐，而明宗尤溺于夷音，天下熏然成俗。于是才士始依乐工拍弹之声，被之以辞，句之长短，各随曲度，而愈失古之'声依咏'之理也。温、李之徒，率然抒一时情致，流为淫艳猥亵不可闻之语"④。从玄宗时期相为淫乐，到温、李

---

① （元）脱脱等：《宋史》，中华书局 1977 年版，第 3038 页。
② 施蛰存主编：《词籍序跋萃编》，中国社会科学出版社 1994 年版，第 659 页。
③ （宋）黄昇：《花庵词选》，中华书局 1958 年版，第 156 页。
④ 施蛰存主编：《词籍序跋萃编》，中国社会科学出版社 1994 年版，第 659 页。

"淫艳猥亵不可闻之语"，鲷阳居士对词体的淫艳特色始终持以批判态度。谈及北宋词，鲷阳居士亦颇有微词，认为"我宋之兴，宗工巨儒文力妙天下者，犹祖其遗风，荡而不知所止，脱于芒端，而四方传唱，敏若风雨，人人歆艳咀味于朋游尊俎之间，以是为相乐也。其蕴骚雅之趣者，百一二而已"。在鲷阳居士眼中，蕴含"骚雅之趣"的词作才值得肯定和提倡，然而，这样的作品百篇中也不过仅有两篇罢了。

与鲷阳居士提倡"骚雅之趣"相似，曾慥（？—1155）也是位"复雅"志士。他于绍兴十六年（1146）编成《乐府雅词》，其自序从编选角度阐明了雅词的定义及标准："涉谐谑则去之""或作艳曲，谬为公词，今悉删除"。① 可见，在曾慥的词学观中，谐谑、香艳皆是雅正的对立面。绍兴中叶，《复雅歌词》与《乐府雅词》这两部大型词选的相继衰集，尤其是鲷阳居士与曾慥在两部词选序言中所阐述的词学观念，可以说是绍兴中叶词坛崇雅之风的集中体现。它不但对唐五代以来的花间侧艳词风提出批判，而且对北宋末期徽宗词坛的浮靡之弊进行了反思和矫正。

王灼于绍兴十九年（1149）年编次成书的《碧鸡漫志》，是宋代现存第一部颇具规模的词话著作。该书自序称"考历世习俗，追思平时论说，信笔以记"②，虽言"信笔"，但处处体现出王灼的词学思想，其中包含明确的雅俗意识。在第一卷中，王灼专门论及"雅郑所分"，认为"中正则雅，多哇则郑"，并仔细分析了音乐之中、正。在评论各家词作短长时，王灼也有明确的褒贬态度，有些词人作品得到其赞扬肯定，如王安石、晏殊、欧阳修、苏轼等分别被其誉为"雍容奇特""温润秀洁"及"高处出神入天"；而田中行、柳永则因"杂以鄙俚""浅近卑俗"遭到批判。王灼论李清照词，在谈到这位女词人"肆意落笔""无顾忌"时，曾与当下士大夫创作相比较，其中论及当时的创作倾向，颇值得关注：

---

① 施蛰存主编：《词籍序跋萃编》，中国社会科学出版社 1994 年版，第 651 页。
② （宋）王灼：《碧鸡漫志》，唐圭璋编《词话丛编》，中华书局 1986 年版，第 67 页。

陈后主游宴，使女学士狎客赋诗相赠答，采其尤艳丽者被以新声，不过"璧月夜夜满，琼树朝朝新"等语。李戡尝痛元白诗纤艳不逞，非庄士雅人，多为其破坏，流于民间，子父女母，交口教授，淫言媟语，冬寒夏热，入人肌骨，不可除去。二公集尚存，可考也。元与白书，自谓近世妇人，晕淡眉目，绾约头鬟，衣服修广之度，及匹配色泽，尤剧怪艳，因为艳诗百馀首。今集中不载。元《会真诗》，白《梦游春诗》，所谓纤艳不逞，淫言媟语，止此耳。温飞卿号多作侧辞艳曲，其甚者："合欢桃叶终堪恨，里许元来别有人""玲珑骰子安红豆，入骨相思知不知"。亦止此耳。今之士大夫学曹组诸人鄙秽歌词，则为艳丽如陈之女学士狎客，为纤艳不逞淫言媟语如元白，为侧词艳曲如温飞卿，皆不敢也。①

南朝、中晚唐是中国韵文史上色情文学比较发达的阶段，南朝之宫体、晚唐之艳诗，都与词体有不少相似之处。在王灼看来，陈后主女学士袁大舍与狎客的酬赠之作，元稹、白居易艳情诗及温庭筠侧词艳曲之类的淫艳之作，也就止于"入骨相思知不知"这种地步。艳情乃词体本色，然而，王灼同时期的文人们在模仿曹元宠等人的鄙俗艳情词时，却根本不像前人那样淫艳无忌，甚至连袁大舍、元稹、白居易、温庭筠之类王灼认为"不过如此"的艳语都不敢作。《碧鸡漫志》中这则词话，充分反映了南宋文人士大夫们对于传统艳情词的态度明显变得小心拘谨。相比之下，李清照身为一个缙绅之家的女子则无所顾忌。王灼提到的南渡后文人们学习曹元宠却又不敢为"纤艳不逞、淫言媟语"的现象，正是统治阶级复雅去俗思想给词坛所带来的深远影响。

从绍兴四年（1134）王普上奏废除崇宁俗乐，恢复雅乐古制，到朝廷下旨销毁曹元宠俚俗词集，再到酮阳居士、曾慥、王灼等词论中所体现出的崇雅意识，可以使我们感受到，南宋词坛一开始便被自上而下的"复雅"思想

---

① （宋）王灼：《碧鸡漫志》，唐圭璋编《词话丛编》，中华书局1986年版，第88页。

指引着走上了与徽宗时期截然不同的道路。这种思潮对绍兴中期以后，尤其是孝宗词坛创作产生着深远影响。换句话说，绍兴年间从宫廷礼乐引发的对徽宗时期音乐文化及词坛风尚的否定，以及对"雅正"的追求，在乾、淳时期的词坛创作中得到了充分体现。

从创作思想来说，"关注《石林词跋》（1147）、曾慥《东坡词拾遗跋》（1151）、胡寅《酒边词序》、汤衡《张紫微雅词序》（1171）、陈应行《于湖先生雅词序》（1171）等等著名词论，皆从不同角度鼓吹'雅正'、斥责淫俗"①。从具体作品及命名来看，除了《复雅歌词》《乐府雅词》这两部雅词总集外，不少词人别集亦直接以"雅"定名，如赵彦端的《宝文雅词》、张孝祥《紫微雅词》、程垓《书舟雅词》、林正大《风雅遗音》等。此外，临安陈氏书棚收录南渡之后词集丛刻汇刊，取名为《典雅词》，也可见对典雅的追慕。此刊现存十九家，其中多为孝宗时期词人别集，如姚述尧《萧台公余词》、倪偁《绮川词》、丘崈《文定公词》、曹冠《燕喜词》、赵磻老《拙庵词》、袁去华《宣卿词》、程大昌《文简公词》、胡铨《澹庵长短句》、陈亮《龙川词》、侯寘《嬾窟词》等②。从整体来看，从思想到创作上，孝宗词坛都呈现出浓郁的雅化倾向。这种现象，又为南宋末年张炎、沈义父等词学家们提供了实例证明与理论依据。

第二节　时代环境的催化及词体自身的发展

任何一种文体都有其自身的特点及规律，都会经历从产生、兴盛到消亡这样的过程。在这个过程中，文体的各构成要素，如主题内容、艺术形式、技巧风格等，都会不断发生调整与改变。例如，诗歌从四言、五言到七言，

---

①　刘扬忠：《南宋中后期的文化环境与词派的衍变》，《中国社会科学院研究生院学报》1997年第6期，第71—78页。

②　参见吴熊和《唐宋词通论》，商务印书馆2003年版，第319页。

从诗经、楚辞、汉乐府再到律诗、绝句；赋从骚体赋到大赋再到抒情小赋；文从散到骈再到散，各种文体都会自觉不自觉地发展变化着。就词体而言，隋唐时期，随着燕乐的流行而产生，五代时确立起艳科的范型，北宋中期以后，词体基本沿着花间传统回旋发展。虽然苏轼"自是一家"，以其卓绝才气指出"向上一路"，但客观来看，《念奴娇》（大江东去）、《江神子》（老夫聊发少年狂）一类的豪放之作在东坡词中所占比例很少，远远不及传统的赠妓、咏妓以及写景抒情的婉约之作。花间词风在北宋末期达到高峰，在徽宗皇帝喜好倡导之下，崇、宣年间词坛一派浮靡繁荣：艳情词创作达到高峰，谀颂、俳谐之作也大量涌现。周邦彦作为这一时期代表人物，通常被视为传统词风的集大成者及北宋词的最高典范。假如词体沿着宣和年间周邦彦的轨迹走下去，很可能会在婉约、香艳的格调中浸淫许久。然而，靖康之变的爆发，不但把宋代历史、政治分割成南、北两段，从某个角度来说，也改变或加速了词体自身的发展轨迹，这种改变，不但直接体现在南渡词人的创作上，而且对孝宗词坛也产生着重要影响。

一 靖康之变后，词体内容、风格发生突变

文学亦是人学，各种文学作品在保持其独有文体特色的同时，通常对人的心灵和社会生活会有敏感反映。即便是作为歌宴集会场合中娱宾遣兴的娱乐文学，词体同样会因创作环境的改变及词人心态的不同而体现出明显的时代特征。南渡之后，词体创作发生巨大改变，主要有两方面原因：

第一，金人侵犯及高宗乐禁，改变了词体的创作环境。

词是一种音乐文学，音乐与词体的命运密切相关。徽宗时期，大晟乐府的设置促进了词作的昌盛与繁荣，如孟元老《东京梦华录》中记载的"垂髫之童，但习鼓舞……新声巧笑于柳陌花衢，按管调弦于茶坊酒肆……箫鼓喧空，几家夜宴"①。徽宗年间，汴京城中妓馆林立，酒楼遍布，更有"浓妆妓

---

① （宋）孟元老撰，伊永文笺注：《东京梦华录笺注》，中华书局 2006 年版，第 1 页。

女数百，聚于主廊檐面上，以待酒客呼唤，望之宛若神仙"① "又有下等妓女，不呼自来筵前歌唱，临时以些小钱物赠之而去，谓之'劄客'，亦谓之'打酒坐'"②。这种环境，必然使词的创作与消费十分红火。然而，"靖康二年，金人取汴，凡大乐轩架、乐舞图、舜文二琴、教坊乐器、乐书、乐章、明堂布政闰月体式、景阳钟并虡，九鼎，皆亡矣"③。徽宗时期的音乐文化遭到覆灭式的打击，从宫廷、豪门到市井里巷，往日的声色繁华已不见踪影，词体所依赖的创作与传播环境，如花间樽前、歌楼酒肆、勾栏瓦舍等，在金人南侵的时局中已很难存在。绍兴二年（1132），"时初驻会稽，而渡江旧乐复皆毁散"④。

客观上战乱带来的音乐流失，加之主观上对徽宗时期玩物丧志的排斥，使高宗崇尚节俭、施行乐禁、罢省教坊。南宋朝廷的这些措施，又进一步禁锢了词体赖以生存的客观环境。可以说，金人入侵使北宋末期词坛的繁荣昌盛局面突然产生了断裂，高宗的文化政策，持续、加大了这种断裂。自南渡到恢复教坊音乐这16年间，就现存作品来看，创作数量明显不及宣和年间及绍兴中叶以后。亲身经历了政、宣繁华的文人，突然失去了歌舞声色的环境，只能坐谈京师的节物风流，或者像孟元老那样通过笔记来记录、追忆当年的景象。朝廷实行乐禁，使文人士大夫们失去了填词供歌妓演唱的情境，文人之间的唱和、应酬变得更加频繁起来，正如周济所指出的，词在两宋有"应歌"与"应社"的明显区别。

第二，偏安江南，使词人情感心态、作品风格发生改变。

当然，就词曲乐章而言，并不会因靖康之变而彻底消亡，大批民间的乐工、歌妓依然存在，由南入北的文人依然保持着填词传统。从南渡到绍兴十二年消除乐禁、恢复教坊这十余年间，虽然相对于北宋末期的歌舞荣华，词坛显得较为沉寂，然而并不是死寂，许多避难江左的文人时时会即兴赋词，

---

① （宋）孟元老撰，伊永文笺注：《东京梦华录笺注》，中华书局2006年版，第174页。
② 同上书，第188页。
③ （元）脱脱等：《宋史》，中华书局1977年版，第3027页。
④ 同上书，第3029页。

如高宗皇帝赵构便于建炎之初亲自填写了 15 首《渔父词》。

此外，还有一些词作可以明确纪年为南渡之初所作，如赵鼎的《满江红》（惨结秋阴），序曰"丁未九月南渡，泊舟仪真江口作"。丁未即建炎元年（1127），词人点明了是南渡时停泊仪真江口（今江苏仪征县境内）所作。全词格调凄婉，"凄望眼、征鸿几字，暮投沙碛。试问乡关何处是，水云浩荡迷南北"，把弃国南渡的迷茫、感伤表现得淋漓尽致。再如张元干《石州慢·己酉秋吴兴舟中作》（雨急云飞），己酉即建炎三年（1129），其下阕："心折。长庚光怒，群盗纵横，逆胡猖獗。欲挽天河，一洗中原膏血。两宫何处，塞垣只隔长江，唾壶空击悲歌缺。万里想龙沙，泣孤臣吴越。"国破家亡之悲极为强烈。向子諲的词集更是明显地以南渡为界，分作"江南新词"与"江北旧词"。江南新词中不少为乐禁期间所作，如《点绛唇》9 首联章乃绍兴四年（1134）中秋所作，《蓦山溪》（瑶田银海）、《阮郎归》（江南江北雪漫漫）为绍兴乙卯，即绍兴五年（1135）所作。这些词作完全摒弃了花间格调，明显带有南渡后的悲愤或感伤。

任何一个敏感多思的文人，面对国破家亡、流离失所，不可能无动于衷，因此，许多词人南渡前后的作品内容、风格明显有所不同。著名女词人李清照便是南渡词坛代表，她前期的词作题材大多集中于描写自然风光、离别相思；国破家亡后则主要抒发伤时念旧、怀乡悼亡的低沉情绪及自己孤独生活中的浓重哀愁。向子諲的"江南新词"与"江北旧词"的内容风格也迥然不同，内容由歌舞佳人、诗酒浪漫，转而变为酬赠述怀、感伤故国，作品格调变得开阔起来，传统绮靡婉约的艳情色彩几乎不复存在。

靖康之变的阴影影响很深，直到半个世纪后，姜夔于淳熙三年（1176）路过扬州写下著名的《扬州慢》，其中仍带有"废池乔木，犹厌言兵"的战乱痕迹。孝宗年间，抗金复国的意愿在辛弃疾、陈亮等人的词中不时得到体现。如果说，北宋词坛虽然有苏轼、黄庭坚、晁补之等充满个性之音，但基本上是以花间那种类型化、女性化、纤柔化的格调为主流的话，南渡之词则与之形成鲜明对比，富有个性的、男性的、阳刚的、开阔的境界在词中比比皆是，"标志着唐宋词史已由女性化、阴盛阳衰走向健全的男子汉气概和阳刚阴柔的结合。"①

社会变革为南渡词坛带来的这种直接而明显的转变，直接影响了孝宗时期词人创作。其一，有些文人经历高、孝二朝，创作持续两个朝代，自然而然把这种词风传递下去，如胡铨、曹勋、史浩、张孝祥等；其二，由于文学创作自身的延展性，文学通常会呈现出一种波浪式的渐进发展规律，繁荣期到来之前总会有一代人为之准备与开拓。以唐代诗歌为例，在开元时期盛唐诗群（王维、孟浩然、李白、杜甫、高适、岑参）繁荣之前，有初唐四杰、沈佺期、宋之问、陈子昂等为之先导；在元和中唐诗派（韩愈、柳宗元、白居易、刘禹锡、贾岛、李贺）壮大之前，有大历诗人为之铺路。就南宋词坛而言，南渡词人的创作正是为孝宗时代辛弃疾、姜夔等人的到来开辟道路、充当先锋②。

二　词体逐渐脱离小道

正如前文提到的，文体自身通常都具有一种渐进规律。就词体来看，呈现出一种多元素互相交织的发展演进，除了在内容上不断开拓外，在形式上逐渐由简（小令）到繁（中调、长调），在风格上由俗趋雅，在地位上也经历了由卑到尊的过程。孝宗这段时期在整个词体发展史中，正处在摆脱小道、余事地位，逐渐向诗靠拢的阶段，以诗为词的创作特色十分明显。这一时期词体地位的提升，具体表现在以下三个方面：

第一，从小道、余事到以词名家。

虽然诗、词这两种文体都与音乐密切相关，但不同的功用目的，注定了诗与词在本质上的区别：早在民间阶段，"天子命史采诗谣，以观民风"，诗歌不仅仅是社会各阶层的吟咏唱诵，还具有"正得失""经夫妇，成孝敬，厚人伦，美教化，移风俗"的政教功用；对于词而言，它所产生的环境大多是

---

① 王兆鹏：《南渡词人群体研究》，凤凰出版社 2009 年版，第 103 页。
② 同上书，绪论第 7 页。

"绮筵公子，绣幌佳人，递叶叶之花笺，文抽丽锦；举纤纤之玉指，拍按香檀。不无清绝之词，用助妖娆之态"①，可见，词体的主要目的仅仅是用来歌唱娱乐的。

诗在唐代成为科举考试的重要内容，在宋朝也时断时续被纳入科考内容，因此，作诗成为唐、宋文人必备的基本功。而词则一直属于宴饮集会时娱宾遣兴之小道，娱乐游戏成分更足一些，正如胡寅所指出的："文章豪放之士，鲜有不寄意于此者，随亦自扫其迹，曰谑浪游戏而已也。"② 政教与娱乐的不同目的，注定了人们对两种文体的不同态度，如白居易在《寄唐生》一诗中把自己与正直忠义的唐衢列为同类，提出作诗"非求宫律高，不务文字奇；惟歌生民病，愿得天子知"③，把写诗作为人生政治使命。对于词而言，歌妓演唱侑欢助兴是其当行本色，辛弃疾的"陶写之具"、陈亮的"经济之怀"是为别调、另类。

极少有词人在填词时怀有明确的政教目的及政治使命，甚至在当权者心目中，填词与政治是互相矛盾的。比如《苕溪渔隐丛话》《能改斋漫录》等不少宋人笔记中载有柳永的故事。柳永词名大盛，却被仁宗皇帝排斥，仁宗一句"且去填词"，注定了柳永政途坎坷。以通常眼光来看，一个"薄于操行"、在烟花巷陌中填词为生的浪子文人，的确与封建士大夫的标准形象距离甚远。填词需要才情，政治要靠德能，二者并不等同，《邵氏闻见后录》中关于晏几道的记录更为分明：

> 晏叔原，临淄公晚子。监颍昌府许田镇，手写自作长短句，上府帅韩少师。少师报书"得新词盈卷，盖才有余而德不足者，愿郎君捐有余之才，补不足之德，不胜门下老吏之望"云。一监镇官，敢以杯酒间自作长短句，示本道大帅；以大帅之严，犹尽门生忠于郎君之意；在叔原为

---

① （后蜀）欧阳炯《花间集叙》，施蛰存主编《词籍序跋萃编》，中国社会科学出版社 1994 年版，第 631 页。

② （宋）胡寅：《酒边集序》，施蛰存主编《词籍序跋萃编》，中国社会科学出版社 1994 年版，第 168 页。

③ （唐）白居易：《寄唐生》，《白居易集》，中华书局 1979 年版，第 15 页。

甚豪，在韩公为甚德也①。

晏几道任颍昌府许田镇监时，曾把自己所填之词进献给府帅韩维，韩维则回信指出晏几道虽有才情，但政治德能不足，希望他少些才情，多些政德。其实韩维自己也颇好小词，有作品存世，张耒《明道杂志》称其"每酒后好讴柳三变一曲"，然而，他对晏几道填词之才并不称道，反而更希望他能多些政治才干。韩维与晏殊有交，对晏几道自称"门下老吏"，足见其劝诫是发自肺腑。韩维的表现，可以说代表了北宋文人士大夫对词体的普遍态度：一方面，十分喜爱，甚至亲自创作；另一方面，却绝不会把词视为"经国之大业，不朽之盛事"②，也不认为填词可以"救济人病，裨补时阙"③。与文章、诗歌这些晋身仕途的考量工具相比，词的地位要低下得多。

　　然而，随着北宋几代文人士大夫的创作推动，尤其是北宋末期徽宗皇帝的倡导，词体地位逐渐提升。从李清照《词论》对词人、词作的审视检讨，到王灼《碧鸡漫志》对词体源流、特色的梳理，以及曾慥、酮阳居士等一批词学家对"复雅"的高度提倡，可以看出南渡前后，词体在文人心中的地位已越来越重要，甚至越来越向诗歌靠拢。如果说，仁宗皇帝对柳永、韩维对晏几道的态度说明北宋社会把词视为小道，那么，在南宋士大夫观念中，词体已经基本获得了可以与诗相提并论的地位。例如，陈模《怀古录》中有则关于辛弃疾的典故：

　　　蔡光工于词。靖康中陷于虏中。辛幼安常以诗词恭请之。蔡曰："子之诗则末也。他日当以词名家。"故稼轩归本朝，晚年词笔犹高④。

辛弃疾早年在北方时，常以诗词去请教身陷虏中的蔡光。蔡光认为他作

---

①　（宋）邵博：《邵氏闻见后录》，中华书局1983年版，第152页。

②　（魏）曹丕：《典论·论文》，（明）张溥《汉魏六朝百三家集》，《四库全书》第1412册，第616页。

③　（唐）白居易：《与元九书》，《白居易集》，中华书局1979年版，第959页。

④　（宋）陈模：《怀古录》卷中，清抄本，国图善本缩微。

诗属于末流，以后一定会以词闻名。后来辛弃疾南归，果然词笔高妙，晚年尤其如此。这则资料中所提到工于写词的蔡光，现有宋人资料中已无从考证，他慧眼认定辛幼安将来以词名家，果真得到验证。在蔡光看来，词可以像诗一样成为扬名、立身的资本；陈模称稼轩晚年"词笔尤高"，可见对词体十分肯定。《怀古录》中所体现出的词体态度，显然要高于北宋时期。

第二，"诗余"与词集刊刻。

词体地位在孝宗时期的提升，还表现在词集的整理与刊刻方面。南渡之初，朝廷所拥有的图书文化资源几乎散佚殆尽，高宗曾多次向民间征、购书籍，还制定献书推赏之格，凡献书一定数量者，可赐予官职。孝宗亦非常重视文化建设，淳熙四年（1177），陈骙编撰《中兴馆阁书目》，该书目共70卷，凡例1卷，下分52个门类，记录了秘书省所藏图书44486卷，比北宋《崇文总目》多出13817卷。这部书目不仅总结了南宋朝廷的藏书状况，而且是当时学术文化繁荣的重要表现。

在这种文化背景下，南宋刻书业十分发达，许多文人别集得到整理与刊刻，其中便有不少词集。《花间集》作为开创词体当行本色的范本，在宋代广为流传，现存三种宋本中就有淳熙末年刻本。另外，对后世影响极大、流布极广的《草堂诗余》，是坊间编订的歌本性质的词选，其初编本应当是孝宗末期的产物。此外，大量前代及当朝文人词集在乾、淳年间被整理、刊刻。

施蛰存先生《词学名词释义》中对"诗余"的概念进行辨析时，认为"诗余"一词出现于乾道末，"以'诗余'标名者，皆在乾道、淳熙年间，可知'诗余'是当时流行的一个新名词。"[①]"诗余"在明清以后通常被认为是词的别称，甚至带有贬义。然而，在南宋时并非如此，其作用仅在于编诗集时的分类。换句话说，南宋乾、淳时期刊刻文人别集时，词集往往附于诗歌集之后，因而称之为"诗余"。后人以此为别称，并视词为诗之余事，其实并不符合南宋词坛的原貌。

虽然在宋人观念中，词的确有诗、文余事之意，如罗泌跋欧阳修《近体

---

① 施蛰存：《词学名词释义》，中华书局1988年版，第22页。

乐府》称"公吟咏之余,溢为歌词";关注题《石林词》言"右丞叶公,以经术文章,为世宗儒。翰墨之余,作为歌词,亦妙天下";孙兢序《竹坡长短句》提到"竹坡先生至其嬉笑之余,溢为乐章,则清丽婉曲";陆游跋《后山居上长短句》亦认为"陈无已诗妙天下,以其余作词,宜其工矣"。然而,乾、淳时期文人或书商在刊刻别集时,把词随同诗、文一起付印,这个行动本身就说明词已被纳入诗、文之类的行列,不再是卑体、小道。

在许多词人作品中,诗、词之间的界限已经不再分明,二者往往被交融在一起,如赵彦端《看花回》写道:"新诗惠我,开卷醒然欣再读。叹词章、过人华丽,掷地胜如金玉。"姚述尧《念奴娇·次刘周翰韵》中称"酒兴云浓,诗肠雷隐,饮罢须奥设。醉归凝伫,此怀还与谁说",其《临江仙》一阕中又提到"动容皆是舞,出语总成诗"。管鉴《鹊桥仙》也有"诗情未减,酒肠宽在,且趁樽前强健"。词人填词却称诗肠、诗情,或者说他们诗情大发时,却是用词来表达,可见在实际创作中,词已经上升到与诗歌一样的地位。

词体在孝宗时期地位的提升还可以通过南宋书目得以证明。晁公武(约1104—约1183)《郡斋读书志》、尤袤(1127—1194)《遂初堂书目》、陈振孙(1179—1262)①《直斋书录解题》被誉为南宋三大藏书目录。晁氏目录自序成书于绍兴二十一年(1151),晚年有所增订,其中共录图书1496部,除去重见者,实为1492部,以唐、宋(北宋及南宋初)书籍最为完备,其分类依照经、史、子、集,下又分小类,其中经部10类、史部13类、子部18类、集部4类,共45类,集部中有韦庄《浣花集》5卷、《李煜集》10卷、《李易安集》12卷等,但无专门词集、乐章名录。

尤袤《遂初堂书目》亦按四部分类,经部9类,史部18类,子部12类,集部5类,共计3200多种。杨万里曾为该书目作序②,据考辨该序作于淳熙

---

① 陈振孙生年有1181年之说,此处定为1179年,参见周佳林《略论陈振孙对目录学的贡献》,硕士学位论文,湖南师范大学,2008年。

② (宋)杨万里:《益斋藏书目序》,《诚斋集》卷七九,《四库全书》本。注:尤袤藏书楼先名"益斋",后因宋光宗赐匾而改名"遂初堂"。

五年（1178）①，由此可知，尤氏书目初编完毕不迟于该年。《遂初堂书目》集部专门有"乐曲类"，列有唐《花间集》、冯延巳《阳春集》，以及《黄鲁直词》《秦淮海词》《晏叔原词》《晁次膺词》《东坡词》《王逐客词》《李后主词》及《杨元素本事曲》《曲选》《四英乐府》《锦屏乐章》《乐府雅词》等词别集、选集。

陈振孙《直斋书录解题》成书当在理宗朝，著录丰富，体例完备，经录 10 类，史录 16 类，子录 20 类，集录 7 类，集部中有"歌词类"，收录词集 120 种。单以这三部书目中的词集情况来看，从高宗绍兴末到孝宗朝再到理宗时期，词集在目录学中经历了从无到有再到繁荣的过程。尤其是淳熙年间《遂初堂书目》中专门出现了词集一类，足可见词体观念在孝宗一朝得到了显著提高。另外，通过《直斋书录解题》可以看出，孝宗时期词人别集的编辑刊刻也十分突出。

孝宗年间的尊体思想在该时期的一些序跋中得到了更为集中的体现：朱熹《书张伯和诗词后》（1180）把诗词并列一起，盛赞张孝祥"其父子诗词以见属者，读之使人奋然有禽灭仇虏、扫清中原之意"。此外，陈应行的《于湖先生雅词序》、汤衡的《张紫微雅词序》（1171）、强焕的《题周美成词》（1180）、韩元吉的《焦尾集序》（1182）、陈鬷的《燕喜词序》、詹傚之的《燕喜词跋》（1187）、杨冠卿的《群公乐府序》（1187）、范开的《稼轩词序》（1188）、曾丰的《知稼翁词序》（1188）、陆游的《跋金奁集》（1189）等，皆从不同角度对词作及词人给予赞扬与肯定。

例如，詹傚之赞曹冠《燕喜词》曰："旨趣纯深，中含法度，使人一唱而三叹，盖其得于六义之遗意，纯乎雅正者也。……矧斯作也，和而不流，足以感发人之善心，将有采诗者播而扬之，以补乐府之阙，其有助于教化，岂浅浅哉！"② 完全把曹冠的词与诗歌等同起来，不仅以六义、雅正来赞美，甚

---

① 参见罗炳良《尤袤〈遂初堂书目〉序跋考辨》，《廊坊师范学院学报》2007 年第 4 期，第 28—30 页。

② （宋）詹傚之：《燕喜词跋》，施蛰存主编《词籍序跋萃编》，中国社会科学出版社 1994 年版，第 228 页。

至认为《燕喜词》有教化之功。客观来论，现存曹冠《燕喜词》中，虽有"丈夫志业，当使列云台，擒颉利，斩楼兰，雪耻歼狂虏"（《蓦山溪·渡江咏潮》）这样的壮语，但称其"六义""有助于教化"，则未免过于拔高。抛开作序时通常的溢美态度外，可以清楚看到词体在乾、淳文人心目中绝不仅仅是"谑浪游戏"，而是"一时杰作"①，甚至成为"陶写之具"。

第三，词体观念的显著改变——以陆游为例。

在整个宋代词体发展过程中，孝宗时期的词学家们把南渡以来的雅化及尊体意识推向了一个新阶段，传统的诗尊词卑观念在孝宗时期得到极大改变，这个历程在陆游的思想意识中表现得十分明显。放翁是位高寿且高产的作家，其创作经历了高、孝、光、宁四个朝代，诗歌成就尤为突出。就其词而言，现存 145 首，另外还有 6 篇与词相关的序跋：自题《长短句序》（1189）、《跋金奁集》（1189）、《跋后山居士长短句》（1191）、《跋东坡七夕词后》（1195），以及两篇《花间集跋》。第一篇未题时间，第二篇为开禧元年（1205）。通过这些序跋，可以清楚感知陆游词体态度的变化。

淳熙末年（1189），陆游自编词集，作《长短句序》，称："予少时汩于世俗，颇有所为，晚而悔之。然渔歌菱唱，犹不能止。今绝笔已数年，念旧作终不可掩，因书其首，以志吾过。"65 岁的陆游回顾自己词创作时，呈现出一种矛盾心态：一方面，认为词乃世俗小道，自悔少作；另一方面，却又非常喜欢，乐此不疲，最终用"以志吾过"来调和。然而，作于同年的《跋金奁集》，则对温庭筠《南乡子》八首赞扬有加，认为"语意工妙""一时杰作"。两年后，陆游为陈师道词集作跋，认为唐宋诗卑，而词体高古工妙，甚至与汉魏乐府相似，显然对词体及陈无己的词作给予了全面肯定。陆游在《跋东坡七夕词后》中，不但大赞东坡七夕词是"星汉上语"，而且认为"学诗者当以是求之"，把词作为写诗要效仿的对象，彻底打破了诗尊词卑的观念。

---

① （宋）陆游：《跋金奁集》，施蛰存主编《词籍序跋萃编》，中国社会科学出版社 1994 年版，第 4 页。

陆游有两篇《花间集跋》，第一篇署名"笠泽翁"。陆游名号颇多，隆兴至乾道年间写文时多署"笠泽渔隐"或"笠泽渔翁"，由此推测此篇当作于孝宗初期。该跋称："方斯时，天下岌岌，生民救死不暇，士大夫乃流宕至此，可叹也哉！或者出于无聊故邪？"可见陆游站在士大夫正统立场，对花间词持批判、否定态度；第二篇作于开禧元年（1205），态度大为改观，认为唐末五代"诗愈卑而倚声者辄简古可爱"。综观陆游6篇序跋中的词体态度，从孝宗朝之初的批判，到淳熙末的矛盾、欣赏，再到绍熙、庆元、开禧年间的肯定，十分清晰地反映出陆游词体观念的变化。

陆游的词体观念，从某个角度也可以体现出孝宗时期词体在人们心目中由卑向尊的演变。孝宗以后，词体彻底摆脱了卑体、小道的地位，汪莘甚至在其作于宁宗嘉定元年（1208）的《方壶诗余自序》中公然声称"乃知作词之乐，过于作诗"[1]。正是经过南渡及孝宗时期词人、词论家的推动，词体在人们心目逐渐向诗歌靠拢，最终取得了与诗看齐的地位。

第三节　文化思潮的影响

作为佐欢娱乐性质的词，似乎与属于哲学范畴的理学、佛教、道教距离甚远，然而并非如此。早在敦煌曲子词中，就出现了有关佛、道的内容，如《婆罗门》"咏月曲子四首"，词中有"双林礼世尊""凤凰说法听""锡杖夺天门""随佛逍遥登上界"等[2]，皆为佛教之语。《苏莫遮》"五台山曲子六首"，以佛教圣地五台山为歌唱对象，来表现佛教徒的热情礼赞。《谒金门》"仙境美"一词"闷即天宫游戏，满酌琼浆任醉。谁羡浮生荣与贵，临回看即是"[3]。描写道士修身养性、求仙弃俗的世外追求。《还京洛》描绘了方术之

---

①　金启华、张惠民等：《唐宋词集序跋汇编》，江苏教育出版社1990年版，第227页。
②　曾昭岷等：《全唐五代词》，中华书局1999年版，第863—865页。
③　同上书，第920页。

士驱邪降魔、捉鬼斩魅的情景。敦煌词中这些现象，一方面，说明佛、道二教影响广泛；另一方面，说明词体原始时期创作的开放状态。

从社会学角度看，宗教自产生起便与社会各种现象，包括文学、艺术、政治等，有着千丝万缕又错综复杂的关系，"以致几乎不可能从它们相互作用的过程中分辨出一个简单的因果关系来。宗教与艺术及世俗学术的关系也同样是复杂多样、变化无常的"①。儒、佛、道是中国传统思想文化的主体，历代文人士大夫几乎无不受其熏沐。虽然儒家算不得严格意义上的宗教，但作为中国本土产生的被历代统治阶级所推尊的哲学思想，其在某些方面与宗教颇为相似。

陈寅恪先生曾有云："南北朝时，即有儒释道三教之目（北周卫元嵩撰《齐三教论》七卷。见《旧唐书》肆柒《经籍志》下）。至李唐之世，遂成固定之制度。如国家有庆典，则召三教之学士，讲论于殿庭，是其一例。故自晋至今，言中国之思想，可以儒释道三教代表之。此虽通俗之谈，然稽之旧史之事实，验以今世之人情，则是三教之说，要为不易之论。"② 唐代是儒、佛、道融合的重要阶段，中唐以后，朝廷逢君主圣诞特举办"三教论衡"，沙门、道士、儒官"数十人迭升讲座论三教。初若矛戟森然相向，后类江河同归于海"③。把三教融合的形式提升到了一个新高度。到了宋代，儒、佛、道在各自持续发展的同时也呈现出交叉相融的情形。

乾、淳年间是中国思想文化史上的一个重要阶段，儒、佛、道皆有所发展。孝宗赵昚对政、教有着清晰的认识。乾道四年（1168）九月壬申，他曾对礼部员外郎李焘说："科举之文，不可用老庄及佛语，若自修于山林，何害？倘入科场，必坏政事。"④ 可见孝宗主张政教分离，但又肯定宗教的自修作用。孝宗在"道"的统一之下，对三教兼容极为认同，曾以帝王之尊著有

---

① ［英］海伦·加德纳：《宗教与文学》，沈弘、江先春译，四川人民出版社1998年版，第159页。
② 陈寅恪：《冯友兰〈中国哲学史〉下册审查报告》，《金明馆丛稿二编》，生活·读书·新知三联书店2001年版，第282页。
③ （宋）王钦若等：《册府元龟》卷二，中华书局1960年版，第22页。
④ （清）毕沅：《续资治通鉴》，中华书局1957年版，第3748页。

《原道论》论三教关系："夫佛老绝念无为，修心身而已矣；孔子教以治天下者。特所施不同耳。譬犹耒耜而织、机杼而耕，后世徒纷纷而惑，固失其理。或曰：当如之何去其惑哉？曰：以佛修心，以老治身，以儒治世，斯可也。唯圣人为能同之，不可不论也。"① 在宋孝宗心目中，儒者可以治理社会；佛者可以净化心灵；道者可以护养身体。这三教各有优势，各有分工，因此应合而为一，"以佛修心，以道养生，以儒治世"。孝宗的《原道论》，既是对历代帝王政教思想的总结，也是对"三教合一"思想的高度总结；不但归纳了三教各自的思辨成果，而且明确了三教合流的发展方向，其历史影响不容低估。孝宗这篇论著，在元代释觉岸所撰《释氏稽古略》卷四，以及释念觉《佛祖历代通载》卷二十皆有载，但前者称该文编年为辛丑淳熙八年（1181），后者则称是辛卯乾道七年（1171）。抛开撰写时间不论，通过这篇《原道论》，足可见乾、淳时期三教的关系及其对思想文化的影响。就词坛而言，绝大多数文人都会被三教思想所沁染，有的是尊奉一门，有的是兼容并取，并且自觉不自觉地在词中表现出来；有些是直接用术语，有些是间接融汇到思想中。孝宗时期述怀、说理之作数量明显比前代突出，与三教对词体的渗透密切相关。

一　理学：排斥艳情，追求闲淡之趣

理学是儒学发展到宋代的一个新境界。儒学乃中国的本土哲学，自汉代起，便成为中国封建统治的正统思想。随着社会、时代发展，儒学也不断发展、变化，尤其到宋代，其发生了质的飞跃，王安石的新学、苏轼的蜀学、二程之洛学、张载关学、朱熹理学、陆九渊心学等纷纭而起，其中程朱一脉最为突出。程朱理学，又称道学，正式形成于乾、淳时期。余英时先生在《朱熹的历史世界》一书中对道学形成有清晰描述：北宋中期以后，以程颐、程颢为代表的程学与王安石所代表的王学在朝廷中互有上下。自崇宁（1102）禁元祐学术直到靖康元年（1126）除禁，王学定于一尊。南渡后，虽然朝臣

---

① （元）觉岸：《释氏稽古略》，江苏广陵古籍刻印社1992年版，第565页。

之间仍时有程、王之争，但高宗主张程学与王学兼用，并取消了对学术的限制，取士不拘程、王。然而，通观高宗一朝，王学其实仍占据政治文化上风，王学在朝堂上的地位直到孝宗初年仍无法动摇。

自乾道起，由于张栻、吕祖谦、朱熹等人努力，程学逐渐进占了科举阵地。此后，朱熹不断对道学进行探讨。淳熙二年（1175）年夏，《近思录》编成；淳熙八年（1181），开始使用"道统"一词；两年后界定"道学"含义；淳熙十二三年（1185—1186）增改《中庸序》，并于淳熙十六年（1189）写定。虽然道学在孝宗一朝不被称作"伪学"而受到压制，其彻底被统治阶级接受，并真正在社会上兴盛始于理宗时期，但"道统""道学"观念在淳熙年间已完全形成，理学术语及理学思想在孝宗时期已渗入社会思想文化中，甚至在词中亦有所体现。清人李元玉明确指出："赵宋时，黄九、秦七辈竞作新声，字夏金玉；东坡虽有'铁绰板'之诮而豪爽之致，时溢笔端。南渡后，争讲理学，间为风云月露之句，遂逊前哲。"①

的确，南渡之后，艳情词创作明显少于前代。如果说，高宗时期主要是因为家国之变使艳情词创作环境遭到严重破坏，那么，到了孝宗年间，盛世气象已颇具规模，都市繁华、歌舞声色丝毫不亚于北宋宣和时期，然而，艳情词创作却仍然比较沉寂。究其原因，孝宗年间理学思想对社会文化的影响可以说是一个重要因素。理学大师朱熹同时也是一位诗词兼通的文人，现存词19首，从形式上看，有回文、联句、檃栝、次韵；从内容上看，有写景、咏物、述怀、寿词，然而，其中却没有一首艳情之作。朱熹曾向友人孙敬甫表达自己的词学态度："小词，前辈亦有为之者，顾其词义如何。若出于正，似无甚害。然能不作更好也。"② 可见，朱熹对词这种文体持以保守甚至贬斥态度，他把词义放在第一位，强调词义要正，否则不如不作。

"礼义"是儒家的思想核心，"义"字当头的词学观在孝宗时期并非朱熹

---

① （清）李玉：《南音三籁·序言》，《续修四库全书》1744 册，上海古籍出版社 2002 年版，第 430 页。

② （宋）朱熹：《答孙敬甫》，《晦庵集》卷六十三，《四库全书》1145 册，第 200 页。

一人主张，不少深受理学影响的文人都有这种思想意识。曾丰（1142—1224）在淳熙戊申年（1188）为黄公度词集作序时谈道："凡感发而输写，大抵清而不激，和而不流；要其情性则适，揆之礼义而安。非能为词也，道德之美，腴于根而益于华，不能不为词也。"① 曾丰有《缘督集》40 卷，存诗 551 首，存文 162 篇，然而却无词存世。四库馆臣称其："盖事讲从罗洪先游，日以讨论心学为事。文章一道，非所深研。……集中如《六经论》之类，根柢深邃，得马、郑诸儒所未发。其他诗文，虽间有好奇之癖，要皆有物之言，非肤浅者所可企及。"② 可见，曾丰的思想与创作皆深受儒学影响，因而对词体亦有礼义、道德之要求。当词与道德联系起来时，必然会排斥并远离艳情传统。庞元英《谈薮》记载：

> 谢希孟在临安，狎娼陆氏。象山责之曰："士君子乃朝夕与贱娼女居，独不愧于名教乎？"希孟敬谢，请后不敢。它日复为娼造鸳鸯楼。象山闻之，又以为言，谢曰："非特建楼，且有记。"象山喜其文，不觉曰："楼记云何？"即口占首句云："自逊、抗、机、云之死，英灵之气不钟于世之男子，而钟于妇人。"象山默然。③

谢直原名希孟，字古民，号晦斋，黄岩人，曾从陆九渊游，淳熙十一年（1184）进士，存词仅此一首。面对风流放浪、沉迷娼馆的学生，陆九渊一而再地出面进行指责、干预，并且搬出"名教"来。通过这则笔记，可见孝宗时期，理学家们已经明确表示出对声色艳情的排斥及对礼义、道德的追求。在这种思想意识作用下，文人士大夫们必然会对情色之事有所收敛，纵然在习性上、现实生活中未必能十分节制，但付诸文字时，往往不会像柳永、欧阳修、黄庭坚那样无所顾忌、肆意宣泄。

综观孝宗词坛，深受理学思想影响的文人数量并不少。张春义《宋词与

---

① （宋）曾丰：《知稼翁词序》，施蛰存主编《词籍序跋萃编》，中国社会科学出版社 1994 年版，第 195 页。

② （清）永瑢等：《四库全书总目》，中华书局 1965 年版，第 1376 页。

③ （宋）庞元英：《谈薮》，《说郛》本卷三十一，中国书店 1986 年版，第 18 页。

理学》中对理学家词人群进行了界定，把有明确的理学师承关系，并有一定词作、词论存世者认定为理学家词人，两宋共 109 家，其中属于孝宗词坛的有 40 家，统计见表 2 - 1。

表 2 - 1　　　　　　　　　　孝宗时期理学家词人

词人	师承	词作总数	艳情词	其他
胡铨	初事萧三顾，复学于胡安国	16	1	
史浩	张九成门人	180	21	
倪偶	受业于张九成之门	33	0	
魏杞	赵敦临高足	2	0	
王十朋	以张浚为受知师	20	0	咏物组词
魏掞之	尝师事胡宪	1	0	
曾逮	尝受业王蘋	存句	0	
韩元吉	学于尹焞，友朱熹	82	2	
刘珙	从刘屏山学	1	0	
向滈	从胡安国游，卒业于胡宏	43	23	
姚述尧	张九成讲友	69	5	
周必大	尝游胡铨之门	17	1	
尤袤	少从喻樗、汪应辰游	2	0	
杨万里	张浚、胡铨门人	8	0	
陈居仁	魏杞门人	1	0	
朱熹	师从李侗、刘勉之、胡宪等	19	0	回文、檃栝

词人	师承	词作总数	艳情词	其他
黄铢	从刘屏山游	3	0	
张栻	张浚之子，胡宏门人	1	0	
丘崈	张、吕同调	81	13	
吕胜己	从张栻、朱熹讲学	89	15	
楼钥	师从王默、李鸿渐、郑锷等	4	0	
刘清之	受业刘靖之，朱熹、张栻讲友	2	0	
赵汝愚	汪应辰学侣	1	0	
徐安国	从张栻、朱熹游	4	0	
罗椿	杨万里高足	1	0	
刘光祖	从族兄郑景望学	11	2	
赵蕃	刘清之、朱熹门人	2	0	
陈亮	郑景望门人，陈传良讲友	74	5	
叶适	曾学于陈传良、郑伯熊	1	0	
蔡幼学	从陈传良学	1	0	
崔与之	楼钥讲友	2	0	
吴琚	陈传良弟子	6	0	多进奉词
杜旟	吕祖谦门人，胡瑗后学	3	0	
杜旃	吕祖谦门人，胡瑗后学	残句	0	
李壁	李焘第三子	10	0	

词人	师承	词作总数	艳情词	其他
韩淲	韩元吉子，刘清之门人	197	26	
谢直	陆九渊门人	1	1	
危稹	尝游陆九渊之门	3	1	
曾季狸	以吕本中为宗	0	0	存词论
曾丰	伊川后学	0	0	存词序

通过表 2 - 1 可以大致看出孝宗时期理学家词人及其创作有两个显著特点。

第一，理学家词人的社会地位层次普遍比较高。官宦、士大夫阶层是社会文化精英，历来是文学创作的主体，宋代的取士制度更造成了文人的繁盛。在南宋中叶江湖文人崛起之前，宋代文人绝大多数具有官宦身份。从客观来看，孝宗时期理学家词人群体的官职、社会地位相对比较突出。史浩、魏杞、周必大皆为孝宗朝宰辅，赵汝愚任宁宗朝宰相。王十朋乃绍兴二十七年（1157）进士第一，擢为状元；胡铨、韩元吉、杨万里、张栻、丘崈、楼钥等皆为朝廷重臣。值得一提的是，孝宗时期理学家词人在政治主张和性格特征上也表现出高度统一：从政治角度看，大多属于爱国、抗战一派；从性格上看，多为忠正、耿直之士。虽然这些理学家词人仅占孝宗词人群体的 1/6，但较高的身份地位通常会带来较大的社会影响，同僚、友人间的互动交流、诗词唱和，往往会受到核心人物喜好的影响，因此，这些理学家词人对孝宗词坛创作风尚的影响不容小觑。

第二，对艳情创作较为排斥。有词作存世的 38 位理学家词人中有 21 人没有艳情词，其中存词 10 首以上的共 15 人，其中无艳情词者有倪偁、王十朋、朱熹、李壁 4 人。综观那些词作数量较多的理学家词人，其艳情词比重普遍很少：胡铨16首，艳情词1首；史浩共180首，艳情词21首；韩元吉82首，艳情词2首；向滈43首，艳情词23首；姚述尧69首，艳情词5首；周必大存词17首，艳情词1首；丘崈81首，艳情词13首；吕胜己89首，艳情词15首；刘光祖11首，艳情词2首；陈亮74首，艳情词5首；韩淲197首，艳情词26首。除了向滈艳情词比重较大，占53%外，其他词人艳情词比例皆在20%以下。其中，胡铨、韩元吉、姚述尧、周必大、陈亮更在10%以下。

对男欢女爱、儿女情长的排斥，正是理学思想的一种体现，在这些理学家词人笔下，几乎看不到词为艳科的文体特征。作为理学集大成者，朱熹无疑是理学家词人代表，晦庵词题材多样，然而没有丝毫香艳气息。除了这些理学家词人自身的创作之外，当时一些文人也深受影响，如与杨万里、叶适交善，深谙理学思想的沈瀛（1135—1193?）词作颇丰，其《竹斋词》1卷今存90首，内容多富理趣，然而却无艳情之作。对于艳情的排斥，是理学对南宋词坛及整个文坛最为显著的影响。

孝宗时期，理学思想对词坛的影响还直接体现在作品当中：其一，是以理学之语入词，以词阐理；其二，是把理学思想融入词中。前者如沈瀛的《醉落魄》二首：

> 致知格物。初学工夫参圣域。天高地远无穷极。欲造精微，莫若守惟一。纯全天理明如日。都缘人欲来相惑。且将持敬为先入。若能持敬，真个是神力。

> 致知格物。孔颜学问从兹出。圣言句句皆真实。涵养功深，将见自家得。毋意毋我毋固必。视听言动非礼勿。胜己之私之谓克。克尽私心，天理甚明白。

这两阕词通篇理学术语，明显是以词这种方式来阐述"格物致知"及理学思想观念。这种纯理学之词，在两宋词坛极为少见。清代藏书家丁丙指出："子寿词劲气直达，颇思矫涤纤丽之习。唯好作理语，终与斯道去之远耳。"① 相似的阐释理学之作还有汪莘的《水调歌头·客有言存者、未得其序因赋》：

> 欲觅存心法，当自尽心求。此心尽处，豁地知性与天体。行尽武陵溪路，忽见桃源洞口，渔子舍渔舟。输与逃秦侣，绝境几春秋。
>
> 举全体，既尽得，要敛收。勿忘勿助之际，玄扎一丝头。君看天高地下，中有鸢飞鱼跃，妙用正周流。可与知者道，莫语俗人休。

方壶通篇谈"心法"，其中借用了陶渊明《桃花源记》与《诗经·大雅·旱麓》中"鸢飞鱼跃"之典，为词作增添了一些文学色彩。《四库总目提要》谓其词"稍近粗豪，其中《水调歌头》二首，至以'持志'、'存心'为题，则自有诗余，从无此例。苟欲讲学，何不竟作语录乎？"② 可见后人对以词阐理的作词法并不认同。

相比之下，把理学思想巧妙融入词中的现象更为多见，以朱熹《念奴娇·用傅安道和朱希真梅词韵》为例：

> 临风一笑，问群芳谁是，真香纯白。独立无朋，算只有、姑射山头仙客。绝艳谁怜，真心自保，邀与尘缘隔。天然殊胜，不关风露冰雪。
>
> 应笑俗李粗桃，无言翻引得，狂蜂轻蝶。争似黄昏闲弄影，清浅一溪箱月。画角吹残，瑶台梦断，直下成休歇。绿阴青子，莫教容易披折。

这是一首咏物词，所咏之物乃宋词中最为常见的梅花。"绝艳谁怜，真心自保，邀与尘缘隔"几句，一方面，写出梅花的高洁峻雅；另一方面，阐释了理学家的理想人格。

理学家们普遍重道轻文，提倡文以载道。自魏晋玄学兴盛以来，便有"山水体道"的传统，朱熹称道韦应物"其诗无一字做作，直是自在。其气象

---

① （清）丁丙：《善本书室藏书志》，《续修四库全书》927 册，上海古籍出版社 2002 年版，第668 页。

② （清）永瑢等：《四库全书总目》，中华书局 1965 年版，第 1397 页。

近道，意常爱之"①。还引用《国史补》，对韦应物"为人高洁，鲜食寡欲"
的人格表示欣赏，由此可见，理学家们以闲淡、高洁、寡欲作为理想风范。
这种风范通常会外化为自然山水。魏晋以来，田园山水总是被作为文人情怀
的旨归，晋代陶渊明堪称典范，尤其在唐、宋时期深受文人追捧。孝宗时期，
山林之趣、退隐生活在词中的表达明显多于前代，陶渊明甚至成为词人笔下
一个重要的意象，这种现象的出现，与当时理学思想不无关系。

二 佛教：阐释佛理，消解人生烦恼

如果说，理学是儒学发展到宋代的产物，属于中国本土的传统哲学，那
么，佛教则是外来文化与中国思想的结合体。佛教是一种教人如何解脱苦难
的哲学，佛家认为无量众苦：生老病死是苦，相爱别离是苦，所求不得也是
苦……若想从人世种种苦难中解脱出来，就要灭断一切俗念，在精神上达到
一种绝对清静。佛教所提倡的"空""静"等观念，以及因果、唯识等哲学
思想，的确能给现实生活中历经苦乐荣辱的人们带来精神上的启迪与安慰。
人在遭逢痛苦打击或是感受到生老病死威胁的时候，往往会苦闷无助，而佛
教那种主张抛弃现世、超脱人伦、远离社会的超然思想，便会成为人们消除
苦恼，解脱苦难的精神支柱。佛教自从汉代传入中土以后，对中国思想文化
产生极大影响，盛唐以后，文人士大夫近佛、学禅已经成为一种普遍景象，
宋代著名文学家几乎没有不与佛门禅法发生干系的。

孝宗皇帝自身也对佛教十分亲近，甚至被视为宋朝皇帝中唯一尊佛胜过
崇道者②，《五灯会元》《四朝闻见录》《释氏稽古录》《宋会要辑稿》等众多
文献中皆有孝宗向佛的大量记录，孝宗与宗杲、若讷、子琳、慧远等许多高
僧都有接触，不仅读经、听经、论经，还亲自撰写《观世音菩萨赞》《圆觉经
解》《法华经赞》等。孝宗对佛教的亲近，必然会助长当时文人、士大夫的向
佛之风，即便是有排佛倾向的理学一派，其时也深受佛教影响。陈寅恪先生

---

① （宋）朱熹《论文·下》，（宋）黎靖德编：《朱子语类》，中华书局 1984 年版，第 3327 页。
② 彭琦：《南宋孝宗与佛教》，《浙江学刊》2002 年第 5 期，第 93—97 页。

对此曾有精辟分析："宋儒若程若朱，皆深通佛教者。既喜其义理之高明详尽，足以救中国之缺失，而又忧其用夷变夏也。乃求得两全之法，避其名而居其实，取其珠而还其椟。采佛理之精粹，以之注解四书五经，名为阐明古学，实则吸收异教，声言尊孔辟佛，实则佛之义理，已浸渍濡染。与儒教之宗传，合而为一。"①南宋时期，佛教以其强大的生命力一直活跃在社会各阶层，从官宦文人创作的诗、文到市井民间的唱诵、俗讲，从思想内容到语言形式，都可以看到佛禅的影响。

就词体而言，早在敦煌民间阶段便与佛教有所联系。由于词是由民间产生的配合流行燕乐演唱的通俗音乐文学，而佛门弟子一向有唱诵说法的习惯，因此，借用流行燕乐曲子词来传达佛教内容也在情理之中。晚唐、五代时期，随着花间体式确立，词的艳情色彩得到强化，其内容、格调相对于中唐时期显得较为狭窄，词体与佛教的距离被拉大。北宋以后，随着社会娱乐的高度发展，词体再度兴盛起来，深受佛教思想影响的文人们会有意无意在词中渗透出佛语、禅意来。

例如，王安石《雨霖铃》中"本源自性天真佛"、《南乡子》中"幻化空身即法身"，以及《望江南·皈依三宝赞》，佛教意味十足。苏轼词中佛教意味也比较明显，既有"白发苍颜，正是维摩境界。空方丈、散花何碍"（《殢人娇》）、"这个秃奴，修行忒煞。云山顶上空持戒"（《踏莎行》）一类的直接语，又有"也无风雨也无晴"（《定风波》）这种禅宗意境。苏辙存词不多，其中亦有佛意，其《渔家傲》写道"忧患已空无复痛。心不动。此间自有千钧重。早岁文章供世用。中年禅味疑天纵"。黄裳词中也具有浓郁的佛禅意味，其《瑶池月》"云山行""烟波行"二阕，以及《蝶恋花》"谁悟月中真火冷。能引尘缘，遂出轮回境"，即为代表。邹浩存词两首，皆为佛语。江西派诗人李彭有《渔歌》十首，然而并非传统的渔父家风，而是佛门禅语。北宋词坛除了直接用佛语描述佛教相关内容之外，还有许多词作境界与佛教意境十分契合，如柳永《雨霖铃》"今宵酒醒何处，杨柳岸晓风残月"，便被法

---

① 吴宓：《吴宓日记》，生活·读书·新知三联书店1998年版，第102页。

明和尚作为圆寂前的偈语证悟。①

除了文人们在词中展现佛语、禅意外，北宋还出现了一些词僧，如与苏轼交善的佛印和尚便有 6 首词作存世，其中《满庭芳》一首为宣讲佛理之词，词中提到"鳞甲何多，羽毛无数，悟来佛性皆同"，宣扬万事万物皆有佛性，甚至从鳞甲、羽毛中都可以参悟到佛性。然而，佛印和尚带有艳情意味的作品更多，如《西江月》写道："既是耳根有分，因何眼界无缘。分明咫尺遇神仙。隔个绣帘不见。"把凡心大动又无可奈何的心绪表达得十分真切。

综观北宋僧侣之词，有纯粹阐释佛理之作，更多是带有艳情色彩的作品，前者如潼川府天宁则禅师的《满庭芳》（咄这牛儿）一阕，被赞为"世以禅语为词，意句圆美，无出此右"②。后一类如寿涯禅师的《渔家傲·咏鱼篮观音》：

> 深愿弘慈无缝罅。乘时走入众生界。窈窕丰姿都没赛。提鱼卖。堪笑马郎来纳败。
>
> 清冷露湿金襕坏。茜裙不把珠缨盖。特地掀来呈捏怪。牵人爱。还尽许多菩萨债。

这首词中，佛语与艳语交融一起，颇具俚俗气息。北宋僧侣词人之作大多带有佛教语，如净端和尚存词 5 首，其中充满了"山寺""七宝""木鱼""净土""弥陀""禅林""罗汉"等术语。然而，也有例外，仲殊是北宋著名词僧，曾举进士，后出家，有《宝月集》，存词 68 首，然而，其词描写春情、别恨、登临、怀古，佛教意味并不明显。祖可和尚亦是如此。

佛教在南渡之后继续兴盛，阐释佛理之作更为突出。《五灯会元》卷十八记录有嘉兴报恩寺首座法常和尚于淳熙七年（1180）所作《渔父词》："此事楞严常露布。梅华雪月交光处。一笑寥寥空万古。风瓯语。迥然银汉横天宇。蝶梦南华方栩栩。斑斑谁跨丰干虎。而今忘却来时路。江山暮。天涯目送鸿

---

① （宋）普济：《五灯会元》，中华书局 1984 年版，第 1053 页。
② （宋）释晓莹：《罗湖野录》卷二，《丛书集成初编》，中华书局 1985 年版，第 17 页。

飞去。"此词调寄《渔家傲》，乃法常和尚圆寂之前自述一生修学证悟境界之遗墨，明代杨慎格外推重，称"唐宋衲子诗，尽有佳句，而填词可传者仅数首。其一，报恩和尚《渔家傲》……其二，寿涯禅师咏鱼篮观音"①。洪迈《夷坚丙志》卷十八记载张风子的奇异故事并录其所歌的《满庭芳》，其实这首词脱胎于则禅师《满庭芳》（咄这牛儿）一词，略加改动，由此可见"意句圆满"的禅理之词南渡之后深受欢迎。

到了孝宗时期，佛教词语、佛教意趣在词人笔下出现频率更高，如甄龙友《水调歌头》下阕："满虚空，张宝盖，缀明珠。玻璃为地，游戏乾象驾坤舆。烂醉蓬莱方丈，遍入华严法界，试问夜何如。北斗转魁柄，东海欲飞乌。"把夜景描绘得如同佛经中的七宝世界，"遍入华严法界"一句，直接显出佛教的影响。《谈薮》中有云："甄龙友云卿，永嘉人，滑稽辨捷为近世冠。……游天竺寺，集时句赞大士，大书于壁云：'巧笑倩兮，美目盼兮。彼美人兮，西方之人兮。'孝庙临幸，一见赏之。诏侍臣物色其人。或以甄姓名闻曰：'是温州狂生，用之且败风俗。'上曰：'唯此一人，朕自举之。'"② 通过庞元英的记载可以看出，乾、淳时期帝王、文人与佛教的密切关系。

孝宗一朝许多词人都深受佛教影响，经常在词作中借佛家思想来感怀人生、阐释哲理。例如，陆游所书《大圣乐》：

> 电转雷惊，自叹浮生，四十二年。试思量往事，虚无似梦，悲欢万状，合散如烟。苦海无边，爱河无底，流浪看成百漏船。何人解，问无常火里，铁打身坚。
>
> 须臾便是华颠。好收拾形体归自然。又何须着意，求田问舍，生须宦达，死要名传。寿夭穷通，是非荣辱，此事由来都在天。从今去，任东西南北，作个飞仙。

该词被《珊瑚网法书题跋》卷七收录，作为陆游的草书影响甚广，然而

---

① （明）杨慎：《词品》，唐圭璋编《词话丛编》，中华书局1986年版，第455页。
② （宋）庞元英：《谈薮》，《说郛》本卷三十一，中国书店1986年版，第17页。

未见于《渭南词》。词人回顾四十二年人生，深感往事如梦，悲欢离合如云烟飘散，人生如同在苦海与爱河中行舟，而自身不过是艘千疮百孔的小舟。世事无常，铁打的少年转眼变成鬓发斑白的老汉，只等着长眠于地、回归自然。人生何必在意那些田宅、家产、官位、名利，寿夭富贵、是非荣辱乃上天注定，自己只管随遇而安，做个逍遥神仙。这首词宣扬一种离苦得乐、超脱旷达的洒脱心态，其中多用佛家术语，"苦海""爱河""无常"分别出自《法华经》《楞严经》《涅槃经》等佛典。可以说，是乾、淳时期佛理词的代表。与此相似还有韩仙姑的《苏幕遮》："不忧贫，不恋富。大悟之人，开著波罗铺。内心真如无价宝，欲识真如，正照菩提路。贪爱心，须除去。清静法身，直是堪凭据。忍辱波罗为妙药，服了一圆，万病都新愈。"完全把佛教的绝念戒贪作为修心良药。

孝宗时期有不少创作颇多的词人对佛教十分亲近，佛教已融入了其生活。辛弃疾作为爱国豪放派词人代表，同样有着深厚的佛禅造诣，其《南歌子·独坐蔗庵》曰"玄入参同契，禅依不二门"，便是直接把庄老与佛禅作为自己的心灵皈依。葛立方之子葛郯，是灵隐寺慧远禅师的在家弟子，《五灯会元》有录，其《信斋词》存词30首，不但景物、意象多有佛教超尘之感，而且词中多处显示出参禅与诗酒相融的生活，如《满庭霜·述怀》写道，"把毗坛清梦，尽入诗筒"；《满庭霜·再和》上阕有"归去来兮，心空无物，乱山不斗眉峰。夜禅久坐，窗晓日升东。已绝乘槎妄想，沧溪迥、不与河通。维摩室，从教花雨，飞舞下天空"；《念奴娇》写道，"诗卷寻医，禅林结局，酒入昏田务"。

如果说，葛郯是位佛教信徒，那么，沈瀛则是一位三教并融的文人。沈瀛有《竹斋词》，现存98首。词中多参禅、悟道、理学之语，其《行香子》（野曳长年）提到"三教都全。时看周易，读庄子，诵楞严"，可以说是其典型写照。但就佛教而言，对其身心、生活产生着巨大影响，如《念奴娇》上阕："光阴转毂，况生死事大，无常迅速。学道参禅、要识取，自家本来面目。闹里提撕，静中打坐，闲看传灯录。话头记取，要须生处教熟。"《醉落魄》末句称:"参禅渐渐知滋味。细语粗言,俱是第一义。"《行香子》(野叟愚痴)一阕提到:"待参些禅,弹些曲,学些棋。"

与葛郯、沈瀛相比,吕胜己受学于张栻、朱熹,算是理学门中人,然而,对佛教也十分喜好。胜己自号渭川居士,有《渭川居士词》,现存 89 首,其中有不少佛家意象,如《蝶恋花》上阕称:"老子寻芳心已罢。为爱孤高,结约如莲社。清净界中观物化。"《木兰花慢·看春有感》写道:

> 平生花恨少,又那得、酒中愁。自禅板停参,薄团悟罢,身世忘忧。南柯旧时太守,尽当年、富贵即时休。莫羡痴儿小子,心心念念封候。
>
> 优游。取次凝眸。春浩浩、思悠悠。爱万木欣荣,幽泉流注,好鸟匀舟、感生生、自然造化,玩吾心、此外复何求。应有知音共赏,定当一语相投。

上阕提及参禅后的所悟,下阕描写欣欣向荣的春景中所蕴含的自然造化之趣,颇具理学之意。李处全《菩萨蛮》(晦庵老子修行久)乃咏物之作,其序言提到"中秋已近,木犀未开,戏作菩萨蛮以催之"。词中有云:"问禅金粟曾回首。截竹是禅机。吹破粟玉枝。……香透月轮低。来薰打坐时。"写花亦不失禅语及禅意。

孝宗时期也有一些僧侣词人,如法常、晦庵等。法常的《渔父词》本为写景之作,开篇却直语"此事楞严常露布",带有浓郁的佛教气息。晦庵的《满江红》则阐释知足、寡欲的佛家思想。虽然自词体诞生起,佛家便与词产生了密切联系,但仔细分析,孝宗词坛的佛教之作比北宋更加繁荣,词人、词作数量更加突出。此外,北宋时期许多涉及佛教的词作,尤其是一些词僧的作品中,艳情色彩十分突出,而孝宗时期则几乎没有这种现象。不仅僧侣基本没有艳情之作,即使文人笔下涉及佛教的作品,也多以佛教术语、佛教境界来传达。佛教对孝宗词坛的影响,更多体现在阐释佛家理念、消解人生烦恼及描绘清旷佛家生活中,从而使得这一时期的词作更加朝着理性化、文人化的方向发展。

三 道教：洞仙世界的浪漫，及时行乐的洒脱

宋代皇帝大多崇信道教，尤其是真宗、徽宗，因而，道教在宋代十分兴盛，一些道士公然以词宣道。比如，北宋之初，陈朴以 9 首《望江南》描述内丹法诀；张伯端更被尊为"紫阳真人"，他于熙宁八年（1075）撰写的《悟真篇》，详细阐述内丹修炼过程、方法及丹经的要点。全书由诗、词、歌曲组成，其中有《西江月》13 首，此外，他还有 12 首《西江月》组词及《满庭芳》《解佩令》二词，皆为道家之语。到了北宋末，徽宗崇虚、佞道甚至到了荒谬的地步，政和七年（1117）四月，徽宗下诏宣称"朕乃上帝元子，为太霄帝君。悯中华被金狄之教，遂恳上帝愿为人主。令天下归于正道"，并要道院策其为"教主道君皇帝"①。

在这种风气下，道教异常繁盛，张继先便是典型代表。继先，字嘉闻，嗣汉三十代天师，崇宁四年（1105），赐号虚靖先生。有《虚靖词》，今存 56 首，其中多写道家修炼之术及物我两忘、超尘脱俗之境。北宋浓郁的道教氛围，不仅出现了一大批道士词人，在文人词中也有所体现。例如，黄裳（1044—1130）是一位与道教关系密切的士大夫，曾主持刻印《政和万寿道藏》，程瑀《黄公神道碑》称其"颇从事于延年养生之术。博览道家之书，往往深解，而参诸日用"②。有《演山词》，今存 53 首，其中道家意趣与神仙境界融为一体，如《水龙吟·方外述怀》写道："谁是采真高士，幻中寻取元非幻。时人不为，玉峰三秀，尘缘难断。莫说英雄，万端愁绪，夕阳孤馆。到流年过尽，韶华去了，起浮生叹。"《宴琼林》有："因甚灵山在此，是何人、能运神化。对景便作神仙会，恐云軿且驾。"《蝶恋花》亦有："忽破黄昏还太素。寒浸楼台，缥缈非烟雾。江上分明星汉路，金银闪闪神仙府。"同调曰："谁悟月中真火冷。能引尘缘，遂出轮回境。"

---

① （宋）陈均：《九朝编年备要》卷二十八，《四库全书》328 册，第 768 页。
② （宋）程瑀《黄公神道碑》，（宋）黄裳《演山先生文集》附录，四川大学古籍整理研究所编《宋集珍本丛刊》第 25 册，线装书局 2004 年版，第 191 页。

　　南渡之后，道教进入一个宗派纷起的时期①，尤其孝宗一朝，不但继续奉行高宗的崇道政策，而且更有所发展。孝宗本人对道教颇为爱好，《四朝闻见录》称其"尤精内景"②，孝宗崇信高士、道人，维护、新建道观，并于"淳熙四年（1177），重建《道藏》成，御书'琼章宝藏'以赐"③，还多次参加道教祈禳活动④。在这种社会氛围下，乾、淳时期的道家之词颇为丰富。首先，体现在道士词人身上，连久道有《清平乐·渔父》；其次，《正统道藏》中有毛日新所编的《了明篇》，收录歌曲、诗、词皆为宋先生所述，其中有22首阐道词，如：

武陵春

　　七返还丹人怎晓，晓后有何难。夜静存神向内观。神水满泥丸。

　　搬运金精无夜昼，呼吸不会闲。功行成时出世寰。名姓列仙班。

太常引

　　金丹只在自身中。真水火、炼成功。因遇吕仙公。识返本、还元祖宗。

　　阳全阴尽，神光现处，认得自真容。名姓列仙宫。已跳出、乾坤世笼。

　　毛氏序为乾道四年（1168），集中并未言明宋先生具体身份，其人是否道士俟考，但毫无疑问，词作内容完全是道家之语。

　　总体看来，现存孝宗时期道士之词远不及北宋昌盛，然而，同期文人词中的道家色彩却比较突出，出现了不少描写得道高人、道教修养之类的作品。张孝祥有《蓦山溪·和清虚先生皇甫坦韵》曰：

　　清都绛阙，我自经行惯。璧月带珠星，引钧天、笙箫不断。宝簪瑶

---

① 参见卿希泰《宋孝宗与道教》，《宗教学研究》1998 年第 3 期，第 1—4 页。
② （宋）叶绍翁《四朝闻见录》，中华书局 1989 年版，第 108 页。
③ （宋）潜说友：《咸淳临安志》卷十三，《四库全书》490 册，第 158 页。
④ （元）脱脱等：《宋史》，中华书局 1977 年版，第 686 页。

佩，玉立拱清班。天一笑，物皆春，结得清虚伴。

　　还丹九转。凡骨亲会换。携剑到人间，偶相逢、依然青眼。狂歌醉舞，心事有谁知，明月下，好风前，相对纶巾岸。

　　清虚先生皇甫坦是一位道士，从张孝祥词序看这位道士应有词作，然已亡佚。皇甫坦颇受高、孝二帝恩宠，曹勋《沁园春·赠清虚先生》亦提到："两朝天德，甘涌神泉。道化承平，应稽升举，且向人间寻有缘。掀髯笑，做庐山隐逸，大宋神仙。"从张、曹与清虚道人的词作酬赠中，足见道教对南宋社会及词坛的影响。赵师侠《促拍满路花·瑞荫亭赠锦屏苗道人》有"真乐谁能识，兀坐忘言，浩然天地之中"，道家洒脱超旷的思想精髓显然可见。李处全有一首《鹧鸪天》，描写一位还俗道姑：

　　脱却麻衣换绣裙。仙凡从此两俱分。娥眉再画当时柳，蝉鬓仍梳旧日云。

　　施玉粉，点朱唇。星冠不戴貌超群。枕边一任潘郎爱。再也无心恋老君。

　　把道教融入艳情，颇为独特。关注《水调歌头》描写一位叫陆永仲的得道高人，其序言称其"绝荤酒，屏世事，自放尘埃之外。行将六十，而有婴儿之色"，词中描写高人的生活状态，蕴含着安心、清坐、笑忘尘俗等养生之道。除了直接描写道士、高人外，孝宗时期有更多宣扬道教思想之作。例如，以联章组词创作著名的张抡，有《减字木兰花》修养十首，阐述道家"阴阳均衡""咽津纳气""澄神静虑""还元返本"等修身养性之道，还有《蝶恋花》十首写神仙，虽然多残句，但道家精神、浪漫境界十分明显。

　　在中国传统思想文化中，从平衡心灵、消解人生烦恼层面来讲，佛教与道教之间有很多相通之处，因而，许多文人往往是兼容并包。有些作品语言、意境也会呈现出庄禅一体、佛老相融的倾向。单就道教与词而言，除了那些直接描写丹法、内诀的作品外，主要体现在对富丽浪漫世界的营造及对人生及时行乐的倡导，这两点在孝宗时期十分明显。

综观孝宗词风，可以说是南渡词风的继续发展。一方面，表现在闺阁气息的减弱；另一方面，是文人气质的增强。这一时期随着词作内容、风格的丰富多样，道教境界渗入登临、写景、述怀等许多主题中，为词坛增加了不少浪漫之风。比如，吕胜己有《满庭芳》，该词题序"乙巳八月十日登博见楼作"，即淳熙十二年（1185）所作的一首登临词，其中写道：

丹脆浮空，琉璃耀日，上云楼阁眈眈。□□居士，燕坐息玄谈。十载劳心问道，今悟罢、截日停参。凝神处，九苞丹凤，翔舞在山南。

喃喃。成障碍，千经万论，从此休贪。且陶陶兀兀，对酒醺酣。清兴有时狂放，扁舟上、绿水澄潭。渔歌起，从他两岸，齐笑老翁憨。

纵观历代登临之作，尤其在词体中，大多表现失意、怅惘之情，这首词所写景物则是彤云浮空、琉璃耀日、丹凤来仪、飞舞山南，充满了浪漫与大气。下阕体现出潇洒、旷逸的人生态度。

道教为孝宗词坛带来的浪漫之气更多体现在一些描绘"洞天""梦仙"等内容的作品中。"洞天"为道教语，即神仙所居之地，包括十大洞天、三十六小洞天等，是道教世界的重要组成部分，后来也用于指代仙境般的名胜之地。北宋词人便有所提及，如苏轼《好事近》提到"却跨玉虹归去、看洞天星月"；丁仙现《绛都春·上元》末句称"游人月下归来，洞天未晓"；黄裳《桂枝香》中有"翠微缘近，希夷志远，洞天踪迹"。

相比之下，孝宗时期词人们对洞天世界更为迷恋。例如，王之望《临江仙》曰："家在蓬莱山下住，乘风时到尘寰。双凫偶堕网罗间。惊容凝粉泪，愁鬓乱云鬟。人世风波难久驻，云霞终反仙关。虚无仙路拥归鸾。却随烟雾去，长向洞天闲。"尘寰人世的风波与洞天世界的悠闲形成鲜明对比。

史浩（1106—1194）乃孝宗宰相，淳熙十年（1183）致仕后治第于月湖（位于今浙江宁波），引泉为池，垒石为山，建阁作堂，称"四明洞天"。史浩有一系列以"洞天"为题的词作，如《喜迁莺·四明洞天》（凭高寓目）、《水龙吟·洞天》（翠空缥缈虚无）、《永遇乐·洞天》（鄞有壶天）、《迎仙客·洞天》（瑞云绕）、《南浦·洞天》（一箭舜弦风）、《夜合花·洞天》（三岛烟霞）等，皆为描写四明胜景，其中大量充斥着"缥缈烟霞""洞天岩谷""十洲三岛""青蛇星烂""海上蓬瀛""琼瑶宫阙""神仙洞府""丹成九转""蓬莱方丈""玉蕊楼台""瑶台阆苑""异卉奇芳"等道家洞天之语，富丽堂皇，恍若仙境。

除了史浩"洞天"胜境外，葛郯亦有词描写虚实相间的美妙境界，如《洞仙歌·壬辰六月十二日纳凉》，与同调《十三夜再赏月用前韵》，虽为夏夜乘凉、赏月所作，却充满了"紫绂丹麾""步虚声杳""碧落天高""八极浮游""朝餐沆瀣""暮饮醍醐"等道家浪漫气息。曹冠有两阕词直接写"梦仙"，其一为《鹧鸪天》（我昔蓬莱侍列仙），另一首《卜算子》（午枕梦游仙），把梦境与现实中的放旷合而为一。

孝宗时期祝颂之作，尤其是寿词十分突出，这种带有溢美格调的主题与道家神仙世界的富丽浪漫产生了自然而然的联系。例如，王之望《风流子·范觉民生日》曰："向此际，上天开景运，王国产英材。想崇岳洞天，暗书苔藓，海山烟雨，空锁楼台。煌煌天人表，琼林与瑶树，照映庭槐。中有丽天星斗，惊世风雷。况朱颜绿髪，年光鼎盛，绣裳华衮，人望归来。好对玳筵满举，眉寿觥罍。"再如，京镗《汉宫春·寿李都大》曰："看透尘寰。更禅心似水，道力如山。前身青冥跨鹄，紫府乘鸾。世缘一念，便等闲、游戏人间。"浪漫大气中不失哲理。辛弃疾亦有《水调歌头·寿韩南涧》曰："闻道钧天帝所，频上玉厄春酒，冠珮拥龙楼。快上星辰去，名姓动金瓯。"洪适寿词颇多，其中仙道之语更随处可见，如《朝中措·苏少莲母生日》"西昆当日下云骈。采藻奉苏仙"；《浣溪沙·寿方稚川》"占得登高一日先。跨云来作地行仙"；《临江仙·郑盐生日》"向日鹓行瞻凤彩，共期直上金銮。却来持节海云边。身兼三使者，名是一仙官"等。

从客观来看，宗教通常会给人带来出世之思想，佛、道二教皆如此，但是二者又有所不同，佛教提倡清心寡欲，去除杂念，舍弃外物，追求身心解脱。道教则是一个注重养生与感官享受的宗教，虽然也提倡"自然无为"，但

同时也认可"我命在我不在天"① 的积极态度，借服药炼气、内丹修真以求
达到长生不老。在世俗生活中，酒和丹药成为道家风范的两大代表，"玉酒琼
浆，仙人杯觞"是道家气度的重要体现。酒在中国传统文化、文学中占据着
很重要的地位，酒可以使人"尽忘身外事""陶然遗万累"，因而，几乎没有
文人不爱酒的。例如，张抡《菩萨蛮》咏酒十首，每阕起句为"人间何处难
忘酒"，分别描绘了春、夏、秋、冬，月下、林间、山村、野店各种情境中的
饮酒之乐。其《诉衷情》咏闲十首之五也对酒极为称道："闲中一盏瓮头春。
养气又颐神。莫教大段沈醉，只好带微醺。心自适，体还淳。乐吾真。此怀
何似，兀兀陶陶，太古天民。"在词人眼中，与其在滚滚红尘中追逐名利，劳
心力瘁，还不如喝些小酒，心闲体适，像上古之民一样其乐融融。

　　南渡之后，词体述怀功能大增，许多文人在面对人生种种不如意时，往
往会借助宗教精神来消解。道教对神仙、药、酒的提倡，既洒脱又现实，颇
能迎合文人们的思想情趣及生活态度，具体表现为洒脱、旷达的心境对及时
行乐的追求。例如，曹冠《蓦山溪·九日》："寓意醉乡游，且赢得、开怀萧
散。功名外物，何必累冲襟，炼丹井，叱羊山，寻个修真伴。"把酒醉、炼丹
作为勘破功名、赢得开怀的工具。赵师侠《水调歌头》曰，"已是都忘人我，
一任吾身醒醉，有酒引连卮。万法无差别，融解即同归"，在醒醉之间参透万
法，超然万物。韩元吉（1118—1187）是孝宗词坛上一位重要人物，与陆游、
辛弃疾、朱熹、陈亮等皆有往来，其《南涧诗余》存词 82 首，不少作品具有
超然的道家之风。例如，《水调歌头·席上次韵王德和》写道，"万里蓬莱归
路。一醉瑶台风露。因酒得天全"；《水调歌头·水洞》曰，"笑谈间，风满
座，酒盈杯。仙人跨海，休问随处是蓬莱"；《醉蓬莱·次韵张子永同饮谢德
舆家》"老子偷闲，爱君三径，共一尊芳醑。待约梅仙，他年丹就，骑鲸飞
去"。韩元吉的自寿之作亦如此，如《醉落魄·乙未自寿》写道，"幔亭有路
通瑶阙。知我丹成，容我醉时节"；同调"生日自戏"亦有酒、道之语："蓬

---

① （晋）葛洪撰，王明校释：《抱朴子内篇校释》，《新编诸子集成》第一辑，中华书局 1985 年
版，第 267 页。

莱水浅何曾隔。也应待得蟠桃摘。我歌欲和君须拍。风月年年，常恨酒杯窄。"

　　孝宗乾、淳年间是宋代思想文化极为发达的一个时期，理学走向成熟，佛、道二教也在统治阶级的提倡下持续发展。就词坛创作来看，这一时期的述怀、哲理之作在整个宋代词史上十分突出，理学、佛教、道教的痕迹很明显。理学家词人的创作明显表现出对艳情词的排斥，这种倾向与该时期艳情词的衰减呈同步性。即便是在北宋便比较突出的佛教、道教之词，在这一时期也展示出一些独有特色。比如，北宋词僧及文人笔下较为突出的佛教与艳情浑融的现象在孝宗时期已极少出现；与北宋比较发达的道士词相比，这一时期所存的道士词很少，文人词中的道教色彩却比较浓郁。总体来看，考察孝宗词坛的创作走向，理学、佛教和道教对词人心态及词作内容的影响不容忽视。

第三章　当行本色的退减：孝宗时期艳情词创作风貌

综观整个词史，词为艳科已成定论。从敦煌曲子词到晚唐五代，经过花间及南唐词人的大力推动，艳情词逐渐成熟、定型，艳情当之无愧成为词体创作的第一主题，并被视为词之当行本色。关于艳情词，历来关注者颇多，正如清代彭孙遹所总结的："词以艳丽为本色，要是体制使然。"① 叶嘉莹先生从狭义和广义两方面对艳情词进行了界定："一般所谓艳词，狭义者乃专指淫亵秾艳的作品而言；广义者则是总括一切叙写美女与爱情的词作。"② 由此可见，广义的艳情词涵盖极广，只要与女子相关的内容都可以归属其中。

对于孝宗词坛来说，当今学者关注最多的，除了辛、姜这两位大家外，大多集中在陆游、陈亮、刘过等辛派爱国词人身上。客观地说，孝宗时期爱国豪放词人的光芒固然耀眼，但从词史发展看，艳情词的消长盛衰更能从正统、本色角度体现出词体的演变。王世贞曾对词体的艳情与豪放有所论述，他认为："词须宛转绵丽，浅至儇俏，挟春月烟花于闺帏内奏之，一语之艳，令人魂绝；一字之工，令人色飞，乃为贵耳。至于慷慨磊落，纵横豪爽，抑亦其次，不作可耳。作则宁为大雅罪人，勿儒冠而胡服也。"③ 在这位文坛盟主看来，词最适合抒发绵丽儇俏的闺帏之情，只有语言香艳、用字工巧、令人心魂摇荡、神色飞扬的作品才称得上可贵，那些慷慨豪爽之作只能居于其次。在他心目中，宁愿去填那些有悖于温柔敦厚诗教正统的艳情词，也不要

---

① （清）彭孙遹：《金粟词话》，唐圭璋编《词话丛编》，中华书局 1986 年版，第 723 页。
② 叶嘉莹：《清词丛论》，河北教育出版社 1997 年版，第 50 页。
③ （明）王世贞：《艺苑卮言》，唐圭璋编《词话丛编》，中华书局 1986 年版，第 385 页。

去作符合儒家道德规范的豪放词。此观点虽不免有些偏颇，但却反映出一种词学观念，即艳情乃词之本色，失去了艳情，词这种文体也就失去其独有的价值与特色。

词是伴随着燕乐兴起的一种音乐文学，原本是花间、樽前供歌儿舞女表演助兴的产物，完全远离儒家礼教的正统与规范。因此，男欢女爱的追求、声色情愁的宣泄，在词中不仅没有丝毫禁忌，反而被视为当行本色。声色宴饮可以说是人类社会发展到一定文明程度后不可或缺的一种娱乐生活方式，尤其体现在富贵阶层。赵宋立国之初，宋太祖在杯酒释兵权的同时明确提出"人生驹过隙尔，不如多积金、市田宅以遗子孙，歌儿舞女以终天年"① 的思想导向，于是，在崇文抑武的政策下，在"天子重英豪，文章教尔曹。万般皆下品，唯有读书高"② 的社会氛围中，宋代文人生活相对比较优裕、舒适，文人士大夫们可以坦然地享乐声色，用词尽情倾诉恋情、直抒色欲，从而使艳情主题在宋词中格外突出、集中。

南渡之后，社会的巨变带来文学的变化，这种变化在词这种音乐娱乐文学中也十分明显。随着词体地位的提高及表现功能的扩大，词的创作数量在孝宗时期呈现出高度繁荣，主题、风格上也产生了显著转变。与北宋相比，这一时期的艳情词在继承前代传统的同时，也呈现出新的时代风貌。从创作比重上看，最具词体本色特质，并一直在词坛创作中占绝对主导的艳情词呈衰退趋势，创作比重明显减少，仅占词坛创作的 20% 左右。从内容上看，除了沿承花间、北宋传统风格的赠妓、咏妓之作外，还集中出现了借艳情来托寓家国、身世之感，以及借艳情来吟咏他物的作品。从表达手法上看，词人在描绘女性容貌、抒发男女情感时普遍呈现出雅化、内敛化的倾向；此外，还比较集中地出现了联章组词、转踏、大曲等形式的咏妓之作。这些新变，既符合文体发展的基本规律，又体现了独特的时代风貌。

---

① （元）脱脱等：《宋史》，中华书局 1977 年版，第 8810 页。
② （宋）汪洙：《神童诗》，翟博主编《中国家训经典》，海南出版社 2002 年版，第 425 页。

第一节　孝宗时期艳情词创作的发展趋势

一　乾、淳以前的艳情词

早在词体滥觞之时，艳情便成为民间曲子词所表达的最主要内容。虽然敦煌曲子词具有题材驳杂的原始特色，但在其众多主题中，艳情仍然最为突出，约占总数40%，远远超过了其他题材类别。尤其值得关注的是，敦煌词中有一部歌本性质的词集——《云谣集杂曲子》，共收词30首，其中28首皆以女性为描写对象。由此可见，情爱与女色伴随着词体的产生，从一开始便成为佐欢场合最大的消费品。

中唐时期，文人被民间曲子吸引，逐渐加入词体创作的行列。然而，白居易、刘禹锡、戴叔伦、张志和这些文人在模拟民歌之外，其自发创作大多描写江南美景、樽前调笑、渔父之乐，很少关涉艳情。晚唐温庭筠把词笔彻底转向女子生活、情思，从而开创了花间词风。清代陈廷焯曾明确指出，温庭筠之作"大半托词帷房"[①]。《花间集》收录温词66首，以女性为主题的就有52首，占其总数的80%[②]。就五代时期的创作来看，"《花间集》收录的500首词，有411首是以女性为描写对象，占总数的82%。南唐词人冯延巳今存112首词，以女性为抒情主人公者占了100首。李璟4首词全是写女性，李煜34首词一半是女性"[③]。

综观北宋词坛，除了宋初半个多世纪词坛比较沉寂外，自仁宗年间起，所有的重要词人都不乏艳情之作。就这些词人而言，艳情词的创作比例在其词作中基本都在半数以上，有的甚至高达2/3。北宋艳情词的代表人物应数柳

---

① （清）陈廷焯：《白雨斋词话》，唐圭璋编《词话丛编》，中华书局1986年版，第3946页。
② 参见青山宏著，程郁缀译《唐宋词研究》，北京大学出版社1995年版，第7页。
③ 王兆鹏：《唐宋词史论》，人民文学出版社2000年版，第132页。

永，其现存 213 首词中，艳情之作有 149 首，占总数的 70%。一代文宗欧阳修，亦是小词的爱好者，他公然承认填词目的是"敢陈薄伎，僚佐清欢"①。在其 242 首词中，艳情之作有 140 余首，有些词作之香艳、大胆，即便放在《花间集》《乐章集》中也毫不逊色。词发展至苏轼，境界大开。虽然今人关注最多的是他那些豪放、旷达之作，但通观苏轼 362 首作品，其中关于女性的题材仍是主流，艳情之作约 130 首。可见，即使在"自是一家"的苏轼身上，仍明显体现着北宋中期词风的艳情主流倾向。

晏几道、秦观被并称为"古之伤心人"②，二人皆致力于情词创作，是北宋艳情词的两位重要人物。晏几道存词 260 首词，其中直接为女子代言及回忆歌女的词作有半数。秦观虽存词不多，仅 90 首，但与情爱相关的有 70 首。黄庭坚与秦观同为苏门四学士，早年多作艳情词，曾在《小山词序》中坦然说道："道人法秀独罪余'以笔墨劝淫，于我法中，当下犁舌之狱'。"黄庭坚存词 192 首，现存艳情之作虽在数量上不占绝对优势，但影响极大。徽宗时期的周邦彦历来被视为北宋词的集大成者。这位被誉为"词家大宗"③ 的御用词人，同样把大量精力投注在艳情词上，在其 186 首词作中，相关男女的有 110 多首，占总数的 2/3；其中，寄内之作 34 首，赠怀歌妓之作有 70 余首④。由此可见，北宋时期，艳情毫无疑问是词体的第一大主题，在创作数量中亦占绝对优势，无论是深情的吟唱，直露的宣泄，还是戏谑玩弄，几乎所有重要词人创作都与艳情有着密切的关系。

南渡后，在国破家亡、流离失所、朝廷推行乐禁的情况下，词体创作整体上呈现出锐减，甚至可以说是断裂。建炎初至绍兴十二年消除乐禁期间，可以考辨的词作数量极少，高宗《渔父词》、赵鼎《满江红·丁未九月南渡，泊舟仪真江口作》等，皆无关艳情。与北宋初期文人重诗文、视词为小道有

---

① （宋）欧阳修：《西湖念语》，唐圭璋编纂，王仲闻参订，孔凡礼补辑《全宋词》，中华书局 1999 年版，第 153 页。

② （清）冯煦：《宋六十一家词选》，扫叶山房，民国廿三年石印本，例言。

③ （清）永瑢等：《四库全书简明目录》，中国台湾商务印书馆，第 386 页。

④ 参见曹章庆《论周邦彦恋情词的审美取向和艺术表达》，《湛江师范学院学报》2011 年第 2 期，第 78 页。

所不同，南渡之初艳情词的沉寂，主要是由于战乱、乐禁，文人失去了歌楼酒肆、花间樽前的创作环境，是客观原因所致。绍兴中叶，随着议和之后宋金关系的缓和，乐禁的消除，词体创作有所复苏，艳情词也有回归。李清照（1084—1155）是南渡词人的杰出代表，虽然存词仅 52 首，却完全以女子之手，写女子之口，抒女子之情，细腻地传达出国破家亡后，流离失所的孤苦女子所经历的内心痛楚，以及对往日闺阁生活的怀念和追忆。李清照以女性身份亲自作闺音，为艳情词带来了全新的视角。同一时期，在不少男性词人创作中，艳情词也依然是主体。例如，吕本中（1084—1145）存词 27 首，艳情之作有 15 首。蔡伸（1088—1156）《友古居士词》共 175 阕，其中关涉艳情的有 120 首，在其现存词作中所占比例高达 70%。卒于绍兴末年（1160），与张孝祥交善的郭世模，存词仅 6 首，然皆艳情之作。吕渭老虽经历南渡，但其词"婉媚深窈，视美成、耆卿伯仲耳"①。

从客观来看，时代的影响、身世的飘零使文人、士大夫们不再囿于花间、樽前，由此带来了南渡之后词风、词境的扩大，同时也导致艳情在词作中所占比例的下降。然而，仔细分析现存南渡词人作品中的各类主题，虽然不乏岳飞、张元干等人激愤慷慨之悲歌，但赠妓佐欢、男女相思、闺阁情怀一类的柔婉艳情仍是文人，尤其是民间大众的娱乐重点。王灼谈及时下创作风气，曾批评："今少年妄谓东坡移诗律作长短句，十有八九，不学柳耆卿，则学曹元宠，虽可笑，亦毋用笑也。"② 可见在绍兴中叶，社会上的年轻人仍以柳永、曹组一类的淫艳、俚俗词风为效仿、模拟对象。王灼的记载，可以作为南渡时期艳情词依旧盛行的有力佐证。

二 乾、淳时期艳情创作显著下降

到了孝宗朝，词的创作主题与创作格调继续沿着南渡的轨迹不断发展，彻底呈现出与徽宗年间迥然不同的风貌。咏物词、祝颂词数量大增，爱国、

---

① 金启华、张惠民等：《唐宋词集序跋汇编》，江苏教育出版社 1990 年版，第 128 页。
② （宋）王灼：《碧鸡漫志》，唐圭璋编《词话丛编》，中华书局 1986 年版，第 85 页。

述怀一类的比重也大为增加，无论从作品数量还是从词人创作角度来看，艳情词都不再像晚唐五代及北宋那样居于一枝独秀的显赫地位。关于孝宗时期艳情词创作的总体状况，我们可以通过一些具体数据来进行说明。这一时期（1162—1189）有创作且比较活跃的词人，以唐圭璋所编《全宋词》为序，从史浩直至俞国宝，除去崔若砺、高登、黄公度、石安民、葛立方等卒于绍兴末及隆兴初，以及高宗赵构这样词作编年并非孝宗朝的，共计有226家，词作6150首。其中，存词10首以上的词人有77家，词作5859首。表3-1是关于77家词人现存词作与艳情词数量的统计。

表3-1　　　　　　　　　孝宗时期主要词人艳情词创作

词人	词作总数	艳情词数量	艳情词比例
杨无咎	177	50	28%
曹勋	183	11	6%
胡铨	16	1	6%
史浩	180	21	12%
仲并	35	10	29%
李石	39	19	49%
康与之	42	21	50%
曾觌	104	39	38%
倪偁	33	0	0%
王之望	26	11	42%
王十朋	20	0	0%
曾协	14	1	7%
毛开	42	10	24%
洪适	134	20	15%

词人	词作总数	艳情词数量	艳情词比例
韩元吉	82	2	2%
朱淑真	25	19	76%
张抡	122	2	2%
侯寘	95	20	21%
赵彦端	158	45	28%
王千秋	73	15	21%
李吕	18	7	39%
李流谦	25	3	12%
袁去华	99	47	47%
朱雍	20	6	30%
向滈	43	23	53%
程大昌	47	0	0%
曹冠	63	0	0%
葛郯	30	1	3%
姚述尧	69	5	7%
管鉴	68	5	7%
吴儆	29	4	14%
陆游	145	31	21%
姜特立	21	5	24%

续　表

词人	词作总数	艳情词数量	艳情词比例
周必大	17	1	6%
范成大	103	22	21%
赵磻老	18	1	6%
谢懋	14	7	50%
王质	76	2	3%
沈瀛	90	0	0%
李洪	11	0	0%
朱熹	19	0	0%
沈端节	45	22	49%
张孝祥	224	40	18%
陈造	10	1	10%
李处全	47	0	0%
丘崈	81	13	16%
吕胜己	89	15	17%
赵长卿	339	135	40%
林淳	11	2	18%
廖行之	41	0	0%
京镗	44	0	0%
王炎	52	9	17%

词人	词作总数	艳情词数量	艳情词比例
杨冠卿	36	12	33%
辛弃疾	629	87	14%
赵善扛	14	8	57%
赵善括	49	4	8%
程垓	157	72	46%
陈三聘	72	14	19%
石孝友	154	60	39%
韩玉	28	13	46%
刘光祖	11	2	18%
马子严	29	7	24%
赵师侠	154	10	6%
陈亮	74	5	7%
杨炎正	38	10	26%
宋先生	22	0	0%
张镃	86	8	9%
刘过	78	26	33%
卢炳	63	11	17%
姜夔	87	21	24%
汪莘	68	2	3%

词人	词作总数	艳情词数量	艳情词比例
刘仙伦	31	7	23%
郭应祥	129	14	11%
李壁	10	0	0%
韩淲	197	26	13%
李廷忠	15	0	0%
吴礼之	20	8	40%
共计77家	5859	1151	19.6%

　　由表 3-1 可见，孝宗时期存词 10 首以上的词人共计有艳情词 1151 首，占总数的 19.6%，这个比例基本可以体现该时期艳情词创作的整体风貌。在这 77 家词人中，倪偁、王十朋、程大昌、曹冠、沈瀛、李洪、朱熹、李处全、廖行之、京镗、宋先生、李壁、李廷忠 13 人皆无艳情之作，也就是说在孝宗词坛上，约有 18% 创作地位比较重要的词人并无艳情词流传。这些词人中，有不少在社会上颇具影响，其中《宋史》有传的便有王十朋、程大昌、朱熹、京镗、李壁 5 位。另外，值得关注的是，这 13 位词人存词数量并不算少，如沈瀛有 90 首，曹冠 63 首，程大昌、李处全、廖行之、京镗等皆 40 余首。与之相比，孝宗时期艳情创作比例占一半以上的仅康与之、朱淑真、向滈、谢懋、沈端节、赵善扛 6 人，且存词普遍较少，皆在 45 首以下；这 6 人的社会地位也远远不及前者，《宋史》中皆无传记。在孝宗词坛上，艳情主题创作比例最高的是女词人朱淑真，在其 25 首词中，描写女子生活、情绪的有 19 首。尽管这些作品多为恋歌怨曲，符合以女性、爱情为主旨的艳情特征，但由于词人本身的性别角色，其词实际上更偏重于自抒情怀，与男词人笔下的艳情有着本质区别。

孝宗乾道、淳熙年间，称得上词坛巨匠且影响深远的当数辛弃疾和姜夔。辛弃疾存词 629 首，艳情词 87 首，占 14%；姜夔存词 87 首，尽管与合肥歌妓的一段情事在其生命及创作中十分重要，但白石词中直抒艳情的仅有 21 首，占 24%。辛、姜不但是孝宗词坛，而且是整个词史中最引人注目的两位词人，然而，就艳情这一最本色的词作主题而言，在他们二人创作中所占比例都不大。孝宗时期这种创作局面，与北宋晏殊、柳永、张先、欧阳修、苏轼、晏几道、秦观、周邦彦等重要词人皆致力于艳情词比较起来，差别极为悬殊。由此可见，孝宗时期的艳情词，无论从个体创作比例，还是从词坛整体状况来看，都远远比不上北宋中叶词学复兴一直到南渡时期的创作。

第二节　孝宗时期艳情词创作的具体风貌

由于时代环境、词体自身发展规律及理学思想影响等因素，尽管孝宗时期都市娱乐极度繁荣，但艳情词创作却呈现出极为明显的衰减态势，创作比重持续下降。然而，艳情毕竟是词体当行本色及文人创作主流，虽然南渡直至孝宗年间不断呈现下降态势，但其创作绝对数量仍十分可观。综观孝宗时期的千余首艳情词，无论是内容还是艺术风格上，一方面，沿承了传统的词体本色创作；另一方面，呈现出一些新的特色。

一　应景、赠妓之作——本色传统的继承与延续

词本是声色娱乐的产物，正如谢章铤所言："词之兴也，大抵由于樽前惜别，花底谈心，情事率多亵近。"[1] 由于词体自诞生起便与歌妓密切相连，因而所涉情事多与歌妓有关。叶申芗《本事词》收录唐、五代至两宋、金、元时期的词本事 204 则，其中九成以上皆源于词人与妓女之间的情事，虽然这

---

[1]　（清）谢章铤：《与黄子寿论词书》，《赌棋山庄所著书·文集》卷五，光绪十年刻本。

些本事未必确凿，但足以说明词人、词作与歌妓之间的密切关系。词乃有宋之代表文学，从北宋中期的纵情吟唱到宋末元初的末世哀音，赠妓、咏妓一直是贯穿在词坛创作中的重要内容。从词体发展角度来看，人们普遍认识到南、北宋词风存在着显著差异，就最能体现词体本色特征的咏妓、赠妓词来说，其内容不外乎是对女性的描绘及对两性情感、心理的表达。孝宗时期的赠妓、咏妓之作，基本沿承了花间、北宋以来的本色传统，同时也呈现出一定的扩展和变化。

妓乐早在先秦时期就已出现，从文学发展来看，乐工、歌妓对韵文的创作、传播产生着深刻影响，尤其到了唐代，随着社会娱乐的高度发展，歌妓制度成熟确立起来，文人与歌妓的交流互动极为频繁，晚唐艳体诗的兴盛与花间词的产生便与这种环境密切相关。宋代基本沿袭了唐代的歌妓制度，李剑亮先生《唐宋词与唐宋歌妓制度》一书对此有详细分析。与唐代相比，宋朝的市井文化更为发达，无论是北宋的汴京还是南宋的临安，瓦舍勾栏、酒楼歌馆众多，呈现出一派繁荣昌盛景象。在这些娱乐场所中，官妓、私妓遍布其间，歌舞欢笑通宵达旦。客观地说，歌妓成为宋代社会最普遍、最重要的一种娱乐消费，在条件优渥的官宦文人生活中尤为突出。

在现存 5 万余首宋词中，歌妓无疑是最突出、最典型的一类人物形象。无论是官员的郡集、旬会，还是私家宾朋的欢聚、饯别，或者是秦楼楚馆的风月享乐，歌妓们始终活跃在文人士大夫生活的众多场景中。她们不仅是文人关注的焦点，同时也是词人最喜欢、最乐于表达的对象。赠妓、咏妓之作自花间起，便成为词坛创作主流，北宋时达到最高峰。宋代词人对歌妓的描写涉及方方面面，但总体来看，赠妓、咏妓之作的表达内容集中在感官享受与情感体验这两个方面。具体来说，感官享受主要表现在对歌妓姿容、情态、技艺等外在特征的描绘；情感体验则主要体现在对两性之间感情、心理等内在方面的表达。孝宗时期的赠妓、咏妓词基本未脱前人风貌，主要体现在以下几个方面：

第一，感官享受：对歌妓容貌、情态、技艺的着力描绘。

　　从男性角度来看，歌妓最吸引词人们的，通常是能够立刻感知到的外在表现，如美丽的容颜、精致的妆扮、娇媚的情态、高超的技艺等。因此，宋代咏妓词中弥漫着艳丽的女性色彩和浓郁的脂粉气息，充斥着大量关于容貌、体态、衣饰、表情、歌声、舞姿的细致描写。就容貌来看，词人笔下的歌妓形象大多偏于香艳，"腻脸""香靥""粉面""莲腮""黛眉""檀口""酥胸""纤腰"之类的艳情词绮语随处可见。孝宗时期的作品也并不例外，如袁去华《清平乐·赠游簿侍儿》"腻脸羞红欲透"，《鹊桥仙》"明眸皓齿，丰肌秀骨，浑是揉花碎玉"，赵彦端《鹧鸪天·萧秀》"云体态，柳腰肢"，张孝祥《鹧鸪天》"柳眉桃脸不胜春"，王千秋《生查子》"睡起鬓云松，枕印香腮嫩"，刘过《鹧鸪天》"雪点酥胸暖未融"等，也正合乎歌妓的身份角色。这些描写沿承了南唐宫体与晚唐艳诗的路数，当然，其中也不乏清丽脱俗者，如辛弃疾《眼儿媚·妓》所描写的那位"淡妆娇面，轻注朱唇"的歌妓，如"一朵梅花"般清新脱俗，以至于词人在一开篇便忍不住感叹"烟花丛里不宜他。绝似好人家"。

　　在词人眼中，歌妓们不仅拥有姣好的容貌，还往往具有迷人的情态，例如袁去华《山花子》描写成姓支使家一位侍妓"丰肌秀骨净娟娟。独立含情羞不语，总妖妍"，把这个女子含羞而不失妖艳的情态描绘得极为传神。再如赵长卿《水龙吟》曰，"风流俊雅，娇痴体态，眼前稀有"，亦把歌妓盼盼妩媚、娇痴的神韵刻画得很生动。向滈《点绛唇·和彪德美韵赠杨伯原》曰，"蕙怨兰愁，玉台羞对啼妆面。懒匀香脸。不放眉峰展"，陆游《采桑子》曰，"宝钗楼上妆梳晚，懒上秋千。闲拨沈烟。金缕衣宽睡鬓偏"，皆描绘女性的娇柔、慵懒。从整体来看，孝宗时期以及整个宋词中关于歌妓神态的描写，通常是多情、柔媚、娇羞、慵懒之类，极富女性阴柔美感。这种创作倾向，除了性别特征外，恐怕更多是由于歌妓的身份及她们取媚于男性的目标心理所导致。

　　为了娱宾需要，尤其是面对文化素养较高的官宦文人时，歌妓们时常会展现各种技艺，除了歌、舞、器乐之外，甚至还有下棋、绘画、书法等。这些才艺通常会引起文人更多的关注，并体现在词作中。孝宗时期的词人对此有众多记录，如辛弃疾《念奴娇·赠妓善作墨梅》刻画一位善画墨梅的妓女："彩笔风流，偏解写、姑射冰姿清瘦。笑杀春工，细窥天巧，妙绝应难有。丹青图画，一时都愧凡陋。"足见该女子绘画技艺与艺术品位颇为不凡。赵师侠《朝中措》写沈赛娘这位艺妓的美貌与高超棋艺："占路藏机，已向棋中进。俱休问。酒旗花阵。早晚争先胜。"

对于歌妓而言，轻歌曼舞是其娱宾佐欢的当行技艺，因此，词中关于其歌舞才能及表演效果方面的描写更是随处可见。例如，袁去华《思佳客·王宰席上赠歌姬》曰，"把酒听歌始此回。流莺花底语徘徊。神仙也许人间见，腔调新翻辇下来"；《清平乐·赠歌者》曰，"移商换羽。花底流莺语。唱彻秦娥君且住。肠断能消几许"；仲并《浪淘沙·赠妓》曰，"不用抹繁弦。歌韵天然"；赵彦端《鹧鸪天·欧懿》曰，"翩翩舞袖穿花蝶，宛转歌喉贯索珠"；王之望《惜分飞·别妓》曰，"夜阑清唱行云住。洞府春长还易暮"。此外，词中亦有关于歌妓们表演各种器乐的描绘，如张孝祥《菩萨蛮·赠筝妓》及赵长卿《临江仙》写"笙妓梦云"等。

"诗庄词媚"是人们对诗、词这两种文体风格的不同感受，词之所以给人带来妩媚之感，主要是由于其艳情的本体特色所决定的，尤其是词人们对于女性容貌、妆扮、神情、才艺等众多感官享受的着力描写，使词中脂粉气、香艳气更加浓郁，也由此博得了"词之为体如美人"①的评价。但相对于北宋赠妓、咏妓词而言，孝宗时期的作品虽沿承了传统的写作内容及表现手法，然而，从艳语丽词的使用及频率来看，香艳气息明显有所减弱。

第二，内在心理：词人对歌妓的情感体验及态度类型。

除了对歌妓姿态、技艺等外在方面的描写，词人通常还会传达出对歌妓的不同情感和种种心态。正常情况下，男人见到美貌女子往往会产生一种喜欢、兴奋的情绪反应，然而，面对歌妓风月欢场的陪笑身份，男人们的情感相对比较复杂微妙：有逢场作戏的玩赏，也有情不自禁地投入，还有人生失

---

① （清）田同之：《西圃词说》，唐圭璋编《词话丛编》，中华书局1986年版，第1450页。

意的慰藉。通过宋词中的描述，可以把词人对歌妓的情感态度大致分为三种类型：玩赏谐谑型、蕴含感情型和有所寄托型。

（一）玩赏谐谑型

对于歌妓来说，无论其身份是官妓、家妓还是私妓，都是男人们娱乐、消遣的工具，她们为客人带来的主要是感官享受，因此，逢场作戏的狎玩是文人与妓女交往的最常态。就具体创作而言，仅仅从声色、赏玩角度进行描写，不含感情色彩的赠妓、咏妓之作在艳情词中所占比重极大。苏轼有不少赠妓、咏妓词，然而，其中却找不到《江神子》悼亡妻那种"相顾无言，唯有泪千行"的真挚情感。从封建男性视角来看，美貌、妩媚的歌妓通常只是男人赏玩的对象，有些格调不高的文人甚至在词中毫无顾忌地表现出对歌妓的猥亵、玩弄态度。最典型的如柳永《西江月》中"四个打成一个……奸字中心有我"及欧阳修《盐角儿》中"除非我、偎著抱著，更有何人消得"，把男性对妓女那种赤裸裸的色欲享受及对这种享受的得意不加掩饰地暴露出来。当然，这些淫亵、低俗之作在文人圈子中历来多遭诟病。除了对歌妓的亵玩外，还有些词人还持以戏谑的态度，如邢俊臣有两阕仅存残句的《临江仙》，其一序"妓有体气"，曰："酥胸露出白皑皑。遥知不是雪，为有暗香来。"另一序"妓体肥"，曰："只愁歌舞罢，化作彩云飞。"邢氏在词序中明确指出所咏的是有体气、肥胖的妓女，并化用前人诗句，用反讽笔法，毫无顾忌地对妓女进行调侃与嘲笑。

相对而言，孝宗时期的赠妓、咏妓词则显得比较雅正，狎玩、谐谑成分大为减少。卢炳《鹧鸪天·席上戏作》是首典型的艳情词，生动描绘了文人与歌妓在席间樽前的风流态度。虽然词人在小序中标明是"戏作"，但词中表达却较为含蓄。在词人眼中，席间佐欢的那位歌妓不仅明眸善睐、鬓发浓密、能歌善舞，而且温柔娇羞，"衫儿贴体绉轻红"一句，隐隐传递出一些色欲成分。全词末句"刘郎莫恨相逢晚，且喜桃源路已通"，则以刘晨桃源遇仙姝之典，暗指词人与歌妓已私意相通。再如卢炳《少年游·用周美成韵》，以详细笔墨着力描绘女子的容貌、妆扮，末句"倩俏精神，风流情态，唯有粉郎知"，传达出一种两性态度，即女子美艳的容貌、精致的妆扮、倩娇风流的情态，所有的一切不过是为了供"粉郎"的欣赏。在赠妓、咏妓词中，充斥着大量关于容貌、妆饰的细致描写，其实不过是以男性视角对女子色相的一种赏玩。从整体上看，"有色无情"是玩赏谐谑一类词作最突出的特点，孝宗时期的作品亦如此，但与北宋同类作品相比，孝宗时期词人表达得更加含蓄雅正，即便是对歌妓的色欲描写，也显得比较收敛，不再有柳永、欧阳修那种毫无遮拦的淫词亵语。

（二）蕴含感情型

男女之间的情感几乎是每个成年人都要经历的一种体验，敏感的文人往往对此感受得更加细腻、深刻。对于歌妓，除了逢场作戏、声色狎玩外，不少文人也会对其中一些美貌多情的女子产生欣赏、喜爱，甚至挚爱之情。从文体角度看，词最适宜抒发两性之间细腻微妙的情感，因此，不少赠妓、咏妓词中饱含着真挚动人的情感，孝宗时期亦不乏多情之作，如姜特立《蝶恋花·送妓》：

> 飘粉吹香三月暮，病酒情怀，愁绪浑无数。有个人人来又去，归期有恨难留住。
>
> 明日樽前无觅处。咿轧篮舆，只向双溪路。我辈情钟君谩与。为云为雨应难据。

暮春三月，花瓣飘零，词人愁病交加，难以排解。有位歌妓曾到身边相伴，但却定下归期，无法挽留。想次日后，酒筵前再也见不到她的身姿，而她却乘着轿子逐渐远去。自己万般钟情于这位女子，但她却漫不经心，变化无常，实在令人难以捉摸。在宋词中，无论是男子作闺音还是单纯从男性角度出发，词人所表现的两性情感关系，通常是两情相悦或是女子情多，而这首赠别妓女之作表达的则是男人多情、妓女无意。尤其下阕，词人从别后的失落、迷茫入手，到"我辈情钟君谩与"的直述，生动地表达出词人与歌妓在情感上的反差与对比。

程垓存词157首，艳情数量约占46%，冯煦称其词"凄婉绵丽"①，其中有不少情意绵绵之作，如《满江红·忆别》曰，"衣上雨，眉间月。滴不尽，瞥空切。羡栖梁归燕，入帘双蝶。愁绪多于花絮乱，柔肠过似丁香结"；《最高楼》"天易老，恨难酬。蜂儿不解知人苦，燕儿不解说人愁。旧情怀，消不尽，几时休"；《意难忘》曰，"相逢情有在，不语意难量。些个事，断人肠。怎禁得恓惶"；《一丛花》曰，"此恨苦天悭。如今直恁抛人去，也不念、人瘦衣宽。归来忍见，重楼淡月，依旧五更寒"等，皆抒发离别后的相思、愁苦之情。就后世影响而言，蕴含情感的艳情之作是宋词中最具魅力的组成部分。从南北宋赠妓、咏妓词的具体创作来看，北宋词人更擅长抒发男女之间的缠绵深情，张先、柳永、晏几道、秦观、贺铸、周邦彦等皆是此中高手，孝宗时期此类创作虽亦可圈可点，但整体表达上要显得平和、委婉一些，总体成就不及北宋突出。

（三）有所寄托型

在赠妓、咏妓一类的作品中，词人除了表现出对歌妓的消遣、玩赏，以及喜欢、爱恋等情感态度外，甚至还借闺阁幽思、男女之情来寄托自己内心深处更为复杂遥深的情态和意绪，正如张惠言所言："极命风谣里巷男女哀乐，以道贤人君子幽约怨悱不能自言之情。"② 辛弃疾是典型代表，张炎称其《祝英台近》等词"景中带情而存骚雅"③。幼安《水龙吟·登建康赏心亭》一词，作于乾道四年（1168）至六年（1170）建康通判任上。该词写景、用典，尽抒胸臆，全词以"倩何人，唤取盈盈翠袖，揾英雄泪"结尾。从字面上看，词人希望有人唤来侑酒佐欢的歌妓为自己拭去滚滚英雄泪，以实际分析，词末的艳笔并不是说词人企图从歌妓那里得到柔情与安慰，对"盈盈翠袖"的柔情渴望与上阕"无人会，登临意"的慷慨侠义异曲同工，同样寄寓着词人壮志难酬、知音难觅的无尽苦闷。李佳继昌认为稼轩"集中多寓意

---

① （清）冯煦：《蒿庵论词》，唐圭璋编《词话丛编》，中华书局1986年版，第3587页。
② 同上书，第1617页。
③ （宋）张炎：《词源》，唐圭璋编《词话丛编》，中华书局1986年版，第264页。

作"，并明确指出《摸鱼儿》《水龙吟》等作品"皆为北狩南渡而言。以是见词不徒作，岂仅批风咏月"①。与北宋相比，孝宗时期的词人更偏重于在作品中借男女之情、风月之意来寄托自己的人生遭遇及难以直抒的幽隐情怀，这种借艳情咏他物的艺术手法是这一阶段艳情词创作的一大特色，在下文中将详细论述。

二　艳情中的寄情托寓——本色传统的深化与雅化

词作为一种娱乐性质的音乐文学，花间樽前、男欢女爱是其主要表现内容，晚唐五代时便确立起绮罗婉媚的艳情本体特色。寄托，是中国古代诗文中极为常见的一种艺术手法，即作家们把内在真实的情感或心志意绪寄寓、托付在其他人或其他事物之上。艳情与寄托，在中国传统文学创作中时常被联系起来。究其根源，可以上溯到《诗经》《楚辞》中的比兴、象征。在历代诗歌中，借女子口吻或男女关系来托寓各种情怀的作品并不少见，如文人们时常会借夫妇之情喻君臣之义，或以娥眉遭妒代小人陷害，或以美人失宠指怀才不遇，或以节妇烈女表忠贞不二。屈原的《离骚》、张籍的《节妇吟》、朱庆馀的《近试上张籍水部》（一作《闺意上张水部》）皆为此中名篇。词为诗余，本是末技、小道，一向以抒写风月之情为主，然而，随着文人对这种文体的接受，通过词来表达内心情志的现象越来越多，寄托也逐渐与词体联系起来。历代创作及词论中，咏物词及咏古词中的寄托手法最受词学家们关注。对于词体最重要的主题——艳情词而言，其中同样蕴含着丰富的寄托手法，值得我们关注与探讨。

（一）艳情词与寄托的关系

对于词中寄托，南渡后的词论家们有着很清醒的认识，如鲖阳居士分析苏轼《卜算子》"缺月挂疏桐"一阕，认为每句皆有寓意，并得出"与《考槃》诗极相似"②的结论。胡仔评苏轼《贺新凉》"乳燕飞华屋"，认为是

---

① （清）李佳：《左庵词话》，唐圭璋编《词话丛编》，中华书局1986年版，第3108页。
② （宋）鲖阳居士：《复雅歌词》，唐圭璋编《词话丛编》，中华书局1986年版，第60页。

"冠绝古今，托意高远，宁为一娼而发耶"①。到了清代，词论家们更加关注
词中寄托，沈祥龙指出："屈、宋之作亦曰词，香草美人，惊采绝艳，后世倚
声家所由祖也。"② 直接把词与《楚辞》中的香草美人、比兴寄托联系起来。
其实词体初创之时，大多用于花间、樽前娱宾，词作中所描绘的女子形象及
所呈现出的"要眇宜修"风格，与《离骚》中的"香草美人"有着内在本质
区别，前者仅是男人对美色、两性的态度，后者则蕴含着作者人生际遇和政
治理想。

北宋时期词体复兴，艳情词创作十分繁荣，但其中的寄托手法并不突出，
比较常见的是文人在表达男女之情、相思离别时，自觉不自觉地把时光流逝
的感伤、怀才不遇的苦闷及羁旅漂泊的艰辛倾注其中。北宋艳情寄托之作比
较典型的是晏殊的《山亭柳·赠歌者》，晏殊被誉为"北宋倚声家之初祖"，
郑骞解读他这首词是"借他人酒杯，浇胸中块垒之作"，并详细阐释为"此词
云'西秦''咸京'，当是知永兴军时作，时同叔年逾六十，去国已久，难免
抑郁"③。这首词从小序到内容皆围绕着一位歌妓，但实际上，曾经少年得志、
富贵风流的晏殊是借歌妓年长色衰的悲哀来寄寓自己花甲罢相的失意及"知
音见采"的渴望。

随着文人的广泛创作及词体地位的提升，词中所表达的内容和意趣越来
越丰富，"不平则鸣"在词中也渐有体现。不少词人像屈原、宋玉一样，借鲜
花美人、男女情感来传达自己内心的忧愁幽愤与难言情怀。清代浙西派创始
人朱彝尊曾对艳情词中的寄托有所分析，他在《红盐词序》中提出："词虽小
技，昔之通儒巨公往往为之，盖有诗所难言者，委曲倚之于声，其辞愈微，
而其旨益远。善言词者，假闺房儿女子之言，通之于《离骚》、变雅之义，此
尤不得志于时者，所宜寄情焉耳。"④ 朱彝尊认为善于填词者，往往借儿女之

---

① （宋）胡仔：《苕溪渔隐丛话》，唐圭璋编《词话丛编》，中华书局 1986 年版，第 182 页。
② （清）沈祥龙：《论词随笔》，唐圭璋编《词话丛编》，中华书局 1986 年版，第 4048 页。
③ 叶嘉莹：《唐宋词名家论稿》，河北教育出版社 1997 年版，第 48 页。
④ （清）朱彝尊著，屈兴国、袁李来点校：《朱彝尊词集》，浙江古籍出版社 1994 年版，第 405 页。

言抒发骚雅之义，尤其那些怀才不遇者，更适宜用"寄情"笔法。朱氏所谓的"寄情"，即把内在真实心态、情感志向通过闺阁幽思、儿女情长委婉地表达出来。

由于词体本身具有"绮罗香泽之态"，因此，借艳情来表达情感志向成为词中寄托的一种重要方式。这类富有寄托的艳情词与传统即席应景、赠妓、咏妓之类的艳情之作有所不同，尽管这些作品仍着眼于闺阁情怀、两性情感，但并没有单纯停留在伤春、怀人这些浅层的声色描绘上，词人填词目的并不是为了表现对美色的欣赏、迷恋，或者对情感的倾诉与追忆，而是借助男女间的悲欢离合、相思愁苦来倾诉内心深处因家国、政治、个人遭际等带来的幽隐情怀。可以说，"将身世之感打并入艳情"① 是宋代艳情词名篇的一个显著特色。

南渡之后，出于对亡国之音的反思，不少词学家对词这种文体进行思考，纷纷从"比兴寄托"的角度来体悟前人作品。从具体创作来看，靖康之变带来的国破家亡之痛，定都临安后朝野上下的和、战之争，使文人心中的情绪越来越丰富。尤其孝宗执政时，从强烈的中兴之志，到北伐失败、隆兴和议后的"无复新亭之泪"②，国恨家仇、抗金大业淹没在轻歌曼舞、纸醉金迷中。淳熙年间，文人林升曾在临安邸题下一首诗："山外青山楼外楼，西湖歌舞几时休。暖风熏得游人醉，直把杭州作汴州。"这首著名的政治讽刺诗，强烈地表达了士人们对于忘记国难、苟且偷安社会现实的嘲讽与不满，可以说是当时有识之士思想心态的典型写照。这种心态在词中也有显著体现，与北宋词人的身世之感相比，国势、政局赋予南宋词人更广阔的胸怀和更深刻的情志，因而孝宗时期词坛上集中出现了一批借艳情寄托家国情思之作。

（二）稼轩词中的艳情寄托

辛弃疾是南宋乃至整个宋代词坛的杰出代表。在稼轩词中，不仅有家国情怀、个人心志的直接抒发，也有借闺阁艳情委婉含蓄的寄托表达。辛派后

---

① （清）周济：《宋四家词选目录序论》，唐圭璋编《词话丛编》，中华书局1986年版，第1652页。
② （明）田汝成：《西湖游览志余》，浙江人民出版社1980年版，第12页。

劲刘克庄为稼轩文集作序时称："世之知公者，诵其诗词，而以前辈谓有井水处皆倡柳词，余谓耆卿直留连光景歌咏太平尔；公所作大声镗鞳，小声铿鍧，横绝六合，扫空万古，自有苍生以来所无。其秾纤绵密者亦不在小晏、秦郎之下。"① 可见辛弃疾不仅有横绝六合、豪放劲健的爱国之词，也有不亚于晏几道、秦观秾纤婉丽的艳情之作。纵观稼轩所有词作，艳情所占比例并不大，共 80 余首，仅占其总数 14%。然而，在这些艳情词中，最著名的篇章几乎皆是有所寄托之作。

例如，《摸鱼儿》（更能消）一阕，是辛弃疾词集中知名度最高、最受历代词选家、词论家关注的作品②，也是一首典型的寄托之作。这首词上阕伤春，借春光流逝来表达年华虚度、国事无望的悲哀，下阕用陈皇后失宠及杨玉环、赵飞燕死于非命的典故，抒发自己被排挤、被打击的忧愁苦闷及对当权小人得意猖獗的愤懑不满。从内容、风格上看，该词具有浓郁的艳情词笔法，但小序"淳熙己亥，自湖北漕移湖南，同官王正之置酒小山亭，为赋"，详细点出了填词的时间、地点、创作背景，使读者意识到作者的创作意图并非为了歌宴樽前的单纯娱乐，因而使全词比兴寄托之意格外突出。淳熙己亥即孝宗淳熙六年（1179），辛弃疾时年 40 岁，由湖北转运副使调任湖南，而在此之前，他已频繁转徙，均未能久任。辛弃疾本是位"壮岁旌旗拥万夫"的侠胆英雄，怀抱着一腔热血南渡归宋，然而却屡受压制，抗金志向一直未得实现，心中郁闷在所难免。他在同年七月上孝宗皇帝奏疏中自称"臣生平刚拙自信，年来不为众人所容，顾恐言未脱口而祸不旋踵"③，可见其当时处境与"娥眉曾有人妒"极为相仿，因此，自然而然地借艳情来抒发郁结于心的压抑与苦闷。

罗大经《鹤林玉露》记载："辛幼安《晚春》词云：'更能消、几番风

---

① （宋）刘克庄：《辛稼轩集序》，金启华、张惠民等编《唐宋词集序跋汇编》，江苏教育出版社 1990 年版，第 173 页。

② 参见王兆鹏《唐宋词史论》，人民文学出版社 2003 年版，第 110 页。

③ （明）杨士奇等：《历代名臣奏议》，《文渊阁四库全书》441 册，台湾商务印书馆，第 830 页。

雨……'词意殊怨。'斜阳''烟柳'之句,其与'未须愁日暮,天际乍轻阴'者异矣。使在汉唐时,宁不贾种豆种桃之祸哉!愚闻寿皇见此词,颇不悦。然终不加罪,可谓至德也已。"① 罗氏约生于宋宁宗庆元初年,距孝宗时代不远,他所提到寿皇(孝宗)见此词不悦,足可以看出辛弃疾虽以伤春及女子命运着笔,但词中所寄托的个人被排挤、被冷落的忧愤及对国事、对朝廷的批判极为明显,因此,招致统治者大为不满。

辛弃疾《祝英台近》(宝钗分),也是备受历代词选、词论者青睐的经典之作。这是一首典型的闺怨词,具有明显艳情色彩。词人在上阕以烟柳凄迷、片片飞红的春景来渲染男女之间的离情别绪,下阕则重笔写相思,无论是花卜归期还是梦中呜咽,都显得缠绵悱恻。宋人张端义《贵耳集》称该词是辛弃疾为去姜吕氏而作,但后代词论家皆不以为然,纷纷认为这首艳情词别有寄托,如谭献认为"断肠"三句"一波三折",末三句"托兴深切,亦非全用直笔"②。沈谦认为:"稼轩词以激扬奋厉为工,至'宝钗分,桃叶渡'一曲,昵狎温柔,魂销意尽,才人伎俩,真不可测。"③ 张惠言则臆测:"此与德祐太学生二词用意相似,'点点飞红',伤君子之弃。'流莺',恶小人得志也。'春带愁来',其刺赵、张乎?"④ 黄苏《蓼园词评》分析得更为详尽:

> 按此闺怨词也。史称稼轩人材,大类温峤,陶侃。周益公等抑之,为之惜。此必有所托,而借闺怨以抒其志乎。言自与良人分钗后,一片烟雨迷离,落红已尽,而莺声未止,将奈之何乎。次阕,言问卜欲求会,而间阻实多,而忧愁之念将不能自已矣。意致凄婉,其志可悯。史称叶衡入相,荐弃疾有大略,召见,提刑江西,平剧盗,兼湖南安抚。盗起湖、湘,弃疾悉平之。后奏请于湖南设飞虎军,诏委以规画。时枢府有不乐者,数阻挠之。议者以聚敛闻,降御前金字牌停住。弃疾开陈本末,

① (宋)罗大经著,王瑞来点校:《鹤林玉露》,中华书局1983年版,第12页。
② (清)谭献:《谭评词辨》,清道光二十七年刻本,卷二页四。
③ (清)沈谦:《填词杂说》,唐圭璋编《词话丛编》,中华书局1986年版,第630页。
④ (清)张惠言:《论词》,唐圭璋编《词话丛编》,中华书局1986年版,第1615页。

绘图缴进，上乃释然。词或作于此时乎。①

黄苏不仅指出辛弃疾在这首词中借闺怨以抒其志，而且以"知人论世"之法，从其人生经历来推断该词的写作时间。

辛弃疾《青玉案·元夕》一词同样寄托遥深，别有寓意。词人在下阕刻画了一位在热闹的元宵之夜却独自伫立于"灯火阑珊处"的佳人形象，这位不慕繁华、自守淡泊的清高女子，正是词人在政治上遭受冷遇后仍不愿同流合污的高洁人格的写照。梁启超认为该词有所寄托，并指出词人"自怜幽独，伤心人别有怀抱"②。

辛弃疾的艳情托寓之作，历来是后世词学家选编、评论的重点。尤其是清代，随着词学中兴，浙西词派与常州词派相继崛起，虽然这两派词学主张不尽相同，但都十分重视词中的寄托手法，从浙西派领袖朱彝尊，到常州词派盟主张惠言，再到周济、陈廷焯、谢章铤、谭献、况周颐等词论家，皆对辛弃疾等人作品中的艳情寄托颇为关注。

（三）孝宗词坛其他词人作品中的艳情寄托

借艳情托寓身世、国事的笔法不仅在稼轩词中极为突出，在其他辛派爱国词人作品中也时有所见。例如，陈亮的《水龙吟》：

> 闹花深处层楼，画帘半卷东风软。春归翠陌，平莎茸嫩，垂杨金浅。迟日催花，淡云阁雨，轻寒轻暖。恨芳菲世界，游人未赏，都付与、莺和燕。
>
> 寂寞凭高念远。向南楼、一声归雁。金钗斗草，青丝勒马，风流云散。罗绶分香，翠绡对泪，几多幽怨。正销魂，又是疏烟淡月，子规声断。

该词细腻地描写了闺中女子面对春景的寂寥落寞及怀念远人的伤心幽怨。

---

① （清）黄氏：《蓼园词评》，唐圭璋编《词话丛编》，中华书局 1986 年版，第 3060 页。
② 梁令娴编，刘逸生校点：《艺蘅馆词选》，广东人民出版社 1981 年版，第 96 页。

刘熙载点明该词的寄托之意："'恨芳菲世界，游人未赏，都付与，莺和燕'言近旨远，直有宗留守大呼渡河之意。"① 张德瀛亦关注到陈亮词中寄托，称："陈同甫幼有国士之目，孝宗淳熙五年，诣阙上书，于古今沿革政治得失，指事直陈，如龟之灼。然挥霍自恣，识者或以夸大少之。其发而为词，乃若天衣飞扬，满壁风动。惜其每有成议，辄招妒口，故肮脏不平之气，辄寓于长短句中。读其词，益悲其人之不遇已。"② 可见龙川与稼轩一样，同样是借闺情来寄托故土沦丧、国事凋零的残酷及词人心中引发的悲哀伤感之情。

与辛弃疾交善的韩玉，有一首《水调歌头》：

> 有美如花客，容饰尚中州。玉京杳渺际，与别几经秋。家在金河堤畔，身寄白蘋洲末，南北两悠悠。休苦话萍梗，清泪已难收。
>
> 玉壶酒，倾潋滟，听君讴。仝云却月，新弄一曲洗人忧。同是天涯沦落，何必平生相识，相见且迟留。明日征帆发，风月为君愁。

该词序曰："自广中出，过庐陵，赠歌姬段云卿。"可见这是一首赠妓之作。词人一开篇便点出这位名叫段云卿的歌妓有着如花美貌，然而，接下来却没有丝毫艳词丽语描绘姿容媚态，而是写她崇尚中州容饰，并着力刻画这位歌妓离家别乡后漂泊寄寓、身如浮萍的悲苦。韩玉这首赠妓词与传统赠妓之作明显不同，洗却了脂粉与秾艳，以歌妓的命运来揭示靖康之变后的家国之悲。尤其下阕"同是天涯沦落，何必平生相识，相见且迟留"，与白居易的《琵琶行》如出一辙，借同命相怜的歌妓来寄寓自己内心深处的忧国悲愤。

孝宗时期，不仅爱国词人多以艳情来寄寓家国之悲、不遇之叹，婉约一派也用寄托笔法来传递情绪。赵长卿是位宗室词人，其作品风格接近北宋，《天仙子》（眼色媚人娇欲度）、《瑞鹧鸪》（结丝千绪不胜愁）皆为传统艳情词，而词序却题为"寓意"，直接点明词人所作是有所寄托的。两首词的上阕皆以浓笔抒写歌妓的娇媚多情及男女之间的缠绵情感，《天仙子》以"往事悠

---

① （清）刘熙载：《词概》，唐圭璋编《词话丛编》，中华书局1986年版，第3694页。
② 同上书，第4163页。

悠曾记否"转片，由艳情转向写景。黄鹂、百花皆为春天的典型物象，然而在词人眼中则是"忍听黄鹂啼锦树。啼声惊碎百花心"，显得无比凄哀，尤其全词结句"谁为主。落蕊飞红知甚处"，不免使人联想到南渡之后身心无依的悲戚。《瑞鹧鸪》的境界相对开阔，由歌女樽前"檀口未歌先揾泪，柳眉将半凝羞"的离别伤悲，写到送行酒后乘舟归去，末尾"待得名登天府后，归来荣菊映钗头"，传达出开阔向上的志向与意趣，寄寓了作者对前程、对国事的信心和期望。这两首词皆以艳情着笔，但都超越了男欢女爱的狭窄范围。

从客观来看，寄托手法在宋词中并不鲜见，自北宋词人的打入身世之感，到宋末移民词人的融入亡国之悲，词人们通过艳情、咏物、怀古等主题，寄托自己内心深处的幽隐情怀。就艳情这一词体最重要的题材而言，其中寄托遥深之作在整体数量上并不算多，但富有寄托的艳情词却是两宋词史上最突出且影响最深远的创作类型。从宋词发展来看，虽然寄托早在北宋晏殊、苏轼等处便有所体现，但真正比较集中创作并形成一定规模的，是在南渡以后。尤其是南宋中兴时期，以辛弃疾为代表的一批爱国词人，巧妙地用词体本色传统的闺情、绮语委婉地表达内心深处的家国之感、身世之悲，为通俗、轻浅的艳情词增添了几分深沉与蕴藉，并对后世推尊词体产生十分深远的影响。

三　艳情与咏物的融合——本色传统的延伸与拓展

艳情与咏物是词坛创作中最重要的两种类型，早在词体初创时期便已存在。由于词是伴随燕乐而产生的一种和乐而歌的音乐文学，具有典型的娱乐性，因而其表现内容相对于"诗言志"来说要显得抒情且通俗。在花间樽前、歌楼妓馆、集会宴饮等娱乐场合，男欢女爱无疑是最喜闻乐见的表演内容，所以在敦煌词中，艳情便已成为创作主流。然而，同时期的咏物词数量并不多，仅17首。相比敦煌民间之作，唐五代文人咏物词比较突出，有百余首。由于"唐词多缘题所赋"[1]，因而这一时期咏物词多着笔于直接的物象描写，与艳情词界限比较分明。比如，《杨柳枝》是唐五代最流行的咏物词调，其内

---

① （宋）黄昇：《花庵词选》，中华书局1958年版，第32页。

容多为咏柳，从敦煌词中的"春来春去春复春"，到白居易、刘禹锡等人所填的数十阕《杨柳枝》，以及《花间集》中温庭筠、皇甫松、孙光宪等人的同调词作，大多具有"调即是题"①的特色。北宋之初，词坛相对沉寂，真宗、仁宗后词体复兴，艳情词创作重新繁盛，而咏物词仍未成气候。随着"词为艳科"特质的定型、成熟，咏物词也逐渐呈现出艳情特色。北宋中叶，苏轼的《水龙吟·次韵章质夫杨花词》，巧妙运用思妇来衬托杨花，使物性与人情了无痕迹地融为一体，把咏物与艳情的结合推向一个新高度。

然而，纵观词史，咏物词在南宋之前的整体创作并不突出，蒋敦复在《芬陀利室词话》中明确指出："唐、五代、北宋人词，不甚咏物，南渡诸公有之，皆有寄托。"②靖康之变后，社会的剧变、文体的发展促使词的主题发生了明显改变，尤其孝宗乾道、淳熙时期，一直居于词坛主导地位的艳情词急剧衰退，与此同时，咏物、祝寿、述怀等主题迅速增长。在这种消长中，艳情与咏物这两种题材呈现出高度的融合。就内容上看，艳情通常以女性或男女情感为描摹对象，咏物词则是以各种物象为吟咏主题。这两种词作本是独立并行的不同题材，具有各自的描写范畴，然而，在南宋咏物词中，时常可见以艳情笔法来描摹物象的现象。艳情与咏物明显地呈现出交叉融合的创作态势，具体可以分为以下几种情况：

（一）借艳语咏物：咏物为主体，艳语为表达手段

南渡之后，随着词体功能逐渐从应歌转向应社，词的文人化、案头化倾向越发明显，越来越多的词人把笔墨倾注在咏物之上。咏物成为词坛最重要的主题之一，其中"尤以咏花词为富，多达 2189 首，占咏物词总数的72.70%"③。随着咏物，尤其咏花词的兴盛，以艳语咏花草的艺术手法越来越普遍。关于咏物词中的艳语，沈义父曾有分析："作词与诗不同，纵是花卉之类，亦须略用情意，或要入闺房之意。然多流淫艳之语，当自斟酌。如只直

---

① （清）朱彝尊：《词综发凡》，《词综》，上海古籍出版社 1978 年版，第 15 页。
② 唐圭璋编：《词话丛编》，中华书局 1986 年版，第 3675 页。
③ 许伯卿：《宋词题材研究》，中华书局 2007 年版，第 121 页。

咏花卉，而不着些艳语，又不似词家体例，所以为难。又有直为情赋曲者，尤其宛转回互可也。"① 这位理宗淳祐年间的词学家，首先从诗、词差异上指出词之特色是有情意，即便咏花卉也要蕴含情感，特别是闺阁之情。他甚至认为，如果仅咏花而不带艳语，则不像词之体例。沈义父的观点可以说体现了词体的艳情特色及宋人对词体咏物与艳情融合的高度认可。

除了词体本色导致咏物之作大量运用艳语外，从中国传统文化心理和审美习惯上看，正如松柏与君子一样，鲜花与美人也是约定俗成的一组对应关系。在文人眼中，鲜花与佳人之间，不仅都具有美丽的姿态，而且在情韵、格调上也有很多相通之处，赵彦端在《好事近·蜡梅》中便直言"此花佳处似佳人，高情带诗格"。因此，词人在咏花时，无论是刻画花的姿态还是勾勒其神韵，往往借用描写女性的语言和笔触来表达，这样就使咏物词尤其是咏花之作充满了艳情气息。由于咏物词在南宋词坛最为繁盛，所以这种以艳语咏物的现象在这一时期也最为突出，代表人物是赵长卿。

赵长卿"自号仙源居士，盖南宋宗室也。不栖志纷华，独安心风雅，每遇花间莺外，辄觞咏自娱"②。其《惜香乐府》存词 339 首，其中艳情词 135 首，更值得一提的是，他以 81 首咏物词居于两宋咏物创作之冠。作为艳情、咏物创作最为突出的词人，赵长卿的咏物词极典型地体现着南宋咏物、艳情彼此交融的创作特点。《惜香乐府》有《鹧鸪天》"咏茶蘼五首"，乃同韵联章咏物组词。从内容上看，这五首词皆采用艳情手笔，如第二首"洗尽铅华不著妆。一般真色自生香"，第四首"镂玉裁琼学靓妆。不须沈水自然香"。在词人笔下，茶蘼花无论素淡或靓丽，都与女子形象浑然相融。不仅如此，词人还擅于借用诗文中的艳情典故来传递浪漫情怀。唐代刘禹锡《采菱行》有"荡舟游女满中央，采菱不顾马上郎"之句，仙源居士则反其道曰"飘飘何处凌波女，故故相迎马上郎"，以此来突出花之多情。第四首中"好随梅蕊

---

① 唐圭璋编：《词话丛编》，中华书局 1986 年版，第 281 页。

② （明）毛晋：《惜香乐府跋》，施蛰存主编《词籍序跋萃编》，中国社会科学出版社 1994 年版，第 167 页。

妆宫额，肯似桃花误阮郎"，借寿阳公主梅花妆与阮肇、刘晨桃源遇仙的故事来表现荼蘼的风韵。

赵长卿咏花词内容极为丰富，除荼蘼外，还有梅花、海棠、芍药、杏花、李花、荷花、牡丹、木犀、桂花、水仙、含笑等十余种，绝大多数皆以女子情态、姿容来比拟。例如，《探春令》写梅花"悄一似、初睹东邻女，有无限、风流意"，把"疏篱横出，绿枝斜露，笑盈盈的"梅花看作风流无限的邻家女子；《念奴娇》咏碧含笑"晚妆才罢，见梳丝匀玉，一团娇秀。……恼杀多情香喷喷，双靥盈盈回首"，把含笑花描绘成一个娇媚多情的女子，末句"沈郎拼了，为花一味销瘦"，更是借典突出花之魅力。再如《一丛花》写杏花，用略带醉意的文君来比拟花之妖媚，"芳心婉娩，媚容绰约"本是女子情态，词人则用来衬托杏花姿韵。在两宋词坛上，赵长卿存词数量位居第五，但由于缺乏影响深远的经典之作，算不上一流作家。然而，作为宋代咏物词创作最多的文人，尤其是其咏物词中所呈现出的浓厚艳情特色，可以说是南宋，乃至整个宋代咏物创作风尚的重要代表。

除了赵长卿，南宋还有许多词人擅长用艳情词手笔咏物。例如，吕胜己《长相思·探梅摘归》，"琼姬""玉肌"本是艳情词中女子的代称，这里则皆指梅花，在词人眼里，幽仄山中的寒梅就像一位痴心等待的多情女子，赏花之后，折梅踏月而归。词人用"手同携"三字，分明把梅花与佳人融合起来。若非小序中点明"探梅摘归"，这首词完全可以被解读成一段浪漫的艳情经历。再如陈三聘的《西江月》，该词无小序，所描绘的具体物象并不明晰，起句所称的"花面""春娇"，以及词中"妖娆""粉腻酥柔""酒晕""香脸"等，使作品充满艳情色彩。李石《谢池春·咏杨柳》把杨柳与玉人、枝条与腰肢联系起来。李处全《减字木兰花·咏木犀》中，木犀花与精心装扮的女子相映成趣，简直难以区分到底是咏花还是写人。韩淲《浣溪沙·醉木犀》写道"花重嫩舒红笑脸，叶稀轻拂翠鬈眉"，花朵与笑脸、叶子与娥眉互相映衬；他还有一首《忆秦娥·茉莉》，其中"香滴滴""肌肤冰雪""娇无力"之语，既符合茉莉花的特点，又像一位白皙、柔弱、惹人怜爱的女子。在南宋众多咏物词中，不仅是咏花，词人们在吟咏其他物象时也会以女子作比，如吕胜己《谒金门·闻莺声作》一阕，把花树上两只相对鸣叫的黄鹂生动地比作一对且歌且舞的玉女，尤其"娟娟楚楚"四字，把描绘女子情态的语词用在黄鹂身上，使这两只鸟儿分外动人。

值得注意的是，这一时期的词人不仅把描写女性姿容的语言大量移用到咏物词中，甚至咏物时所用的艳语要比普通艳情词中更加色情、露骨。赵长卿《画堂春·赏海棠》一词，写赏花却充满了香艳，尤其"肉温香润""朱唇绿鬓相偎"等语，大胆且充满色欲，这种表达在同时期的艳情词中都极为少见。总体来看，与北宋相比，南宋艳情词中关于女性体貌描写的淫亵、粗俗成分明显减少，然而，在咏物词中则显得直露大胆、毫无顾忌。这种倾向，一方面，说明南渡以后艳情词中对于男欢女爱的倾诉与表达，与北宋时期柳永、欧阳修、黄庭坚等人的作品相比，显得较为含蓄与内敛；另一方面，说明作为词体本色特质的绮罗香艳之语，并没有随着艳情词比重的减少而削弱，而是大量转移到了咏物之作中。

（二）借咏物抒发艳情：托物言情，以艳情为重心

清初词论家邹祗谟曾言："咏物固不可不似，尤忌刻意太似。取形不如取神，用事不若用意。宋词至白石、梅溪，始得个中妙谛。"[1] 他认为，宋代咏物词发展至姜夔才达到取神、用意的高妙境界。姜夔是南宋乃至整个词史上最杰出的词人之一。他的词，于婉约、豪放外自成清空一派，即便是传统的艳情、咏物主题，在其笔下也呈现出独特的艺术个性。白石存词87首，夏承焘先生曾对其内容进行过详细分类，认为感慨时事、抒写身世之感的有十四五首；山水纪游、节序咏怀，与交游酬赠的各有十三四首；怀念合肥妓女的有十八九首；其余都是咏物之作[2]。姜夔咏物之作共25首，占总数29%，是其作品中分量最多的一类。

---

① 唐圭璋编：《词话丛编》，中华书局1986年版，第653页。
② 夏承焘：《论姜白石的词风（代序）》，《姜白石词编年笺校》，上海古籍出版社1981年版，第2页。

提到姜夔咏物词，《暗香》《疏影》这两首咏梅自度曲历来被视为其代表作。无论是《暗香》中的"唤起玉人""长记曾携手处"，还是《疏影》中的昭君、寿阳公主之典，都与传统艳情笔法不同，显得清雅含蓄且韵味悠长。关于二词主旨，人们各有解读，歧异纷纭。张惠言认为"石湖盖有隐遁之志，故作此二词以沮之"，《疏影》一阕"更以二帝之愤发之"①；夏承焘先生则认为与合肥别情有关，并在《合肥词事》一文中予以详细考辨。姜夔咏物词之所以难解，与其创作理念不可分割，他认为："咏物而不滞于物者也，词家当此法。"② 因此，在创作咏物词时，往往超脱了所咏之物的樊篱，借物象来抒发内心深处幽婉真挚的情感和意绪。以《小重山令·赋潭州红梅》为例：

> 人绕湘皋月坠时。斜横花树小，浸愁漪。一春幽事有谁知。东风冷、香远茜裙归。
>
> 鸥去昔游非。遥怜花可可，梦依依。九疑云杳断魂啼。相思血，都沁绿筠枝。

词人从地点、时间起笔，聚焦到横斜的梅枝之上，"愁""幽""冷""香"等字，不仅勾勒出梅花的情状，也渲染出一种空灵幽冷的意韵，"远""归"二字把这种情境具体指向离别。下阕转片承接离情，"昔游非"三字，把人带入往日时空。然而水边昔日的鸥鸟早已无影无踪，如幻似梦的岁月如今只能"遥怜"而已。"九疑"一句描写娥皇、女英对舜帝的刻骨相思，末句承接湘妃泪洒斑竹的典故，落笔于相思血泪沁染的绿筠枝上，把红梅的姿形与情人的相思之苦交织在一起，凄艳入骨。这首词虽描写湘江边上的红梅，实则即梅即人，借梅花抒发恋人间的离别相思。该词虽为咏物，但重心并不在梅花，也不是以梅喻人，而是借助浸透着相思血泪的红梅，来表达对恋人的深情眷恋。

白石所咏之物绝大多数为梅花，其次是柳。夏承焘先生认为梅、柳词中

---

① 唐圭璋编：《词话丛编》，中华书局 1986 年版，第 1615 页。
② （清）张宗橚、杨宝霖：《词林纪事·词林纪事补正合编》，上海古籍出版社 1998 年版，第 98 页。

大都寄寓着姜夔与合肥歌妓的难忘情事。姜夔有自度曲《淡黄柳》，其序曰：
"客居合肥南城赤阑桥之西，巷陌凄凉，与江左异。唯柳色夹道，依依可怜。
因度此阕，以纾客怀。"点明了当年居住在合肥时柳树为其留下的深刻印象，
可见柳树是合肥往事的一个指代。另一自度曲《长亭怨慢》亦为咏柳之作，
白石在词序中提及自己非常喜欢桓温北伐路见所植柳树时所感叹的"木犹如
此，人何以堪"一句，其词中也有"树若有情时，不会得、青青如此。……
算空有并刀，难翦离愁千缕"之语，借此抒发离别怅惘与相思愁苦，被陈廷
焯评为："哀怨无端，无中生有，海枯石烂之情。"①

　　姜夔还有一首《蓦山溪·咏柳》：

　　　　青青官柳，飞过双双燕。楼上对春寒，卷珠帘、瞥然一见。如今春
　　去，香絮乱因风，沾径草，惹墙花，一一教谁管。

　　　　阳关去也，方表人肠断。几度拂行轩，念衣冠、樽前易散。翠眉织
　　锦，红叶浪题诗。烟渡口，水亭边，长是心先乱。

　　从字面上看，这首咏物词的艳情色彩并不浓郁，然而其中所蕴含的离情
别意却极为深刻，"双双燕""红叶浪题诗"，则暗示这种离别发生在男女情
侣之间。关于姜夔善于借咏物来抒发艳情，尤其是相思离别之情的创作特点，
缪钺先生有中肯评论："男女相悦，伤离怨别，本是唐宋词中常见的内容，但
是姜夔所作的情词则与众不同。他屏除秾丽，着笔淡雅，不多写正面，而借
物寄兴（如梅、柳），旁敲侧击，有迴环宕折之妙，无沾滞浅露之弊。它不同
于温、韦，不同于晏、欧，也不同于小山、淮海，这是极值得玩味的。"②

　　这种借咏物写艳情的作品除了姜夔之外，在其他南宋词人笔下也偶然可
见。例如，曾觌《卜算子》一词：

　　　　数尽万般花，不比梅花韵。雪压风欺恁地寒，刬地清香喷。

---

① （清）陈廷焯：《词则》，上海古籍出版社 1984 年版，第 97 页。
② 夏承焘等：《宋词鉴赏辞典》，上海辞书出版社 2003 年版，第 1445 页。

　　　　半醉折归来，插向乌云鬓。不是愁人闷带花，花带愁人闷。

　　全词以梅花为主，上阕描写梅花傲雪凌寒的清香风韵，下阕落笔于美人簪花，花、人含愁。该词有序曰，"湖州砖墙吴氏女失身于土山张氏作妾"，可见词人是借梅花来哀叹一位失身为妾的女子。从客观来看，宋词中借咏物写艳情的作品数量很少。

　　任何优秀的作品，包括咏物词，其实都是作者内在性情的体现，正如沈祥龙《论词随笔》曾论："咏物之作，在借物以寓性情。凡身世之感，君国之忧，隐然蕴于其内，斯寄托遥深，非沾沾焉咏一物矣。"① 咏物词中，称得上佳作的多是有所寄托之作，但基本上是借物抒怀，在宋代最为突出的咏梅词中，许多名篇皆是词人借梅花寄寓自己高洁品性与理想人格，陆游《卜算子·咏梅》是其代表。

　　相比之下，托物言情，尤其是寄托儿女之情的词作并不多见，究其原因，主要是由于词本为艳科，以表达儿女风月之情见长，男女之间各种微妙情绪都可以在词中直接抒发，如果通过咏物回环委婉进行表达反而不够明快，因此，托物寄寓艳情的笔法在咏物词中很少有。姜夔之所以能够成为典型代表，与其独特的性格、艺术才华与人生经历密不可分。身为生性清刚、善感又富于才情的布衣清客，姜夔不可能像范成大那种官宦文人一样被妙姬佳人簇拥环绕，他年轻时曾与合肥歌妓有过一段恋情，难以忘怀，因此，常借咏梅、咏柳来纪念那段深挚而幽隐的情感，从而为传统咏物艳情之作增添了新的意境和韵味。

（三）咏物与艳情互相渗透，难分彼此

　　综观南宋咏物、艳情相交融的词作，除了以上两类外，还有一种类型不容忽视，即所咏之物为女性身体部位或女性物品，或所咏之物与女性活动密不可分。如果说，前两类作品从主题上归于咏物词的话，那么，这类作品由

---

　　① 唐圭璋编：《词话丛编》，中华书局1986年版，第4058页。

于其本身属于描写女性的艳情范围，因此既可视为咏物词，又可直接作为艳情词。具体可以分为三种：

第一，所咏之物为女性身体部位。

历代各种艳情之作对于女性的描写，可谓形形色色，巨细兼容。不仅有对女子容貌、妆扮、姿态、神韵的整体描写，甚至一些具体细节之处也被格外关注。在宋代艳情词中，刘过有两首《沁园春》吟咏美人指甲、美人足，可以说影响深远却又极具争议。张炎总结宋代咏物词时，虽认为龙洲之作不可与白石、邦卿相提并论，但也承认"二词亦自工丽"①；元代陶宗仪称赞刘过"词赡逸有思致，赋《沁园春》二首以咏美人之指甲及足者，尤纤丽可爱"②；《四库全书总目》谓二词"刻画猥亵，颇乖大雅"③；刘熙载指出"刘改之《沁园春》咏美人指甲、美人足二阕，以亵体为世所共讥"④；谢章铤则从接受与影响角度提到"自刘改之以《沁园春》咏指甲、咏小脚后，词家刻画闺秀，辄从其体"⑤。其实这种歌咏女子身体部位的词作并非始自刘过，北宋谢绛、苏轼即有《菩萨蛮·咏目》《菩萨蛮·咏足》，南宋史浩亦有《浣溪沙·夜饮咏足即席》，然而，前人包括苏轼在内的吟咏女性身体之作在后世少人问津，只有刘过二词不断被评论、争议、模仿、和作，成为词史上颇为典型的一个现象。

绍兴年间，张邦基在《墨斋漫录》明确记载"妇人之缠足，起于近世"，可见女人裹足之风在宋朝渐兴。宋代不少文人在作品中提及女子小脚，但刘过《沁园春·美人足》可以说最为著名：

> 洛浦凌波，为谁微步，轻尘暗生。记踏花芳径，乱红不损，步苔幽砌，嫩绿无痕。衬玉罗悭，销金样窄，载不起、盈盈一段春。嬉游倦，笑教人款捻，微褪些跟。

---

① 唐圭璋编：《词话丛编》，中华书局1986年版，第262页。
② （元）陶宗仪：《南村辍耕录》，中华书局1958年版，第183页。
③ （清）永瑢等：《四库全书总目》，中华书局1965年版，第1820页。
④ 唐圭璋编：《词话丛编》，中华书局1986年版，第3695页。
⑤ 同上书，第3549页。

有时自度歌声。悄不觉、微尖点拍频。忆金莲移换，文鸳得侣，绣茵催衮，舞凤轻分。懊恨深遮，牵情半露，出没风前烟缕裙。知何似，似一钩新月，浅碧笼云。

这首词虽内容庸俗，然而写得极为精工、雅致。词人开篇借用曹植《洛神赋》之典，描写女子步履之飘逸。一个"记"字，把时、空的范围延展许多。无论是铺满鲜花的小径，还是嫩苔覆盖的石阶，美人走过却了无痕迹，显然运用夸张笔法来形容女子脚步轻盈。接着，词人又用反衬，以玉石、金线所饰鞋袜的粗鄙，来衬托玉足之美。最妙的是直笔描绘美人脱下罗袜，笑吟吟地要人为她揉脚，把美貌女子的娇媚、大胆刻画得十分生动。下阕则从游春转到歌舞，从脚尖击打拍节，写到双脚的走动、舞动，以及在裙下时隐时露，词人分别运用文鸳、舞凤、新月等一连串比喻，生动形象，惟妙惟肖。尤其值得一提的是，词人不仅描写美人足，而且把男人对玉足的痴爱心态表达得极为真切。短短一首咏物词，除了直笔描述外，还融汇了用典、夸张、反衬、比喻等多种艺术手法，难怪欣赏者谓之"工丽""纤丽"。

如果说，咏足之作在北宋词坛就有所出现的话，那么，咏指甲则是刘过的新创题材：

沁园春·美人指甲

销薄春冰，碾轻寒玉，渐长渐弯。见凤鞋泥污，偎人强剔，龙涎香断，拨火轻翻。学抚瑶琴，时时欲靫，更掬水鱼鳞波底寒。纤柔处，试摘花香满，缕枣成班。

时将粉泪偷弹。记绾玉曾教柳傅看。算恩情相著，搔便玉体，归期暗数，画遍阑干。每到相思，沉吟静处，斜倚朱唇皓齿间。风流甚，把仙郎暗掐，莫放春闲。

词人在"咏美人足"一阕中运用了多种修辞艺术手法，而这首词中，除了开篇用两个比喻描绘指甲形态外，更多是细节描写，通过典型的手部动作，串联出美女的生活状态。词人在内容安排上十分精心，上阕主要刻画美人剔鞋、焚香、学琴、戏水、摘花、镂枣等行为。下阕则着重描写其相思、情爱：从偷偷抹泪、编织玉绳，到独处时搔痒、计算归期、抚遍栏杆；从相思沉吟时手指斜放唇边，到相见时暗掐情郎，虚实相间，借助丰富的手部活动，生动地勾勒出一位娇媚、多情、风流的美女形象。

刘过这两首《沁园春》，直接以美人身体部位为歌咏对象，既符合艳情词基本定义，又属于咏物词范畴之内。从艺术上看，无论布局构思，还是表达手法，都具有工巧细密、形神俱佳的特点。从后人的评议来看，赞扬者，多着眼于艺术手法，称其"工丽""纤丽"；批判者，多关注其主题内容，认为猥亵、低俗。有趣的是，宋、元文人对这两首词的评价多为肯定，如张炎、陶宗仪；而清代词论家们则多为批判态度，陈廷焯甚至给予彻底否定："改之全学稼轩皮毛，不则即为《沁园春》等调。淫词亵语，污秽词坛。即以艳体论，亦是下品。"① 后人对刘过这两首词的不同评价，不但包含词学家们对艳情词的不同认识，而且是艳情词在不同时期传播与接受状态的一种客观反映。

就创作、传播来看，刘过这两首词甚至对《沁园春》这一词牌的繁荣产生了一定的积极作用。元代邵亨贞有《沁园春》二首，分赋女性眉、目，其序云："龙洲先生以此词咏指甲、小脚，为绝代脍炙，继其后者，独未之见。彦强庚兄示我《眉》《目》二作，真能追逐古人于百岁之上，不既难矣。暇日偶于卫立礼座上，以告孙季野丈，为之击节不已。因约相与同赋，翼日而成什焉。"② 通过词序，可见元代文人对该词的模拟与喜爱。清代仿作者更众：徐石麒、朱彝尊、吴锡麟、梁清标、董以宁、冯登府等，皆曾以《沁园春》吟咏过女性的发、腮、腰、心，甚至额、鼻、耳、齿、肩、臂、掌、膝、乳、胆、肠、背等各种部位。"美人体肢成为《沁园春》词调的独擅题材，是词史上一种奇特的、值得玩味的文学现象。它标志着词的题材有了新的拓展，标志着人们对自身的审美认识有了新的提高。刘过是始作俑者。"③

---

① 唐圭璋编：《词话丛编》，中华书局 1986 年版，第 3794 页。
② 唐圭璋编：《全金元词》，中华书局 1979 年版，第 1113 页。
③ 龙建国评注：《沁园春》，四川文艺出版社 1998 年版，第 9 页。

第二，所咏之物为女性物品。

南宋时期的咏物艳情词，不仅吟咏女子身体部位，还有吟咏女子衣物之作，如与女子小脚相关的绣鞋。叶申芗《本事词》有载："鞋杯之咏，咸谓始于杨铁崖。考补之《蝶恋花·咏鞋词》已述之云：'端正纤柔如玉削。窄袜弓鞋，暖衬吴绫薄。掌上细看才半搦。巧偷强夺尝春酌。稳称身材轻绰约。微步盈盈，未怕香尘觉。试问更谁如样脚。除非借与姮娥著。'"① 补之即南宋画家、词人杨无咎（1097—1171），有《逃禅词》176 首。这首词不但描绘了宋代女子的弓鞋及小脚、身姿，而且记录了当时文人以绣鞋载盏行酒的习俗。史浩亦有《浣溪沙》（一握钩儿能几何），描写女子的弓鞋，该词题序"即席次韵王正之觅迁哥鞋"，可见赏玩女子绣鞋在南宋文人中十分流行。杨补之、史浩的咏鞋词可与咏足之作互参，作为宋代文人恋足癖的有力证明。

除弓鞋外，引起文人兴趣并以词来吟咏的还有美人衣衫。王千秋有《浣溪沙·白纻衫子》：

> 叠雪裁霜越纻匀。美人亲翦称腰身。暑天宁数越罗春。
> 两臂轻笼燕玉腻，一胸斜露塞酥温。不教香汗湿歌尘。

霜雪一样洁白的苎麻料子，在美人亲自裁剪下，做成了一件极显腰身的衣衫。美人身着白纻衫子，轻拢起衣袖，立刻现出两只白玉般细腻滑嫩的手臂。领口低低斜垂，露出一侧柔腻温润的乳房。该词题为咏衣衫，但处处写美人，尤其"两臂轻笼燕玉腻，一胸斜露塞酥温"二句，用露骨的语言描写女子臂和胸，充满了色情意味，这种香艳大胆之笔，即便在南宋艳情词中都极为少见。

第三，所咏之物与女子活动密切相关。

在南宋词坛中，除了女人身体、女性物品这些咏物、艳情互相交融、无法分割的创作之外，还出现一种咏物艳情无法区分的词作，即所咏物象虽为

---

① 唐圭璋编：《词话丛编》，中华书局 1986 年版，第 3794 页。

自然之物，但与女子的行动、情绪密切相连，如侯寘有一组联章组词《菩萨蛮》，总题为"木犀十咏"，描绘木犀花的各种丰韵姿态。每首词前又有题序，如"带月""披风""照溪""泡露"等，详细刻画木犀花在不同情境下的姿态，其中"簪髻""怨别"二阕，使鲜花与女子的行为、心态无法分割：

簪髻

交刀剪碎琉璃碧。深黄一穗珑鬆色。玉蕊纵妖娆。恐无能样娇。

绿窗初睡起。堕马慵梳髻。斜插紫鸾钗。香从鬓底来。

怨别

揉香嗅蕊朝还暮。无端却被西风误。底死欲留伊。金尘蕲蕲飞。

茂陵头已白。新聘谁相得。耐久莫相思。年年秋与期。

《簪髻》一词结构明晰，上阕写花，下阕写女子，末句"香从鬓底来"十分巧妙，用隐晦的笔法暗示木犀花已被簪在女子的发髻上，在簪髻这个动作中，鲜花与美人缺一不可。《怨别》一词由悲秋伤花转而写到女子的命运：由于分别的幽怨，因此终日与花消磨，鲜花凋零与茂陵头白更令人伤悲。这两首词，题序与内容互相照应，花与人互为衬托、难以分割，可以说是咏物与艳情融合的又一种类型。

自晚唐、五代词体确立以来，艳情是其主要特色，从花间起，词人们不仅直接描写女子容貌、两性情感，甚至把艳情融入其他主题中，北宋时期以羁旅行役词最为明显。南渡以后，尤其是孝宗时期，咏物与艳情交叉融合的创作倾向十分突出，词人在歌咏各种花草时，大量借用描写美人的艳情词手法进行勾画。此外，还集中出现了一些直接吟咏女人肢体、衣物的词作，以及与女性活动紧密相连的咏物之作。由此可以看出，词体发展至南宋，已呈现出更加开放的创作状态，艳情本色与咏物主题的融合，不仅大大拓宽了传统艳情词的表现角度，同时也是词体雅化过程中的一个重要体现。

第三节　乾、淳时期艳情词的特点

男欢女爱是人类的永恒话题，艳情也是词体一直不变的本色。作为词体主流，艳情词以女子和两性情感为描写对象，风格上通常偏于阴柔、婉约。无论在任何时期，艳情词的内容和风格都不外于此。然而，文学毕竟是时代风貌的晴雨表，总能敏感地反映社会思潮及作家本体的细微变化。在整个宋代，靖康之变毫无疑问是巨大的分水岭，南渡之后，赵宋王朝不仅疆域、国都发生改变，文化思潮及士人心态也或隐或显地产生一些变化。就孝宗词坛具体创作而言，除了艳情词所占比重及相对数量上急剧衰减外，这一时期的艳情词在继承词体绮罗婉媚传统本色的同时，也呈现出一些新的特色。

一　情感抒发的理性化与典雅化

清代浙西词派后劲郭麐认为："词家者流，其源出于国风，其本沿于齐梁，自太白以至五季，非儿女之情不道也。"[①] 郭氏追溯词体源流，指出从唐到五代，儿女之情是词的绝对主题。的确，作为一种以娱乐为主的抒情文体，词与诗歌相比，被赋予了更多的言情特质，尤其适合抒发男女之间的幽微情感。在词人笔下，无论是对美色的描绘、对情欲的抒写，还是对爱而不得的倾诉，都能引起广大受众对色欲、情感的普泛感受与个体共鸣。从客观来看，词中的男女之情多与歌妓相关，在风月场中，文人与妓女之间究竟有多少真心爱恋不可得知，然而，许多词人往往在作品中传递出真挚动人的深刻情感，这些饱含情感的艳情词是词史上最具魅力的一部分。

不过，艳情词中的情色表达历来也多遭诟病，朱彝尊曾在《词综·发凡》中称："言情之作，易流于秽。此宋人选词，多以雅为目。法秀道人语涪翁曰

---

① （清）郭麐：《无声诗馆词序》，吴宏一、叶庆炳编《清代文学批评资料汇编》，成文出版社1979 年版，第 602 页。

'作艳词当坠犁舌地狱'，正指涪翁一等体制而言耳。"① 艳情与色情如影随形，二者皆以男欢女爱为本体，只是格调与表达不尽相同。朱彝尊认为，艳情词很容易沦为淫秽色情之作，并提到黄庭坚因俚俗淫艳之词被法秀道人斥责，又指出宋人编辑词选以雅为准绳。黄庭坚活跃于北宋中后期，而词集的编选在南渡以后逐渐昌盛。阅读宋词，尤其是围绕艳情这一主题，我们通常会有这样的体验和感受：同为描写女性，同是抒发男女之间的情感，两宋词人在表达方式上存在着一些差异。北宋词人往往更直白、更热烈，无论是对感情的痴心还是对美色的迷恋，都直接宣泄出来，风格比较明快；而南宋词人则显得含蓄、内敛，对情感的抒发总是有种欲露还遮之感。

　　文人是封建社会的精英阶层，白居易尝言："天地间有粹灵气焉，万类皆得之，而人居多。就人中文人得之又居多。盖是气凝为性，发为志，散为文。"② 文人对外部事物和内心情绪的感知比较细腻敏锐，因此，显得格外多才、多情。尤其在词这种花间樽前、歌舞声色、娱宾遣兴的娱乐文体中，文人们更是兴致勃勃地挥洒着自己的才气，尽情沉浸在或真或假，甚至是自我意淫的缠绵爱情之中。

　　纵观后人的评论，有不少词人以"情深"而著名，尤以北宋词人更为突出。例如，张先因《行香子》"心中事，眼中泪，意中人"被称为"张三中"，其词中有不少名句，如"天不老，情难绝。心似双丝网，中有千千结"（《千秋岁》）、"莫讶安仁头白早。天若有情，天也终须老"（《苏幕遮》）等，传递的感情极为深邈，陈廷焯盛赞道："子野词不假敷佐，一往情深，卓不可及。"③ 除张先外，陈廷焯认为晏几道也是以情致胜的词人，称"其词则无人不爱，以其情胜也"④。叔原出身相门，但一生偃蹇，黄庭坚在《小山词序》中把其性格总结为"痴"。小山词中的确多有痴情之语，如"两鬓可怜青，只为相思老"（《生查子》），"遗恨几时休，心抵秋莲苦"（《生查子》）。

---

① （清）朱彝尊、汪森：《词综》，上海古籍出版社1978年版，第14页。
② （唐）白居易著，顾学颉点校：《白居易集》，中华书局1999年版，第1424页。
③ （清）陈世焜：《云韶集》，南通王氏晴蔼庐钞本，卷二。
④ （清）陈廷焯：《白雨斋词话》，唐圭璋编《词话丛编》，中华书局1986年版，第3952页。

　　与晏几道并称为"古之伤心人"① 的秦观，亦被谢章铤誉为"情深"②，甚至"有好而至死者，则其感人者，因可想见"③。秦观词中，不仅有"算天长地久，有时有尽，奈何绵绵，此恨难休"（《风流子》）的深情，甚至还有形销魂断的血泪悲情，如《念奴娇》中"旧著罗衣，不堪触目，洒泪都成血"，《兰陵王》中"彩楼天远，夜夜襟袖染啼血"，读之使人触目惊心。

　　除张先、晏几道、秦观外，柳永、贺铸、陈师道、周邦彦等北宋词人亦因"情深"被后人称道。况周颐评贺铸曰："'解道江南断肠句'，方回深于情也。"④ 陈廷焯论陈师道："后山词亦以情胜。"⑤ 沈谦称周邦彦："美成真深于情者。"⑥ 即便柳永这种混迹于烟花巷陌、狎邪狂荡的浪子文人，其词中亦有"此际寸肠万绪。惨愁颜、断魂无语"（《鹊桥仙》）、"衣带渐宽终不悔，为伊消得人憔悴"（《雨霖铃》）之类真挚深刻的情感抒发。陈廷焯还从情的角度来分析北宋诸词人："昔人谓东坡词胜于情，耆卿情胜于词，秦少游兼而有之。然较之方回、美成，恐亦瞠乎其后。"⑦ 的确，在北宋词人笔下，除了对美色、欢爱的直接描写外，许多作品所表达的情感极为深刻，甚至不乏身心投入的痴恋与炽爱，这在别词中尤为突出。痴男怨女在分别后往往表现出身心俱损的凄惨状态，因此，在宋词中，"断肠""垂泪""恨""愁"等词语出现频率极高，"霜鬓""憔悴""多情成病"之类的凄惨形容描写在北宋词中亦不乏见。

　　相比之下，孝宗时期艳情词数量虽然并不少，但词人对两性情感的抒发相对于北宋要显得内敛、深沉，很少有刻骨铭心、血泪悲情的直诉，总体格调比较平和雅正。赵长卿是这一时期内容、风格最接近南唐、北宋的词人，

---

① （清）冯煦：《宋六十一家词选》例言，扫叶山房，民国二十三年石印本。

② （清）谢章铤：《词话纪余》，《赌棋山庄笔记合刻·稗贩杂录》，光绪辛丑年刻本，卷三。

③ （明）徐师曾著，罗根泽校点：《文体明辨序说》，人民文学出版社1962年版，第164页。

④ （清）况周颐：《历代词人考略》，孙克强辑《蕙风词话广蕙风词话》，中州古籍出版社2003年版，第249页。

⑤ （清）陈廷焯：《词则》，上海古籍出版社1984年版，第895页。

⑥ （清）沈谦：《填词杂说》，唐圭璋编《词话丛编》，中华书局1986年版，第634页。

⑦ （清）陈世焜：《词坛丛话》，《云韶集》，南通王氏晴蔼庐钞本，卷二。

明代毛晋称其"虽未敢与南唐二主相伯仲，方之徽宗，则响出云霄矣"①。长卿有《惜香乐府》十卷，其"总词"卷中多有艳情词，是孝宗时期艳情词数量和比例都比较突出的一位。他在《临江仙》（破靥盈盈巧笑）、《鹧鸪天》（一曲清歌金缕衣）等作品中真实地记录了自己与一位家妓的深情。二词皆有题序，通过词序，可以了解到词人与家妓文卿的情缘经历及彼此的深情。赵长卿在词中描绘了文卿动人的笑容、聪慧的心窍及娇媚的面容，倾诉了别后相思与伤感怅惘之情。尽管两人旧情难忘，二词中也有"别恨""相思""愁满"等词语，但客观地看，长卿对这份深刻情感的抒发却显得温婉、忧挚，远不及北宋晏几道、秦观等人所表现得那样强烈、深刻。

孝宗词坛上与赵长卿一样重于情并有情事可考的词人，较著名的还有陆游与姜夔。夏承焘先生认为陆、姜是两宋词人中用情最深的两位。陆游的情词作于高宗绍兴年间，此不赘述。姜夔有一段刻骨铭心的合肥恋情发生于孝宗淳熙年间，关于这段情事，夏先生曾有详细考辨。自淳熙丙午年（1186）直至宁宗绍熙八年（1197），姜夔约有20首词来记述、怀念这段恋情，足可见合肥情事在其生命中的重要②。然而，细读姜夔相关词作，其中感情基调和情绪表达却显得冷静、含蓄、内敛。例如，《踏莎行》（燕燕轻盈）一阕是其早期的合肥情词，词序标明"江上感梦而作"，若非情深，恋人断不会出现在梦中，但这种刻骨深情在词人笔下并没有直白纵情的宣泄，而是融化在"淮南皓月冷千山，冥冥归去无人管"的凄冷、感伤中。姜夔这段情事放在中国文学史中也十分典型，然而，这样一种炽烈难忘的深情，在词人笔下却呈现出蕴藉、幽冷的情绪和意境，甚至大多只是幽隐地托兴寄寓于梅、柳之中。这种内敛、典雅的情感表达，与姜夔的性格、经历及其艺术追求不无关系，却使后人往往只关注白石词的清空骚雅而忽视了其内在的热烈深挚感情。

与北宋词人在作品中表现出来的一往情深相比，后世词论家分析评价孝

---

① （明）毛晋：《惜香乐府跋》，施蛰存主编《词籍序跋萃编》，中国社会科学出版社1994年版，第167页。

② 参见夏承焘《合肥词事》，《姜白石词编年笺校》，上海古籍出版社1981年版，第269—282页。

宗时期词人词作时，很少专门以"情"来论，即便有所涉及，也大多持否定态度。比如，王国维论"南宋词人，白石有格而无情，剑南有气而乏韵。其堪与北宋人颉颃者，唯一幼安耳"①。关于辛弃疾，王世贞则有言："稼轩辈抚时之作，意存感慨，故饶明夷。然而称情致语，几乎尽矣。"② 后世论者评价两宋词人时多用比较法，涉及情者往往为北宋词人，如蔡宗茂《拜石山序词序》云："词盛于宋代。自姜、张以格胜，苏、辛以气胜，秦、柳以情胜，而其派乃分。"③ 谢章铤《词话纪余》曰："苏、辛志于君国，故其词肮脏而不猥；秦之情深，姜之行洁，故其词缠绵而娟秀。"④ 可见，北宋词人如秦观、柳永等，多以情胜；而南宋词人则更偏重气、格。

有趣的是，孝宗时期艳情词不仅缺少北宋时期那种刻骨铭心的深情表达，有些作品甚至还体现出一种相对理性的态度来。赵长卿是这一时期艳情词创作比较突出的词人，其《瑞鹧鸪·遣情》一词，上阕以艳笔写艳情，下阕非但没有抒写离别的相思，反而以理性的笔触写道："浓欢已散西风远，忆泪无多为你垂。各自从今好消遣，莫将红叶浪题诗。"张孝祥对儿女情长更是持一种理性的态度，他有《浣溪沙·次韵戏马梦山与妓作别》曰：

> 罗袜生尘洛浦东。美人春梦琐膗空。眉山蹙恨几千重。
>
> 海上蟠桃留结子，渥洼天马去追风。不须多怨主人公。

这首词应是词人看到友人马梦山与妓女离别所作的缠绵之词后，次韵唱和而作。上阕描写妓女面对离别，饱含着寂寥与哀怨；下阕接连用典，"海上蟠桃"出自晏殊《破阵子》，其中有"海上蟠桃易熟，人间好月长圆。惟有擘钗分钿侣，离别常多会面难。此情须问天"之语，意在说明别离多于会面。继而把《史记·乐书第二》中"神马渥洼"升华为天马追风，以此点化友人应胸怀大志。末句"不须多怨主人公"，则显示出词人对男女离别的洒脱态

---

① （清）王国维：《人间词话》，唐圭璋编《词话丛编》，中华书局 1986 年版，第 4249 页。
② （明）王世贞：《艺苑卮言》，唐圭璋编《词话丛编》，中华书局 1986 年版，第 391 页。
③ 陈乃乾辑：《清名家词》，上海书店 1982 年版，第八卷。
④ （清）谢章铤：《赌棋山庄笔记合刻·稗贩杂录》，光绪辛丑年刻本，卷三。

度。估计马梦山读到张孝祥词后仍没有从离别情绪中走出来,张孝祥因"梦山未释然,再作":

> 一片西飞一片东。高情已逐落花空。旧欢休问几时重。
>
> 结习正如刀舐蜜,扫除须著絮因风。请君持此问庞公。

该词与前首同调同韵。上阕直言叙写二人各奔东西,往日情感如落花一样不可挽回,因而,不必去追问往日的欢爱何时能再现。下阕用佛教典故来阐释男女离别。"结习"见于《维摩诘经·观众生品》,其中记载维摩诘室有一天女,在讲法时现身散花,花至菩萨身上,纷纷坠地;至弟子身上,则粘着不去。天女问舍利佛,从而悟出"结习未尽华(花)著身耳;结习尽者华(花)不著也"①。弟子们畏生死,五欲未尽,因此花朵粘身;而菩萨已断一切分别想,故一花不染。在佛教语中,"结习"是指五欲所带来的淫、怒、痴等种种烦恼积习。"刀舐蜜"亦出自佛典,《佛说四十二章经》有:"财色于人,人之不舍。譬如刀刃有蜜,不足一餐之美,小儿舔之,则有割舌之患。"②张孝祥连用佛教典故,说明美色情爱这些贪欲本是烦恼积习,若沉迷其中,就会像刀口舐蜜那样,浅尝甜蜜而深藏祸患。张孝祥通过两首颇带调侃意味的词作,从友人与妓女的离别谈论到佛教中的情爱观,明显带有理性、冷静的色彩。

孝宗时期艳情之作,在情感表达趋于理性、内敛的同时,语言风格也更加典雅。这一特点在姜夔词中表现得最为突出。对艳情词来说,其内容无非是叙写美女与爱情,然而,从具体表达和内在意蕴看,艳情词还可细分为两类:一类是内容境界比较浅显、创作目的较单一的作品,这类词或描绘女子的姿容、服饰、情态、风韵、技艺,或表现男人对美色的欣赏、狎玩,或直接抒写男女间的情欲、欢爱,除却艳情外并无其他深层含义;另一类则是内

---

① (后秦)鸠摩罗什译,道生等注译:《维摩诘经今译》,中国社会科学出版社1994年版,第172—173页。

② (清)续法:《佛说四十二章经疏钞》,北京八大处灵光寺印,北平刻经处1929年版,第6页。

容境界比较深婉、在艳情之外别有寄托的作品，要么借男女离别的感伤哀怨来抒发人生的孤独失意，要么用男女间的复杂情绪来托寓世情炎凉、宦海遭际。第一类作品大多以赠妓、咏妓为主要内容；后一类往往是"极命风谣里巷男女哀乐，以道贤人君子幽约怨悱不能自言之情"①，在语言、意境上更具文人化、典雅化的意味。这两种类型的艳情词，在孝宗词坛上都有显著表现，尤其后者更受到清代词论者的广泛关注。

即便是前一种直抒男女之情，相对通俗的词作，在孝宗时期整体创作上也显得更为雅正，几乎见不到柳永《西江月》"四个打成一个……奸字中心有我"、欧阳修《盐角儿》"除非我、偎著抱著，更有何人消得"一类低俗露骨、淫亵无忌的语言和内容。例如，王之望《惜分飞·别妓》《临江仙·赠妓》《念奴娇·别妓》三首，虽然以传统情、景交融手法表现与歌妓相别的伤感与哀愁，但在情感抒发上显得比较委婉，尤其词中多处运用了"流水桃溪""洞府人间""祖帐""骊驹"等典故，显得意韵深远。谭献曾言"南宋人词，情语不如景语。而融法使才，高者亦有合于柔厚之旨"②。虽然该论是针对南宋词整体而言的，但对于孝宗时期艳情词的创作来说同样极为恰当、贴切。综观孝宗词坛，最明显的表现是在情感抒发上趋于冷静与内敛，在语言表达上显得更加含蓄、典雅。

二　艺术形式的深入与成熟

与繁荣兴盛的北宋艳情词相比，孝宗时期的艳情词在内容和格调上基本沿承前代创作路数，并没有什么明显地超越和突破。然而，这一时期集中出现了普通组词、转踏以及大曲等几种联章之作，相对于前代各种联章艳情词而言，艺术形式方面显得更为齐整与完善。

联章组词早在词体初创的敦煌时期就已出现，北宋人亦多有创作，其中带有艳情色彩的如欧阳修《渔家傲》十二月词、郑仅《调笑转踏》、秦观

---

① （清）张惠言：《词选序》，唐圭璋编《词话丛编》，中华书局1986年版，第1617页。
② （清）谭献：《复堂词话》，唐圭璋编《词话丛编》，中华书局1986年版，第3997页。

《调笑令》、毛滂《调笑》等。但具体来看，欧阳修的《渔家傲》虽涉及闺情，但以民间歌咏十二月的形式描写，实为时序组词；郑、秦、毛三人的调笑联章皆以歌咏古代美人为主，虽规模较大，但皆存在着内容及形式上不够统一的缺陷，艺术上比较粗糙。例如，郑仅《调笑转踏》共 12 首，无题序，所写人物身份比较芜杂，从罗敷、莫愁，到卓文君、杨玉环，乃至刘郎桃源遇仙的传说皆入其中；秦观《调笑》有 10 首，前 7 首以人物为题，后 3 首则转为"采莲""烟中怨""离魂记"；毛滂《调笑》结构较完整，有白、有诗词、有破子、有遣队、有题序，其题序以人名为主，却又杂以"美人赋""苕子"等，显得不够严谨。

纵观宋代词史，联章与大曲创作形式在孝宗时期相对比较集中，史浩、张抡、侯寘、范成大等不少词人皆有联章组词，内容包括咏花、咏春、咏古，甚至佛、道、隐逸、题画等众多方面。就艳情角度而言，这一时期赵彦端、李吕、洪适等词人，分别以普通联章、转踏联章及大曲联章的形式，从才艺、动作、情感等角度对歌妓进行刻画描写，无论组词还是大曲，在艺术形式上都显得成熟、严整，从而把北宋以来的艳情词联章艺术形式推向了一个更加成熟的高度。

最典型的代表是赵彦端的联章组词《鹧鸪天》。赵彦端（1121—1175）是宋室宗亲，主要活跃在孝宗朝，与辛弃疾友善，被稼轩誉为"千里渥洼种，名动帝王家"[1]，其词深受高宗欣赏。这位魏王廷美的七世孙，少年得志，官运畅达，在羊城广州尽享都市风流之后，写下 10 首联章组词《鹧鸪天》。其总序称："羊城天下最号都会，风轩月馆，艳姬角妓，倍于他所，人以群仙目之，因赋十阕。"该组词前九首分别以妓女名字为题，刻画了萧秀、萧莹、欧懿等九位娇艳动人又各具风姿的歌妓形象[2]，最后一首则题为"总咏"。

---

[1] （宋）辛弃疾：《水调歌头·寿赵漕介庵》，唐圭璋编纂，王仲闻参订，孔凡礼补辑《全宋词》，中华书局 1999 年版，第 2516 页。

[2] 叶申芗《本事词》卷下有"赵彦端赠妓词"一则，称赵彦端"居京口时……因选其胜者十人，各赋《鹧鸪天》赠之"。《本事词》中除上引九人外，还有《吴玉》一阕，云："拂拂深帷起暗尘。清歌缓响自回春。月和灯市云间堕，人对梅花雪后新。仙掌露，舞衣云。酒慵微觉翠鬟倾。洞房不厌阳台雨，乞与游人弄晚晴。"见唐圭璋编《词话丛编》，中华书局 1986 年版，第 2346 页。

　　赵彦端这组咏妓词，属普通联章之作。虽然单篇看来并无新奇之处，但作为有词序、有总咏，并以歌妓名字为题序的大规模咏妓联章组词，在整个词史中颇为引人注目。尽管北宋以来专为妓女所作的艳情词并不少，如柳永有四阕《木兰花》，分别歌咏心娘、佳娘、虫娘、酥娘四位歌妓；苏轼亦有《减字木兰花》赠徐君猷三侍人，都具有联章的基本特点，但这些组词规模较小。具体来看，柳永、苏轼及北宋文人的咏妓词基本上是一种即席遣兴、散杂随意的创作状态。而赵彦端这组《鹧鸪天》则完全不同，他在同一词调下，用联章的形式连写九位歌妓，且组词之前有小序介绍写作背景，每阕词分别以歌妓名字为题，整个组词末尾还有一首"总咏"进行概括，可见词人并不是偶然、随意为之，而是有意识地运用联章组词形式详细记录羊城风月场中的美姬艳妓。与北宋时期艳情组词相比，赵彦端这组《鹧鸪天》，以歌咏羊城歌妓为主题，内容一致、体制统一、风格相同，在艺术形式上显得成熟、完整，这种大规模歌咏时下当红妓女的组词创作，在整个宋代词史上亦极为罕见。

　　除赵彦端这组联章《鹧鸪天》外，李吕、洪适亦用转踏联章和大曲单篇联章等形式描写歌妓的姿态与情感生活。李吕有五首《调笑令》，属转踏联章组词，每首自带简序，分别为"笑""饮""坐""博""歌"，从五个角度细腻地刻画歌妓的种种姿态。《调笑令》作为词牌始于中唐，为三十二字小令，北宋后转为三十八字。转踏，作为宋代流行歌舞曲，"盖最初为宫廷所制，后来士大夫皆仿作，亦歌舞相兼的剧曲。"①北宋后期至孝宗年间，调笑令与转踏这两种艺术形式结合起来，形成了调笑转踏，完整的形式由白语、口号、题目、诗、词、破子、放队等部分构成，其主体通常为一诗、一词，诗为七言八句，词为单调，三十八字，七句，七仄韵。值得注意的是，诗的末二字通常与词的开头两个字相同，首尾相接，复迭相合。

　　据统计，宋代现存调笑转踏有黄庭坚、郑仅、秦观、晁补之、邵伯温、毛滂、曾慥、李邴、洪适、李吕及无名氏等 11 家 73 首（邵伯温一首仅存四

---

① 刘永济：《宋代歌舞剧曲录要》，中华书局 2007 年版，第 22 页。

句诗)①。北宋词人的转踏调笑几乎皆为咏美人之作，多为杨贵妃、罗敷、莫愁、卓文君、王昭君、乐昌公主、崔徽、无双等古人。到了南宋，内容大变，曾慥的歌咏对象从佳人变为佳友，即菊、梅、莲、酒；李邴一首极具艳情词风骨，然无题序，不知其所咏具体对象；洪适《番禺调笑》结构最为完整，所咏皆羊城名胜，如海山楼、素馨巷、朝汉台等。相比之下，李吕的五首《调笑令》，紧紧围绕日常生活中的五个动作来刻画歌妓的形象，既继承了词体的艳情本色，又超越了传统歌咏女子容貌情态的窠臼。如第一首：

调笑令　笑

　　掩袖低迷情不禁。背人低语两知心。烟蛾渐放愁边散，细屧从教醉里深。小梅破萼娇难似。喜色著人吹不起。莫将羽扇掩明波，滟滟光风生眼尾。

　　眼尾。寄深意。一点兰膏红破蕊。钿窝浅浅双痕媚。背面银床斜倚。烛花先报今宵喜。管定知人心里。

　　"笑"是宋词中出现频率较高的一个字眼，然而仔细分析，会发现其中大部分动作主体是出自男性。在艳情词中，女子的相思哀愁似乎比笑更能引起男性词人的关注和垂爱，即便出现女子笑容，多是一笔带过的"浅笑""盈盈一笑"。李吕此词则以歌妓的笑为描写对象。词人除了描写含情的眼角、妩媚的脸颊外，还提及银床斜倚、烛花报喜，隐约表明这位歌妓因情郎将至而心生喜悦。综观这五首转踏调笑，词人从含笑、饮酒、愁坐、赌博、唱歌等姿态、动作入手，生动勾勒出歌妓日常生活景象，尤其是妓女赌博这一题材，在宋词中颇为罕见。客观来说，无论语言还是格调，这五首词都算不上精彩、出众，然而从整体来看，李吕以一连串动作为视角来刻画歌妓，不仅是调笑组词中的首创，在两宋艳情词中也十分独特。

　　洪适是孝宗时期大曲创作比较突出的一位词人，所表达的内容也比较丰

---

　　① 参见陈中林、徐胜利《从调笑转踏看宋词对戏曲的接受》，《中国韵文学刊》2010 年第 9 期，第 21—25 页。

富。大曲是汉魏以来有器乐相奏的大型歌舞曲，在唐代教坊中得到鼎盛发展。到了宋代，出现了"摘遍"，即大曲中的一个部分，体制短小，便于樽前表演，与词呈现同流现象。王灼《碧鸡漫志》论"甘州"曾曰，"凡大曲就本宫调制引、序、慢、近、令，盖度曲者常态"①，说明大曲与词关系密切。洪适大曲中关于艳情的有《句降黄龙舞》《句南吕薄媚舞》两组，皆属单篇联章。有学者指出："勾《南吕薄媚》（据洪适《盘州乐章》，勾即表演），是描写贫士郑六和狐仙任氏的爱情故事（《太平广记》卷四五二《任氏传》）。勾《降黄龙》，演的是唐代锦城（今四川成都）善舞柘枝的官伎灼灼和裴质的恋爱故事（《盘州乐章》及明陈继儒《珍珠船》）。"② 这两首大曲属于叙事性质的艳情之作，细腻地表达出酒筵上男女之间爱而不得、痛苦别离的缠绵情感。尤其是《句降黄龙舞》一组，用典之多在艳情词中极为少见：

句降黄龙舞

伏以玳席接欢，杯泛东西之玉；锦茵唤舞，钗横十二之金。咸驻目于垂螺，将应声而曳茧。岂无本事，愿吐妍辞。

答

眄流席上，发水调于歌唇；色授裙边，属河东之才子。未满飞鹣之愿，已成别鹄之悲。折荷柄而愁缕无穷，剪鲛绡而泪珠难贯。因成绝唱，少相清欢。

遣

情随杯酒滴郎心。不忍重开翡翠衾。封却软绡看锦水，水痕不似泪痕深。歌罢舞停，相将好去。③

这首曲词现存致语、答、遣三部分，用表演的形式传神地刻画歌妓与所爱男子分别的场景。致语为四六骈体，用典颇多，如：玳席，出自唐高宗

---

① （宋）王灼：《碧鸡漫志》，唐圭璋编《词话丛编》，中华书局1986年版，第101页。

② 董锡玖、刘峻骧：《中国舞蹈艺术史图鉴》，湖南教育出版社1997年版，第95页。

③ 唐圭璋编纂，王仲闻参订，孔凡礼补辑：《全宋词》，中华书局1999年版，第1774页。

《太子纳妃太平公主出降》"环阶凤乐陈，玳席珍羞荐"；接欢，见于曹植《洛神赋》"无良媒以接欢兮，托微波而通辞"；东西之玉，出自宋黄庭坚《次韵吉老十小诗》之六"佳人斗南北，美酒玉东西"；锦茵，指锦制垫褥，潘岳《寡妇赋》有"易锦茵以苦席兮，代罗帱以素帷"。答中典故亦颇多：眄流，出自宋玉《登徒子好色赋》"含喜微笑，窃视流眄"；色授，见司马相如《上林赋》"色授魂与，心愉一侧"；关于"飞鹣"一词，《尔雅·释地》称比翼鸟曰鹣鹣，《诗经》常有"凤凰于飞""鸿雁于飞"之语，此处"飞鹣之愿"显然指婚姻之意；而"别鹄"见于韩愈《别鹄操》，该诗借商陵穆子之事，刻画恩爱夫妻仳离；"折荷"出自李白《折荷有赠》；"鲛绡"乃女性之物，常见于艳情词。在这组《句降黄龙舞》的前两部分中，绝大部分语句皆有来处，如此频繁用典，在艳情词中并不多见。

就艳情主题与联章组词而言，两者之间的关系颇为微妙。北宋时期，艳情乃词坛第一主题，然而，在联章组词这种艺术形式中，艳情之作所占比重却相对较轻。在北宋联章组词，尤其是大型联章中，词人最乐于表达的内容多是咏物、风光、节序、咏古、佛道、隐逸等，可见联章体与艳情，尤其是咏妓词之间的关系相对比较疏离。到了孝宗时期，在艳情词整体创作明显衰减的情况下，却集中出现了普通联章、转踏联章、大曲联章等多种艺术形式的咏妓组词。这种创作现象的出现，主要原因仍是词体发展。就表达形式与实用功能角度看，联章体与词的本色创作状态及艳情词的娱乐需求是有所偏离的。

词本为花间樽前娱宾遣兴的音乐文学，即席应景的创作状态十分普遍，尤其是赠妓、咏妓之作，而联章体的篇幅及内容含量相对较大，并不适用于即席赠妓一类的急就章，因此，北宋时期大型联章词中的艳情之作相对于其他题材联章组词而言显得比较少见，艺术形式上也显得比较粗疏。南渡后，随着词体地位提升，文人不再视之为"诗余"，词体的案头功能逐渐加强，针对赠妓、咏妓一类传统的主题内容，词人们会有意无意地在艺术手法上进行开拓，因此，联章、大曲之类的艳情词创作相对比较突出，在艺术技巧和艺术形式上也显得更加严谨、完善。

三　艳情词实指性有所增加

题序是词体发展到一定阶段的产物，作为对作品的补充和说明，可以说与词作内容密不可分。关于词之题序，不少学者予以关注，并详分为词题和词序，如施蛰存认为："写得简单的，不成文的，称为词题。如果用一段比较长的文字来说明作词缘起，并略说明词意，这就称为词序。"[①] 就词史而言，作为词体本色的艳情词，最初多为供歌女演唱之用，词人在固定的音乐格式——词调中，填入文字，娱宾遣兴。相同的创作目的和创作状态，使艳情词并不需要过多的补充与说明。胡适曾指出："苏东坡以前，是教坊乐工与娼家妓女歌唱的词。……这个时代的词有一个特征：就是这二百年的词都是无题的，内容都很简单，不是相思，便是离别，不是绮语，便是醉歌，所以用不着标题；题底也许别有寄托，但题面仍不出男女的艳歌，所以也不用特别标出题目。"[②]

胡适从理论上谈及北宋词题序的状态，其实从具体运用而言，题序早在敦煌词中便有呈现。北宋早期也有词题，如王禹偁《点绛唇·感兴》、陈亚《生查子·药名闺情》等。然而，对于早期词题，有学者提出质疑，王国维认为："诗之三百篇、十九首，词之五代、北宋，皆无题也。非无题也，诗词中之意，不能以题尽之也。自《花庵》《草堂》每调立题，并古人无题之词亦为之作题。"[③] 吴梅也认为，"《草堂诗余》诸题，皆坊人改易，切不可从。"[④] 此论颇有道理，如范仲淹现存词皆有题序，然而，后人添加的成分极为浓重。

宋代第一个对题序有贡献的人物是张先，其 165 首存词中，有题序者约占 38%，张先所作基本上是起到题目的作用。北宋词史上题序最为突出的是苏轼，他不仅是北宋存词最多的词人，同时也是南渡之前运用词序最多的词

---

① 施蛰存：《词学名词释义》，中华书局 1988 年版，第 94 页。
② 胡适：《词选》，商务印书馆 1930 年版，第 5—6 页。
③ （清）王国维：《人间词话》，唐圭璋编《词话丛编》，中华书局 1986 年版，第 4252 页。
④ 吴梅：《词学通论》，上海古籍出版社 2006 年版，第 6 页。

人。由于苏轼超人的才情气质及"以诗为词"的创作态度，使他有意识对词的内容、风格进行改革，不仅仅为作品命题，还大量采用词序来补充说明创作背景及难以尽言的情绪和内容。其 360 余首词中，有题序者约 260 首。

自苏轼后，词人填词运用题序的情况逐渐增多，南渡之后更为明显。从客观来说，题序尤其是词序的大量出现，实际上是词体文人化的一个重要体现。胡适把从苏轼到辛弃疾这段时期称为"诗人之词"阶段，认为其时代特征是："第一，词的题目不能少了，因为内容太复杂了。第二，词人的个性出来了。"① 就整个宋词创作来看，题序最普遍、最突出、最繁荣的阶段出现在孝宗时期，尤以辛弃疾和姜夔为代表。辛弃疾不仅是宋代存词最多的词人，也是使用题序最多的，其 629 首词中，题序占 522 首。姜夔存词 87 首，73 首有题序，其中 50 字以上的长序有 21 首。②

作为词的重要组成部分，题序主要用于说明词人创作的时间、地点、缘起等各种因素，其中一些酬赠词、咏物词更是直接用题序点明所赠、所咏的对象，尤其是祝寿及咏花之作。就艳情词而言，其最初的创作目的主要是供乐工、歌妓在宴饮娱乐场合演唱助兴的，并没有补充说明的需要，因此少有题序。然而，随着文人创作的深入，题序逐渐出现在艳情词中。北宋时期，柳永、苏轼等曾用题序显示所赠或所咏歌妓的名字。到了孝宗时期，随着题序在词中的广泛使用，艳情词中也随之增多，其中所传达出的内容和信息也愈加丰富。通过这些题序，可以使人们更清晰地了解词人、词作的原生态。

例如，吕胜己《满江红》（檀板频催）一阕，描写美艳婀娜的女子在地毯上翩翩起舞，以及短暂宴会后宾客与歌妓的离愁别恨，这本是艳情词中最常见的内容表达，然而，词人题序"郡集观舞"，限定了歌舞的场景及人物的具体身份，从而使我们从一个侧面得以窥见宋代郡府集会时官妓歌舞佐欢的场面，以及官妓与文人之间密切而又微妙的关系。郭应祥有两阕《鹊桥仙》，其一题曰"周监旬会上作"，另一题"旬会作"，两词题序皆点明"旬会"，

① 胡适：《词选》，商务印书馆 1930 年版，第 9 页。
② 参见郑诚《宋词题序研究》，硕士学位论文，郑州大学，2008 年。

词中"恰两月、六番相聚",也正是旬会的特点。词人以浅白通俗的语言描述了宋代旬会的风流热闹场面,尤其是二词分别提到"六姬讴唱""六州清唱,六么妙舞,执乐仍呼六妓",可见旬会也是官宦文人与歌妓交往的重要场合,歌妓们作为旬会上重要助兴角色,不但献歌、献舞,还要陪伴官员们饮酒、戏乐。

孝宗时期的艳情词,不但有大量词题,还有许多词序。例如,赵长卿《惜香乐府》中多有艳情词,其中不少附有词序。《临江仙》(破匳盈盈巧笑)一阕,词人序曰:"予买一妾,稍慧,教之写东坡字。半年,又工唱东坡词。命名文卿。元约三年,文卿不忍舍主,厥母不容与议,坚索之去。今失于一农夫,常常寄声,或片纸数字问讯。仙源有感,遂和其韵。"通过这段 80 余字的长序,可以详细了解赵长卿与家妓文卿的情缘始末,并感知到词人与文卿之间的深挚情感,从而把这首艳情词与普通逢场作戏的赠妓之作完全区别开来。

赵长卿《鹧鸪天》(一曲清歌金缕衣)序曰"偶有鳞翼之便,书以寄文卿",可见该词亦是关于这段情缘的纪念。此外,《惜香乐府》中的艳情词还有各种小序,如《蝶恋花》(叶底蜂衙催日晚),序曰"宁都半岁归家,欲别去而意终不决也";《临江仙》(蕊嫩花房无限好),序曰"笙妓梦云,对居士忽有蓊发齐眉修道之语";《临江仙》(夜久笙箫吹彻),序曰"夜坐更深,烛尽月明,饮兴未阑,再酌,命诸姬唱一词"等。这些简洁明了的词序,既明确了这些作品的实指性,又补充、丰富了艳情词的表达内容。

关于孝宗时期艳情词题序,值得一提的还有辛弃疾。作为一个文武兼备的英雄词人,男欢女爱、儿女情长在他心中远不及事业功名更重要,因此,艳情词在稼轩长短句中所占比重并不大,其中近半数艳情词并无题序。在其有题序的艳情词中,一些题序颇耐人寻味。例如,《江神子》(梅梅柳柳斗纤秾)、(玉箫声远忆骖鸾)两阕,从题序中可见是"和韵"之作;《鹧鸪天》(晚日寒鸦一片愁),格调柔婉,"若教眼底无离恨,不信人间有白头""肠已断,泪难收。相思重上小红楼"等语句,极具词体本色,然而,词人题曰

"代人赋"；另一首《河渎神》（芳草绿萋萋），同样是凄婉哀愁之作，"断肠绝浦相思""惆怅画檐双燕舞"，不失传统艳情词之意境，该词题序"女诫词效花间体"。辛弃疾集中艳情词所占比重虽较少，但其中语言、格调传统婉约的作品并不罕见，通过词人题序，可见这些断肠柔情并非出自词人心底，或是文人之间的次韵唱和，或是代人倾诉，或是有意效仿花间词风格而刻意为之。

当然，作为封建官宦文人，辛弃疾生活中自然少不了歌儿舞女、艳情声色环绕相伴，在其艳情词题序中也有体现。例如，《蝶恋花》（小小年华才月半），题序"席上赠杨济翁侍儿"，把一位小歌妓的娇态描绘得非常生动；《念奴娇》（江南尽处），题序"赠妓善作墨梅"；《眼儿媚》（烟花丛里不宜他），直接题为"妓"；《如梦令》（韵胜仙风缥缈），题曰"赠歌者"；《浣溪沙》（侬是钦崎可笑人），全词以女子笑貌为主，尤其每句皆含有一个"笑"字，极具特色，通过题序"赠子文侍人名笑笑"，可见该词是为一名叫"笑笑"的家妓所作，"笑笑"之名与全篇所描写的笑貌及句句所含的"笑"字相得益彰，更可见词人的才情和用心。

稼轩词一向以开阔多样的词风、词境著称，这一特点不仅表现在整体创作上，在艳情主题中同样也有体现，辛弃疾艳情词中所描写的对象及传达的情绪相对比较丰富。例如，《破阵子》一阕：

菩萨丛中惠眼，硕人诗里娥眉。天上人间真福相，画就描成好厣儿。行时娇更迟。

劝酒偏他最劣，笑时犹有些痴。更著十年君看取，两国夫人更是谁。殷勤秋水词。

艳情词中女子身份多为歌妓，然而，该词所刻画的形象十分独特：她长着菩萨般的慧眼，娥眉如同《诗经·硕人》中描写的一样，姣好的容颜如同画出来的，是天地间难得的福相。她劝酒时颇为顽劣，笑时又极娇痴。十年之后再看，一定会是位"两国夫人"。在这首词中，"菩萨""硕人"，尤其是

"两国夫人"等词语，表明主人公的身份不可能是妓女。参看词序"赵晋臣敷文幼女县主觅词"，可见该词是应友人小女儿请求而作，通过词序补充说明，使这首词的内容、格调与主人公的身份完全对应起来。

辛弃疾不仅用题序说明创作对象、创作背景，还巧妙地用题序引出词中的寄托、寓意，如著名的《摸鱼儿》（更能消、几番风雨），从表面上看，这首词描写春意阑珊、美人遭妒，抒发失宠女人的苦闷。词序曰，"淳熙己亥，自湖北漕移湖南，同官王正之置酒小山亭，为赋"，详细交代了创作的时间、地点、背景，明确了该词是词人在调离湖北、同僚饯行时所作。惜春的感伤，失宠的郁闷本是艳情词常见内容，但此情此境中，却是词人用来抒发内心郁闷和愤慨的表达手段。

通过以上例子可以看出，孝宗时期艳情词中的题序明显比前代丰富，这从一个侧面可以反映出：随着词坛创作的开阔与深化，艳情词中所蕴含的内容、情绪也愈加多样。通过题序，可以传递出更丰富、更明确的情感和意绪，从而使艳情词中所刻画的对象及词中的寄托之意更为具体、明晰。

仅就两宋艳情词中内容相对比较传统单一的赠妓、咏妓之作看，它们多是欢场之作，一直秉承着乐工歌妓演唱的娱乐传统，本无太多深意，所抒发的多是套路化的男女相思、离别之情，描写的也大多是普泛化的能歌善舞、妩媚多情的歌妓形象。然而，自柳永以后，时时会有一些歌妓名字见于词作及题序中。比较起来，北宋时期歌妓名多见于词作，而南宋尤其是孝宗时期，歌妓名字更多出现在题序中。细而究之，文人之所以在词作、题序中写入歌妓名，主要出于两种原因：

第一种是为了抬高歌妓的身价或名声。无论歌妓出于何种身份，不管她们是为了谋生、扬名还是现场助兴，通常都渴望自己所唱的曲子新颖独特，以便更好地吸引客人、娱乐宾主，因此，会伺机向文人乞词。词人在应景赋词时，会在序言中提到歌妓，甚至有意把歌妓名字嵌入词中，这种带有文字游戏性质的创作，不仅可以使歌妓扬名，也可以彰显词人的才华。

从歌妓角度看，如果其名字被嵌在词中，随着曲词的演唱，其声名必然会随之传播。作为替歌妓填词谋生的职业词人，柳永深谙此道，因而《乐章集》中歌妓名字出现的频率比较高，如"秀香家住桃花径。算神仙、才堪并""英英妙舞腰肢软。章台柳、昭阳燕"。柳永有四首《木兰花》分别提到心娘、佳娘、虫娘、酥娘四位歌妓，而《西江月》一首中则提到师师、香香、安安三人。关于柳永赠妓之作，《醉翁谈录》有载："耆卿居京华，暇日遍游妓馆。所至，妓者爱其有词名，能移宫换羽，一经品题，声价十倍。妓者多以金物资给之。"① 可见，柳词中的这种实名咏妓现象甚至包含着明显的商业需求。

南渡以后，妓女的名字也时常出现在词人笔下。赵彦端有十首联章咏妓组词《鹧鸪天》，前九首分别以妓女名字为题，细致刻画了萧秀、萧莹、欧懿、桑雅、刘雅、欧倩、文秀、王婉、杨兰九位娇艳动人又各具风姿的歌妓形象，最后一首为"总咏"。刘过曾与武昌歌妓徐楚楚颇有情缘，与其相关的两首词皆有题序，其一首《浣溪沙》题曰"赠妓徐楚楚"；另一首《西江月》序曰"武昌妓徐楚楚号问月索题"，词的起句为"楼上佳人楚楚，天边皓月徐徐"。楚楚号问月，词人不仅以词序作交代，而且开篇便把这位歌妓的姓、名、号嵌入词中，颇具匠心。

另一种把歌妓名写入词作或题序中的情况，则是出于词人对歌妓的深刻情感。比如，晏几道在《小山词自序》中提到了自己与莲、鸿、萍、云这些歌妓之间如幻如电、如梦前尘的悲欢离合之事，他把自己内心深处的缠绵情感全部宣泄在词作中，因此，这些女子之名也被小山词所记载，如"手捻香笺忆小莲""记得小苹初见""说与小云新恨、也低眉""赚得小鸿眉黛、也低鬖"等。南宋宗室词人赵长卿与家妓文卿感情深挚，其《临江仙》（破靥盈盈巧笑）、《鹧鸪天》（一曲清歌金缕衣）二词真实地记录了这段情缘。《临江仙》词序详细叙述了二人的情缘经历，《鹧鸪天》题序点明二人分别后时常有书信往来。这种因情深而写出歌妓名字的词作，与前一类扬名、游戏、呈才

---

① （宋）罗烨：《新编醉翁谈录》，《续修四库全书》1266 册，上海古籍出版社 2002 年版，第421 页。

之作相比，总体数量相对较少。从一个侧面可以反映出词人对歌妓的情感态度，即逢场作戏要比真心投入所占比例大得多。

虽然宋词中有不少直接标明妓女名字的词作，但从形式上来看，南北宋之间存在着明显的差异。北宋时期，柳永、苏轼、黄庭坚、陈师道等曾用题序点出妓女实名，但在众多词人作品中，妓女名字大多出现在词作中。而南渡以后，尽管也有词人把歌妓名直接嵌入词中，如管鉴《桃源忆故人》中"寿""英""翠""倩"，皆为郑德舆家歌妓之名。然而，更多的词人则把歌妓名字题于词序，以赵彦端、刘过、赵长卿等为代表。这种现象的出现，主要是由于北宋词大多有调无名，而南渡后随着词体发展，词序被普遍运用，词人往往用题序来补充、记录词作的创作背景。

由于词体在南渡之后加快了文人化、典雅化、案头化的进程，因此，题序也大量在词中出现，到了孝宗时期更为突出。这种填词时普遍使用题序的创作倾向在艳情词中也很明显。这些内容丰富的艳情题序，不但记录了那些歌妓们的名字，而且保存下来大量关于宋代艳情词创作的社会背景、生活风貌等第一手资料。

研究词体发展，作为当行本色的艳情词是一个重要的考察视角。自晚唐五代花间范式确立以来，艳情词极为繁盛。从北宋中至北宋末，词坛一直在艳情主流下不断发展变化，柳永、张先、晏几道、秦观、周邦彦等在艳情本色中展示着各自的风貌；苏轼、黄庭坚、晁补之等虽有意尝试别调，但主体仍为艳情之作。徽宗年间，在朝廷倡导之下，词坛创作十分热闹，周邦彦乃北宋词风集大成者。高潮之后必定是衰落或新变，靖康之变后，家国巨变使北宋末年的词坛风尚出现了断裂。高宗乐禁使南渡词坛创作，尤其是艳情词创作发生中断，直到绍兴十二年后才逐步恢复。

到了孝宗时期，一方面，大批文人志士怀抱抗金复国之心，延续着南渡词坛之风；另一方面，由于社会繁荣发达，声色娱乐再度兴盛起来，词曲消费需求大增，词坛创作极为昌盛。就传统艳情之作而言，一方面，传承着词体本色，继续成为文人的抒情重点；另一方面，却又呈现出明显的下降态势。

无论在整体创作还是词人个体创作比例上，乾、淳时期的艳情词都不再像花间、北宋时期那样引人注目。虽然孝宗时期的艳情词在体制、内容、语言等方面皆未摆脱前人窠臼，然而在艺术形式、创作格调上却呈现出一些新变。其一是各种联章在咏妓词中的运用，其二是表现出理性化与典雅化的倾向。这些新变，既符合文体发展的基本规律，又体现了独特的时代风貌。

第四章　孝宗词坛的文人化、诗歌化倾向

　　词是起源于民间的音乐文学，与众多民间艺术形式一样，具有通俗性、集体性、表演性等特点。自中唐白居易、刘禹锡等文人加入创作后，词体开始朝着文人化方向发展。与民间文学相比，文人创作往往带有典雅化、个人化、情志化的倾向。由于封建文人大都具有深厚的诗歌创作功底，因此，在词体文人化过程中，自然而然地表现出诗歌化倾向。"以诗为词"，自苏轼起便受到词人和词论家的广泛关注，并一直贯穿于宋词发展历程中。

　　关于词体的诗歌化问题，首先要分清诗、词的文体特征。诗与词除了在句式、音律等形式上有显著差别外，在内容、表达上也各具特色。清代田同之认为："从来诗词并称，余谓诗人之词，真多而假少，词人之词，假多而真少。如《邶风·燕燕》《日月》《终风》等篇，实有其别离，实有其摈弃，所谓文生于情也。若词则男子而作闺音，其写景也，忽发离别之悲。咏物也，全寓弃捐之恨。无其事，有其情，令读者魂绝色飞，所谓情生于文也。此诗词之辨也。"① 田氏认为诗、词的差异主要体现在：诗歌是"文生于情"，是作者内在情感的真实表达，诗中所写内容与诗人情感是一致的；词则是"情生于文"，词人可以通过文字去造情，男性词人常常模拟女子的心态、口吻去写作，因此，词中那种打动读者的深情未必源于作者本人。从词体初创时期，尤其是晚唐花间来看，"男子作闺音"是艳情词的典型创作手段，词人拟情、造情的现象十分突出。伴随着词体的发展，文人创作不断成熟、深化，词人的个性、情志越来越多地融入词中，作品表达

---

① （清）田同之：《西圃词说》，唐圭璋编《词话丛编》，中华书局 1986 年版，第 1449 页。

与作者情感趋向一致。

纵观两宋词史，词体文人化、诗歌化倾向在孝宗时期得到了充分发展。这段时期，词坛最明显的特点是艳情创作大为衰减，与此同时，咏物、祝颂、节序、说理、述怀等各种类型的作品蓬勃发展。词人心态、词作格调从北宋的幽婉、抒情变得开阔、丰富，形成了新的创作风貌，并确立起南宋词坛特有风格。这种嬗变始于高宗朝，究其原因，除了词体自身发展规律外，社会环境的变化起到了巨大的推动作用。南渡之初战乱频仍，与北宋承平时代比，社会娱乐环境遭到极大破坏，加之朝廷推行乐禁，词坛创作从徽宗时期的高度繁荣陡然跌进谷底。文人即便填词作曲，也极少有艳冶之语，而是情不自禁地流露出国破家亡、山河巨变的伤感与悲痛。南宋初期，词的创作、传播相对比较沉寂，直到绍兴十一年（1141）宋金和议，次年乐禁废弛后，填词唱曲之风才逐渐恢复。

孝宗受禅执政，虽胸怀大志，但无力回天，隆兴二年（1164）再次与金签订和议。孝宗执政的近 30 年间，社会相对稳定，经济、文化得到长足发展，都市娱乐再度繁荣昌盛起来。乾、淳时期临安城的富庶热闹与声色宴饮，丝毫不亚于孟元老《东京梦华录》中对汴京城的描述，词体创作也达到一个新高峰。然而，与南渡词人相比，孝宗时期词人们的"角色与心态已经发生了明显的变化：流亡天涯者变成了北伐策划者，向南的深一脚浅一脚，化作了向北的打探和张望。个人的生存焦虑被民族的生存焦虑所替代。东坡体也完全切换为稼轩体，苏轼的那种超逸清旷的道家姿态逐渐被儒家拯救苍生的悲壮情怀所覆盖。一个拥有众多英雄的大时代，悄然到来"①。

继南渡词从酒宴、闺阁走向家国、山河后，孝宗词坛继续保持了开阔与开放的态势。士大夫们纷纷以词来抒写个人的情感与胸怀，艳情词独树一帜的格局已经打破，文人们不仅填词供歌妓侑酒佐欢，更借词来唱和交流，抒发壮志情怀，记录生活中的点点滴滴，词坛呈现出纷繁复杂的创作局面。词体的文人化、诗歌化进程达到顶峰。许多诗歌中的内容和创作现象

---

① 肖鹏：《群体的选择》，凤凰出版社 2009 年版，第 213 页。

在词坛上屡见不鲜，如次韵、题壁等。题壁本是诗歌传播的一种重要方式，唐代极为盛行。这种现象逐渐出现在宋词中，辛弃疾便有不少题壁之作，其《菩萨蛮·书江西造口壁》《念奴娇·书东流村壁》《江神子·博山道中书王氏壁》《丑奴儿·书博山道中壁》（烟芜露麦荒池柳）、《丑奴儿·书博山道中壁》（少年不识愁滋味）、《定风波·大醉归自葛园，家人有痛饮之戒，故书于壁》《鹧鸪天·游鹅湖，醉书酒家壁》《鹧鸪天·戏题村舍》等，皆作于淳熙年间。吴儆（1125—1183）仅存词29首，其中便有《浣溪沙·题星洲寺》《浣溪沙·题余干传舍》《浣溪沙·春题别墅》3首题壁之作。太学生俞国宝更是因一首题壁的《风入松》得到太上皇赵构赏识，"即日命解褐"①。从现存《全宋词》来看，孝宗时期以词题壁的现象最为显著，远远超过北宋和南渡。

除了题壁之外，孝宗时期词坛创作的文人化、诗歌化倾向还表现在许多方面。清人冯金伯指出："夫词南唐为最艳，至宋而华实异趣。大抵皆格于倚声，有叠有拍有换，不失铢黍，非不咀宫嚼商，而才气终为法缚。临安以降，词不必尽歌，明庭净几，陶咏性灵，其或指称时事，博征典故，不竭其才不止。且其间名辈斐出，敛其精神，镂心雕肝，切切讲求于字句之间。其思泠然，其色荧然，其音铮然，其态亭亭然，至是而极其工，亦极其变。"② 从主题上看，咏物、述怀、说理之类文人色彩浓郁的词作数量大为增加；从艺术上看，文人之间次韵唱和现象十分突出。此外，议论、用典等极具宋诗特色的艺术手段在该时期词作中也得到集中体现。陶潜取代了刘郎、潘安（檀郎），成为词作中出现频率最高的人物形象，李白、苏轼也成为词人笔下的重要人物。从主题内容到艺术手法，词体的文人化、诗歌化倾向在孝宗时期得到彻底的发展与成熟。

① （宋）周密：《武林旧事》，西湖书社1981年版，第38页。
② （清）冯金伯：《词苑萃编》，唐圭璋编《词话丛编》，中华书局1986年版，第1787页。

第一节　主题功能的文人化

从唐、五代直至北宋末期徽宗年间，词一直是娱宾遣兴的重要工具，文人与乐工歌妓的互动，是词体发展最有效的推动力。叶梦得《避暑录话》记载柳永善为歌词，"教坊乐工每得新腔，必求永为辞，始行于世，于是声传一时"①。词人为歌妓填词，歌妓向文人索词成为词坛的普遍现象，孝宗年间亦很常见。然而就具体创作而言，乾、淳时期用于娱宾佐欢的艳情词创作比重大为退减，文人与乐工歌妓的互动不再突出。与之相应地，文人之间以词酬赠互答十分盛行，酒筵上、集会中乃至分别后，文人赠寄、唱和之作比比皆是。词体功能从较为单一的娱乐、抒情，更多扩展到述怀、交际等多个领域。词作中的女性色彩及脂粉气息逐渐弱化，文人、志士的形象越来越鲜明。

几乎每一位作家在创作时，都会下意识或无意识地针对一个读者对象。对于词人而言，其填词要么是提供给乐工、歌妓的娱乐表演，要么是为同僚友人、文人雅士的交流助兴，或者仅仅只是为了抒发自我心性。词作为一种流行歌曲，其基本功能是供乐工、歌妓演唱的，具有应景性、娱乐性。晚唐以后，尤其是经过韦庄、李煜等人的推动，词体由伶工之词转向士大夫之词。到了北宋中叶，苏轼有意突破花间体制束缚，在词中直接抒发各种情绪和意向，如《江神子·猎词》（老夫聊发少年狂）中打猎的豪迈，《江神子》（十年生死两茫茫）中悼念亡妻的感伤，《定风波》（莫听穿林打叶声）中的旷达洒脱等，都明显带有个人写实色彩。在南宋词论家看来，苏轼为词人们指出了"向上一路"，词体也正式走上了"以诗为词"的发展道路。

这种"以诗为词"的创作方向本应是文体发展的一个渐变过程，然而，靖康之变后，特殊的家国局面打破了词人们的传统创作状态，也加速了"以诗为词"的进程。到了孝宗时期，词不仅是樽前佐欢的产物，更是文人抒发

---

① （宋）叶梦得：《避暑录话》，《丛书集成初编》，中华书局 1985 年版，第 49 页。

性情、彼此交际的工具。文人之间酬赠唱答的现象极为普遍，甚至不亚于以诗酬赠。文人们以词述怀、说理的现象也极为突出。此外，咏物、节序、祝寿等传统题材的词作也表现出明显的雅化和诗歌化特色。

一 酬赠唱答词——文人的交际工具

酬赠唱答词，是词人有意识为他人所作的，往往在题序或内容中显示出"赠""和""送""答"及"为某人作"等。宋代文人以诗、词酬赠唱答的现象非常普遍。在词中，几乎各种题材、各种风格的作品都可以用于酬赠。就所赠对象而言，几乎涵盖了各种身份及关系，如上司、同僚、友人、门生、歌妓、僧侣、道士，以及妻、子、兄、弟、叔、伯、甥、侄等各种亲属。当然，在聚会宴乐、宾朋高座的场合，文人之间互相呈才、彼此助兴的现象比较多见，因而，命题、次韵创作在很多情况下也具有明显的群体性、交际性。

由于文人最初填词多是供乐工、歌妓演唱助兴，因此，赠送对象大多是歌妓，内容以艳情为主，柳永、晏殊、欧阳修、晏几道、周邦彦皆为代表。值得注意的是，北宋时期，即便文人之间的赠答、酬唱，很多也带有普泛的演唱性质。例如，张先《劝金船·流杯堂唱和翰林主人元素自撰腔》，苏轼《少年游·端午赠黄守徐君猷》等，尽管通过题序可知是词人与朋友的赠和之作，但内容、风格与普通抒情、写景之词没有任何差异。

元祐以后，随着文学创作的繁荣，文人之间以词唱答的现象开始增多，苏轼、舒亶、黄庭坚、晁补之、陈师道等人词序中多有体现，其中既有文人之间即席游戏、娱乐之作，如舒亶《点绛唇》"周园分题得湖上闻乐"；也有针对性很强的酬赠词，如黄大临的《青玉案》（千峰百嶂宜州路），序曰"和贺方回韵，送山谷弟贬宜州"，内容情真意切，感人至深，明显是给弟弟黄庭坚的送别寄语。从总体来看，北宋文人填词主要是为了娱宾遣兴，因而，在创作互动中，赠妓、咏妓所占比重较大，文人之间唱和的内容、格调相对单一，整体风格偏于柔婉。

南渡之后，随着"以诗为词"不断深入，词体互动的对象从文人、歌妓更多转向了文人、同僚之间。尤其到了孝宗时期，文人之间以词酬赠的现象极为普遍，不仅家宴集会、朋友钱别，几乎文人参与的所有活动，如泛舟、登临、游园、赏花、祝寿等，都可以赋词相赠、表达情意。例如，管鉴《蝶恋花》（楼倚云屏江泻镜）一阕有序曰："辛卯重九，余在试闱，闻张子仪、文元益诸公登舟青阁分韵作词。既出院，方见所赋，以'玉山高并两峰寒'为韵，尚余并字，因为足之。"辛卯乃乾道七年（1171），管鉴因科考被锁院，听说张子仪等人一起乘船、登阁，还分韵作词。他出院后看到众人之作，还有余字，便亲自填词补足。这段词序真实记录了孝宗年间文人以词交流的情况。词中有"幕府俊游常许并"之句，可见同僚之间经常一起赏游。赵长卿《满庭芳》（晚色沉沉）一阕，序曰"十月念六日大雪，作此呈社人"，更是直接点明文人结社赋词的情形。

除了游赏、雅集之外，在日常生活交往中，文人亦会用词来传递信息、表达情意。例如，赵磻老《生查子》（章甫不如人）一阕，序曰"答洪丞相谢送小冠"，可见是为了感谢洪丞相赠冠而作；另有《生查子》（朝路进贤归）序曰"洪舍人用前韵索冠答谢，并以冠往"；《南柯子》（体质娟娟静）则是为了"和谢洪丞相送竹妆奁"所作。辛弃疾《玉楼春》（山行日日妨风雨）序曰"客有游山者，忘携具，以词来索酒，用韵以答。时余有事不往"，又有同调"再和"（人间反覆成云雨）。可见，南渡以后，词体功能不仅仅是供歌妓演唱，而是更多转向文人之间的交际。从现存资料可以看出，孝宗时期文人以词酬赠主要集中在即席、临别、异地寄赠这三种情况下。由于离别时往往以酒钱行，因此，即席与临别常有交叉。值得注意的是，无论哪种环境中的酬赠，词人通常爱用次韵的形式来表达。

（一）即席酬赠

即席酬赠是文人以词交流最常见的一种方式。北宋便有不少即席赠和，但大多是围绕歌妓演唱而作，有些词作即便题序为赠友人，但表现内容及抒发情感仍与普通艳情词没有区别。例如，张先的《山亭宴慢·有美堂赠彦猷主人》（宴亭永昼喧箫鼓），《少年游·渝州席上和韵》（听歌持酒且休行），

《木兰花·席上赠同邵二生》（轻牙低掌随声听）等，虽题为赠和友人之作，但充满了柔性色彩：在物象上，画阑红柱、池馆楼台、落花空树；在人物上，姝娘、琼女；在行为上，弄妆、照影；在情感上，相思、愁、恨。可见，北宋词人在席间与友人填词互动时，其潜意识中的创作目的仍是为了供歌妓演唱。

南渡之后，词体功能的一个重要转变是从供歌妓歌唱更多转向文人之间的交际与互动，酬赠对象亦由歌妓更多转向了友人同僚，词作的针对性、交流性明显增强，即席酬赠词的内容、风格丰富多样起来。尽管其中有不少艳情格调，但总体来看，婉约柔媚之气明显减弱，文人气韵大为增加。例如，洪适《好事近·东湖席上次曾守韵，时幕曹同集》，从题序可见该作是曾太守召集属下东湖宴饮时，词人即席次韵之作，虽为樽前欢娱，但却没有丝毫的香艳之情、柔媚之气。"风细晚轩凉，妙句初挥新墨""只恐朝来酒醒，有文书羁束"等句，把文人气、官宦气展现无遗。侯寘《临江仙·同官招饮席上作》中"痴儿官事几时休"，《江城子·萍乡王圣俞席上作》中"莫叹两翁俱白发，今古事，尽悠悠"，皆是在宴饮时与友人交流自己内心的人生感叹。

在辛派词人笔下，酒筵集会不仅是歌儿舞女侑酒佐欢的娱乐之地，更是彼此交流情怀、传递心声的重要场合。例如，张孝祥《浣溪沙·刘恭父席上》：

> 卷旗直入蔡州城。只倚精忠不要兵。贼营半夜落妖星。
>
> 万旅去屯看整暇，十眉环坐却娉婷。白麻早晚下天庭。

于湖这首即席之作，虽然提到了"十眉环坐却娉婷"，然而却完全没有"绮筵公子，绣幌佳人"的柔媚风情。战旗翻卷，攻城入营，分明是一首气概豪壮的爱国词。刘恭父即南宋初著名爱国将领刘子羽的长子刘珙（1122—1178）。《宋史》称其"生有奇质"，"金犯边，王师北向，诏檄多出其手，词气激烈，闻者泣下"。晚年病愈后，"既又手书诀栻与朱熹，其言皆以未能为国报雪仇耻为恨"。^① 刘、张二人志趣相投，孝祥有《浣溪沙》称"我是先生门下士，相逢有酒且教斟。高山流水遇知音"，真诚地表达了知交之感。张、刘二人的深挚情谊，在于湖词中多有体现，如《水调歌头·凯歌上刘恭父》（猩鬼啸篁竹）、《水调歌头·送刘恭父趋朝》（鳌禁辍颇牧）、《青玉案·饯别刘恭父》（红尘冉冉长安路）、《蝶恋花·送刘恭父》（画戟斿闲刀入鞘）、《鹧鸪天·饯刘恭父》（浴殿西头白玉堂）、又（割镫难留乘马东）、《浣溪沙·侑刘恭父别酒》（射策金门记昔年）、《清平乐·饯刘恭父》（绮燕高张）、《苍梧谣·饯刘恭父》等。这些词作大多风格豪放，可见，席间以词酬赠成为文人志士之间表达情意的手段。与北宋相比，孝宗时期的即席酬赠词娱乐性、脂粉气减弱，述怀性、针对性大大增强。由于古人在分别时往往以酒宴饯行，因此，不少即席之作带有临别酬赠的性质。

（二）临别酬赠

离别，是中国古典文学中最重要的一类主题，诗、词、文、赋中皆很突出。就词而言，表现男女相思离别是当行本色。柳永《雨霖铃》"多情自古伤离别，更那堪冷落清秋节"、晏殊《浣溪沙》"一向年光有限身，等闲离别易销魂"、欧阳修《踏莎行》"离愁渐远渐无穷，迢迢不断如春水"、秦观《江城子》"西城杨柳弄春柔，动离忧，泪难收，尤记多情，曾为系归舟"等，缠绵哀婉，真挚动人，皆为词中佳句。在现实生活中，亲朋人之间的离别更为常见，随着词体文人化的增强，友人赠别在词中也越来越丰富。

"矧情至于离，则哀怨必至。"^② 就赠别词来看，格调往往是哀怨、低婉的。花间、南唐直至北宋，词人面对离别时，无论是内在情绪的抒发，还是外在环境的刻画，大抵如此。李元膺《蓦山溪·送蔡元长》"别离情味，自古不堪秋。催泪雨，湿西风，肠共危弦断"，便是典型代表。北宋赠别词创作最突出的是张先和苏轼。张先作为一位长寿且重情的文人，交游广泛，因而赠友之作颇多，其《御街行·送蜀客》"古今为别最消魂，因别有情须怨。更独

① （元）脱脱等：《宋史》，中华书局1977年版，第11849，11853页。
② （宋）张炎：《词源》，唐圭璋编《词话丛编》，中华书局1986年版，第264页。

自、尽上高台望，望尽飞云断"、《玉联环·送临淄相公》"都人未逐风云散。愿留离宴。不须多爱洛城春，黄花讶、归来晚。叶落灞陵如剪。泪沾歌扇"、《转声虞美人·雪上送唐彦猷》"使君欲醉离亭酒。酒醒离愁转有。紫禁多时虚右。苕雪留难久。一声歌掩双罗袖。日落乱山春后。犹有东城烟柳。青荫长依旧"，都是典型的婉约之作。苏轼身为文坛领袖，词作数量居北宋之冠，综观其赠别词，传统婉约格调占比重很大，如《南歌子·别润守许仲涂》"一时分散水云乡。惟有落花芳草、断人肠"、《满江红·正月十三日送文安国还朝》"天岂无情，天也解、多情留客"、《临江仙·送王缄》"凭将清泪洒江阳。故山知好在，孤客自悲凉"等。

在艳情词极为发达的北宋词坛上，即使文人之间的离别情思，也时常会出现艳情内容及艳情笔法，如苏轼《江神子·孤山竹阁送述古》：

> 翠蛾羞黛怯人看。掩霜纨，泪偷弹。且尽一尊，收泪唱阳关。漫道帝城天样远，天易见，见君难。
>
> 画堂新构近孤山。曲栏干，为谁安。飞絮落花，春色属明年。欲棹小舟寻旧事，无处问，水连天。

述古，即苏轼僚友陈襄，曾由杭州调知应天府（今河南商丘）。这首词以歌妓的口吻表示惜别，若隐去题序，分明是一首典型的艳情之作。苏轼《蝶恋花·送潘大临》曰："回首长安佳丽地。三十年前，我是风流帅。为向青楼寻旧事。花枝缺处馀名字。"亦借佳丽地、青楼事来衬托潘邠老之风流。陈师道《蝶恋花·送彭舍人罢徐》曰，"水解随人花却住。衾冷香销，但有残妆污"，也未脱香艳。可见北宋时期，不少赠别词仍以男子作闺音的手法，用女子的口吻抒发对友人的不舍之情，足可见艳情对北宋词人创作观念的深刻影响。

当然，北宋也出现一些境界开阔、豪放的文人赠别词，如王安中《木兰花·送耿太尉赴阙》：

> 尧天雨露承新诏。珂马风生趋急召。玉符曾将虎牙军，金殿还升龙尾道。

征西镇北功成早。仗钺登坛今未老。樽前休更说燕然，且听阳关三叠了。

全词格调豪迈，充满了战争气息。此外，张先《定风波·次子瞻韵送元素内翰》（浴殿词臣亦议兵）、《定风波·再次韵送子瞻》（谈辨才疏堂上兵），亦涉及边事。欧阳修《朝中措·送刘仲原甫出守维扬》中的"文章太守，挥毫万字，一饮千钟"，颇具旷达之风。

南渡之后，随着创作环境及词人思想心态的改变，词体的内容、风格变得开阔、大气起来，赠别之作也突破了传统的婉约格调。绍兴中叶，张元干面对上书请斩秦桧而被贬的胡铨，毅然以一首《贺新郎·送胡邦衡待制》（梦绕神州路）相送别。词中充满了国破家亡的悲愤、对妥协投降的不满，以及对胡铨的无限同情。张元干还有一首《水调歌头·送吕居仁召赴行在所》（戎虏乱中夏），内容格调不亚于前者。作为南渡之后爱国词人代表，张元干把朋友离别与民族危亡结合起来，不但用词来抒发文人之间的深挚情意，而且倾注了深厚的家国情怀，从而把赠别词推向了一个新高度。

这种风气直接影响了孝宗词坛。乾、淳时期，文人、同僚赠别之作极少出现艳情内容，虽然也有"执手送行人，水满荷花浦。旧恨新愁不忍论，泪压潇潇雨"（赵长卿《卜算子·夏日送吴主簿》）、"西江水。道是西风人泪。无情却解送行人，月明千里。从今日日倚高楼，伤心烟树如荠"（辛弃疾《西河·送钱仲耕自江西漕赴婺州》）这样低回缠绵的格调，但从整体来说，该时期赠别词的格调明显比北宋开朗、明阔。例如，赵彦端《垂丝钓·干越亭路彦捷置酒同别富南叔》，词中写道"论诗载酒，犹胜心寄双鲤。倦游晚矣。云路非吾事。湖海从君意"，颇具文人疏狂之气。

在辛派词人赠别之作中，时常充溢着家国之感和社会责任感。辛弃疾《贺新郎·用前韵送杜叔高》末尾曰："起望衣冠神州路，白日销残战骨。叹夷甫、诸人清绝。夜半狂歌悲风起，听铮铮、阵马檐间铁。南共北，正分裂。"战骨销残，南北分裂，时代气息扑面而来。毛开《水调歌头·送周元特》一词，上阕用连用李膺、管仲、范蠡之典，赞美周元特"英姿雅望"，

"礧磈胸中千丈";下阕提到"归近云天尺五,梦想经纶贤业,谈笑取单于",以"单于"指金兵,点明了复国之志。张孝祥《水调歌头·送谢倅之临安》,希望友人"好把文经武略,换取碧幢红旆,谈笑扫胡尘。勋业在此举,莫厌短长亭",抗金复国之心十分深切。他在《蝶恋花·送姚主管横州》中写道,"莫拾明珠并翠羽。但使邦人,爱我如慈母。待得政成民按堵",希望姚主管不要贪恋荣华富贵,而要爱民如子,使政治和顺、百姓安乐。

纵观孝宗时期的赠别词,除了内容、风格开阔丰富外,其中对于所赠对象的描述也远比北宋时期更为清晰明确。陆游《鹧鸪天·送叶梦锡》,从"百万呼卢锦瑟傍"的少年豪举,到"身易老,恨难忘。樽前赢得是凄凉",再到"君归为报京华旧,一事无成两鬓霜",通过对叶梦锡一生的回顾和描述,引发了强烈的身世之叹。这首别词,不仅是替叶梦锡抒发壮志难酬的郁闷情怀,同时也是自我感慨。同为送别友人,曾协《水调歌头·送史侍郎》(今日复何日)风格迥然,该词下阕写道:"促归装,趋北阙,觐严宸。玉阶陈迹如故,天笑一番新。好借食间前箸,尽吐胸中奇计,指顾静烟尘。九万云霄路,飞走趁新春。"全词充满昂扬向上的格调,点明了史侍郎应诏回朝的背景。曾协还有一首《点绛唇·送李粹伯赴春闱》,转片写道:"六花无数。飞舞朝天路。上苑繁华,却似词章富。"词人巧妙地以景物衬托别情,"朝天路""上苑""词章",处处扣住友人赴"春闱"这一主题。

除了送别友人外,还有一些赠别之作描写的是词人自己远行。在这类赠别词中,词人感情往往更为丰富、浓郁。例如,毛开曾任宣州、婺州通判及宛陵、东阳州倅,当他自宛陵至东阳时,曾赋《满庭芳·自宛陵易倅东阳,留别诸同寮》一阕,既有"珍重诸公送我,临岐泪、欲语先流"的深情,又有"世事难穷,人生无定,偶然蓬转萍浮"的感叹,还有"回头笑,浑家数口,又泛五湖舟"的旷达。其《满庭芳》(五十年来)一词,在抒发别愁的同时,更有"况狂直平生,谁念遨游"的超迈之感。

北宋时期赠别之作大多是围绕离别感伤来写景抒情,带有普泛性,如果隐去题序的话,几乎可以适用于任何一个离别之人。孝宗时期的赠别词则大多具有清晰指向，从低婉感伤的身边琐事到开阔明朗的家国政治，内容风格更加丰富也更具个性化。从另一个角度来看，过于清晰明确的针对性，使这些酬赠词除了当事人彼此传递情意外，很难适用于其他场合的娱乐演唱。南渡之后，词体越来越脱离民间大众，越来越成为文人圈子的交际工具，这种倾向从赠别词中便可见一斑。

（三）异地酬赠

随着词体发展，填词已渗入文人生活的方方面面。就酬赠词而言，文人不仅在宴饮、饯别、游赏这些面对面的环境中以词互动交流，甚至在相隔遥远的情况下也时常用词来传情达意。这类异地酬赠词，通常会在题序或作品中出现"呈""寄"等字眼。陆游《夜游宫·记梦寄师伯浑》一阕，因梦怀念友人，填词寄赠。词的上阕描写飘雪的早晨，清笳声起，不知自己梦游到何地。"铁骑""关河""雁门""青海"等一系列意象，使读者山河之心、爱国之情陡然而起。下阕写梦醒之后的清冷环境，衬托出"封侯万里"的强烈报国心。

辛弃疾有不少寄赠友人之作，如《满江红·病中俞山甫教授访别，病起寄之》"莫信蓬莱风浪隔，垂天自有扶摇力"，《临江仙·醉宿崇福寺，寄佑之以仆醉先归》"莫向空山吹玉笛，壮怀酒醒心惊"等，往往显示出词人豁达的心胸。稼轩《八声甘州》（故将军、饮罢夜归来）一阕，序曰，"夜读李广传，不能寐。因念晁楚老、杨民瞻约同居山间，戏用李广事赋以寄之"。词人由李广的命运，联想到友人的山居之约，从万里功名到田园桑麻，信笔挥洒。稼轩著名的《破阵子·为陈同甫赋壮语以寄》（醉里挑灯看剑），乃鹅湖相会之后寄赠陈亮的共勉之作。词中不仅回顾了铁血丹心的戎马生涯，更抒发了壮志难酬的愤懑和悲慨。孝宗时期大量的寄赠之作，从某种意义上表明词体已经开始承担起书信的功能和作用。

（四）次韵酬赠

在文人的各种酬赠创作中，经常可以看到"次某某韵"这种形式。次韵是文人酬赠唱和的一种独特方式，主要是从用韵技巧上进行区分，这种创作可以当场互动，也可以异地互动。具体创作时，不但要呼应对方的作品内容，而且要完全采用对方的韵脚，在形式上有较严格的要求。毛开有一首《江城子》（神仙楼观梵王宫），序曰"和德初灯夕词次叶石林韵"，可见，该词是借用叶梦得的词韵，来和德初的词作内容，一首和词串联起两个人的两首作品，颇有趣味。由于次韵创作带有文人游戏、呈才的性质，因而，佳作并不多。关于次韵在孝宗词坛的繁荣情况，前文已有论述，这里主要从内容上进行分析。

以洪适《鹧鸪天》为例：

> 两塾弦歌日日春。不容坐席更凝尘。常思芳桂攀燕窦，未见童乌继子云。
>
> 流庆泽，仰家尊。救荒阴德过于门。从师已是平原客，毛遂怀绷作弄孙。

序曰："十九孙入学，因作小集。景裴有作，次其韵。"可见，洪适为庆贺孙子入学，特设聚会，其弟景裴赋词一首，词人便次韵相和。这首词的格调比较独特：两塾、芳桂、庆泽、家尊、阴德、从师，一派书香雅正气韵。毛开《念奴娇·暮秋登石桥追和祝子权韵》，是一首登临后的追和之作，在清霜摇落的浩荡林壑中，词人"散发层阿，振衣千仞""长啸声落悲风"，颇具魏晋风度，给人以清旷、超迈之感。史浩有《蓦山溪·次韵贝守柔幽居即事》，从"清谈无限，林下逢人少"的幽居起笔，既有对"名场利海，毕竟白头翁，山簇翠，水拖蓝，只个生涯好"的人生议论，又有关于"风勾月引，余事作诗人，词歌雪，气凌云，寒瘦伦郊岛"的情怀抒写，文人意趣盎然。

林淳有《水调歌头·次赵帅开西湖韵》3 首，乃联章之作，从形式到内容都别具一格。三首词同样表达了对赵帅开凿西湖的赞美，其中不仅有对西湖景致的描写，还表现出鲜明的盛世气象及民本思想。3 首词分别写道，"隘游人，喧鼓吹，杂歌謳"，"拥鳌头，民间乐，颂声謳"，以及"肆华筵，鱼鸟乐，众宾謳"，以民众的欢乐来衬托赵帅开湖的功绩。第二首起句"疏水绕城郭，农利遍三山。使君重本，雅志初不在游观"，直接描述开湖的意义。第三首则为"年丰帅阃尘静，栏槛纵遐观。四望潮登浦溆，万顷绿浮原野，堤岸溢波澜。畎浍皆沾足，日永桔槔闲"。丰盈的湖水，不仅带来了美好景观，更为百姓的生产、生活带来了便利。以水利工程作为内容进行联章次韵唱和，在词史上也十分罕见。

京镗《松坡居士乐府》存词44首，次韵之作24首，占半数以上。京镗于淳熙十五年（1188）授四川安抚制置使，知成都府。期间，有一系列词作记录与同僚卢漕使、杨茶使的交往，其中不少次韵之作，如《好事近·次卢漕国华七夕韵》《好事近·同茶漕二使者登大慈寺楼，次前韵》《定风波·次杨茶使七夕韵》《定风波·次韵》《水调歌头·次卢漕韵呈茶漕二使》《水调歌头·次卢漕高秋长短句，并呈都大》等。从七夕到中秋直至重阳，宾主三人互动十分频繁，京镗多为次韵，可见，卢、杨二人即兴赋词在先。从内容上看，这些作品写景、述怀、说理兼备，充满文人气和理趣，完全脱离了香软之风。

通过大量的、各种形式的酬赠之作可以看出，词体发展到了孝宗时期，与诗歌一样，已经成为文人生活不可分割的一部分。无论酒筵樽前的即景酬赠，还是离别后的书信传递，抑或是生活中的交流互动，词已经成为文人之间重要的交际工具。与北宋相比，孝宗时期的酬赠词脂粉气与感伤之气明显减弱，文人唱和呈现出多样性、开放性及针对性强的特点。

二　咏物词——从雅集游戏到情志寄托

咏物是随着词体产生而出现的一个重要主题。关于咏物之作的产生及主要特点，叶嘉莹先生认为，"在文学风气极深的社团中，古代诗人文士聚会之时，往往喜欢找一些共同的题目来各自吟写，以展现自己的才能。……诗歌之创作原应以内心有所感发为主，但在文士集会之时，诗人内心既未必真能有所感发，遂不得不找一个共同的题目，以丽辞巧思安排出一篇因文造情的作品，这正是咏物之作中何以有此一种以铺陈描绘为主的社交性作品的一项外在因素。"① 与艳情词相比，咏物词的文人化倾向在词体初创时便显露出来。在唐代，敦煌民间词中的咏物之作便远远不及同时期的文人咏物词发达。在宋词中，时常可以看到文人分题咏物的现象，如舒亶《卜算子》（池台小雨干）乃咏苔藓之作，其序曰"分题得苔"；《蝶恋花》（雪后江城红日晚）咏梅，题序曰"置酒别公度席间探题得梅"，探题，亦指分题。咏物，很多情况下就是文人雅集、起社时的一种娱乐游戏。

（一）孝宗时期咏物创作的繁荣

虽然咏物在词体初创期就已出现，然而，在北宋时期并不很突出，有学者曾有统计："从整个宋词词坛来看，存词总量为 19516 首，北宋前期咏物词112 首，占存词总量的 0.57%；北宋中后期咏物词 289 首，占存词总量的1.48%。"② 咏物词在南渡之后明显增加，成就也不断提升，吴衡照曾指出："咏物虽小题，然极难作，贵有不粘不脱之妙，此体南宋诸老尤擅长。"③ 孝宗时期，咏物创作开始成为热潮，该时期咏物词有 730 首，占存词总数的11.8%，比例远远高于北宋。孝宗词坛上现存咏物词 10 首以上的词人共 27家，其中，赵长卿更以 81 首雄居两宋咏物词创作数量之冠。

如果我们拿乾、淳时期艳情与咏物这两类主题来比较，会发现该时期存词 10 首以上的 77 家词人中，仅有 10 家没有咏物词，而这 77 家词人中没有艳情词的则有 13 家。尽管艳情词是词体的最重要构成，绝对数量上也比咏物词突出，但从某种角度来说，咏物词在孝宗文人群体中的接受程度要比艳情词更加广泛一些。尤其是王十朋和朱雍，各存词 20 首，全为咏物之作。朱雍，生卒、爵里不详，《花庵词选》称其"绍兴中乞召试贤良，有《梅词》二卷行于世"④。其词用调丰富，共有《如梦令》《生查子》《点绛唇》《庭前柳》等 18 调，皆为咏梅之作。

王十朋（1112—1171），字龟龄，号梅溪，是南宋政坛上一位比较重要的

---

① 叶嘉莹、缪钺：《灵谿词说》，上海古籍出版社 1987 年版，第 533 页。
② 路成文：《宋代咏物词概览》，《湖北大学成人教育学院学报》2005 年第 3 期，第 9—13 页。
③ （清）吴衡照：《莲子居词话》，唐圭璋编《词话丛编》，中华书局 1986 年版，第 2417 页。
④ （宋）黄昇：《花庵词选》，中华书局 1958 年版，第 182 页。

人物。绍兴二十七年（1157），他以"权"为对，"上嘉其经学淹通，议论醇正，遂擢为第一"①。中状元后，王十朋积极主张抗金，并力荐张浚、刘锜。孝宗即位后，"十朋见上英锐，每见必陈恢复之计"②。就其创作而言，有《梅溪集》五十四卷，内容丰富，诗歌、文、赋兼备，然而，却未录词。王十朋今存词20首，《二郎神》（深深院）一阕咏海棠，其余19首调寄《点绛唇》，一为咏荼蘼，另外18首总题为"咏十八香"，分咏牡丹、芍药、兰、梅等十八种花卉植物。

　　从政治才干、爱国情操上来讲，王十朋可以说丝毫不亚于张孝祥、辛弃疾。然而，其词却是清一色的咏花之作，没有丝毫家国之音。由此可以推知，爱国豪放词固然与词人的政治主张有关，但更取决于词人的性情气质以及词体观念。王十朋虽然诗、词、文皆有，但分工明晰：其为文重实用，策、论、劄、记、书、序、表、状皆擅长；作诗多抒胸臆，亦有反映民生之作；词则明显带有文人游戏性质。可见，在王十朋的文学观念中，各种文体之间的界限极为分明：文乃经国之伟业，诗为咏怀之工具，词则是文人之游戏。

　　王十朋词作的整体格调比较传统，值得一提的是，这20首咏物词中多处用典，如《二郎神》咏海棠一词中提到"子美当年游蜀苑。又岂是、无心眷恋。都只为、天然体态，难把诗工裁剪"。杜甫诗中有不少咏花之作，然而，却不见海棠，从而成为诗歌史上一大趣话。王十朋在这首词中称杜甫并非无心眷恋，只是因为海棠花的姿态难以用诗笔描绘，理由虽牵强，却饶有趣味。此外，他在咏荼蘼时借用"东山李白"之典，咏牡丹时提到醉翁欧阳修，还有芍药与韩愈、兰花与灵均、梅花与林逋、菊花与陶潜、梨花与白居易、竹与王子猷等，把所咏之物与相关的文人典故结合起来，别具匠心。

（二）传统咏物创作的深化

　　历代诗歌中所咏之物的内容范围十分广泛，相比之下，词中咏物虽然种

---

① （元）脱脱等：《宋史》，中华书局1977年版，第11883页。
② 同上书，第11885页。

类并不少，如孝宗时期就有雨、雪、霜、月、云、石、灯、茶、汤、圆子、蒸茧、焦油、科斗（古文字）、渔舟、白纻衫子、弓鞋、美人指甲、美人足等各种咏物之作，但从整体上来看，花草树木始终是咏物词的绝对主流。面对前人各种咏物之作，孝宗时期的文人并没有固守樊篱，在艺术手法、情志内涵上皆有所深化与推进。

梅花是宋代咏物作品中最突出的主题。南宋初年，黄大舆曾辑录唐代以来文人才士的咏梅词，汇集编纂为《梅苑》，足可见北宋文人咏梅风气之盛。咏梅主题在南渡后继续流行，相对于前人而言，孝宗文人对梅花的喜爱之情丝毫未减，范成大专门编集《梅谱》，是现存最早梅花专题品种谱录。与石湖交善的姜夔也十分喜爱梅花，在其 87 首词作中，咏梅及与梅相关的就有 28 首。爱国词人张孝祥对梅花也颇为喜爱，其《鹊桥仙·落梅》把白梅飘落、"吹香成阵，飞花如雪"的景致描绘得极为形象动人，末句"与君不用叹飘零，待结子、成阴归去"，一反诗、词中传统伤春、惜时的哀婉格调，由落梅联想到结子、成阴，给人以明快、向上之感。

刘尊明、王兆鹏两位先生所著的《唐宋词的定量分析》，综合了历代选本入选次数、唱和次数、被点评次数等指标，对宋词经典名篇进行了定量分析，在排名前 50 的词作中，咏物词有 10 首，其中南宋 6 首，姜夔占 3 首，史达祖 2 首，陆游 1 首。北宋苏轼、周邦彦各 2 首。这 10 首咏物词中，3 篇为咏梅之作，皆出自孝宗词坛，分别是姜夔的《暗香》《疏影》及陆游的《卜算子·咏梅》。姜夔两首皆为创调之作，一为以梅忆人，一为以人喻梅，情、物交融，含蕴幽妙；陆游则借驿外断桥边凄清的梅花来寄托自己幽独、高洁的情怀。无论是艺术上还是情感韵味上，姜、陆的咏梅词都很耐人品味。就词史来看，虽然北宋咏梅数量众多，然而，最著名的咏梅词皆为孝宗词坛之作，可以充分说明该时期咏物词的成就和地位。

除了梅花之外，孝宗词人对许多物象的吟咏都有所深化。例如，许庭仅存 5 首《临江仙》，乃咏柳组词。词人分别围绕昭阳宫、隋河堤、陶家门、都门亭、灞陵原这五种与柳树密切相关的环境来营造意境，视线从宫廷到民间，从高卧之士到宦游之人，可以说，用组词的形式对传统的"柳"文化作了一个总结。王质是孝宗时期咏物词较多的词人，对霜、月、雪、梅、海棠、木犀等物象皆有所咏，其《蓦山溪·咏茶》一词，境界开阔，不但咏茶水，而且把茶的生长环境、时节，尤其是口感突显出来。下阕"含光隐耀，尘土埋豪杰"，实为咏茶，虚为写人。王质还有一首《满江红》，题序为"渔舟"：

> 莽莽云平，都不辨、近山远水。尽徘徊、尚留波面，未归湾尾。浪猛深深鸥抱稳，波寒缩缩鱼沉底。恐狂风、颠雨岸多摧，舟难舣。
>
> 船篷重，拖不起。蓑衣湿，森如洗。想杖头未足，杯中无计。渔网吹翻无把捉，钓竿冻断成抛弃。到高歌、风静月明时，谁如你。

上阕从水天苍茫写到狂风暴雨中一只渔船在波浪中颠簸；下阕描写风浪之后，渔网吹翻、钓竿冻断、无钱无酒、境遇窘迫，然而词人却坚信，待到风平浪静，依然会泛舟高歌。全词以渔舟为描写对象，细品味，这只渔舟更像一个面对险境、百折不挠的坚强之人，尤其末句，传递出一种坚韧、乐观、向上之感。综观孝宗时期的咏物词，除了细腻的描写、丰富的感情之外，更增添了几分理性。

南宋咏物词创作值得一提的还有辛弃疾，虽然稼轩不少咏物词作于光宗、宁宗年间，但从创作的整体性、连贯性上来看，这些作品与孝宗词风也有一定关系。稼轩有一阕《山鬼谣》（问何年），本调为《摸鱼儿》，词人因看到山中"两岩有石状怪甚，取《离骚》《九歌》名曰'山鬼'，因赋《摸鱼儿》，改今名"。词中把怪石与山鬼联系起来，称怪石为"君"，不但与之对话，而且与之"神交心许"，完全赋石以人的情感和性灵。稼轩《木兰花慢》（可怜今夕月）更是一首咏物绝唱，词人自序"中秋饮酒将旦，客谓前人诗词有赋待月，无送月者，因用《天问》体赋"，可见稼轩有意出新，不但在内容上填补"送月"之空白，而且在艺术上开创了词之"天问"体。词人把有关月亮的神话传说集合起来，由此引发思索，接连对月发问，为月亮增添了不少理性化色彩。王国维赞曰："词人想象，直悟月轮绕地之理，与科学家密合，可谓神悟。"① 王质、辛弃疾等一批孝宗时期词人，把理性、哲思融于咏物之中，不但把传统咏物词推向一个新高度，而且为南宋中后期咏物词的兴盛奠定了基础。

（三）咏物与其他题材的融合

孝宗时期的咏物词，除了在情境、艺术上有所深化外，还表现出一种新倾向：咏物与其他主题交叉结合。南渡之后，随着词体境界扩大，词作所描写的内容也不断扩展，不同主题与各种艺术形式之间交叉融合的现象十分普遍。比如，次韵这种艺术形式，可以出现在艳情、咏物、寿词、节序、说理等各种主题中。从主题来看，艳情与羁旅行役、述怀与说理也时常结合在一起。就咏物词而言，由于题材大多为咏花，因而与艳情词关系最为密切，此外，咏物与祝寿、酬赠、节序、说理等主题也多有结合。

王质的《西江月·借江梅、蜡梅为意寿董守》，是咏物与寿词结合的典范。两首词分别写江梅与蜡梅，其中既有对梅花姿形的描绘，如"月斧修成腻玉，风斤琢碎轻冰""轻蜡细凝蜂蜜，薄罗深压鹅黄"等，又有对寿主的祝福、赞美，如"试将花蕊数层层。犹比长年不尽""明年此日趁鹓行。记取今朝胜赏"等。张孝祥《鹊桥仙·邢少连送末利》，从题序可知该词是为答谢友人相赠茉莉花而作。词人从凉气渐透、月上南窗，写到花之清香，又从产地写到茉莉"天与幽芳""冰肌玉骨"的特性，全词以"倩间止，堂中留住"结尾。"间止"乃邢少连的堂名，从而点出所咏之物乃友人所赠。张孝祥《踏莎行》同样是一首咏物与酬赠相结合的作品，词序写道："长沙牡丹花极小，戏作此词，并以二枝为伯承、钦夫诸兄一觞之荐。"词人从花的来源入手，"洛下根株，江南栽种。天香国色千金重"，牡丹的特点跃然纸上；接着从建康到扬州，描写宾主相从赏花的情形，末句"而今何许定王城，一枝且为邻翁送"，友人之间的互动显然可见。

丘崈《点绛唇》（花落花开）格调哀婉，是一首咏物抒情词。词人序曰：

---

① （清）王国维：《人间词话》，唐圭璋编《词话丛编》，中华书局 1986 年版，第 4250 页。

"戊子之春，同官皆拘文，不暇游集。春暮，皆兴牢落之叹。予亦颇叹之，作此，乃三月九日也。是日，杨花甚盛，盖风云。"可见，众位同僚因为受到公务约束，没有时间春游，眼看春光将逝，皆产生寥落孤寂之感。词人也颇为感叹，故而作此。通过题序，可见词人其实是借咏物来排遣公务的繁忙，消解内心的怨叹。

李处全《菩萨蛮》为咏木犀之作，其序云："中秋已近，木犀未开，戏作《菩萨蛮》以催之。西湖有月轮山名，柳氏云'三秋桂子'，山名载于《图经》，余顷为郡掾，尝见之。"词曰：

> 晦庵老子修行久。问禅金粟曾回首。截竹是禅机。吹破粟玉枝。
> 西湖秋好处。承得昭阳露。香透月轮低。来薰打坐时。

这首词佛教意味浓厚，修行、问禅、禅机、打坐，皆佛教语，词人把禅意与咏物相结合，颇为独特。

咏物及其他题材的交融，不仅是词作内容趋向开阔、丰富的表现，也是词体走向开放的表现。这种开放，为词、诗、文等不同文体之间的互相交融提供了条件。

（四）咏物词中的寄托

从宋末起，词学家们对于文人意趣颇为浓厚的咏物词就多有关注。张炎认为："诗难于咏物，词为尤难。体认稍真，则拘而不畅，模写差远，则晦而不明。要须收纵联密，用事合题。"[1] 不仅指出了咏物词的创作难于咏物诗，还明确了咏物词的标准：能放能收，运用典故必须切题。除此之外，后世词学家们对咏物词的内涵提出了更高要求。例如，沈祥龙强调"咏物之作，在借物以寓性情。凡身世之感，君国之忧，隐然蕴于其内，斯寄托遥深，非沾沾焉咏一物矣"[2]。周济提道："咏物最争托意隶事处，以意贯串，浑化无

---

[1]　（宋）张炎：《词源》，唐圭璋编《词话丛编》，中华书局 1986 年版，第 261 页。
[2]　（清）沈祥龙：《论词随笔》，唐圭璋编《词话丛编》，中华书局 1986 年版，第 4058 页。

痕"①。可见,咏物的最高标准不仅停留在描摹物象上,而且要有深层的比兴、寓意,还要有寄托。综观孝宗时期咏物词,虽然文人游戏之作占绝大多数,但并不乏寄托个人情怀及家国命运之作。

第一,借咏物抒发个人身世情怀。

在今人眼中,陆游的《卜算子·咏梅》(驿外断桥边),无疑是托物寄怀的著名篇章,刘永济先生指出"此亦作者身世之感,但借梅抒出之"②。从宋至清,白石、碧山等人咏物词中的寄托一直是词论家们关注的热点。比如,蔡嵩云指出"白石咏梅,《暗香》感旧,《疏影》吊北狩屡从诸妃嫔。大都双管齐下,手写此而目注彼,信为当行名作。"③ 蒋敦复认为,"南渡诸公有之,皆有寄托。白石、石湖咏梅,暗指南北议和事。"④

虽然对家国身世的寄托在宋末移民词人的咏物之作中最为显著,但就孝宗词坛来看,借咏物抒发个人情怀的创作之风已初具规模。赵长卿是孝宗时期乃至整个宋代咏物词数量最多的词人,他在描绘、歌咏物象时,时常把自己的人生感慨、身世情怀融注在其中。例如,《满庭芳·荷花》:

> 竹飔斜梢,荷倾余沥,晚风初到南池。雨收池上,高柳乱蝉嘶。冉冉莲香满院,夕阳映、红浸庭闱。凉生到,碧瓜破玉,白酒酌玻璃。
>
> 思量,浮世事,枯荣辱宠,欢喜忧悲。算劳心劳力,得甚便宜。粗有田园笑傲,拣些个、朋友追随。好时景,莫教挫过,撞着醉如泥。

上阕描写荷池的风景及雨后荷花的姿态与清香,下阕陡然转到自己身上:人生在世,不过是在枯荣、宠辱、悲欢中漂浮罢了,即便费尽心力去算计,最终又能得到什么便宜呢? 还不如笑傲田园,与朋友相伴,尽情享受欢乐。整首词中,荷花不过是个浅浅的背景,词人更多是在抒发自己的人生感受。赵长卿《鼓笛慢》同样是一首咏荷感怀之作,其序曰"甲申五月,仙源试新

---

① (清)周济:《宋四家词选目录序论》,唐圭璋编《词话丛编》,中华书局1986年版,第1644页。
② 吴熊和:《唐宋词汇评》两宋卷,浙江教育出版社2004年版,第2048页。
③ (清)蔡嵩云:《柯亭词论》,唐圭璋编《词话丛编》,中华书局1986年版,第4907页。
④ (清)蒋敦复:《芬陀利室词话》,唐圭璋编《词话丛编》,中华书局1986年版,第3675页。

水。雨过丝生，荷香袭人，因感而赋此词。时病眼"。上阕描写雨后的仙源，凉气生于水上，"莲花郎面，翠幢红粉，烘人香细"，更有词曲、笙簧助兴。面对此情此景，词人提到，"还记当年此际。叹飘零、萍踪千里。楚云寂寞，吴歌凄切，成何情意"，由飘零的身世又回到眼前，"因念而今，水乡潇洒，风亭高致。对花前可是，十分蒙斗，肯辜欢醉"，从而更加珍惜当下的潇洒与从容。

辛弃疾的咏物词中也寄寓着人生感叹，其《水龙吟·寄题京口范南伯家文官花。花先白次缘、次绯、次紫、〈唐会要〉载学士院有之》下阕写道："人间得意，千红百紫，转头春尽。白发怜君，儒冠曾误，平生官冷。算风流未灭，年年醉里，把花枝问。"人间的得意，如同千红百紫的繁花一样，转眼会面临凋零。由花及人，联想到白发儒冠、仕途不畅，即便是风流未泯，也只能倾注在酒杯中、花枝上。词人把花事与人生对应起来，字里行间带出些许对身世的不满。在稼轩咏物词中，岩石是时常出现的一种物象。其《归朝欢·题晋臣积翠岩》（我笑共工缘底怒），从共工触山、女娲补天这些与石头相关的典故起笔，引出一块被遗落的补天石，湮没在田野荒草路间，不知道经历了几千年的风雨。有时会有拄杖的老先生来抚摸，有时是孩子们打火的工具，有时又成为牛羊的磨角石。千丈翠岩屏上的甘泉乳，仿佛是铿然凝聚的一滴泪。三五好友在亭中热闹相聚时，面对废弃的补天石，不由得联想到自古以来怀才不遇的寒士。全词以石自喻，浪漫中不失豪放，叹惋中不失达观。刘熙载称"昔人词，咏古咏物，隐然只是咏怀，盖其中有我在也"①，可以说，是对这些借咏物来抒发个人情怀词作的中肯评价。

第二，借咏物寄托家国情思。

靖康之变后，面对着故都被占、偏安江南的社会现实，许多南宋士人心中都郁结着一种家国情怀，这种情绪在咏物词中也时时体现出来。比如，杨冠卿《忆秦娥·雪中拥琴对梅花寓言》：

---

① （清）刘熙载：《词概》，唐圭璋编《词话丛编》，中华书局 1986 年版，第 3704 页。

东风恶。雪花乱舞穿帘幕。穿帘幕。寒侵绿绮，音断弦索。

宫梅已破香红萼。梅妆想称伊梳掠。伊梳掠。十分全似，旧时京洛。

这首咏梅之小令，内容十分晓畅。上阕描写东风肆虐，雪花飘舞，严寒穿透了帘幕，打断了琴声。下阕重在写梅花，宫梅已经绽放，由梅妆想到了佳人梳妆。而佳人的妆扮，完全是旧时东京、洛阳的模样。词的上、下结尾，韵味悠长，发人深思。"音断弦索"与"旧时京洛"联系起来，可以得知词人的情绪所在。题序中"寓言"二字，更是有意点出这首咏梅词别有托寓。

作为宋代爱国词人的楷模，辛弃疾咏物词中的家国之感极为真切。其《声声慢》（开元盛日）为赋红木犀之作，序曰"余儿时尝入京师禁中凝碧池，因书当时所见"。词的末句"又怕是，为凄凉、长在醉中"，使花之凄凉与人之凄凉难分彼此。辛弃疾有两首"赋虞美人草"之作，一为《浪淘沙》（不肯过江东），一为《虞美人》（当年得意如芳草），词调不同，然而内容、格调十分相似。虽为咏虞美人草，但落笔皆在霸王别姬这一故事上，借虞美人草来表达对失意英雄的叹息。

稼轩的《贺新郎》（凤尾龙香拨）是一首咏琵琶之作，该词用典极其丰富，其中上阕三组典故尤其令人印象深刻：其一是唐玄宗时的杨贵妃及名曲《霓裳羽衣曲》；其二是白居易《琵琶行》；其三是昭君出塞。三个典故皆与琵琶相关：《霓裳羽衣曲》是唐朝盛世的标志，杨贵妃曾以琵琶伴奏；《琵琶行》中诗人江边送客，遇京城琵琶女，抒发天涯沦落之悲；在昭君出塞中，琵琶更是昭君的相伴之物。这三则琵琶之典看似不相关联，然而盛世转衰、沦落之痛、去国之悲，感情线索是一致的。上阕以"弦解语，恨难说"结束，更把这种情绪推向了高潮。下阕也接连用典，"辽阳驿使音尘绝""一抹梁州哀彻"，把读者带入北方边地。末句"贺老定场无消息，想沉香亭北繁华歇。弹到此，为呜咽"，呼应了开篇杨玉环之典。贺老，乃唐天宝末乐工贺怀智，善弹琵琶，元稹《连昌宫词》有"夜半月高弦索鸣，贺老琵琶定场屋"之句。词人由弹琵琶的乐工，联想到沉香亭往日的繁华。全词句句写琵琶，却又不专写琵琶，词人对盛世的哀悼，以及天涯沦落、去国怀乡的悲痛，深深地融化在琵琶声中。

孝宗时期不少文人在咏物词中融注了个人情怀及家国之悲，使咏物词脱离了文人游戏的范畴，在内容主旨上更具有文人化倾向。

三　述怀、说理词——文人心志的集中展现

述怀与说理皆为文学作品中常见的主题内容：述怀通常是抒发、展示个人的胸襟、抱负；说理则是对自然、社会、人生进行思考后带有哲理性的表达。由于词人在述怀时经常会包含对社会、人生的感慨，因此，述怀与说理有重叠、交叉的成分。"诗文之道有四：理、事、情、景而已。"① 在这"四道"中，"情"与"理"通常被视为对立统一的一组范畴。比如，严羽认为："夫诗有别材，非关书也；诗有别趣，非关理也。……诗者，吟咏性情也。"② 提倡诗中的性情，反对诗歌理性化。汤显祖提出"情有者理必无，理有者情必无"③，更是把"情"和"理"截然对立。就词体而言，显著的娱乐功能使其言情特征极为突出。沈雄认为"造词过壮，则与情相戾。辩言过理，又与景相违"④，显然对词中的豪放与说理提出批评。然而，综观孝宗词坛，述怀词与说理词蔚然成风，其影响力甚至超过了艳情、咏物、节序等类型，从而成为这一时期创作的显著特色。

（一）述怀词

在宋代，最早直接以"述怀"命题的词作始于苏轼。在东坡乐府中，《蝶恋花》（云水萦回溪上路）、《行香子》（清夜无尘）、《虞美人》（归心正似三春草）、《醉落魄》（醉醒醒醉）四阕，皆题序为"述怀"。这几首词所述情怀比较一致，皆表现词人对尘俗名利的厌弃，以及对山林闲逸的向往。可以说，苏轼开启了宋词中的述怀之风。除苏轼外，也有一些北宋文人借词述怀，如

---

① 史震林著，铭华点校：《华阳散稿》，李保民等主编《明清娱情小品撷珍》，学苑出版社1999年版，第796页。
② （宋）严羽：《沧浪诗话》，何文焕辑《历代诗话》，中华书局1981年版，第688页。
③ （明）汤显祖著，徐朔方笺校：《汤显祖集》，中华书局1962年版，第1268页。
④ （清）沈雄：《古今词话》，唐圭璋编《词话丛编》，中华书局1986年版，第729页。

张昇《满江红》（无利无名）描述一种乐天知命、安顺逍遥的人生态度。黄裳的《水龙吟·方外述怀》（五城中锁奇书），在抒发超尘怀抱的同时，更带有几分道家气息。

词体发展到了孝宗时期，不仅具有娱乐、交际功能，也是文人抒发情怀、展现才华的重要手段。与北宋词鲜明的抒情性相比，孝宗时期词作更多转向抒怀、说理，词的理性化色彩更为鲜明。不少词人直接以"述怀""书怀""遣怀""感怀"为题序，来表明填词目的。当然，对于词这种以婉媚为本色的文体来说，抒发幽婉、感伤的情绪是其当行本色，婉约情怀始终贯穿在词史的每一个阶段。孝宗时期也是如此，如赵长卿有不少感怀之作，无论文笔还是情怀，都十分符合传统本色。例如，《醉落魄·初夜感怀》"伤离恨别。愁肠又似丁香结"，《品令·秋日感怀》"情难托。离愁重、悄愁没处安着。那堪更、一叶知秋后，天色儿、渐冷落"，皆为抒发婉约情怀。然而，在《惜香乐府》中，还有一些作品体现出词人达观、旷达的胸襟怀抱，如《水调歌头·遣怀》"贪痴无了日，人事没休期"，《蓦山溪·遣怀》"无非无是。好个闲居士"，《水龙吟·自遣》"贪荣贪富，朝思夕计，空劳方寸"等，皆充满理趣。

曹冠是孝宗词坛上个性比较独特的一位词人，有多首题为"述怀"之作，像《念奴娇·述怀和赵宰通甫韵》《惜芳菲·述怀》《浪淘沙·述怀》等，《满江红》（味道韬光）一词在序中写道："淳熙丁酉六月十三日，浙宪芮国瑞巡历东阳，招饮涵碧。是日也，实予始生之日。国瑞用旧词韵作满江红为寿，因和述怀。"在这些词中，不仅有云林高卧的隐逸之怀，有良友知心的真挚之怀，还有气冲斗牛的豪壮之怀，以及丹心未老的惆怅之怀。葛郯《满庭霜·述怀》（归去来兮）抒发了与陶潜一样宁静淡泊的隐逸情怀。吕胜己《满江红·观雪述怀》（雪压山颓）则展示了词人心存天下的宽广胸襟，面对雪景，词人"赏时光，居士独怜愁底。安得四方寒畯彦，归吾广厦千间里。但今生、此愿得从心，心休矣"，博爱之心与杜甫"安得广厦千万间，大庇天下寒士俱欢颜"如出一辙。

关于述怀之作的创作内核，"心理学认为，心志是一种欲望。欲望受到阻挠，或者得以实现，都与主体之外的客体发生关系。在这种矛盾关系中，感发出来的则是喜怒哀乐的情感形式，而情感形式表现在诗歌中，便是述怀诗"①。同样地，述怀词也是文人心志欲望在得以实现或受到阻挠时所产生的情感形式。仔细分析孝宗时期的述怀词，主要呈现出三种情怀模式：壮怀、郁怀、逸怀。

1. 壮怀

在南北对峙背景下，深受"与士大夫共治天下"祖宗家法影响的士人们，出于对国家、对朝廷的赤胆忠心，胸中充溢着抗金复国的雄心壮志，体现在词中，是一种壮怀。壮怀激烈与绮罗香艳本是全然不同的两种格调，然而却时有并存。早在敦煌词中，边塞题材、豪放风格便有出现，北宋词人亦有所表达，范仲淹《渔家傲》、苏轼《江神子·猎词》是著名代表。尤其是蔡挺的《喜迁莺》（霜天清晓）一阕，豪壮之志，报国之心十分恳切，更可以视为北宋爱国豪放词的典范。纵观宋代词史，豪壮之音最为雄浑响亮的阶段，当属南渡直至孝宗年间。

靖康之变后，国破家亡的彻骨之痛使士人们抗金情绪十分激烈，作为一名爱国将领，岳飞的《满江红》《小重山》，成为南渡时期最壮怀激烈的时代之音。然而，由于高宗与秦桧等当权者的狭隘与软弱，最终杀掉岳飞，与金议和。孝宗继位后，心怀复国之志，任用张浚北伐，但因北伐军内部矛盾重重，结果兵败符离（今安徽符离集），无奈只好再度与金议和，半壁江山依然成为文人志士心中的巨大伤痛。

随着"以诗为词"的深入，词体在许多文人心中已不再是末技、小道，越来越多的文人把词当作与诗歌等同的抒发心声的工具。以辛弃疾为核心，张孝祥、陆游、韩元吉、陈亮、刘过等一批爱国人士，不时在词中抒发壮志情怀，甚至彼此酬赠，互相砥砺。在这批词人的推动下，抗金复国、建功立

---

① 周淑芳：《述怀诗：诗人自觉的理性思索与情感体验》，《船山学刊》2009年第3期，第143—146页。

业成为孝宗时期，乃至整个宋代词坛上的一股劲健之风。从客观来说，这类作品的绝对数量并不多，然而，在传统以绮罗香艳为本色的词作中，开阔的心胸与豪放的格调确实令人精神为之一振、耳目为之一新。

辛弃疾历来被视为爱国豪放词人的典型代表，稼轩词的成就也令人瞩目。从具体创作来看，稼轩心中的爱国壮志固然充沛，然而南归后，其才能始终未能得到施展，因此，豪情壮志里总是含着一些压抑与无奈。在稼轩词中，几乎找不到岳飞那种怒发冲冠、激昂澎湃的壮怀。放眼看来，这也是孝宗时期爱国词与南渡时期同类作品的一个细微而又明显的差别。

相比较而言，孝宗时期最具奋发向上激情、最有豪迈昂扬情怀的，当属陈亮。陈亮（1143—1194），字同甫，《宋史·儒林传》称其"为人才气超迈，喜谈兵，论议风生，下笔数千言立就。""隆兴初，与金人约和，天下忻然幸得苏息，独亮持不可。婺州方以解头荐，因上《中兴五论》，奏入，不报。""淳熙五年，孝宗即位盖十七年矣。亮更名同，诣阙上书……孝宗赫然震动，欲榜朝堂以励群臣。"陈亮曾多次上书孝宗，直到高宗驾崩后，仍上疏"欲激孝宗恢复"[①]。陈亮始终坚守着忠正爱国之心及直言不讳的秉性，并且完全倾注在词中。叶适（1150—1223）曾称："（亮）有长短句四卷，每一章就，辄自叹曰'平生经济之怀，略已陈矣！'余所谓'微言'，多此类也。"[②]以《念奴娇·登多景楼》一词为例：

> 危楼还望，叹此意、今古几人曾会。鬼设神施，浑认作、天限南疆北界。一水横陈，连岗三面，做出争雄势。六朝何事，只成门户私计。
>
> 因笑王谢诸人，登高怀远，也学英雄涕。凭却长江管不到，河洛腥膻无际。正好长驱，不须反顾，寻取中流誓。小儿破贼，势成宁问疆场。

该词应作于孝宗淳熙十五年（1188）春，陈亮到建康、镇江考察形势，准备向朝廷陈述北伐策略。多景楼，位于镇江北固山甘露寺内，北面长江。

① （元）脱脱等：《宋史》，中华书局 1977 年版，第 12929—12942 页。
② （宋）叶适：《书龙川集后》，《陈亮集》，中华书局 1974 年版，第 448 页。

词人登楼远眺，面对"天限南疆北界"，不由得联想到"争雄""门户"。下阕借王、谢之典，讽刺那些空有慷慨言辞而无实际行动的人物。末句由愤郁转为豪放，意气风发，信心百倍，充分显示出词人的胸襟气度与英雄气概。

就在同一年冬天，陈亮与辛弃疾鹅湖之会后，彼此以《贺新郎》同韵唱和。如果说，稼轩开篇词作还有些悲愁的话，那么，陈亮和作中"父老长安今余几，后死无仇可雪"，则唤起了国破家亡的激愤。稼轩回和，结尾"汗血盐车无人顾，千里空收骏骨。正目断、关河路绝。我最怜君中宵舞，道男儿、到死心如铁。看试手，补天裂"，爱国豪壮之情勃然而发。龙川《酬辛幼安再用韵见寄》结尾"天地洪炉谁扇韝，算于中、安得长坚铁。沤水破，关东裂"，以及《怀辛幼安用前韵》结句"天下适安耕且老，看买犁卖剑平家铁。壮士泪，肺肝裂"，皆体现出壮士的激愤情怀。张德瀛称"陈同甫幼有国士之目，孝宗淳熙五年，诣阙上书，于古今沿革政治得失，指事直陈，如龟之灼。然挥霍自恣，识者或以夸大少之。其发而为词，乃若天衣飞扬，满壁风动。惜其每有成议，辄招妒口，故肮脏不平之气，辄寓于长短句中。读其词，益悲其人之不遇已"①，所言不虚。

除了辛派词人笔下真切可感的壮志豪情外，这一时期不少词人作品中也充溢着一股豪健之气。例如，林外《洞仙歌》，其中"今来古往，物是人非，天地里，唯有江山不老。雨巾风帽。四海谁知我。一剑横空几番过"等语句，说理与豪情并重，虽未见抗金复国之语，但豪壮之怀显然可见。

孝宗词坛值得一提的咏怀词人是曹冠。他除了直接题序"述怀"之作外，还有众多吟咏壮怀之词，如《满庭芳》中"负气冲牛斗，操凛冰霜。吟笔通神掣电，乘高兴、鲸吸飞觞。情何憾，君新未报，功业志难忘"，充满昂扬向上之豪气。《夏初临》中"功名事业，壮怀岂肯蹉跎。待拥雕戈。洗胡尘、须挽天河。醉挥毫，知音为我，发兴高歌"，爱国激情溢于其中。《蓦山溪·乾道戊子秋游涵碧》有"吾侪勋业，要使列云台，擒颉利，斩楼兰，混一车书道"，尽显爱国豪迈情怀。词人于乾道五年（1169）重游雷峰塔时有《好事

---

① （清）张德瀛：《词征》，唐圭璋编《词话丛编》，中华书局1986年版，第4163页。

近》一首，其中"高歌横剑志平戎，酒量与天阔"之语，亦是豪情万丈。

曹冠是孝宗时期比较独特的一位词人，有《燕喜词》，现存 63 首。曹冠曾于绍兴二十四年（1154）与张孝祥同榜进士，"时策问师友渊源，秦埙与曹冠皆力攻程氏专门之学，孝祥独不攻。考官已定埙冠多士，孝祥次之，曹冠又次之。高宗读埙策皆秦桧语，于是擢孝祥第一，而埙第三。"① 曹冠与秦桧关系密切，桧有十客，"曹冠以教其孙为门客"②。秦桧死后，曹冠以溢美之笔为之撰谥议，称其"光弼圣主，绍开中兴，安宗社与阽危之中，恢太平于板荡之后。道德先天地，勋业冠古今"③。这样一个投身秦桧门下的文人，却在词中有着不亚于辛弃疾、张孝祥、陈亮等人的爱国豪壮情怀。从知人论世的角度分析，王十朋身为爱国官员，却没有一首爱国词；曹冠身为秦桧门客，却多有爱国豪放之作。孝宗词坛上这些错位的文学现象，也是值得深入探究的话题。

从整体来看，以豪迈刚健之风抒发爱国壮志情怀的词作，虽然绝对数量并不算多，但却是南宋词人在时代风尚笼罩下为词史做出的重大贡献。

2. 郁怀

在中国历史上，每个朝代的士大夫们极少有仕途一帆风顺的。虽然宋代给予文人很高地位，但他们在仕途、人生中也难免经历沉浮。壮志难酬几乎是每个士人必经的心路历程，低沉、抑郁也成为他们的一种普遍心态，因此，在词中往往会体现出人生失意的郁闷情怀。从客观来看，在孝宗词坛中，奋发向上、激昂澎湃的词作数量极为有限，爱国情怀中更多交织的是壮志难酬、人生失意的郁闷。面对着南渡后的半壁江山，经历着仕途坎坷、壮志难酬，品味着人生中的失意彷徨，南宋文人心中的愁闷与压抑尤为沉重。

张孝祥《六州歌头》（长淮望断）一词作于孝宗隆兴元年（1163）建康留守任上。这一年，正是宋、金使臣往来，准备缔结和约之时。词人面对着

---

① （元）脱脱等：《宋史》，中华书局 1977 年版，第 11942 页。
② （宋）陆游：《老学庵笔记》，中华书局 1979 年版，第 31 页。
③ （宋）李心传：《建炎以来系年要录》，上海古籍出版社 1992 年版，第 2776 页。

边塞的凄凉与金兵的强盛，满怀激愤，最终以战鼓般强烈的语言节奏，尽情抒发自己的壮志与悲愤。南宋无名氏《朝野遗记》中记录《六州歌头》，称其"声调雄远，哀而不怨，于长短句中殊雅丽"，并提到"近世张安国在建康留守席上赋一篇云：'长淮望断……'歌阕，魏公为罢席而入。"①魏公为何人已无从考证，他听到《六州歌头》时，深受触动而罢席，可见"其忠愤慷慨，有足动人者矣"②。刘熙载亦提到，"张孝祥安国于建康留守席上，赋《六州歌头》，致感重臣罢席，然则词之兴、观、群、怨，岂下于诗哉"③。不但记录罢席一事，而且由此生发感慨，把词抬高到与诗歌一样的地位。

这种豪情与郁闷互为交织的慷慨悲歌在辛派词人作品中尤为突出，如辛弃疾著名的《破阵子·为陈同甫赋壮词以寄》中，"醉里挑灯看剑，梦回吹角连营……沙场秋点兵"的激情豪壮与"可怜白发生"的失意凄凉形成了鲜明对比，英雄不遇之感极为强烈。在辛弃疾词作中，壮志难酬的苦闷时常可见，如《满江红·江行和杨济翁韵》：

> 过眼溪山，怪都似、旧时曾识。是梦里、寻常行遍，江南江北。佳处径须携杖去，能消几两平生屐。笑尘埃、三十九年非，长为客。
>
> 吴楚地，东南坼。英雄事，曹刘敌。被西风吹尽，了无陈迹。楼观才成人已去，旌旗未卷头先白。叹人间、哀乐转相寻，今犹昔。

这首词作于淳熙五年（1178），虽题为"江行"，却极少写景，通篇直抒胸臆。上阕由江行所见引起旧游之忆，从而产生年华易逝之伤感。下阕从吴楚之地联想到三国英雄。如今，北伐事业尚未成就，自己却已头发花白，不由得感叹人间哀乐转换。稼轩同一时期所作的《水调歌头》（落日塞尘起），其中"今老矣，搔白首，过扬州"一句，同样充溢着有心报国却不被重用的苦闷。

---

①　邓子勉：《宋金元词话全编》，凤凰出版社 2008 年版，第 1777 页。
②　《于湖词提要》，（清）永瑢等《四库全书总目提要》四十，商务印书馆 1965 年版，第 61 页。
③　（清）刘熙载：《词概》，唐圭璋编《词话丛编》，中华书局 1986 年版，第 3709 页。

陆游也是乾、淳时期著名的爱国志士，就其词而言，其中也有不少壮志难酬的郁闷、失意。例如，《双头莲·呈范至能待制》：

> 华鬓星星，惊壮志成虚，此身如寄。萧条病骥。向暗里。消尽当年豪气。梦断故国山川，隔重重烟水。身万里。旧社凋零，青门俊游谁记。
>
> 尽道锦里繁华，叹官闲昼永，柴荆添睡。清愁自醉。念此际。付与何人心事。纵有楚柂吴樯，知何时东逝。空怅望，鲙美菰香，秋风又起。

范至能待制即范成大。淳熙二年（1175）六月，范成大出任成都知府，陆游自乾道六年（1170）入蜀以来，仕途不顺，辗转漂泊。心中郁结的"官闲"之苦闷，毫无遮拦地向故交倾诉。这种郁闷之怀，在陆游同时期的诗歌中也多有表现，如"丈夫有志苦难成，修名未立华发生"（《楼上醉歌》），"书生莫倚身常健，未画凌烟鬓已凋"（《寓舍书怀》）等。可见，词与诗一样，都是抒发情志心怀的工具。陆游有一首《诉衷情》，可以说是对理想抱负从追求到幻灭的真实反映：

> 当年万里觅封侯。匹马戍梁州。关河梦断何处，尘暗旧貂裘。
>
> 胡未灭，鬓先秋。泪空流。此生谁料，心在天山，身老沧洲。

乾道八年（1172），陆游应四川宣抚使王炎之邀，从夔州前往南郑（今陕西汉中）军中任职，度过了八个多月戎马生活。词人从"当年"渴望建功立业起笔，单枪匹马守卫梁州，早年的英雄豪迈令人难忘。然而时隔半年，王炎被调回京，词人也只好重返蜀地，从此，边关要塞只能出现在梦中，貂裘戎装也已被尘封。下阕起句便直诉人生的不得志：残虏未扫、两鬓已苍、壮志难酬。心驰疆场，无奈身却僵卧孤村，这种"心""身"的矛盾，理想与现实的反差，令人心痛。

综观孝宗时期的词作，壮志难酬、人生失意的苦闷和悲愤不仅在辛派词人笔下得到尽情倾诉，在其他词人作品中亦时常可见。例如，李处全《水调歌头·冒大风渡沙子》：

落日暝云合，客子意如何。定知今日，封六巽二弄干戈。四望际天空阔，一叶凌涛掀舞，壮志未消磨。为向吴儿道，听我扣舷歌。

我常欲，利剑戟，斩蛟鼍。胡尘未扫，指挥壮士挽天河。谁料半生忧患，成就如今老态，白发逐年多。对此貌无恐，心亦畏风波。

豪情难舍，却又壮志难酬，任凭年岁渐老，白发增多，可以说，集中体现了这一时期爱国文人的心声。王质《西江月·感怀》"沙场老马事无成。泪湿青莹夹镜"一句，用形象化的手法表现出自己功业无成的感伤。

韩愈曾言"欢愉之辞难工，而穷苦之言易好"，人生的痛苦与挫折往往更容易呈现在文人的作品中。相比较而言，北宋词人对人生失意的抒发相对比较委婉，通常借相思离别、羁旅行役来表达，格调哀婉、凄恻，抒情性十分明显。孝宗时期的文人们更多把焦点从儿女情长转向家国、事业、壮志、功名，以健笔写豪情，把内心的渴望与失望直接倾诉出来。

3. 逸怀

在面对挫折、打击，身处困境时，无论是儒家"一箪食一瓢饮也不改其乐"的坚忍弘毅，还是道家任性逍遥、无待、无为的洒脱通达，抑或是佛教四大皆空、禁欲戒贪的清虚宁静，都能给文人带来精神上的解脱与安慰。超脱尘俗羁绊，回归自然山林成为他们面对挫折时的内心渴望，因而，逸怀也成为词作中最常表达的一种情怀。

自先秦始，高蹈隐逸便成为士人精神气质中的一个重要标签。历代正史对此多有关注，《后汉书》"列传"中专门列有"逸民"一类，自《晋书》开始称为"隐逸"。《后汉书·逸民列传》这样解释隐逸行为："或隐居以求其志，或回避以全其道，或静己以镇其躁，或去危以图其安，或垢俗以动其概，或疵物以激其清。然观其甘心畎亩之中，憔悴江海之上，岂必亲鱼鸟乐林草哉，亦云性分所至而已。"① 的确，提到隐逸，便不得不涉及田园山林。在中国传统思想文化中，从孔子的"智者乐水，仁者乐山"，到老庄、佛禅，无不

---

① （南朝）范晔：《后汉书》，中华书局1965年版，第2755页。

以自然山水为人格旨归。在宋词中，文人们的逸怀也总是与山林之乐联系在一起。仔细辨析，其中可以分为两种：一种是发自内心对自然田园生活的喜爱，是主动亲近；另一种则是在人生受挫后借田园生活来消解苦闷，被动因素更多一些。

第一，对山林之乐的主动亲近。

《五灯会元》载慧海禅师语："青青翠竹，总是法身；郁郁黄花，无非般若。"① 翠竹、黄花，世间的一草一木皆含禅意。田园风光，林泉野趣，总会给文人带来精神的舒畅和心灵的安逸。在孝宗词坛丰富多样的词作类型中，抒发隐逸情怀，表现闲适生活的作品数量明显增多。比如，吴儆《蓦山溪·效樵歌体》：

> 清晨早起，小阁遥山翠。颒面整冠巾，问寝罢、安排菽水。随家丰俭，不羡五侯鲭，软煮肉，熟炊粳，适意为甘旨。
>
> 中庭散步，一盏云涛细。迤逦竹洲中，坐息与、行歌随意。逡巡酒熟，呼唤社中人，花下石，水边亭，醉便颓然睡。

樵歌体，即南渡词人朱敦儒《樵歌》集中所体现的风格。朱敦儒（1081—1159），洛阳人，字希真。晚年寓居嘉禾，陆放翁称其"闻笛声自烟波间起，顷之，摧小舟而至。则与俱归。室中悬琴、筑、阮咸之类。檐间有珍禽，皆目所未睹，室中篮击贮果实、脯酿，客至，挑以奉客"②。其过着一种率性旷达的生活，作有大量隐逸词，表现随缘自适、逍遥行乐的旷逸心态。吴儆这首《蓦山溪》题为"效樵歌体"，可见是有意模仿朱希真之作。词中充分描写惬意舒展的山居生活状态，传递出词人闲适愉悦的从容心境。毛开的《满江红·怀家山作》可谓同类之作，词人写道：

> 回首吾庐，思归去、石溪樵谷。临玩有、门前流水，乱松疏竹。幽

---

① （宋）普济：《五灯会元》第三卷，中华书局1984年版，第157页。
② （清）丁传靖：《宋人轶事汇编》，中华书局1981年版，第895页。

草春馀荒井迳，鸣禽日在窥墙屋。但等闲、凭几看南山，云相逐。

家酿美，招邻曲。朝饭饱，随耕牧。况东皋二顷，岁时都足。麟阁功名身外事，墙阴不驻流光促。更休论、一枕梦中惊，黄粱熟。

吾庐、思归、馀荒、井迳、南山、云逐、家酿、耕牧，仿佛把陶渊明诗歌中的生活意境完全移植到词里。吕胜己《鱼游春水》（林梢听布谷），通过对田园风情的描绘，表达自己"休官弃禄""贪求自乐"的人生态度，并抒发"屏迹幽闲安退缩""尽忘尘俗"的隐居之乐。

寄情山林的生活和闲淡宁静和心态，即便在一些个性分明的爱国词人笔下也时常出现。例如，张孝祥《菩萨蛮》：

溶溶花月天如水，阑干小倚东风里。夜久寂无人，露浓花气清。

悠然心独喜，此意知何意。不似隐墙东，烛花围坐红。

这首词所描绘的清幽宁静之景并非在山野，而是在园林中，上阕的语言格调与北宋艳情词并无二致。转片"悠然心独喜。此意知何意"，境界陡生。词人接连用典："此意知何意"，源自陶渊明《饮酒》"此中有真意"；"墙东"，典出《后汉书·逸民传》。西汉末年，北海人王君公因遭遇王莽篡权，当牛侩以自隐，"时人谓之论曰'避世墙东王君公。'"[1]后人以"墙东避世"指代隐居市井。词人所用两则典故皆与隐逸相关，可见，他虽然身在尘世被烛花环绕，不能真正退隐山林，然而其心境却与陶潜是一样的。文人对内在生命的观照和体悟，往往会投射到对自然外物的感受上。传统文人，尤其是多情的北宋词人，在这种春风绵绵、露浓花清、寂静无人的夜晚，往往生出的是缠绵感伤之情，而于湖居士则展现出一种隐逸山林般的悠然、喜悦和宁静。这种"中隐"的心境，洋溢着生命的舒展与从容。

第二，对人生失意的排遣消解。

对于拥有宏大人生志向、渴望经邦济世的文人来说，一旦遭遇人生挫折，

---

① （南朝）范晔：《后汉书》，中华书局 1965 年版，第 2760 页。

面临贬谪、退居，难免会失意、郁闷，栖心田园山林往往是消解愁闷的一种方法。在孝宗词坛上，很多作品中的逸怀，其实是对郁怀的超脱和消解。比如，陆游《绣停针》：

> 叹半纪，跨万里秦吴，顿觉衰谢。回首鵷行，英俊并游，咫尺玉堂金马。气凌嵩华。负壮略、纵横王霸。梦经洛浦梁园，觉来泪流如泻。
>
> 山林定去也。却自恐说着，少年时话。静院焚香，闲倚素屏，今古总成虚假。趁时婚嫁。幸自有、湖边茅舍。燕归应笑，客中又还过社。

上阕抒发壮志难酬的郁闷情怀：回首往事，年少时的壮志凌云，纵横霸气已经衰退凋谢，如今只有泪流满面。下阕转向山林，清心修养，享受田园生活。辛弃疾满怀爱国之心，然而淳熙八年（1181）冬，在他 42 岁时，因受到弹劾被免职，归居上饶。此后二十多年间，除了短暂出任福建提刑和安抚使及浙江东路安抚使、镇江知府外，大部分时间都在闲居。贬谪退居的日子里，辛弃疾不得不把情志、乐趣投向自然、山林中，词作中也经常表现出一种闲淡之趣。然而仔细分辨，稼轩的闲逸并不是发自天性的向往，更多是对人生失意的自觉消解，因此，在作品中不由自主会流露出矛盾、抑郁的复杂心态。例如，《沁园春·弄溪赋》：

> 有酒忘杯，有笔忘诗，弄溪奈何。看纵横斗转，龙蛇起陆，崩腾决去，雪练倾河。袅袅东风，悠悠倒景，摇动云山水又波。还知否，欠菖蒲攒港，绿竹缘坡。
>
> 长松谁剪嵯峨。笑野老来耘山上禾。算只因鱼鸟，天然自乐，非关风月，闲处偏多。芳草春深，佳人日暮，濯发沧浪独浩歌。徘徊久，问人间谁似，老子婆娑。

弄溪，不知位于何地，然而景致宜人：溪水曲折纵横，犹如龙蛇腾空；水流像一条白练，倾入河中。袅袅春风里，云、山倒映在溪中，随着水波荡漾。水港中没有菖蒲，坡地上却长满翠竹。溪边长松巍峨，农夫在山中耕禾。

想来正是由于闲居，才有空暇享受天然之乐。这些乐趣源自鱼、鸟，与儿女情长并无关系。春深草长，美人迟暮，独自濯发高歌后，在溪边久久徘徊。问人世之间，有谁能像"我"这样潇洒放逸。词人重笔描绘弄溪的美丽风光及自己的山林之乐，然而内心深处的孤寂与失落清晰可感。可见，悠然宁静的田园生活也未能完全消解词人对谪居赋闲的不满。

王质（1135—1189），有《雪山词》75首，其作品内容丰富，咏物、咏怀、艳情、酬赠、祝颂等皆备。就咏怀来看，壮怀、郁怀、逸怀兼而有之。《浣溪沙》（细雨萧萧变作秋）、《清平乐》（江沙带湿）、《万年欢》（一轮明月）分别以"有感"或"感怀"来题序。王质的感怀词颇具北宋风味，情调低婉，但仍不失南渡之风，如"心随烟水去悠悠。一蓑一笠任孤舟""疏林秀色荒寒。频频驻骑回看""共挽长江为酒，相对同倾"等。在这些词句中，通脱的心境、感伤的情调与执着的爱国情绪互相交织。郑庶，仅存一首《水调歌头》（千古钓台下），词人从倚空绝壁、瀑泉千尺的自然景物，写到"问当日，中兴将，汉功臣"的家国情怀，最终是"无限兴亡意，舒卷在丝纶"，把爱国情绪埋藏在隐逸情怀中。

从整体上看，孝宗时期是咏怀词高度发达的一个阶段。不少词人在题序中注明"述怀""书怀""感怀""遣怀"，更多词人直接在作品中抒发自己的种种心志、情怀，还有一些词人在咏物、酬赠时用简明的语句来表现自己的志向。综观孝宗词坛，大量作品表现出对人世的反思、对生命的感悟，以及对国事的关心，传统的儿女情长、羁旅幽怨明显缩减。词人们更多从抒情转向述怀，使这一时期词坛呈现出理性、明达、开朗的格调与风貌。王兆鹏教授指出："纯文学是作家表现各自的性灵和各自对人生、社会、历史、自然的理解和体验，故题材内容各异，风格趣味迥别。"[①] 述怀词在孝宗时期的繁荣，充分表明词体发展到这个阶段，已经逐渐远离通俗、娱乐，越来越向纯文学靠近。

---

① 王兆鹏：《唐宋词史论》，人民文学出版社2000年版，第131页。

（二）说理

先秦时期，士人们便对人生、社会进行了深入的思考和阐释，使儒、道等诸子百家应运而生。汉代以后，佛教思想不断渗透交融，从而成为中国封建社会的重要思想。作为社会精英阶层，文人士大夫总会对人生、社会乃至宇宙产生各种思索，尤其是面临困境的时候，更时常用哲学思想为自己排解烦恼、忧愁。从汉代《古诗十九首》中的生命意识，到唐代《春江花月夜》中的宇宙哲思，诗歌与哲理不断结合。

就词体而言，说理词即专门阐释哲理或蕴含一定哲理的词作。自宋初开始，"重文抑武"的社会环境，三教不断发展并互相融合的文化氛围，使宋代文人普遍饱学、多思。与唐代，尤其是盛唐相比，宋代文人整体上缺乏喷涌而出的才情，却富有更多的思辨和理性，因而呈现出与唐代文人不同的气质风貌。唐人主情，宋人主理是被大众认知的文化现象。在这种世风下，宋代文学也呈现出与唐代不同的风格特征。在日常生活中，文人们目之所及，身之所历，除了引起情感波动外，还时常引发出他们对人生、对社会、对自然的思考，表现在作品中，便呈现出一种理性的气韵。对于词体这种音乐娱乐文学来讲，原本与哲学、理性相去甚远，然而，随着"以诗为词"的深化，到了孝宗时期，词体越来越成为文人表达自我的工具。词人们在传统的写景、咏物、抒情外，还时常用词来表现对名缰利锁、尘世烦劳的厌倦，以及对超脱尘劳、身心自在的追求，使词体理性成分明显增加。纵观宋代整个词坛，说理词在孝宗时期最为繁盛。从阐述哲理的方法、形式来看，说理词可以分为两种类型：

一类是直接宣讲哲理，主要是阐释理学、佛教、道教精神及相关内容的词作。在这类词作中，尤以宣传道家思想及道教丹法、心诀的作品数量最多，如沈瀛《捣练子·存神词》（神欲出）直言道家心法，张抡的《减字木兰花·修养》以十首组词的形式讨论道教养生，宋先生更以众多道教组词阐释丹诀，这些作品注重宣教，是十足的说理之作。随着理学在乾、淳时期的成熟确立，出现了纯粹的理学之词，如沈瀛的《醉落魄》（致知格物）两阕，几乎全用术语，语言比较枯燥，缺少形象性。阐释佛理的词作在这段时间也不乏见，与道教、理学这些纯粹运用术语、专门宣讲教义的词作相比，佛教说理词往往结合人生世态，显得比较形象、生动。比如，僧人晦庵的《满江红》（胶扰劳生）、葛郊的《满庭芳》（归去来兮）、王炎的《夜行船·贺将使叔成宝相寮》（淡饭粗衣随分过）等。

比较典型的说理之词，以李流谦《殢人娇》为例：

　　痴本无绿，闷宁有火。都是你、自缠自锁。高来也可。低来也可。这宇宙、何曾碍你一个。

　　休说荣枯，强分物我，惺惺地、要须识破，渔樵不小，公侯不大。但赢取、饥餐醉来便卧。

这首词皆为俚语口语，然而通篇都在阐述人生道理：痴、闷、烦恼，原本都是自我困扰。无论地位高低，在这宇宙中都不算什么。不必去追究荣枯、物我，而是要明白渔翁樵夫与王公侯爵并没有什么分别。人生在世，只要饥饿的时候能饱餐，喝醉的时候能高卧，这便足够了。人生在世，难免会面对各种欲望与诱惑，难免要遇到各种挫折与烦恼。词人通过这首作品，向世人宣传一种洒脱、超然的人生态度，即抛却功利，享受简单、天然的生活。

另一类说理词是把哲理融汇在社会生活、自然物象当中，通过可以感知的事件、物质来阐说道理，引发人们对人生、命运的反思与感悟，具有启迪作用。这类说理词内容相对丰富，语言比较生动，带有一定的理趣，在数量上远远超过前一类，是宋代说理词的主体。这类说理词具体又可以分为两种：一种是词人以阐释哲理为主要目的，词中叙述或描绘的其他事物皆为说理而服务；另一种是词人在咏物、记事、述怀时自然而然产生一些哲学思考。在这类作品中，说理与述怀往往出现交叉的现象，如沈瀛《水调歌头》：

　　门外可罗雀，长者肯来寻。留君且住，听我一曲楚狂吟。枉了闲烦闲恼，莫管闲非闲是，说甚古和今。但看镜中影，双鬓已星星。

　　人生世，多聚散，似浮萍。适然相会，须索有酒且同倾。说到人情真处，引入无何境界，惟酒是知音。况有好风月，相对且频斟。

这首词以述怀为主，在门可罗雀的寂静环境中，词人对朋友畅谈心声：不必去管是非烦恼，也不必讨论古今，人生匆匆而过，转眼鬓发斑白。人生在世，如浮萍般聚散，且把酒同欢。词人以述怀、交谈的方式，说明人生短暂，不要陷于是非烦恼中，把酒言欢、畅享人生方是真谛。词人在《醉落魄》（时光盛逼）一词中，上阕着笔于杯盘之欢，主人殷勤好客。下阕"来时便有归时刻。归时便是来时迹。世间万事曾经历。只看如今，无不散筵席。"以"归"与"来"作参照，谈论天下"无不散筵席"的道理。词人由眼前的酒席欢宴推及人生，说明欢聚与分离之间的相对关系。沈瀛可以说是孝宗时期最具理性色彩的词人，其《竹斋词》存词90首，多见参禅、悟道、讲理学之作，三教融合在其词中得到了充分体现。

感发人生哲理之语在孝宗时期的词作中时常可见，如吕胜己《满江红》"分物我，争强弱。都做梦，谁先觉。好一条平路，是人迷却"，《卜算子》"人事几时穷，我性偏宜静。世上谁无富贵心，到了须由命"。王千秋有一组《生查子》，其中多含人生哲理，如"雄姿画麒麟，朽骨分蝼蚁。争似及生前，常为莺花醉。云山静有情，天地宽无际。且放两眉开，万事非人意""功名竹上鱼，富贵槐根蚁"等。陆游《长相思·其五》曰"悟浮生。厌浮名。回视千钟一发轻。从今心太平"，张孝祥《柳梢青》曰"碧云风月无多。莫被名缰利锁。白玉为车，黄金作印，不恋休呵。争如对酒当歌。人是人非恁么。年少甘罗，老成吕望，必竟如何"，皆为说理之语。

综观这些说理之作，无论是委婉运用比喻、类比，还是直言进行阐说，所论说的道理却大体相同，即富贵功名如浮云，寻求内心平安才是人生真谛。就宋词来看，"名缰利锁""蜗角功名"之类的话语在柳永词中便时常可见，但仔细分析，柳词更多是对功名未就的牢骚与抱怨，南宋词人则更多是经历了沉浮之后对人生的反思及自我安慰。前者带有情绪化成分，后者理性意趣更加明显。

在辛弃疾所有作品中，哲理词属于比较突出的一类。《水调歌头·元日投宿博山寺，见者惊叹其老》中，词人从自己"头白齿牙缺"的衰老之态，谈道"无穷天地今古，人在四之中。臭腐神奇俱尽，贵贱贤愚等耳，造物也儿童。老佛更堪笑，谈妙说虚空"。告诉人们：天地上下、古往今来，生死贵贱随时可能转化更替，一切都是等同的。最终得出"老境何所似，只与少年同"的结论，达观中含有一些辩证。稼轩有《最高楼·吾拟乞归，犬子以田产未置止我，赋此骂之》，面对儿子以未置家产之由劝解他不要退休时，稼轩认为："吾衰矣，须富贵何时。富贵是危机。暂忘设醴抽身去，未曾得米弃官归。穆先生，陶县令，是吾师。"传统哲学中居安思危、福兮祸之倚的理论在这首词中得到充分阐释。《行香子》乃和苏轼之作，同样表达了达观的思想心态："命由天、富贵何时。……名利奔驰。宠辱惊疑。旧家时、都有些儿。而今老矣，识破关机。算不如闲，不如醉，不如痴。"此外，《临江仙》中"钟鼎山林都是梦，人间宠辱休惊。只消闲处过平生"，《菩萨蛮》中"功名浑是错。更莫思量着"，皆具理性色彩。稼轩用大量笔墨阐述哲理，表达了自己对人生、社会的总结与反思，不仅对自己的思想、心态起到指引作用，也给读者以人生启迪。

四　寿词、节序词——民俗中的文人意趣

祝寿、节序，是民俗风情的集中体现，在宋人生活中颇受重视。沈松勤教授指出："在两宋各类群体性的节日如元宵、清明、中秋与个体性的节日如寿庆中，上至帝王，下至平民均盛行燕集之风，每燕必命侍妓歌文人根据不同节日而创作的词。"① 可见，伴随着民俗节庆，两宋寿词、节序词也十分盛行。南宋末期，张炎在《词源》中专门论"节序""寿词"，沈义父《乐府指迷》中提倡"寿词须打破旧曲规模"，宋代词论家们以"节序""寿词"为条目进行讨论，足见这两类词作在当时便颇受重视。

在宋代社会各阶层生活中，无论祝寿还是节庆，通常都充满着喜庆欢乐的情调，寿词中更充满了对寿主的溢美、赞颂。然而，"文变染乎世情，兴废

---

① 沈松勤：《论宋词本体的多元特征》，《南开大学学报》2005 年第 6 期，第 23—32 页。

系乎时序"①,不同时期的文学作品总会打上时代的烙印。乾、淳时期的文人,一方面,面对着宋金对峙的政治局面,怀抱着抗金复国、建功立业的雄心;另一方面,在中兴盛世中享受着物质繁华、歌舞声色。这两种风格互相交织,是孝宗时期重要的时代特色。随着词体创作文人化、诗歌化倾向的加剧,社会时代特色及词人个性色彩不仅在述怀等作品中有所展现,在祝寿、节序这些民俗意趣浓郁、喜乐欢快的词作中也有所体现。

据统计,"《全宋词》中的节序词计有 1406 首,涉及从元旦到除夕的 24 种节日"②。关于宋代寿词,"有题序大类,合 1863 首,无题序或题序不明者 493 首"③,总体来看,南宋的寿词、节序词比北宋更为发达,尤其寿词在南宋中期达到创作高峰。就乾、淳时期来看,这两类词的创作也十分繁荣。其中,节序词有 306 首,占该时期创作比例的 5%;寿词有 498 首,占 8%。辛弃疾、姜夔、陈亮、杨无咎、曹勋、史浩、曾觌、韩元吉、侯寘、赵彦端、管鉴、范成大、陆游等重要词人,皆有寿词和节序词,有些人的创作数量还相当可观。在一些次要词人作品中,寿词和节序词也不乏见,如李漳仅存词 6 首,其中 4 首寿词,1 首节序词,1 首闺情词。可见,孝宗时期文人对寿诞及节序依然十分重视。

(一)寿词

南宋寿词的繁荣,在孝宗时期就已现端倪。程大昌、廖行之的寿词创作极为突出,前者存词 47 首,寿词有 25 首;后者 41 首词中有寿词 21 首,皆占 50% 以上。另外,曹勋《松隐乐府》,赵长卿《惜香乐府》,亦专门以"寿庆"及"贺生辰"单独分卷。从祝颂对象上看,孝宗时期的寿词范围几乎涵盖了各种人物身份:从帝王、后妃,到上司、同僚、朋友,再到家族中的各成员,直至词人自己。曹勋的祝寿对象多为皇室,如《宴清都·贵妃生日》《国香·中宫生辰》《玉连环·天申寿词》《赏松菊·寿圣诞辰》《水龙吟·会

---

① (梁)刘勰著,周振甫译:《文心雕龙今译》,中华书局 1986 年版,第 404 页。
② 黄杰:《宋词与民俗》,商务印书馆 2005 年版,第 20 页。
③ 同上书,第 65 页。

庆节》《水龙吟·东宫寿词》《水龙吟·庆王诞辰》等。廖行之寿词中的寿主则多为亲人朋友，从题序上看，有寿老人、寿友人、寿四十叔、寿外舅、寿长兄、寿外姑、寿长嫂、寿叔祖母等。从内容来看，祝寿之作通常都会对寿主事业、生活、性格特点等方面进行赞美，并祝愿长生、富贵、吉祥、安康。因此，从词风来说，寿词的总体格调以吉祥、欢庆、向上为主，词的语言、情绪相对开朗、明快。值得一提的是，在寿词中，华丽气息与浪漫情调比较浓郁。例如，辛弃疾《临江仙·为岳母寿》中有"寿如山岳福如云。金花汤沐诰，竹马绮罗群"之句。由于时代及词体发展等因素，孝宗时期的寿词除了传统上对富贵、安乐的祝祷外，还涉及对寿主壮志功业、超逸情怀的称颂，此外，浓郁的理趣也是该时期寿词的一个重要特点。

第一，对壮志功业的颂扬。

南渡后，词越来越成为文人社交的一种工具，加之祝寿风气一直比较盛行，因此，从宫廷到民间，每逢生日欢庆，总少不了以词相贺。沈义父曾指出，"寿曲最难作，切宜戒寿酒、寿香、老人星、千春百岁之类。须打破旧曲规模，只形容当人事业才能，隐然有祝颂之意方好。"[1] 的确，孝宗时期不少词人打破了传统空泛华丽的祝颂模式，引入了对寿主事业才能的赞美。廖行之《水调歌头·寿武公望》写道："平生壮志，凛凛长剑倚天门。郁积胸中谋虑，慷慨樽前谈笑，袖手看风云。"把友人的壮志、谋略展现出来。廖行之在另一首《水调歌头·寿汪监》中提到"岁六月，苏大旱，作丰年。喁喁百万生齿，何处不沾恩"，格外赞美了汪监率领苏地百姓度过大旱，获得丰收的巨大功绩。赵长卿《瑞鹤仙·张宰生辰》曰"有邦人、万口同声，赞叹我公恺悌。百里。年丰谷稔，事简刑清，颂声盈耳"，亦突出了寿主的政绩功业，同时显示出了盛世气象。

南渡之后，在宋金对峙的社会背景下，词人作品中常常会涉及边关战事、爱国情怀，这些内容在孝宗时期的寿词中也有体现。富抍《多丽·寿刘帅》写道："扫蛮氛、遂清三楚，定徐方、行策元功。趣召遄归，康时佐主，指挥

---

① （宋）沈义父：《乐府指迷》，唐圭璋编《词话丛编》，中华书局1986年版，第282页。

谈笑虏巢空。"爱国豪情十分充沛。丘崈为建康留守史致道祝寿,曾有《水龙吟·为建康史帅志道寿》和《黄河清·为史帅寿》两阕,前者有"记青蒲、夜半论兵,万人惊诵回天意。麟组遥临万里。谈笑处、江山增丽"之句;后者写道"鼓角清雄占云裖。喜边尘、今度还静。……楼外崇牙影转,拥千骑、欢声万井",夜半论兵,鼓角边尘,既突出史帅的身份,又折射出时代风貌。史正志,字致道,江都(今江苏江都县)人。乾道三年(1167)至六年(1170)知建康府(即金陵)。辛弃疾亦有《千秋岁·为金陵史致道留守寿》曰:"塞垣秋草。又报平安好。尊俎上,英雄表。金汤生气象,珠玉霏谭笑。……从容帷幄去,整顿乾坤了。"丘崈、辛弃疾为史致道所赋的祝寿之词,不仅赞颂了友人的功业,还表达了对北伐驱虏、恢复河山的热切期盼。

稼轩约有 40 首寿词,不少祝颂对象是与他志同道合的爱国将领。《水龙吟·为韩南涧尚书甲辰岁寿》上阕曰:"渡江天马南来,几人真是经纶手。长安父老,新亭风景,可怜依旧。夷甫诸人,神州沈陆,几曾回首。算平戎万里,功名本是,真儒事、君知否。"这首寿词同样被视为辛弃疾爱国豪放词的代表作。韩南涧尚书,即韩元吉,甲辰为淳熙十一年(1184)。次年,韩元吉同调同韵为辛弃疾祝寿,开篇便称:"南风五月江波,使君莫袖平戎手。燕然未勒,渡泸声在,宸衷怀旧",同样充满了爱国之情。收到友人的次韵寿词,稼轩再次相和,并在序中曰:"次年南涧用前韵为仆寿。仆与公生日相去一日,再和以寿南涧。"词中有"甚年年却有,呼韩塞上,人争问、公安否。金印明年如斗。向中州、锦衣行昼"。辛弃疾、韩元吉这两位文坛志士,把祝寿与爱国之情结合起来,感慨国事,彼此勉励,为祝颂词史增添了几分豪壮之情。

第二,对超逸情怀的赞美。

张炎认为:"难莫难于寿词,倘尽言富贵则尘俗,尽言功名则谀佞,尽言神仙则迂阔虚诞,当总此三者而为之,无俗忌之辞,不失其寿可也。"① 乾、淳时期词人创作寿词时,除了对荣华富贵、长生太平之类世俗化的祝福、溢

---

① (宋)张炎:《词源》,唐圭璋编《词话丛编》,中华书局 1986 年版,第 266 页。

美外，也有别出心裁之作，如对寿主高洁品格、超凡境界等方面的描写与赞美。

廖行之在《念奴娇·寿四十叔》中描绘这位家族长辈："林泉高迈，肯应轩冕尘俗""东方何在，凛然能继高躅"。高躅，指品行高尚的隐逸之人，语出《晋书·隐逸传赞》："确乎群士，超然绝俗，养粹岩阿，销声林曲。激贪止竞，永垂高躅。"① 这首寿词，避开了传统富丽堂皇的谀颂之语，紧紧抓住寿主高洁、隐逸这一特点，既表现了对叔父的欣赏和赞美，又不落俗套。京镗《汉宫春·寿李都大》中的祝寿对象同样是一位超脱尘世之人，词人写道："看透尘寰。更禅心似水，道力如山。前身青冥跨鹄，紫府乘鸾。世缘一念，便等闲、游戏人间。"把李都大佛、道兼修，超凡洒脱的气韵刻画得十分生动。

乾、淳时期寿词中之所以出现这种清空超然的别调，与该时期词坛上丰富的文人倾向和文人情怀密切相关，与述怀词中大量的隐逸情怀互相辉映。

第三，对人生哲理的总结。

如果说，为他人祝寿时总免不了祝福与赞美，即便以寿主的功名事业、高洁品行为着眼点，也难脱窠臼。值得一提的是，南宋有不少自寿之作，词人在面对自己生日时，通常不会自我谀颂、赞美。他们回首往昔，面对着时光流逝、容颜衰老，会产生万般感慨，赋之于词，往往更倾向于述怀、说理。韩元吉《醉落魄·生日自戏》写道"相看半百。劳生等是乾坤客。功成一笑惊头白"，表达了对人生的反思。其《瑞鹤仙·自寿》一词，从清新的山景逐渐过渡到个人情思："笑劳生底事，漫嗟离索。霞觞细酌。尽流年、青镜易觉。"淡淡的悲伤、寂寥油然而生。末句"任蟠桃、满路千花，自开自落"，既以蟠桃来呼应寿辰，又带有穷尽复通的通达与洞明。

沈瀛《减字木兰花》曰："棋枰响止。胜负岂能全两喜。不竞南风。忽尔三生六劫通。客方对酒。一片捷音来自寿。甚快人何。大胜呼卢百万多。"该词题序未点明寿词，词中"一片捷音来自寿"表现出自寿主题。词人以下棋为自己贺寿，棋中世界，让人产生"胜负岂能全两喜"的人生感悟，末句更

---

① （唐）房玄龄等：《晋书》，中华书局1974年版，第2463页。

显出一腔豪情。黄人杰《祝英台·自寿》感叹道："贵和富。此事都付浮云，无必也无固。用即为龙，不用即为鼠。"富贵如浮云，用即为龙不用为鼠，词人把世态看得极为明白透彻。

辛弃疾也有自寿之作，如《江神子》一阕，序为"侍者请先生赋词自寿"：

> 两轮屋角走如梭。太忙些。怎禁他。拟倩何人，天上劝羲娥。何似从容来小住，倾美酒，听高歌。
>
> 人生今古不须磨。积教多。似尘沙。未必坚牢，划地事堪嗟。漫道长生学不得，学得后，待如何。

稼轩在自己生日时，面对身边侍者的恳请，自作寿词。这首寿词别具一格，传统的祝寿之作无非祈愿长生富贵，词人则从时光匆匆联想到日月之神。下阕更一反世人常态，认为人生如尘沙，不必渴求长生。达观中隐隐带有一些对人生的悲观、失望，这也正是词人南归后因壮志难酬而产生的一种失意和不满。

廖行之《满庭芳·丁未生朝和韵酬表弟武公望》（五甲科名）一阕，作于淳熙十四年（1187），乃自己生日时和韵之作。虽然词中有"萱堂好，紫鸾重诰，寿与岳山齐"之类祝寿常见之语，但全词重在说理述怀。回顾一生，荣华富贵皆为身外之物。尘俗间的开心无非是名利、美色，然而，名利如蜗角、美色害身心。世事如白云苍狗，变幻莫测，哪里比得上慈母康健、儿孙成才让人欣喜。从今后，安享天伦远比追求官位更相宜。这首寿词，体现了词人的人生反思，从对功名外物的追求，转为对内心安适、舒展的向往。

自寿词当始于北宋苏辙《渔家傲·和门人祝寿》，然北宋创作极少，除苏辙外，仅有晏殊《渔家傲》（荷叶荷花相间网）、《菩萨蛮》（人人尽道黄葵淡）及晁补之《一丛花·十二叔节推以无咎生日于此声中为辞，依韵和答》①。自寿词兴盛于南渡之后，周紫芝（1082—1155）《水调歌头》（白发三

---

① 参见孟露芳《宋代寿词浅论》，硕士学位论文，曲阜师范大学，2010 年。

千丈）一阕序云："十月六日于仆为始生之日，戏作此词为林下一笑。世固未有自作生日词者，盖自竹坡老人始也。"

乾、淳时期，不少文人以词自寿，这种风尚延至于光、宁朝。比如，郭应祥（1157—?），自寿词有《鹧鸪天·遁斋自作生日》《柳梢青·乙丑自寿》《临江仙·丙寅生日自作》《渔家傲·丁卯生日自作》《鹧鸪天·戊辰生日自作》《鹧鸪天·己巳生日自作》。从题序可知，词人从光宗绍熙三年（1192）至宁宗庆元二年（1196），每年皆有自寿之作。不仅如此，给妻子的寿词也具有编年性，如《鹧鸪天·癸亥十一月十四日为内子寿》《鹧鸪天·甲子十一月十四日寿内子》《鹧鸪天·乙丑岁寿内子》《鹧鸪天·丙寅岁寿内子》《鹧鸪天·丁卯岁寿内子》《谒金门·己巳为内子寿》。由此可见，寿词创作逐渐成为词人的自觉行为，不仅是亲友之间的逢迎交际，也成为自我的内心观照。纵观自寿词的发展历程，与述怀词具有一致性，同样是词体文人化、理性化的一个反映。

（二）节序词

中国传统节日由来已久，作为民俗的一种，成为中华文化的重要组成部分。自魏晋以来就有不少咏节序的诗篇，宋代的节日文化更加发达。《东京梦华录》《武林旧事》《西湖老人繁胜录》《梦粱录》等宋人笔记中，皆详细介绍各月所分布的节序及民间欢度节日的具体内容。"同样一个时令节日，较之梁宗懔《荆楚岁时记》、唐韩鄂《岁华纪丽》所记，就远为隆重繁盛、铺张扬厉、多姿多彩。"① 张镃于嘉泰元年（1201）亲自排列自己在十二个月中的赏心乐事②，其中包括立春、社日、人日、上巳、寒食、清明、重午、夏至、中秋、重九、元旦、冬至、初夜等。在宋代这种丰富的节日文化中，文人吟咏节序的诗词相当丰富。

孝宗时期，不少词人作有节序词，比较突出的有史浩、杨无咎、曹勋、韩元吉、姚述尧、范成大、赵长卿、京镗、辛弃疾、赵师侠、郭应祥等，数

---

① 黄杰：《宋词与民俗》，商务印书馆 2005 年版，第 2 页。
② （宋）周密：《武林旧事》，西湖书社 1981 年版，第 159 页。

量皆在 10 首以上。范成大节序词占其总数十分之一以上，涉及众多节日，如《满江红·冬至》《南柯子·七夕》《水调歌头·中秋》《水调歌头·燕山九日作》《鹊桥仙·七夕》《菩萨蛮·元夕立春》《醉落魄·元夕》《秦楼月·寒食日湖南提举胡元高家席上闻琴》《水调歌头·桂林九日作》《水调歌头·成都九日作》《水调歌·人日》《破阵子·祓禊》等。其《朝中措》（东风半夜度关山）一阕，序曰"丙午立春大雪，是岁十二月九日丑时立春"，记载了丙午年立春的详细日期时辰，词中亦突出了大雪之景。

关于节序词，张炎曾谈道："昔人咏节序，不唯不多，附之歌喉者，类是率俗，不过为应时纳祜之声耳。"① 他认为咏节序的佳作，"不独措辞精粹，又且见时序风物之盛，人家宴乐之同"②。的确，节序词中大多是应时应景、描绘民间习俗、景致物象之作。例如，赵长卿《醉蓬莱·端午》（见浴兰才罢）写道"艾虎宜男，朱符辟恶，好储祥纳吉。金凤钗头，应时戴了，千般忔戏。那更殷勤，再三祝愿。斗巧合欢，彩丝缠臂。刻玉香蒲，泛金觥迎醉"，用艾虎、朱符、彩丝、香蒲及女人们的精心装扮，词人生动地展示了宋人过端午的盛况。赵长卿另一首端午词《醉落魄·重午》则云，"菖蒲角黍家家节。水戏鱼龙，十里画帘揭"，描绘插菖蒲、包粽子、赛龙舟的节日情形。许及之的《贺新郎》（旧俗传荆楚）亦是端午词，提到荆楚节日习俗中对屈原的凭吊，借端午怀古抒发个人幽怀。

辛弃疾《新荷叶》（曲水流觞）一阕围绕着王羲之等兰亭修禊雅集的意境描绘上巳节的欢娱，序曰"上巳日，子似谓古今无此词，索赋"，虽然在稼轩前已有上巳节序词，如曾觌《蝶恋花·三月上巳应制》（御柳风柔春正暖），但友人以为古今无此词而索赋，稼轩应邀为之，足见文人对节序的关注以及对节序词的创新意识。与北宋相比，孝宗时期的节序词，除了对应时景物的描写、民俗风情的展现外，还有两点值得关注，一是词人心态情绪的真实流露；二是乾、淳时期盛世气象的反映。

---

① （宋）张炎：《词源》，唐圭璋编《词话丛编》，中华书局 1986 年版，第 262 页。
② 同上书，第 263 页。

1. 节日中的文人心态

第一，对时光流逝、年岁渐老的感叹。

惜时伤怀是传统诗词的重要主题，从"人生不满百，常怀千岁忧"到"无可奈何花落去"，皆充满了对时光流逝的怅惘与哀叹。节庆之时，面对着时序的循环更替，敏感的文人往往会产生"不知衰老，节物迁变"的人生感慨。感时伤怀与节序流变相结合，更能引发人们的共鸣。

同样是年轮增长、时光流逝，词人们在寿词中通常表现出的是对寿主的祝福、赞美，具有乐观向上的情调；而在节序词中所传达的更多是词人内在的敏感与感伤。比如，李处全《水调歌头·除夕》曰："但惜年从节换，便觉身随日老，踪迹尚沈浮。……韶颜壮齿，背人去似隙中驹。"赵长卿《满庭芳·元日》上阕写道："爆竹声飞，屠苏香细，华堂歌舞催春。百年消息，经半已凌人。念我功名冷落，又重是、一岁还新。惊心事，安仁华鬓，年少已逡巡。"在岁末除夕和新年第一天，文人的伤时之感尤为强烈。

除了除夕、元旦，词人在其他节日也会有感时伤怀的情绪，如辛弃疾《鹧鸪天·重九席上再赋》曰："有甚闲愁可皱眉。老怀无绪自伤悲。百年旋逐花阴转，万事长看鬓发知。溪上枕，竹间棋。怕寻酒伴懒吟诗。十分筋力夸强健，只比年时病起时。"若非题序中提到重九，整首词更像一首述怀之作。

第二，身世浮沉、家国功名的反思。

南宋中兴时期，宋金对峙、偏安江南的特殊政治格局，为这段时期的政治、思想、文化打上了深刻的时代烙印，以至于在以娱乐功能为主的词作中也时时有所反映。仔细分析词体中的爱国情怀，不仅出现在述怀、唱和等作品中，甚至在寿词、节序词中也有所体现。就寿词和节序词这两类作品而言，如果说，爱国文人在寿词中通常会表现出对友人抗金事业、功勋战绩的无限期许和激情鼓励，充满昂扬向上的基调的话，那么，在节序词中，则更多是一种对家国命运、对自我功名的理性反思，更偏重于述怀、说理。

例如，丘崈的《满江红·癸亥九日》：

平楚苍然，烟霭外、飞鸿冥灭。身老矣、登临感慨，几时当彻。痛饮从教吹帽落，悲歌莫系壶边缺。自人生、任运复何为，伤情切。

功名事，休谩说。渠有命，谁工拙。且随宜斗健，强酬佳节。九月从今知几度，试看镜里头如雪。向醉中、赢取万缘空，真蝉脱。

丘崈（1135—1208），字宗卿，隆兴元年进士，忠义刚直。孝宗当朝时，丘崈的主张是"恢复之志不可忘，恢复之事未易举，宜甄拔实才，责以内治，遵养十年，乃可议北向"①。这首词便作于孝宗逊位 12 年后的嘉泰元年（1201）。词中提到了重阳节登临习俗，然而词人不像传统文人那样思亲怀友，而是感叹随缘任运的人生。功名未就，暮年的悲伤由此而生，只好借酒来消愁。赵长卿《醉花阴·建康重九》同样涉及重阳节，末句"六代旧江山，满眼兴亡，一洗黄花酒"，怀念故国之感十分强烈。

除了家国情怀之外，孝宗时期的节序词在许多方面都表现出浓郁的文人意蕴。吕胜己《满江红·中秋日》写道："且停待、今宵月上，宝轮飞出。有客最谙闲况味，无人会得真消息。算何须、抵死要荣华，劳心力。"该词由中秋节的月亮出发，引出对人生的感叹，颇具哲理。词人认为，人生在世，品味安闲生活方是上策，然而众人通常都是劳心力瘁，拼命去谋取荣华富贵。

京镗有两首《念奴娇》皆于上巳日作，其一序"上巳日游北湖"，另一序"次宇文总领游北湖韵，并引"，其引文详细介绍了填词背景："次宇文总领游北湖韵，并引伏蒙宫使总领郎中再宠赓鄙句为贶，愈出愈奇。辄复赋一首以谢万分，并述所怀。"可见，上巳日宇文总领率领大家到北湖游赏，众人以词酬赠助兴。词人写道："骥枥难淹，鹏程方远，大器成须晚。……最是游子悲乡，小人怀土，梦绕江南岸。楚尾吴头家住处，满目山川遐观。归兴虽浓，俞音尚阅，此地非贪恋。东西惟命，去留迟速休管。"词中的节庆气氛已经消减，完全转向了述怀：骥枥、鹏程、悲乡、怀土，文人情怀、意蕴跃然纸上。

---

① （元）脱脱等：《宋史》，中华书局 1977 年版，第 12109 页。

2. 节庆中的盛世体现

节庆的氛围，通常是一个地区、一个时代社会经济、文化状态的一种反映。在兵荒马乱、流离失所的环境中，人们不可能有惬意的心情去欢度节日。孝宗时期被誉为"乾淳盛世"，经济、文化达到了南宋顶峰。人们欢庆节日的盛况丝毫不亚于北宋宣和时期，南宋相关节序的史料更为丰富，节序词也随之大量出现，不少词中充分展示了南渡之后的盛世气象。

例如，张孝祥《水调歌头·桂林中秋》写道："千里江山如画，万井笙歌不夜，扶路看遨头。玉界拥银阙，珠箔卷琼钩。"江山如画、彻夜笙歌，太守与民同乐，一幅盛世太平图。张孝祥《二郎神·七夕》下阕有："南国。都会繁盛，依然似昔。聚翠羽明珠三市满，楼观涌、参差金碧。乞巧处、家家追乐事，争要做、丰年七夕。愿明年强健，百姓欢娱，还如今日。"不但描写七夕的丰年欢庆场面，而且渴望来年能一如既往。

丘崈作于乾道七年（1171）的《洞仙歌·辛卯嘉禾元夕作》曰"见九衢、车马流水如龙，喧笑语，罗绮香尘载路"，以及《洞仙歌·元宵词》曰"十里红莲照歌舞。望鳌山天际，宝篆翻空，看未了，涌出珠宫贝宇"，分别刻画了元夕与元宵节的欢笑与歌舞。赵长卿《宝鼎现·上元》曰"正年少、尽香车宝马，次第追随士女。看往来、巷陌连甍，簇起星球无数"等句，描绘了上元节百姓游玩、赏灯的繁华热闹。不仅如此，词人还把清明的政务与笙歌鼎沸、灯焰摇曳的节庆联系起来："政简物阜清闲处。听笙歌、鼎沸频举。灯焰暖、庭帏高下，红影相交知几户。恣欢笑、道今宵景色，胜前时几度。"欢乐的情景使词人联想到皇都："细算来、皇都此夕，消得喧传今古。……愿永逢、恁时恁节，且与风光为主。"欢庆热闹的景象加上词人的主观感受，使整首词清晰地再现南宋王朝的盛世繁华。

京镗于淳熙十五年（1188）为四川安抚使，在成都任上有不少节序词，如《降都春·元宵》《念奴娇·七夕，是年七月九日方立秋》《水调歌头·中秋》《洞仙歌·重九药市》《汉宫春·元宵十四夜作，是日立春》《满江红·次宇文总领上巳日游湖韵》等，皆对成都的各种节日欢庆进行了描绘。由此可见，孝宗时期的西蜀之地也同样富庶热闹，充满了盛世气象。

第二节　艺术形式的诗歌化

王国维曾言："天水一朝人智之活动与文化之多方面，前之汉唐、后之元明皆所不逮也。"诗歌发展到宋代，"兼尚技术之美，与唐人尚自然之美者蹊径迥殊"①。宋代严羽总结道："本朝人尚理而病于意兴，唐人尚意兴而理在其中""国初之诗尚沿袭唐人……至东坡、山谷，始出己意以为诗，唐人之风变矣""近代诸公乃作奇特解会，遂以文字为诗，以才学为诗，以议论为诗。"② 其中，"以才学为诗"主要指使事用典，"以议论为诗"指的是善于议论。后人谈及宋诗，通常把议论、用典视为其主要特征。众所周知，北宋元祐与南宋乾、淳是宋代诗歌的发展高峰，同时也是词体的发展高峰。刘尊明、王兆鹏曾指出"元祐时期，词体兴盛，诗歌也处在高峰期，以至于前人将元祐诗坛与唐代的开元时期、元和时期并称为'三元'。而南宋乾、淳时期，宋诗也进入新的高峰期，习称'中兴四大家'的陆游、杨万里和范成大等即活跃在此时。词体的兴盛与诗体的昌盛同步，其中的原因值得研究。"③

宋代诗、词同步昌盛的原因应该是多方面的，其中一个重要因素当与宋代绝大多数文人诗、词兼擅有关。在元祐、乾道、淳熙这种社会文化发达、文学大家辈出的时段，诗、词创作自然同步繁盛起来。乾、淳乃宋诗在南渡之后的高峰期，议论、用典等宋诗的典型特征也渗透在这一时期词体创作中。汤衡在《张紫微雅词序》中便谈到张孝祥"平昔为词，未尝著稿，笔酣兴健，顷刻即成，初若不经意，反复究观，未有一字无来处。……所谓骏发踔厉，

---

① （清）王国维：《静安文集续编·宋代之金石学》，《王国维遗书》第 5 册，上海古籍出版社 1983 年版，第 70 页。

② （宋）严羽：《沧浪诗话》，何文焕辑《历代诗话》，中华书局 1981 年版，第 688 页。

③ 刘尊明、王兆鹏：《唐宋词的定量分析》，北京大学出版社 2012 年版，第 159 页。

寓以诗人句法者也"①。关于这种"以诗为词"的创作风尚，南宋及后代词论家多有关注。张炎曾指出"辛稼轩、刘改之作豪气词，非雅词也。于文章余暇，戏弄笔墨，为长短句之诗耳"②。清代田同之亦明确提出："南唐、北宋后，辛、陆、姜、刘渐脱香奁，仍存诗意。"③ 查礼论及词与诗之间的密切关系有云："词不同乎诗而后佳，然词不离乎诗方能雅。"④ 的确，词如果等同于诗，就会失去自己的特色，不能称之为佳作；词如果完全保持本色，则又显得不够雅致。因此，词在保持自己文体特色的同时，又要具有诗的格调，这样才算是佳作。查礼所总结的词学观点可说是乾、淳词风的一个写照。

　　姜夔是南宋文人词的创作代表，他诗词兼擅，尤以词胜，并著有《白石道人诗说》阐述其诗学思想，提出"含蓄""高妙"等创作标准。这些理论虽定位于"诗说"，但同时也是其词学创作理想的具体体现，正如清人谢章铤所云："读其说诗诸则，有与长短句相通者。"⑤ 辛弃疾作为词坛领军人物，更是以实际行动实现了以诗为词的文学理念。同一时期，曹冠、李处全、京镗、王炎、陈三聘、赵师侠、陈亮、张镃、刘过、汪莘等大批文人，自觉不自觉地把诗歌创作特点引入词中，使"以诗为词"得到了充分贯彻，也使词中呈现出明显的宋诗风格。综观孝宗词人的整体创作，除了内容上表现出诗歌意趣外，艺术手法上也具有典型的宋诗特色，即议论和用典手法的大量运用。

一　议论

　　议论是一种评析、论理的表述方法，通常由所描述的事物、现象引发感想、认识，并由此进行分析、评价。这种手法在文章里颇为常见，宋人把它大量引入歌中。就词体而言，唐五代至北宋中期，其内容大多不出闺怨闲愁、

① 金启华、张惠民等：《唐宋词集序跋汇编》，江苏教育出版社1990年版，第164页。
② （宋）张炎：《词源》，唐圭璋编《词话丛编》，中华书局1986年版，第267页。
③ （清）田同之：《西圃词说》，唐圭璋编《词话丛编》，中华书局1986年版，第1452页。
④ （清）查礼：《铜鼓书堂词话》，唐圭璋编《词话丛编》，中华书局1986年版，第1482页。
⑤ （清）谢章铤：《赌棋山庄词话》，唐圭璋编《词话丛编》，中华书局1986年版，第3478页。

旅思怀远等题材范围，整体格调偏于柔婉抒情。随着词体的繁盛，一些词人在词中抒发人生感慨，逐渐倾向于用议论来表达自己的性情与心声。柳永词中便有不少议论之语，如《鹤冲天》"青春都一饷，忍把浮名，换了浅斟低唱"；《凤归云》"驱驱行役，苒苒光阴，蝇头利禄，蜗角功名，毕竟成何事，漫相高"等。张昇《满江红》中有"知富贵，谁能保。知功业，何时了。算簟瓢金玉，所争多少。一瞬光阴何足道，但思行乐常不早"，亦是议论口吻。

到了苏轼，更是在词中融入了直抒胸臆的议论，如《满庭芳》曰："蜗角虚名，蝇头微利，算来着甚干忙。事皆前定，谁弱又谁强。且趁闲身未老，须放我、些子疏狂。百年里，浑教是醉，三万六千场。思量。能几许，忧愁风雨，一半相妨。又何须，抵死说短论长。"词人援情入理，把人生困惑中寻求超脱的心态真切地呈现出来。不过苏轼这种带有散文化、诗歌化的艺术手法在北宋并不被认可，被视为"句读不葺之诗"。南渡后，随着词体地位提升，文人们普遍习惯在词中纵笔议论，尤其在述怀、说理这两类词作中最为突出。可以说，议论是宋词富于理趣的一个重要因素。

在整个词史中，词论家们提及议论，总要和辛弃疾联系在一起，比稼轩稍后的潘牥（1204—1246）便认为"稼轩为词论"[①]。诚然，由于大量运用散文笔法，文中常见的议论也随之成为稼轩词的一大特征，论说之语在其作品中随处可见，如"君莫舞。君不见、玉环飞燕皆尘土"（《摸鱼儿》）；"凭谁问，万里长鲸吞吐。人间儿戏千弩。滔天力倦知何事，白马素车东去。堪恨处。人道是、子胥冤愤终千古。功名自误"（《摸鱼儿·观潮上叶丞相》），皆充满了对当权误国者的谴责及自己人生中的失意愤懑。在漫长的隐居岁月中，稼轩词也不失议论之语，如《水龙吟·题瓢泉》曰："乐天知命，古来谁会，行藏用舍。人不堪忧，一瓢自乐，贤哉回也。料当年曾问，饭蔬饮水，何为是、栖栖者。"借儒家典故来比对自己，述说不得志后的淡泊心境。吕胜己《南乡子》曰"行客语沧洲。笑道渔翁太拙休。万事要求须有道，何由。教与敲针换曲钩"，以行客的视角引出议论，抒发自己"穷则独善"的旷逸情怀。

---

① （宋）陈模：《怀古录》卷中，清抄本，国图善本缩微。

就孝宗词坛来看，不少词人都偏好议论，连最具北宋风格的赵长卿，也时有议论之语。例如，《踏莎行·春暮》一阕，词人在描写春光、病愁之后，写道"新来着意与兜笼，身心苦役伊知否"，以议论发问来结束。《卜算子·春景》末句曰"人道长眉似远山，山不似长眉好"，通过对远山眉的评议，自然而然由景及人，引发读者联想。其《蓦山溪·早春》写道"草木自敷荣，似人生、功名富贵。我咱谙分，随有亦随无，不妒富，不憎贫，歌酒闲游戏"，由草木荣枯论及人生，表达出词人不计功名的逍遥洒脱心态。《青玉案·残春》从梅雨、游子愁怀到杜鹃声声，渲染出思乡之情，下阕"利名萦绊何时住。恼乱愁肠成万缕。满眼兴亡知几许。不如寻个，老松石畔，作个柴门户"，尽抒议论，与《蓦山溪·早春》异曲同工。

综观这一时期词作中带有议论笔法的作品，往往饱含着深刻的情感体验、人生哲理、宇宙意识，通常能给读者带来更多的理性思索。从具体内容来看，词人们的议论主要集中在三个方面：家国政治、人生哲理及个人身世。当然，这三者之间时常会出现交叉与融合。比如，辛弃疾《破阵子》（醉里挑灯看剑）一阕，由"了却君王天下事"的政治豪情，陡然转向"可怜白发生"的个人感叹，词人内心的沉痛、愤懑油然而生。从整体来看，把人生哲理与个人身世联系在一起进行论说的词作数量最为繁多。

（一）对家国政治的评议

就孝宗时期创作而言，议论手法在辛派词人笔下最为突出常见。究其原因，主要是由于文体特性所决定的。词本为抒情、娱乐文体，尤其以抒发男女缠绵婉约情感为当行本色。议论则偏于理性，因此，在艳情词中比较少见。爱国词人常常以词来述说人生抱负、家国情怀，议论自然成为他们偏好的一种表达。

"隆兴和议"后，虽然宋金关系得到暂时缓解，但国破家亡的耻辱、半壁河山的沦陷，使爱国志士心中时时激荡着复国之志，并不时用议论之语直接表达。例如，陈亮《水调歌头·送章德茂大卿使虏》：

> 不见南师久，谩说北群空。当场只手，毕竟还我万夫雄。自笑堂堂

汉使，得似洋洋河水，依旧只流东。且复穹庐拜，曾向藁街逢。

尧之都，舜之壤，禹之封。于中应有，一个半个耻臣戎。万里腥膻如许，千古英灵安在，磅礴几时通。胡运何须问，赫日自当中。

"隆兴和议"后，宋、金定为侄、叔关系，每逢元旦及双方皇帝生辰，要互派使节祝贺。淳熙十二年（1185）十二月，为庆贺金世宗完颜雍的生日万春节，宋孝宗命章森（字德茂）以大理少卿试户部尚书之衔使金，这首《水调歌头》便是陈亮在这种背景下为友人送行而作。词人在题序中点出"使虏"，明确称金为"虏"，足见其政治态度。词人开篇便把笔锋直指金人，警告他们不要错误地认为南宋军队久不北伐，是没有能带兵打仗的人才。词人通篇采用议论的写法，言辞慷慨，充满激情，既表达了对友人的勖勉与肯定，又表现了不甘屈辱的正气与誓雪国耻的豪情。陈亮的《满江红·怀韩子师尚书》，同样是以论入词的佳作：

曾洗乾坤，问何事、雄图顿屈。试著眼、阶除当下，又添英物。北向争衡幽愤在，南来遗恨狂酋失。算凄凉部曲几人存，三之一。

诸老尽，郎君出。恩未报，家何恤。念横飞直上，有时还戢。笑我只知存饱暖，感君元不论阶级。休更上百尺旧家楼，尘侵帙。

韩子师，名彦古，抗金名将韩世忠之子。于淳熙十六年（1189）被迫致仕，该词约作于此时。词人从评论友人父辈功业入手，进而激发友人的豪情壮志。通观全篇，词人以"问""试""算""念""笑"等动词作为领起之语，议论意味十分明显。

陆游《谢池春》曰"壮岁从戎，曾是气吞残虏。阵云高、狼烽夜举。朱颜青鬓，拥雕戈西戍。笑儒冠、自来多误"，从对壮岁从戎、气吞残虏的论述，到对儒冠多误的嘲笑，足见词人对驱虏事业的激情。刘过《沁园春·张路分秋阅》曰"君知否，是山西将种，曾系诗盟。龙蛇纸上飞腾，看落笔、四筵风雨惊。便尘沙出塞，封侯万里，印金如斗，未惬平生。拂拭腰间，吹毛剑在，不斩楼兰心不平"，由观看阅兵入手，论及北伐抗金的强烈愿望和祖国统一的爱国激情。丘崈《太常引·仲履席上戏作》曰"憎人虎豹守天关。嗟蜀道、十分难。说与沐猴冠。这富贵、于人怎谩",论述了对小人当道的愤怒,以及对富贵的蔑视。

抗金之志、家国情怀及对朝廷无能势力的批判,是爱国词人共同的思想心态,他们往往用议论的手法直抒胸臆,酣畅淋漓地倾诉自己的心声。

(二)对人生哲理的探讨

随着宋代文学风貌逐渐成熟定型,诗、词中说理成分也逐渐突显出来。南渡后,越来越多的文人开始以词来阐说人生哲理。由于议论这种艺术手法本身就带有论说道理的作用,因此,议论手法与说理之作相得益彰。

吕胜己曾从张栻、朱熹讲学,他的89首词,境界开阔,风格多样,说理成分较为突出。例如,《满江红》:

> 往事千端,都笑道、衰翁宦拙。今会得、人情物态,尽皆休说。广厦尽堪舒笑傲,层楼又见凌空阔。试闲思、画戟比衡门,谁优劣。
>
> 尘里事,无休歇。楼上趣,真奇绝。有一川虚旷,万山环列。识破古今如旦暮,肯将物我刚分别。愿时时、与客坐楼心,谈风月。

词人用通俗的语言论说世事:回首往昔,不由得嘲笑那个官位低微的衰老头。如今体会了各种世态人情,却不愿再提起。置身宽敞的殿阁、凌空的楼阁中,仔细想想,方天画戟与简陋茅舍,究竟孰优孰劣?尘俗之事,永无停歇。登楼远眺,面对着一川虚旷、万山环绕,有谁可以识破古今、分清物我?只希望随时可以和朋友坐在楼中畅谈风月。这首词通篇运用议论口吻,在自嘲、调侃中以辩证的思想传达出洞明旷达的人生态度。

用议论述说人生哲理的手法在吕胜己词中经常出现。《满江红·题博见楼》上阕曰:"物理分明,人事巧、元来是拙。常自觉、满怀春意,向他谁说。剩喜登临频眺望,那知出处成迂阔。细闲思、萧散较贪痴,谁为劣。"由登楼引发对人世间巧与拙,闲散与贪痴的对比和思索。《瑞鹤仙·嘲博见楼》(倚阑观四远)一阕更富情趣,词人从登高远望入手,描写客人登楼所见:山形不够舒展，小峰云树晦明不定，江淮楚甸也看不到，因而，对"博见楼"的名字进行嘲讽；下阕以"休辨"二字起句，转而讨论"吾心乐处，不要他人，共同称善"。只要自己内心愉悦就好，不要勉强他人附和。

此外，吕胜己《满江红·登长沙定王台和南轩张先生韵》中曰"嗟远宦，甘微禄。惊世事，伤浮俗。且经营一醉，未怀荣辱。君不见、渊明归去后，一觞自泛东篱菊"；《木兰花慢·思旧事有作》曰"对轩辕古镜，照华发、短刀骚。念壮岁心情，平生志气，可笑徒劳。云中谩夸魏尚，请休论、定远说班超。总是黄粱一梦，怎如尘外逍遥"；《木兰花慢·看春有感》曰"南柯旧时太守，尽当年、富贵即时休。莫羡痴儿小子，心心念念封侯。……感生生、自然造化，玩吾心、此外复何求。应有知音共赏，定当一语相投"，或讨论古今、或探究世事，都表达了超然物外、任性逍遥的人生道理。

宗室词人赵长卿有一系列遣怀之作，如《水调歌头·遣怀》（贪痴无了日）、《水龙吟·自遣》（日煞曾着意斟量过）、《蓦山溪·遣怀》（无非无是）等，皆是通篇议论，表达了词人对世间荣辱的看破，以及对诗酒流年、随缘任分的肯定。同为宗室词人，赵师侠词中也多有对人生、世事的议论，如《踏莎行》：

> 万事随缘，一身须正。功名富贵皆前定。多图广计要争强，如何人力将天胜。
>
> 枉费机谋，徒劳奔竞。到头毕竟由他命。安时处顺得心闲，饥餐困寝亏贤甚。

这首词并不长，然而词人从随缘、身正，谈到争强好胜，从机关算尽，论到天命注定，阐释出一种洒脱洞明而又端正达观的人生观。《坦庵长短句》中有许多议论之语，如《水调歌头》（心景两无著）、同调《和石林韵》（世态万纷变）、《蝶恋花·戊申秋夜》（夜雨鸣檐声录薮）等，都是传统文人士大夫人生哲学的写照。

如果说，稼轩词中的议论多被后人关注，张孝祥、陈亮、刘过等辛派词人也屡被提及，那么，吕胜己、赵长卿、赵师侠等，无论在个人性情、创作成就还是历史地位上，都不算是鲜明突出的人物，他们可以说是南宋众多封建士大夫文人的代表。然而，其词作中也同样出现大量的议论之语，足可以说明议论说理已经成为孝宗时期词坛创作的普遍趋势，从而成为与北宋不同的一种创作风尚。除了上述词人作品外，李流谦《媾人娇》（痴本无缘）、王自中《念奴娇·题钓台》（还念古往今来）、韩仙姑《苏幕遮》（不忧贫）、释晦庵《满江红》（胶扰劳生）等，皆是议论说理的典型之作。

总体来看，孝宗时期乃至宋代文人在论说人生哲理时，其思想观念主要建立在老庄哲学基础上。与儒家偏重用社会、教化的"入世之学"相比，道家更偏重于个体的"性命之情"，强调个人精神逍遥自适，主张人们摆脱各种社会关系束缚，不以天下累己。道家思想一直是历代士人的心灵良药，尤其在壮志难酬、身处逆境的时候，超脱功名，回归自然，几乎成为每一位士大夫的精神追求。这种追求，不仅体现在诗、文中，在孝宗时期词作中也得到了集中、明显的体现。

（三）对身世胸怀的论说

述怀与说理是孝宗词坛上较为突出的两种词作类型。词人们不仅在阐说人生道理时自然而然地运用议论手法，在表达个人情怀时也经常用议论来直抒胸臆。北宋时期词体以言情、娱乐为主，大多抒发相思离别、感时伤事，以及羁旅行役之类相对低婉、幽隐的情怀，像柳永《鹤冲天》（黄金榜上）、苏轼《江神子》（老夫聊发少年狂）这种论说个人身世、抒发胸襟怀抱的作品比较少见，词人个性意识与个体形象相对比较淡薄。南渡之后，越来越多的文人在赋词以供演唱的同时，把词作为表达自我、反思人生的工具。无论是自寿、过节、登临、索居时的独自吟唱，还是在同僚、友人集会宴饮时的互相唱和，词人们往往会有感而发，把身世境遇、命运轨迹融入作品中。

在南宋，尤其是孝宗时期的不少词作中，词人个体形象比较鲜明。他们在表达个人思想、生活经历时，除了直接铺叙外，时常运用议论手法。与叙述相比，议论通常会显得更具理性色彩。吕胜己在不少词作中论及自己的人生经历及思想情怀，如《杏花天》上阕曰"当年悔我抛生计。趁升斗、蛮乡远地。谁知事向无心起。回首邯郸梦里"，《木兰花慢》上阕曰"朝天门外路，路坦坦、走瑶京。悔年少狂图，争名远宦，为米孤征。星星。半凋鬓发，事千端、回首只堪惊。居士新来悟也，渭川小隐初成"。两首词皆用议论口吻对比今昔的不同心态与生活：早年间抛家离乡，争名远宦；如今鬓发凋零，回首眺望，宛如黄粱一梦。言语中充满了对追求虚浮功名的后悔。《八声甘州·怀渭川作》则从隐居角度来反思自己的人生："居士心迷丘壑，念迂疏老懒，难觅封侯。看才能成事业，且自抽头。携老稚、团栾百口，要他年、在此作菟裘。无言也，此生心事，都付东流。"自己年老疏阔，沉迷山林，已经没有心思去考虑封侯进爵。面对才能事业，只想抽身而出，希望带领着全家老少百余口在此隐居，且把一生的胸怀事业付之东流。吕胜己所代表的众多士人，大多要面对仕途沉浮，纠结于入世与出世、功名与退隐之间，对人生的反思、对命运的抉择，时常会以议论的形式在词中表现出来。

再如赵长卿《贺新郎》一词，上阕论说哲理，下阕畅谈自己的生活及态度，亦采用议论："吾庐自笑常虚廓。对残编、磨穿枯砚，生涯微薄。负郭田园能有几，随分安贫守约。要不改、箪瓢颜乐。西掖北扉终须到，且嘲风咏月常相谑。更要甚，万金药。"语言风格完全脱离了词的韵味，更像是散文笔法。丘崈《水调歌头·秋日登浮远堂作》上阕描写秋日高远后，"叹吾生，天地里，一秋毫。江山如传，古来阅尽几英豪。回首只今何在，举目依然风景，此意属吾曹。"反思、感叹自己一生的渺小与失意。辛弃疾是这一时期最具创造力的词坛巨匠，其皆著我之色彩，个人主观意识极强烈。尤其是卜居带湖后，许多回顾人生、描写退隐生活的作品明显带有议论化、散文化倾向，如《沁园春·带湖新居将成》《西江月》（醉里且贪欢笑）、《水龙吟·题瓢泉》（稼轩何必长贫）、《鹧鸪天·鹅湖归病起作》（翠竹千寻上薜萝）、《菩萨蛮》（稼轩日向儿童说）等。

从整体来看，孝宗时期词人普遍喜欢以议论入词，不仅以辛弃疾为代表的爱国词人擅长此道，吕胜己、赵长卿等许多词人亦是如此。词人们在填词时，已不再拘泥于歌儿舞女的演唱，也不局限于抒发自我的幽怨情怀，而是无事无意不可以入词，把自己经历的场景、事件，或是某种特定的思想、意绪溶化到词中，用议论的方式表达出来，使词披上一层理性色彩。综观这一时期词中的议论，一方面，增添了作品的气势与理性；但另一方面，"议论多则性情漓矣"①。过多的议论往往使作品中的理论大于情感，缺乏形象性和生动性，从而偏离了词体本色，被文论家所诟病。王世贞在分析词之正宗与变体时指出"之诗而词，非词也。……幼安辩而奇，又其次也，词之变体也。"②"辩"即议论，王世贞认为，稼轩词要次于柳永、周邦彦、李清照等正统词作，是词之变体。谢章铤认为，"词至南宋，奥窔尽辟……文工而情浅，理举而气少"③，同样对南宋词偏重理性的风格提出了批评。

二　用典

南宋词的"奥窔"，不但表现在议论中，更体现在用典上。用典通常"据事以类义，援古以证今"④，其益处，在于能用数言片语来阐明繁复隐微的寓意。因而，用典成为诗文创作中最常用的一种修辞手法，尤其被视为宋诗的典型特色。关于词中用典，宋人亦有所关注。张炎《词源》称："词用事最难，要体认着题，融化不涩。如东坡《永遇乐》云：'燕子楼空，佳人何在，空锁楼中燕。'用张建封事。白石《疏影》云：'犹记深宫旧事，那人正睡里，飞近蛾绿。'用寿阳事。又云：'昭君不惯胡沙远，但暗忆江南江北。想佩环月下归来，化作此花幽独。'用少陵诗。此皆用事，不为事所使。"⑤张炎所谓的"用事"即为用典。在其词学理论中，典故要合乎主题，与所咏内容融为一体。

北宋时期，词人便时常在词中运用典故，如咏梅词中常出现寿阳公主及

---

① （清）袁枚：《随园诗话》卷十六，人民文学出版社 1982 年版，第 555 页。
② （明）王世贞：《艺苑卮言》，唐圭璋编《词话丛编》，中华书局 1986 年版，第 385 页。
③ （清）谢章铤：《赌棋山庄词话》卷十二，唐圭璋编《词话丛编》，中华书局 1986 年版，第 3470 页。
④ （梁）刘勰著，周振甫译：《文心雕龙今译》，中华书局 1986 年版，第 335 页。
⑤ （宋）张炎：《词源》，唐圭璋编《词话丛编》，中华书局 1986 年版，第 261 页。

"梅妆";提起男性情人,通常用刘郎、潘郎等。到了徽宗时期,"清真词多用唐人诗语,隐栝入律,浑然天成"①,周邦彦大量化用唐人诗句,把词中用典推向了一个新高度。从整体来看,北宋词人所用典故相对通俗常见,大多从诗歌转化而来,与词的意境融为一体,显得自然贴切、不着痕迹。南渡之后,随着词风的转变,词中用典明显出现扩大化与复杂化的趋势。尤其到了孝宗乾、淳时期,宋诗发展到了新高峰,与此同时,词体创作也出现鼎盛局面。被称为宋诗四大家的陆游、尤袤、范成大、杨万里皆活跃于此阶段。这四位诗人皆擅长填词,尤其是陆游、范成大,存词百首以上。在这种诗、词创作同步繁荣的状况下,"以诗为词"极为突出。这一时期的词作,不仅在内容上向宋诗靠拢,艺术手法上也极具宋诗特性。除了议论外,词人们也大量用典,各种题材、各种形式的典故皆被信手拈来,甚至同一首词中连续用典的现象也经常出现。

对比分析两宋词人的用典情况,可以明显看出南宋词人用典有两个突出的特征:一是所用典故来源极为丰富,除了传统诗、文外,经传、史书、诸子、笔记,无所不包;二是人物典故类型复杂,从历史人物到文学形象再到神话传说,各种形象都被词人援引过来表达自己的思想心态。

(一)典故来源丰富多样

孝宗词坛用典现象极为普遍,即便是艳情这种最具通俗性和娱乐性的传统主题,在词人笔下也时常与典故相结合,呈现几分典雅,如张孝祥《浣溪沙》:

绝代佳人淑且真。雪为肌骨月为神。烛前花底不胜春。
倚竹袖长寒卷翠,凌波袜小暗生尘。十分京洛旧家人。

起句的"绝代佳人",出自《汉书·外戚传》《李延年歌》中"绝代有佳人,遗世而独立";"雪为肌骨",出自《庄子·逍遥游》中那位"肌肤若冰

---

① (宋)陈振孙:《直斋书录解题》,上海古籍出版社1987年版,第618页。

雪"的邈姑射神人。下阕"倚竹袖长寒卷翠"由杜甫《佳人》诗"天寒翠袖薄，日暮倚修竹"换化而来；"凌波袜小暗生尘"出自曹植《洛神赋》"凌波微步、罗袜生尘"。词人在这首艳情小令中连续引用了四则与美人相关的典故。

乾、淳年间，随着词体诗歌化、文人化的增强，作品中用典的情况也更加丰富多样。比如，张孝祥《浣溪沙·坐上十八客》（同是瀛洲册府仙）一阕，从题序可见，酒席欢宴上有十八位客人，词中"只今聊结社中莲""唤起封姨清晚景"两句，分别用晋代庐山东林寺高僧慧远与十八贤人结社，以及唐代谷神子（郑还古）《博异志·崔元微》中风神"封十八姨"的典故，紧紧围绕座中人数，饶有情趣。

提到孝宗时期的词人用典，姚述尧是较为突出的一位。姚氏有《箫台公余词》一卷，存词68首，其中11首作品词人自注典故出处，其中包括杜甫诗、张商英诗、友人石敦夫句，以及《梦溪笔谈》《类说》、黄庭坚《南昌集》等。其《临江仙·呈湘川使君丁郎中仲京》一阕，连续标注5则典故的出处："佳节喜逢长久日"一句，词人注"魏文帝《与钟繇书》曰：九月九为阳数，而日月并应。俗嘉其名，以为宜于长久，故以享宴高会。是月律中无射，言群木庶草无有射地而生，惟菊纷然独荣。非夫含乾坤之淳和，体芬芳之淑气，孰能如此。故屈平悲冉冉之将老，思食秋菊之落英。辅体延年，莫斯之贵。谨奉一束，以助彭祖之术。""霜清天宇绝纤埃"一句，词人曰"老杜《九日》诗云：'天宇清霜净，公堂宿雾披。'""遥怜巴岭月"，词人注"严武有《九日巴岭答杜二见忆》诗云：'卧向巴山落月时，两乡千里梦相思。'""拟上曲江台"，词人注"老杜有《九日曲江》诗云：'重阳独酌杯中酒，抱病起登江上台。'""怀县从容留客宴"，词人注"见老杜《九日杨奉先会白水崔明府》诗"。如此精心地自作笺注，足可见词人赋词的目的并非为娱乐演唱，更多带有注重典故、展现才学的意味。

就词中用典而言，辛弃疾、姜夔这两位词坛大家皆是典型代表。尤其在稼轩词中，用典频率极高。据统计，"稼轩词中用典668处，能确定出处的有

579 处，出自 110 种作品或书籍"①。更有一种广义统计，把典例故事、古代故事及引用、化用的前人诗词文皆视为用典，认为稼轩词共用典 2184 处，出自经、史、子、集各部，分别为 145 处、500 处、308 处、1231 处②。清人吴衡照曾明确指出其典源的丰富性："辛稼轩别开天地，横绝古今，《论》《孟》《诗小序》《左氏春秋》《南华》《离骚》《史》《汉》《世说》、选学、李杜诗拉杂运用，弥见其笔力之峭。"③ 关于稼轩词中大量用典的现象，宋代词论家即有所关注，刘辰翁《辛稼轩词序》指出："词至东坡，倾荡磊落，如诗如文，如天地奇观，岂与群儿雌声学语较工拙；然犹未至用经用史，牵雅颂入郑卫也。自辛稼轩前，用一语如此者，必且掩口。及稼轩横竖烂熳，及如禅宗棒喝，头头皆是；又如悲笳万鼓，平生不平事并厄酒，但觉宾主酣畅，谈不暇顾。词至此亦足矣。"④ 这位宋末词人以苏、辛相比较，认为苏轼词别具一格，具有诗文特征，但在稼轩之前，没有人在填词作曲时达到对各种典籍随意运用的地步，即便使用，也会遭人嘲笑。的确，苏轼乃北宋存词最多，用典最为丰富多样者，但很久以来并没有得到认可，被李清照批评为"句读不葺之诗"⑤。

综观孝宗词坛，不仅辛弃疾词中典故极为突出，其他词人词作中的用典现象也很丰富，经、史、子、集各种文献兼而有之。比如，毛开《樵隐诗余》一卷，现存词 42 首，其中有不少典故出自前代史书。例如，《念奴娇·次韵寄陆务观、韩无咎》一阕，起句"少年奇志，笑功名画虎，文章刻鹄"。其中"画虎""刻鹄"皆为用典，意指效仿前贤，皆出自《后汉书·马援传》。《满江红·送施德初》"谁不羡、伏蒲忠鲠，演纶词笔"一句中，"伏蒲"指犯颜直谏，见《汉书·史丹传》；"忠鲠"指忠直不挠，见《晋书·刘颂传论》。

南宋词人善用史料典故，与这一时期文人们对家国、政治的高度关注密

---

① 陈学祖：《典故内涵之重新审视与稼轩用典之量化分析》，《柳州师专学报》2000 年第 9 期，第 16—23 页。

② 张宇：《稼轩词用典研究》，硕士学位论文，吉林大学，2012 年。

③ （清）吴衡照：《莲子居词话》，唐圭璋编《词话丛编》，中华书局 1986 年版，第 2408 页。

④ 金启华、张惠民等：《唐宋词集序跋汇编》，江苏教育出版社 1990 年版，第 173—174 页。

⑤ （宋）李清照著，徐培均笺注：《李清照集笺注》，上海古籍出版社 2002 年版，第 267 页。

不可分。王质《笛家弄·水际闲行》一词中写道："凌乱败荷，既似沙莞，又如淝水。颠倒旌旗都靡。余花欹谢，又似乌江，骓兮不逝。虞兮奈尔。凋柳萧骚，又如轵道，故老何颜对。因缘断。时节转。自然如彼。自然如此。"词人在水边闲行，面对映入眼帘的败荷、余花、凋柳，联想到淝水、乌江、轵道：淝水之战是东晋著名的以少胜多、抗击北方的战役；乌江则与楚霸王相关，项羽与刘邦争锋，由强转弱，直至自刎乌江；轵道，本为长安亭名，庾信《哀江南赋》有云，"是知并吞六合，不免轵道之灾"，借指亡国投降。词人从水边萧飒的自然景物联想到历代战争及家国命运，由三则典故引发出因缘了断、时节转换的感叹。

当然，北宋词人也时常用典，但由于词体当行本色仍较浓郁，因而，所用典故相对比较通俗、浅易。相比之下，孝宗词坛中出现了许多较为生僻的典故。比如，陆游《桃源忆故人》云："一弹指顷浮生过。堕甑元知当破。去去醉吟高卧。独唱何须和。残年还我从来我。万里江湖烟舸。脱尽利名缰锁。世界元来大。"该词充满理趣，其中"堕甑"一语，出自《后汉书·郭太传》："（孟敏）客居太原。荷甑堕地，不顾而去。林宗见而问其意，对曰：'甑以破矣，视之何益？'林宗以此异之。"① 瓮甑摔碎，无法挽回，能够从容面对损失，方是智者风范。陆游借孟敏堕甑之典来表现洒脱大度的人生态度。

沈瀛《减字木兰花》词调中有组词"竹斋侑酒辞"16首，侑酒辞本为酒筵劝酒佐欢之语，然而这组词中却出现许多典故，不仅有彭祖、寿阳公主、离骚等常见之典，甚至还出现"瑴谷吾公""卜昼三杯"等较为少见的典故，这些皆源自儒家经典《左传》。前者见于《襄公三十年》："郑伯有耆酒，为窟室而夜饮酒，击钟焉，朝至未已。朝者曰：'公焉在？'其人曰：'吾公在瑴谷。'"② 后者见《庄公二十二年》：齐桓公到敬仲家饮酒，非常开心，天黑要点灯继续喝。敬仲婉言劝曰："臣卜其昼，未卜其夜，不敢。"③《左传》在唐

---

① （南朝）范晔：《后汉书》卷六十八，中华书局1965年版，第2229页。
② 李学勤主编：《春秋左传正义》，北京大学出版社1999年版，第1118页。
③ 同上书，第268页。

代被列为"儒家九经"之一，沈瀛把儒经中的饮酒故事用入侑酒词中，用事虽然"着题"，但实在算不上"融化不涩"。这种引经据典的侑酒词，尽管不失其娱乐目的，但很难被普通大众所接受。从词体发展角度来看，文人在词中大量运用经、史典故，充分说明词的适用范围已经开始从大众娱乐向文人雅士的圈子退缩。这种创作倾向的出现，必然带来词体传播的萎缩与衰落。

孝宗时期词中的典故，除了大量来自诗歌、经籍、史传之外，还有出自文人别集中的内容。例如，朱熹《西江月》：

> 睡处林风瑟瑟，觉来山月团团。身心无累久轻安。况有清池凉馆。
>
> 句稳翻嫌白俗，情高却笑郊寒。兰膏元自少陵残。好处金章不换。

上阕写景抒情，林风、山月、清池凉馆，衬托出身心无累的逍遥。下阕转向论诗，"白俗""郊寒""少陵残"分别评价唐代的元稹、孟郊、杜甫。"白俗""郊寒"出自苏轼《祭柳子玉文》中的"郊寒岛瘦，元轻白俗"①。苏轼祭文中关于中唐诗人的评论很快被人们所接受，南北之交的张表臣在其《珊瑚钩诗话》中便有引用。史浩《蓦山溪·次韵贝守柔幽居即事》亦提道："风勾月引，余事作诗人，词歌雪，气凌云，寒瘦伦郊岛。"朱熹在词中引用名家之语谈论诗歌，使词体带有文学评论的性质，可以说，在无形之中扩展、推进了词的表达内容。宋代以后，以词论诗及以词论词的创作现象时有出现，如元代刘秉忠《南乡子》（李杜放诗豪），提到对李、杜诗的评价。到了清代，带有文论性质的词作更加多见，如焦袁熹有论词组词《采桑子·编纂〈乐府妙声〉竞作》56首。以词论诗、词，其源头可以追溯到南宋孝宗时期。

以辛弃疾为代表的词人之所以如此偏爱用典，且用典来源如此丰富，主要取决于两个因素：其一是宋代文人普遍具有良好的学术修养，辛弃疾便曾自称"万药难医书史淫"（《鹧鸪天·不寐》），足见其对诗书史籍的痴爱。词人们博览经史，对各种典故了然于心，填词时自然可以信手拈来；其二是这

---

① （宋）苏轼著，孔凡礼点校：《苏轼文集》，中华书局1986年版，第1938—1939页。

一时期词人的创作态度和创作意识有了转变。南渡后，尤其到了孝宗年间，文人填词不再以花间樽前、浅斟低唱为主要目的。词逐渐成为文人之间互相交流及词人述怀、说理的重要工具，越来越向诗歌的价值、功能靠拢，因此，用典、议论等宋诗所具有的特点便逐渐在词体中凸显出来。

对于辛弃疾所代表的南宋词人大量使用典故的情况，有些词论家颇有微词，刘克庄曾言："近岁放翁、稼轩一扫纤艳，不事斧凿，高则高矣，但时时掉书袋，要是一癖。"① 明代陈霆亦提到"辛稼轩词，或议其多用事，而欠流便"②。的确，辛稼轩虽然佳作纷呈，但有些作品用典的确过于繁复，如《六幺令·用陆氏事，送玉山令陆德隆侍亲东归吴中》，连用陆机、陆云、陆龟蒙、陆绩、陆抗、陆贽、陆羽七位陆姓者故事，分别出自《世说新语》《杨文公谈苑》《三国志》《晋书》《旧唐书》等笔记及史书。大量用典，不仅使该词缺少形象与情感，缺乏述怀、说理，通篇给人以堆砌之感。不过，也有词论家对稼轩用典给予整体上的肯定，如刘熙载《词概》便称"稼轩词龙腾虎掷，任古书中理语廋语，一经运用，便得风流，天姿是何夐异"③。抛开褒贬不论，孝宗时期词人们广泛运用各种经史典故，既充分体现了这段时间词体的创作特点，又促进了词体诗化、雅化的进程。

（二）人物典故极其丰富

文学作品中的典故，通常是前人文献中出现的人物、故事或语句。就宋词而言，文人们所用典故十分多样，主要有文学典故（诗文名句等）、文化典故（宗教、民俗等）、人物典故、事物典故、历史事件典故等。就全宋词整体创作来看，婉约抒情词中的用典量明显要少于述怀、言志、说理之类的作品。就两宋词用典状况分析，北宋词作中以文学典故和人物典故最为突出。其中，文学典故多以诗、文为主。在人物典故中，刘郎、陶潜、潘安（潘郎、檀郎）、司马相如、卓文君、寿阳公主等形象较为常见。其中，刘郎一词使用频

---

① （宋）刘克庄：《跋列叔安感秋八词》，曾枣庄主编《宋代序跋全编》，齐鲁出版社 2015 年版，第 5143 页。

② （明）陈霆：《渚山堂词话》，唐圭璋编《词话丛编》，中华书局 1986 年版，第 363 页。

③ （清）刘熙载：《词概》，唐圭璋编《词话丛编》，中华书局 1986 年版，第 3693 页。

率最高，共出现 50 余次，绝大多数出自刘晨遇仙之事，多含浪漫多情之意。周瑜（周郎）也屡次见于北宋词中，然而，除了苏轼在《念奴娇·赤壁怀古》中将周瑜描绘为雄姿英发的英雄外，其他作品中基本用的是"曲有误，周郎顾"之典。综观北宋人物典故，大多属于多情阴柔的类型，比较适合艳情的格调。

到了南宋孝宗时期，词中人物典故大量增加，形象类型也丰富起来：孔丘、庄周、长沮、桀溺、盗跖、屈原、范蠡、廉颇、李广、班超、曹操、孙权、诸葛亮、陶潜、李白、王维、白居易、林逋、苏东坡、女娲、武则天等，帝王、圣人、隐士、盗贼、文人、武将，各种身份、各种类型的人物兼备。刘郎、潘郎、文君、寿阳公主等北宋词中的主要人物典故依然存在，但相对有些弱化，如刘郎一典，虽然使用频率仍较高，但有五分之二转为刘禹锡之典，浪漫多情色彩大为削减，豪狂之意大为增加。

人物典故之所以在孝宗时期变得丰富多样，与词体诗歌化的发展方向是同步一体的。南渡之后，词不断向诗靠拢，内容不断丰富扩大。然而，词作为形式固定的特殊诗体，在词调限制下，字数、句子长短都有着严格规定，小令、中调不过 90 个字，最长的词调《莺啼序》也仅 240 字。想要在短小的篇幅中表达丰富的思想内容，用典是一个重要手段。跟文学典故相比，人物典故往往更直接明了，也更浓缩简短。典故中的人物之所以能在历史长河中沉淀下来，其本身通常具有代表性的特质，或者与典型性的事件紧密相连，因此，一旦提及这些人物，人们便会联系到他们所体现的特质或所经历的事件。比如，提到屈原，人们马上能联想到忠贞爱国、怀才不遇；提到陶渊明，就会联想到高洁隐逸；提到荆轲，便会与刺秦这一事件联系起来。

辛弃疾不但在孝宗时期，而且在整个宋代词坛上都可谓用典最为突出的词人。稼轩很擅长运用人物典故，孙权、刘裕、谢安、李广这些具有雄才大略的英雄人物在其词中皆有出现。此外，许多身份、气质各异的人物在其笔下也有登场。有学者统计稼轩词中典故"涉及的主要人物共 766 人次，总计371 人。能判定人物类型的共有 637 处，其中美女 34 处、文人（诗人）84

处、隐士 54 处、名相（臣）76 处、英雄（名将、勇士、义士、侠士）126

处、名士 199 处，其余 64 处"①。

　　在众多的历史人物中，辛弃疾总是能够选择最契合的典故意象来表现自己的思想感情。例如，《卜算子》提到"千古李将军，夺得胡儿马。李蔡为人在下中，却是封侯者"，飞将军李广是汉代著名将领，英武善射，屡建战功，甚至被俘后还能夺下敌兵战马重新回归。李广虽名垂千古，然而，最终受到皇帝封侯并担任丞相的却是其人品中下的堂弟李蔡。稼轩在词中用李广、李蔡兄弟之典，借二人的境遇对比来抨击当权者的不公正，以此抒发自己心中的不满。稼轩另一首《卜算子·饮酒败德》上阕写道："盗跖傥名丘，孔子还名跖。跖圣丘愚直至今，美恶无真实。"典故出自《庄子·盗跖篇》，词人以盗跖与孔子名字互换为假设，来探讨美、恶的标准及其真实性的问题，进而引申出"简册写虚名"，以略带虚无的态度对不辨贤愚的社会给予否定与抨击。

　　稼轩《满江红·送徐换斡衡仲之官三山，时马叔会侍郎帅闽》写道："绝代佳人，曾一笑、倾城倾国。休更叹、旧时清镜，而今华发。明日伏波堂上客，老当益壮翁应说。恨苦遭、邓禹笑人来，长寂寂。""绝代佳人""倾城倾国"乃诗词常见之典，出自《汉书·外戚列传》对李夫人的描写。"伏波"，即东汉光武帝时期的伏波将军马援。《后汉书·马援传》称"丈夫为志，穷当益坚，老当益壮"。稼轩以马援为典，一来突出了"老当益壮"精神，二来正好对应闽帅马叔会侍郎之姓。邓禹，亦为东汉开国名将，拜大司徒时年仅 24 岁，可谓少壮有成。词人以马援、邓禹相比，怀才不遇、时不待我之心显然可见。稼轩笔下的历史人物，绝大多数是男性，但也有一些女性形象，如《念奴娇·双陆和坐客韵》写道："武媚宫中，韦娘局上，休把兴亡记。布衣百万，看君一笑沉醉。"借唐代武则天与韦皇后这两位宫廷女子，一个临朝称帝一个作乱被杀的不同命运，来说明"堪笑千古争心，等闲一胜，

　　①　陈学祖：《典故内涵之重新审视与稼轩用典之量化分析》，《柳州师专学报》2000 年第 9 期，第 16—23 页。

拚了光阴费"的人生道理。从总体来看，稼轩词中大量的人物典故以英雄、名士居多，大都与历史政治密切相关，充分展现出词人的爱国思想、豁达胸怀及失意后的自我安慰。

如果说，婉约词中用典，尤其是人物之典相对较少的话，那么，到了姜夔，则打破了这一传统。姜夔词中典故颇多，人物之典亦不少见。例如，《齐天乐》中"庾郎先自吟愁赋"，以庾信赋愁奠定了全词的基调。《永遇乐·云鬲迷楼》中"前身诸葛，来游此地，数语便酬三顾"，用诸葛亮来比辛稼轩，充分表达了对友人的欣赏与期盼。《疏影》中"昭君不惯胡沙远，但暗忆、江南江北"，把王昭君与梅花融为一体，赋予梅花高洁幽独的品格和不忘故国的情感。《暗香》中"何逊而今渐老，都忘却春风词笔"，借何逊抒发自己年岁已老，功业无成的感伤。从整体来看，姜夔词中的人物典故虽然基本属于阴柔的气质类型，但与传统婉约词中人物典故相比，显得雅致不俗，意韵也更加深刻。

除了辛弃疾、姜夔这两位词坛巨匠之外，孝宗时期还有大批词人善于运用人物之典，或抒情达意，或烘托情调，甚至还有文人游戏性质，用典的目的、效果丰富多样。廖行之《水调歌头·寿欧阳景明》下阕曰："记当年，冀两荚，应熊罴。男儿壮志，端在伊傅与皋夔。况是从容书史，养就经纶功业，早晚帝王师。但了公家事，方与赤松期。"词中除了"冀荚""熊罴"二典外，还涉及伊、傅、皋、夔、赤松这五个形象。伊傅即伊尹、傅说，均为商代贤相；皋夔，即皋陶、夔，分别为虞舜时期的刑官与乐官，常用来借指贤臣；赤松即赤松子，《淮南子·齐俗》、刘向《列仙传》等皆有记载，《史记·留侯世家》记载张良功成身退，"愿弃人间事，欲从赤松子游耳"，指代功成身退之人。词人在这首寿词中借伊、傅、皋、夔来赞美寿主欧阳景明的经纶功业，又借赤松子来称颂功遂身退的高洁与逍遥。

吴镒《水调歌头·柳州北湖》是一首浪漫的写景之作，上阕集中描绘北湖胜景，下阕写道"子韩子，叫虞帝，傲祝融。御风凌雾来去，邂逅此从容。欲问骑麟何处，试举叉鱼故事，惊起碧潭龙。乞我飞霞佩，从子广寒宫"。词人转片时一口气列举了韩子、舜帝、祝融三个形象，然而结合全词仔细品味，词人并没有挖掘这三人的文化含义，只是借他们来渲染一种浪漫超凡的艺术境界。例如，吕胜己《临江仙》（忽忆裴公台上去）序曰，"同王、侯二公登裴公亭"，词中有"爱竹子猷参杖履，能诗侯喜同登"之句。裴公亭原名楚秀亭，在潭州西，为唐朝裴休镇守长沙时所建，因而得名。词人与王姓、侯姓友人登台畅游，有意以东晋名士王子猷、中唐诗人侯喜为典，更多带有文字游戏的性质。

沈瀛有《减字木兰花》三首，分别为《贪》（贪而忘止）、《嗔》（人无常止）、《痴》（心如皎止），皆为阐述佛理之作。"贪嗔痴"乃佛教名数，亦称"三垢""三火"。佛教认为，在人类诸多烦恼中，此三者为"根本烦恼"之首。① 沈瀛用主题鲜明的三首词来告诫人们要远离贪欲、消除怨忿、避免心智迷暗，以免"食籍名中犹折寿""他日阴司罪过多"。沈瀛并没有生硬地论说佛理，而是在三首词中借助大量人物典故来加以说明。在论"贪"这首词中，词人提到"一逐贪风，恨不当初嫁邓通"。《史记·佞幸列传》载有邓通之事，邓通乃汉文帝宠臣，被赐"蜀严道铜山，得自铸钱，'邓氏钱'布天下。其富如此"②。"若使兼何"，用徐湛之之典。《宋书》记载外戚徐湛之侈纵奢华之事：安成公何勖，临汝公孟灵休，"并各奢豪。与湛之共以肴膳、器服、车马相尚。京邑为之语曰：'安成食，临汝饰'，湛之二事之美，兼于何孟。"③ 邓通多金，湛之奢侈，然而，最终一个不名一文，一个死于非命。词人以二人为例，来告诫世人金钱再多、食物再奢，最终未必有善果。论"嗔"一词中词人亦连用典故，"骂座灌夫"出自《史记·魏其武安侯列传》，灌夫使酒骂田蚡而被诛族；"夫子雍容语不多"则是指《史记·孔子世家》中记录孔子对企图加害自己的司马桓魋，只是说了一句"天生德于予，桓魋其如予何"，态度非常从容、坦然。词人用灌夫和孔子正反二事进行对比，对明

---

① 参见任继愈主编《佛教大辞典》，江苏古籍出版社 2002 年版，第 96 页。
② （汉）司马迁：《史记》，中华书局 1959 年版，第 3192 页。
③ （梁）沈约：《宋书》，中华书局 1974 年版，第 1844—1845 页。

达、从容的处世态度给予肯定。论"痴"一词中，词人则用顾恺之与随何进行对比。《晋书·文苑传》称"恺之有三绝：才绝，画绝，痴绝"，而《史记》中的随何则是能言善辩，得到功勋。

在孝宗时期纷繁的人物典故中，有三个人物意象最为突出，分别是陶潜、李白与苏轼。这三人在孝宗时期的词作中经常可见，从某个角度来说，体现了该时期文人的理想追求与审美风尚。据统计，这一时期词中直接以陶潜的各种称谓，如渊明、靖节、元亮、彭泽、陶县令等形式，出现约85次，而整个北宋仅出现50次左右。此外，归去来兮、采菊、饮酒等同样是借用陶潜文化意象。以辛弃疾为例，其涉及陶渊明典故的词作有34首，既有《念奴娇》"须信采菊东篱，高情千载，只有陶彭泽"、《水调歌头·再用韵答李子永》"我愧渊明久矣，独借此翁湔洗，素壁写归来"、《洞仙歌·访泉于奇师村，得周氏泉，为赋》"便此地、结吾庐，待学渊明，更手种、门前五柳"、《水调歌头·再用韵呈南涧》"爱酒陶元亮，无酒正徘徊"这样的直接称呼，也有《行香子》中"归去来兮，行乐休迟"这样的间接表达。

在这一时期文人词中，李白的形象也多次出现，约50次。其指称主要有谪仙、太白、李白等，其中"谪仙"使用频率最高，有36次。例如，倪偁的《南歌子》"更有谪仙奇句、斗清寒"，以及《减字木兰花》"咏谪仙诗。醉里骑鲸也大奇"；韩元吉《念奴娇》有"枚乘声名，谪仙风韵，更赋长相忆"；刘望之《水调歌头》有"谪仙人，解金龟，换美酒"；耿时举《满江红·中秋泛月太湖》有"问月杯空，谪仙去、无人重举"等。既有对李白才情的赞美，也有对其狂放洒脱人格的欣赏。

除了陶潜、李白这两位古代文人外，北宋苏东坡也是孝宗时期文人时常提及的对象。在这一时期词作中，"东坡"二字出现频率很高，但具体有三种情况：其一是作为人物典故出现在词中，如曹冠《惜芳菲·述怀》中"我生嗟在东坡后"、甄龙友《霜天晓角·题赤壁》"峨眉仙客。四海文章伯。来向东坡游戏，人间世、著不得"等；其二是作为次韵、追和的对象出现在词序中，如楼钥《醉翁操·和东坡韵咏风琴》、辛弃疾《念奴娇·用东坡赤壁韵》

等；其三是出现了词调《东坡引》。苏轼以人物典故出现在词中的有 25 次，作为次韵唱和对象出现的有 13 次，以词调出现的共 10 次。

值得关注的是，《东坡引》作为词调，在现存北宋及南渡时期词作中并未曾出现。孝宗词坛共有 6 人存有《东坡引》：曹冠、袁去华、赵长卿、杨冠卿各 1 首，辛弃疾、赵师侠各 3 首。这 10 首《东坡引》句式、字数各有不同：曹冠、袁去华之作皆双调，上阕四句四仄韵，下片五句四仄韵，但曹词 48字，袁词 49 字；赵师侠 3 首皆双调 53 字，句式与曹、袁相近，但下片尾句重叠；杨冠卿、赵长卿、辛弃疾皆双调 58 字，上下片尾叠，然而，杨、赵二词与辛词下片前两句句式不尽相同。由此可见，《东坡引》这一词调在孝宗年间字数、句式还未彻底定型，当属初创阶段。这 10 首词中，有 2 首可以明确系年：赵师侠（飞花红不聚）一词题序为"癸巳豫章"，可见作于乾道九年（1173）；杨冠卿序曰"岁癸丑季秋二十六日"，作于光宗绍熙四年（1193）。由此可以推断，《东坡引》很有可能产生于孝宗年间。南渡之后，词人创调远远少于北宋，以"东坡"名调，足可见苏轼对南宋词坛的深远影响。

陶潜、李白、苏轼这三个人物典故，不但广泛被词人引用，而且会出现在同一首词中，如汪莘《沁园春·自题方壶》曰"叹谪仙才气，飞扬跋扈，渊明何事，慷慨欷歔"、游次公《满江红·丹青阁》曰"恨谪仙、苏二不曾来，无人说"、赵长卿《水调歌头·赏月》曰"唤醒谪仙、苏二，何事常愁客少"等。

这三位人物，分别是东晋、唐代、宋代的文人代表。尤其是躬耕隐居，不为五斗米折腰的陶渊明，更是封建士人理想人格的典型凝聚。吕胜己在《虞美人》一词中写道："人人爱道休官去。总是闲言语。古今文士与贤才。为甚独高陶令、赋归来。"指出了陶渊明之所以被古今文人贤士推崇的重要原因：历来人们总把辞官挂在嘴上，然而只有陶渊明付诸行动。作为后来者，苏轼对陶潜也极为推崇、喜爱，不仅隐栝了《归去来兮辞》，多次借用陶潜之典，甚至把陶渊明视为自己的前生，公然在《江神子》中称："梦中了了醉中醒。只渊明。是前生。"苏轼可以说是宋词中陶潜意象发展的有力推动者，孝宗词人对陶潜欣赏效仿的同时，也同样蕴含着对苏轼的敬仰。

苏轼作为一个文才与人格都极富魅力的官僚士大夫，虽然在北宋末期受到元祐党祸的影响，遭到打压、封锁。然而南渡之后，随着党禁的开放，以及高宗的推崇，苏轼的人格魅力和艺术魅力再次得到释放。"建炎以来，尚苏氏文章，学者翕然从之。"① 到了孝宗年间，"孝宗最重大苏之文，御制序赞，特赠太师，学者翕然诵读。所谓人传元祐之学，家有眉山之书，盖纪实也。"② 崇苏热在乾、淳时期彻底传播开来，苏轼自然也成为词人效仿的重要对象。

在众多成就斐然、性格命运各异的先哲文人中，陶潜、李白、苏轼成为孝宗词坛上出现频率最高的三位，充分说明这三人的才情气质、生活态度最受这一时期文人们的追捧和肯定。从表层来看，这三人各具特色：陶潜淡泊宁静、超尘脱俗；李白狂放洒脱、豪情俊逸；苏轼通透洞明、乐观旷达。然而从深层分析，自然率真、任性独立、不媚世俗是三人共同的精神内核。陶潜、李白、苏轼这三个人物形象在孝宗时期词作中的凸显，从另一个角度也说明了该时期词坛创作的文人化、诗歌化倾向。

提及孝宗词坛，辛派爱国豪放词人及词风一直被视为这个时期的典型代表。具体分析，爱国是一种情怀，这种情怀可以体现在述怀、说理、祝寿、酬赠等多种主题的词作中，既可以直接抒发，又可以像姜夔一样用"废池乔木、犹厌言兵"这种含蓄、低婉的语言来表达。豪放是一种风格，这种格调虽然常常出现在爱国情怀中，但豪放与爱国并不等同，而是与词人的气质个性更为密切，因此，很多时候仅仅是个人情怀的表达。比如，曹冠《念奴娇·述怀和赵宰通甫韵》曰"鹏激天池，扶摇未便，尚敛摩云翅。经纶万卷，个中真负豪气"，《蓦山溪·九日》曰"行行游赏，邂逅得诗人，呼斗酒，发清吟，豪气凌霄汉"。这两首词与爱国主题无关，字里行间所透出的豪迈气度，简直可与李白相媲美。从词史上看，爱国情怀与豪放风格的结合，在孝宗词坛上最为集中、突出，然而，这类作品仅仅是孝宗词坛的一个构成部分，

---

① （宋）陆游：《老学庵笔记》卷八，中华书局 1979 年版，第 100 页。
② （宋）罗大经：《鹤林玉露》甲编卷二，中华书局 1983 年版，第 33 页。

并不能代表孝宗词坛的整体风貌。如果要为孝宗时期丰富多样的词坛创作找出一个共性特征，那么，文人化、诗歌化可以说是最合适的一个标签。

孝宗时期的词坛创作，无论是主题内容还是艺术风格都极为丰富。从整体来看，苏轼开创的"以诗为词"，在这一时期得到充分实行。除了文体形式的固定差异外，诗、词在内容及艺术手法上的界限越来越模糊。述怀、说理、酬赠唱和等极具诗歌特点的作品在词坛上大量呈现；议论、用典这两个宋诗的典型特征也渗透在词体创作中。综观这段时期的词坛，各种主题、各种风格的作品互为交织，呈现出蓬勃繁荣的创作态势，但是也体现出一定的创作规律：就主题而言，在整体格调偏于婉约的词人笔下，咏物词创作相对数量更多、内容更为丰富，以赵长卿、姜夔、王十朋为代表；对于风格开阔的词人来说，酬赠之作及述怀、说理词更加突出，以辛弃疾、张孝祥、陈亮、韩元吉为代表。从艺术手法来看，用典在两类词人中都比较普遍，相比之下，豪放词人的典故类型更为多样；以议论入词，则主要体现在后一类词人作品中。

客观地看，孝宗时期文人们借词抒发个人独特的情感经历及人生感受，一方面，可以使作品所传达、蕴含的意趣更加丰富、高雅、深刻；另一方面，又会偏离社会大众的审美爱好，从而导致其娱乐功能及传播范围因小众化而逐渐走向萎缩。此外，议论、用典的大量使用，一方面，使词体的表现内容得到扩充；另一方面，也削弱了词的形象化与审美感受。南宋词之所以在整体艺术感染力上比北宋弱，与议论、典故的大量使用有密切关系。

第五章　从南北差异看孝宗词坛的发展演变

　　孝宗词坛以众多的词人、词作数量及丰富的作品内容、风格，毫无疑问地登上了宋词创作顶峰，并被视为南宋词风代表。从整个词史来看，宋词的创作明显以靖康之变为分水岭，南宋词与北宋词在主题构成比例、修辞手法、艺术风格等方面都存在着很大差异，这一现象在宋末便受到文人们的关注。此后，南、北宋词孰优孰劣、孰盛孰衰，不断受到争议。尤其在"词学中兴"的清代，以辛弃疾、姜夔为代表的南宋词人及其创作风尚，以及南、北宋词坛的异同，受到词学家们深入、广泛的讨论。以北宋词为参照，以盛衰之辨为视点，可以更全面地探究孝宗词坛创作特点，从而给予孝宗词坛更客观、更准确的定位。

第一节　从后人南北之辨看孝宗时期的词风

　　从现存全宋词来看，孝宗时期的创作最为突出。然而，对于这样一个显赫的词坛阶段，词学家们的认识和评价却有所不同。南宋末期，柴望在《凉州鼓吹自序》中论道：

　　　词起于唐而盛于宋，宋作尤莫盛于宣、靖间，美成、伯可各自堂奥，俱号称作者。近世姜白石一洗而更之，《暗香》《疏影》等作，当别家数也。大抵词以隽永委婉为上，组织涂泽次之，呼噪叫啸抑末也。唯白石词登高眺远，慨然感今悼往之趣，悠然托物寄兴之思，殆与古《西河》

《桂枝香》同风致。视青楼歌红窗曲万万矣，故余不敢望靖康家数，白石衣钵或仿佛焉。①

以当今眼光来看，孝宗时期的创作是宋词高峰，尤其爱国、述怀一类的主题更是为词坛带来一股强健之风，然而，柴望的看法却截然相反。柴望（1212—1280），字仲山，号秋堂，江山人。南宋嘉熙四年（1240）为太学上舍，宋亡不仕。曾有《道州苔衣集》一卷，及词集《凉州鼓吹》一卷。作为有创作实践经验的词论者，柴望认为，宋词最兴盛的阶段是宣和、靖康年间，即北宋徽宗时期，并把周邦彦、康与之视为宋词繁盛的代表作家。到了孝宗时期，姜夔只是"一洗而更之"。柴氏认为，最上乘的词作应该是隽永委婉，其次是组织工巧。对后世影响巨大，尤其被当代研究者最为重视的辛弃疾以及辛派爱国词人，在柴望的词学观念中，不过是"呼噪叫啸"之末流。

作为宋末词人，柴望在回望及评价宋词发展时，从"隽永委婉"的传统本色角度对宋词进行了总结，从而把北宋末期视为鼎盛阶段，对于极受后世词学家们关注并追捧的辛派豪放词风提出了批评。在孝宗时期众多的词人中，柴望仅仅对姜夔给予了肯定，认为其登临怀古词与周邦彦的《西河》、王安石的《桂枝香》风致相同。柴氏的观点体现了宋人的一种词学意识，即对于词体婉约本色的认可与坚持，以及对宋代不同时期词坛风貌的清晰认识，这种意识可以说是南、北宋词风之辨的一个先导。

对宋词的全面反思和大规模讨论产生在"词学中兴"的清代。浙西词派与常州词派是清代影响最为深远的两大词学流派。浙西派宗法南宋，追求醇雅，以姜夔、张炎为圭臬，使"数十年来，浙西填词者，家白石而户玉田"②。浙西派领袖朱彝尊曾在《词综·发凡》中明确表明推尊南宋、崇尚姜夔的词学主张："世人言词，必称北宋；然词至南宋始极其工，至宋季而始极其变。姜尧章氏最为杰出。"③ 到了嘉庆初年，常州张惠言编辑《词选》，常

---

① 金启华、张惠民等：《唐宋词集序跋汇编》，江苏教育出版社1990年版，第284页。
② （清）朱彝尊：《〈静惕堂词〉序》，陈乃乾辑《清名家词》，上海书店1982年版，第一卷。
③ （清）朱彝尊、汪森：《词综》，上海古籍出版社1978年版，第10页。

州词派的旗帜从此树立起来。常州派的词学理念与浙西派截然不同，不重姜、张，而是肯定花间传统。张惠言在序言中认为"温庭筠最高，其言深美闳约"①。张氏兄弟该词集编选甚精，仅录唐、五代及两宋词人作品百余首，其中，南宋词所占比重要少于唐、五代及北宋。常州派发展到中期，代表人物周济则推举北宋，认为世人作词之路皆"问涂碧山（王沂孙），历梦窗（吴文英）、稼轩（辛弃疾），以还清真（周邦彦）之浑化"②，把徽宗时期的周邦彦作为学词的终极目标。清代这两大词学流派，分别表现出尊南、尊北的不同词学理念。

清人认识到两宋词坛的差异，对此有许多论述。不少人推尊南宋，如张其锦有论："词者，诗之余也。昉于唐，沿于五代，具于北宋，盛于南宋，衰于元，亡于明。"他还以唐诗进行比喻，认为"南渡为盛唐，白石如少陵……稼轩为盛唐之太白"。并提出"填词之道，需取法南宋。然其中亦有两派焉，一派为白石，以清空为主，……犹禅之南宗也。一派为稼轩，以豪迈为主，继之者龙洲、放翁、后村，犹禅之北宗也"③。张其锦不仅认为词盛于南宋，而且以盛唐诗坛及李白、杜甫、南宗禅、北宗禅来进行类比，非常形象地说明了南宋词坛，尤其是辛、姜所处的孝宗时期在词史上的重要地位。晚清词学四大家之一的况周颐十分推崇南宋词，况氏词学理论的核心是"重、拙、大"说，他认为，"作词有三要，曰'重、拙、大'。南渡诸贤不可及处在是。"④ 把南宋词人作为这一理论的体现者。况周颐还多次直接指出词盛于南宋："词学权舆于开天盛时，寝盛于晚唐五季，盛于宋，极盛于南宋。"⑤ 不仅如此，还详细分析其原因："词之极盛于南宋也，方当半壁河山，将杭作汴，一时骚人韵士，刻羽吟商，宁止流连光景云尔？其荦荦可传者，大率有忠愤抑塞，万不得已之至情，寄托于其间，而非'晓风残月'、'桂子飘香'

---

① （清）张惠言：《词选序》，张惠言《词选》，中华书局 1957 年版，第 7 页。
② （清）周济：《宋四家词选目录序论》，唐圭璋编《词话丛编》，中华书局 1986 年版，第 1643 页。
③ （清）张其锦：《〈梅边吹笛谱〉跋》，陈乃乾辑《清名家词》，上海书店 1982 年版，第六卷。
④ （清）况周颐著，孙克强辑：《蕙风词话广蕙风词话》，中州古籍出版社 2002 年版，第 3 页。
⑤ 同上书，第 151 页。

可同日而语矣。"① 况周颐从世事剧变的历史背景，以及作品中的"黍离麦秀"寄托入手，给南宋词以高度肯定。

在清代词坛上，也有不少人持重北轻南的态度。潘德舆认为："词滥觞于唐，畅于五代，而意格之闳深曲挚，则莫盛于北宋。词之有北宋，犹诗之有盛唐。至南宋则稍衰矣。"② 王国维《人间词话》乃清末词学名著，其中多有批评南宋之语："南宋词人，白石有格而无情，剑南有气而乏韵。其堪与北宋人颉颃者，唯一幼安耳。近人祖南宋而祧北宋，以南宋之词可学，北宋不可学也。"③ 王氏对近人尊南宋的做法提出异议，认为南宋只有辛弃疾能与北宋词人相提并论，而姜夔、陆游则存在"有格无情""有气乏韵"等缺陷。不仅如此，王国维还从文体更替的角度论及两宋词盛衰："诗之唐中叶以后，殆为羔雁之具矣。故五代北宋之诗，佳者绝少，而词则为其极盛时代。即诗词兼擅如永叔、少游者，词胜于诗远甚。以其写之于诗者，不若写之于词者之真也。至南宋以后，词亦为羔雁之具，而词亦替矣。此亦文学升降之一关键也。"④

王国维认为，五代、北宋是词代诗兴、词体极盛时代；到了南宋，词逐渐被替代，进入衰落阶段。他进一步阐述，指出五代、北宋词体兴盛时，诗词兼擅的文人通常都是填词的成就胜过作诗。文体交替兴盛的规律众所周知，王国维的视角更为独特，仔细分析，北宋的确存在这种创作现象。不仅王国维提到的欧阳修、秦观，还有范仲淹、贺铸、李清照等，皆是如此。苏轼身为一代文豪，诗、词、文、赋兼擅，且成就都很突出，然而，就文学发展角度来看，苏轼在词史上的开创之功明显要超过其他文体。黄庭坚是宋代最大诗歌流派江西诗派的盟主，然而，他的词作价值并不亚于诗歌。

南渡之后，这种词名胜于诗名的状况有所转变，对于那些诗词兼擅的文人来说，许多人的诗歌成就更加瞩目一些。比如，陆游、范成大，虽然二人的词作数量、创作成就在孝宗词坛上都比较突出，然而，皆以"中兴四大诗

---

① （清）况周颐著，孙克强辑：《蕙风词话广蕙风词话》，第446—447页。
② （清）谭献：《复堂词话》，唐圭璋编《词话丛编》，中华书局1986年版，第4010页。
③ （清）王国维：《人间词话》，唐圭璋编《词话丛编》，中华书局1986年版，第4249页。
④ 同上书，第4256页。

人"而著名。焦循亦从词体嬗变角度谈到南宋词的衰落:"南宋之词,渐远于词矣,又遁而归于曲。故元明有曲而无词。盖诗亡而词作,词亡而曲作。诗无性情,既亡之诗也。词无性情,既亡之词也。曲无性情,既亡之曲也。"①他认为,宋词衰落的原因是由于南宋词逐渐偏离了词体本色,缺少性情,最终被曲子所取代。

从整体来看,尽管浙西派推尊南宋,尤其是姜、张词风,晚清况周颐也把南宋视为"重、拙、大"的体现。但是清人在南、北宋之辨上,更多的态度是倾向于推尊北宋。陶尔夫先生《南宋词与清代词学研究中的困惑》一文,明确指出了清代词学中的这个现象,认为主要原因"一是对豪放词、婉约词的新变认知不清;二是对南宋词的研究缺乏整体观照"②。其实对南宋词坛的讨论,自宋末柴望就已经开始。宋代陈模《怀古录》中亦提道:"近时作词者,只说周美成、姜尧章等,而以稼轩词为豪迈,非词家本色。""或云美成、尧章,以其晓音律,自能撰词调,故人尤服之。"③ 可见,南宋中叶,很多词人推崇周邦彦、姜夔的词风,而认为辛弃疾非词家本色。就宏观角度来看,南、北风之辨的焦点在于词论家们对词体本色特质及正变论的认知,此外,个人审美倾向与社会时代背景也起到重要作用。从词的正体本色出发,五代、北宋为极盛;从文人新变角度出发,南宋为鼎盛。

任何一种文体,包括词体的发展往往是回环往复的。文体功能的差异,决定了词与诗具有不同的内容与风格特征。敦煌民间词时期,词体内容风格相对比较开阔。到晚唐、五代,随着末世享乐淫逸之风的兴盛,艳情逐渐成为词体的绝对主题,并确立起绮罗婉媚的当行本色。宋初,西蜀、南唐的淫靡娱乐环境受到冲击,文人在建国之初大多怀有经邦济世之心,词创作并不发达,艳情更为少见,直到北宋中叶才再度兴盛起来,并一直延续到北宋末。靖康之变,突然打断了徽宗词坛的连贯性,使词陡然偏离了娱乐艳情的轨道,

---

① (清)焦循:《董晋卿䌽雅词跋》,施蛰存主编《词籍序跋萃编》,中国社会科学出版社 1994 年版,第 588 页。

② 陶尔夫:《南宋词与清代词学研究中的困惑》,《求是学刊》1998 年第 3 期,第 60—70 页。

③ 陈模:《怀古录》卷中,清抄本,国图缩微。

变得丰富开阔起来，这种态势持续到明代中期。陈霆《渚山堂词话》所提到刘基、高启等明初文人，以及自己的《满江红》（归去来兮）词，仍颇具南宋风味。明中叶以后，随着世风的浮靡，以《草堂诗余》为代表的北宋词风再度回归，甚至愈演愈烈，一直绵延到清朝初年。陈子龙、邹祗谟等人的创作实践及创作思想，表现出明显的重北宋、重艳情倾向。为纠正时弊，以朱彝尊为首的浙西派崛起，独尊南宋骚雅，把《花》《草》之风转变为"家白石而户玉田"。

从客观来看，抵制明代浮靡淫艳词风，最有力的应该是辛派风尚，然而，朱彝尊在南宋词坛中推姜夔而不言稼轩。究其原因，一是与词体观念、个人审美情趣有关，另外，清初社会思想文化环境也是重要因素。清朝建立后，文字狱兴盛，深刻影响诗词创作。仅以龚鼎孳为例，他一方面因文名与吴伟业、钱谦益被称为"江左三大家"；另一方面，因先后投降闯王和清朝被视为"贰臣"，可以说是个内心经历十分复杂的人物。龚鼎孳著有《定山堂集》，包括《诗集》四十三卷，《诗余》四卷，其诗文在清代有多个版本保存至今。对比后可以发现，一些作品字句在顺治、康熙初年版本与康熙十年以后版本中明显不同，如"不敢怅神州"改为"里舍似他州"；"故国"改为"故树"；"娥眉亡国尽"改为"娥眉三阁尽"；"神州断舞鸡"改为"乡心蹴舞鸡"；"消魂羌笛吹难尽"中的"羌笛"亦被改成"玉笛"等。凡是涉及家国、胡虏之类的语言皆被改掉或直接抹去，文字狱的痕迹显然可见。在这种严酷的文化背景之下，辛派爱国词风是不可能存在的。因此，姜夔一派骚雅、含蓄的风格自然被推为抵制晚明淫艳词风的有力工具。然而，对于浙西派来说，成也姜夔，败也姜夔，一味讲究文人化、骚雅化，终究会影响词体的生命力，因而嘉庆后，常州词派代之而兴，推尊五代、北宋，把周邦彦视为模范。到了清末，社会环境、创作环境更为复杂，词论家从不同角度出发，各有偏好：况周颐提倡"重、拙、大"，独重南宋；王国维讲究境界，推尊北宋。

从词体发展的角度客观来看，南、北词风各有千秋，词论家们也各有阐释，如周济对此颇多言论。他认为："北宋词，下者在南宋下，以其不能空，且不知寄托也；高者在南宋上，以其能实，且能无寄托也。南宋由下不犯北宋拙率之病，高不到北宋浑涵之诣。"① 其又指出："北宋主乐章，故情景但取当前，无穷高极深之趣。南宋则文人弄笔，彼此争名，故变化益多，取材益富。然南宋有门迳，有门迳故似深而转浅；北宋无门迳，无门迳故似易而实难。"② 刘熙载认识到两宋词在用笔方面的不同："北宋词用密亦疏，用隐亦亮，用沉亦快，用细亦阔，用精亦浑。南宋只是掉转过来。"③ 从宏观上看，南、北宋词所表现出的差异，同样是宋人留给后代的一笔宝贵财富，后世词学家们常常以此为坐标来分析、梳理各种词学现象，并借此来阐释自己的词学主张、词学观点。

就南宋词坛而言，辛弃疾、姜夔历来被视为标志性的人物。稼轩一生倾力作词，不但数量众多，而且风格各异，这一时期重要的主题类型及作品风格，在其词作中几乎都有所体现。无论述怀、说理、唱和、祝寿、节序、咏物、艳情等主题，还是豪放、婉约、谐谑、清新、旷达等风格，稼轩的创作都具一定的代表性。姜夔虽存词不多，仅80余首，但可以说是词体隽永委婉的本体风貌与文人高雅情致的完美融合。由于姜夔词在孝宗时期大多在杨万里、范成大、张镃等官宦士大夫圈子中传播，受众面比较小，因此，在社会上影响不大。经过南宋末期张炎等人的继承和大力推崇后，越来越被后世文人效仿与追捧。

纵观孝宗以后的词坛，无论词体如何发展，词风如何演变，始终没有人能够超越辛弃疾、姜夔所开创的词体境界。自南宋末直到晚清，历代词论家对辛弃疾、姜夔创作的方方面面有着众多评价。在宋词史上，辛弃疾、姜夔与苏轼、周邦彦等北宋词人一起，当之无愧地成为词学家们最为关注的焦点。围绕着辛、姜所代表的南宋词风与北宋词风所进行的各种讨论，正反映出孝宗词坛对后世的巨大影响，以及在词史上的重要地位。

---

① （清）周济：《介存斋论词杂著》，唐圭璋编《词话丛编》，中华书局1986年版，第1630页。
② （清）周济：《宋四家词选目录序论》，唐圭璋编《词话丛编》，中华书局1986年版，第1645页。
③ （清）刘熙载：《词概》，唐圭璋编《词话丛编》，中华书局1986年版，第3696页。

第二节　从登临词的发展看孝宗词风嬗变

对于孝宗词坛所代表的南宋词风，及其与北宋词风的差别，历代论者从宏观到微观皆有所论述，涉及词的内容、格调、音乐格律、艺术手法，以及词人气质性情等许多角度。陶尔夫先生概括性地指出：相对于北宋词而言，南宋词的变化主要体现在功用、题材、风格、境界、形式、语言六个方面。[①]

从总体来说，南宋词风的变化是文体发展的必然结果。任何一种文体产生之后都不可能是一成不变的，而会随着社会环境、文人个体的差异不断产生变化。就词体而言，本是作为流行歌曲产生的。北宋时期，词主要是宴饮集会时歌儿舞女侑酒佐欢、进行演唱的底本，通俗、应景是其主要标准。在此基础上，情景交融、能够触动人心的唱词自然会受到大家的追捧。因此，儿女情长、伤离怨别、惜春悲秋这一类最能引发大众情感共鸣的主题便成为词人创作的主流。与这些内容相匹配的，自然是婉转柔媚的格调，所以花间风气自然而然成为词坛主导。随着唱词逐渐成为宋代社会最重要的娱乐工具，越来越多的士大夫开始投入填词中，文人的个性、情怀便不断地渗透在词中，这在苏轼身上得到了最突出的体现。到了北宋末期，在徽宗提倡下，朝野上下填词之风极为兴盛，尤其在精通音律的周邦彦手中，词体当行本色也达到了高峰。靖康之变的爆发，使词突然失去了传统的娱乐环境，当行本色之路受到阻断，文人化特点便迅速凸显出来，并很快在孝宗时期达到高峰。

与北宋时期以娱乐为主的创作目的有所不同，孝宗词坛的创作主流是文人情怀的抒发，因此，家国之变、身世之悲、人生感悟、友人交往等各种个性化的内容与情绪在词中得到了充分表现。在前面章节中，主要从词作主题及艺术手法等方面对孝宗时期的词坛风貌进行了梳理，为了更加清晰阐述孝宗时期的词风嬗变，现选取"登临"这一视角，对孝宗时期的词作及北宋词

---

① 陶尔夫、刘敬圻：《南宋词史》，黑龙江人民出版社1992年版，第524—525页。

人的创作进行具体分析。

　　登高望远，是中国古代文学中经常出现的一个意象。孔子曾说过，"君子登高必赋"①。从《诗经》中的"陟我高岗"（《皇矣》），到楚辞中的"登昆仑兮四望"（屈原《河伯》），从曹操的"东临碣石，以观沧海"（《观沧海》），到陶潜的"登东皋以舒啸，临清流而赋诗"（《归去来兮辞》），君子们在登高之时，往往会记录下自己的所观、所感、所思、所忆。王粲《登楼赋》、陈子昂《登幽州台歌》、王之涣《登鹳雀楼》、杜甫《登高》等，皆为登临佳作。钱锺书更是概括道："囊括古来众作，团词以蔽，不外乎登高望远，每足使有愁者添愁而无愁者生愁。客羁臣逐，士耽女怀，孤愤单情，伤高望远，厥理易明。"② 就词而言，被称作"百代词曲之祖"的《菩萨蛮》（平林漠漠烟如织），集中描写词人登楼远眺、思乡怀人的惆怅感伤，可以说是早期文人登临词的典范。在两宋词作中，经常可以看到关于登临的描述。值得关注的是，由于"时运交移，质文代变"③，对于登临这一现象，孝宗时期的词作与北宋时期的同类作品，所传达出来的情感、意境截然不同。

一　内容上：北宋多艳情；孝宗时期更加丰富

　　登临这一行为，在词人笔下，绝不仅仅是观看风景，而是蕴含着丰富深刻的思想文化内涵，正如韩元吉《虞美人·怀金华九日寄叶丞相》所称："登临自古骚人事。"的确，对于具有敏感细腻情怀的文人骚客来说，站在与平日不同的高度上眺望或俯视，往往更容易触动内心深处的丰富情绪。柳永在《曲玉管》一词中便写道："每登山临水，惹起平生心事。"词人称自己每次登临，都会勾起无限心事，虽不失夸张笔法，但也可以反映出文人登临时的复杂心态。仔细分析各类登临作品，传统文人们的心事，大多是思乡怀人、感时伤事等。

①　（汉）韩婴撰，许维遹校释：《韩诗外传集释》，中华书局 1980 年版，第 268 页。
②　钱锺书：《管锥编》，中华书局 1979 年版，第 876 页。
③　（梁）刘勰著，周振甫译：《文心雕龙今译》，中华书局 1986 年版，第 392 页。

从登临的场景来看，在传统诗文中，凡是具有一定相对高度的场所，都被文人纳入抒写范围，如山、楼、塔、台等都很多见。在宋词中，登临则大多与楼相关。就楼而言，有景观楼，有家居楼阁。古典诗、文名篇中所出现的多为名胜景致，如鹳雀楼、黄鹤楼、岳阳楼等。宋词中也有一些景观楼，镇江多景楼便多次在两宋词人笔下出现，如苏轼的《采桑子·润州多景楼与孙巨源相遇》、仲殊的《定风波·独登多景楼》《南徐好·多景楼》、陆游的《水调歌头·多景楼》、毛开次韵唱和的《水调歌头·次韵陆务观陪太守方务德登多景楼》、陈亮的《念奴娇·登多景楼》、杨炎正的《水调歌头·登多景楼》、吴潜的《沁园春·多景楼》及李曾伯次韵唱和的《沁园春·丙午登多景楼和吴履斋韵》。南宋末期王奕更是有 5 首关于多景楼的词作。然而相对来说，名胜之楼在宋词登高意象中所占比重并不大，且大多出现在南宋时期。从整体来看，宋词中，尤其是北宋词作中的楼阁通常并没有确指，更多只是为了渲染一种情境、烘托一种氛围。具体来看，孝宗时期文人登临的环境相对更为丰富，除了登楼之外，山、台、桥、亭等出现的频率明显比北宋多。

词人登临时所产生的心理活动及在词中所抒发的情怀，孝宗时期与北宋也有着较大差别。北宋词人在登高远眺时，触动的大多是相思与思乡之情。男女情感，尤其是相思之苦，在北宋词作中尤为感人，在登临词中也有众多表现。例如，范仲淹《苏幕遮》曰"明月楼高休独倚，酒入愁肠，化作相思泪"；张先《江南柳》曰"城上楼高重倚望，愿身能似月亭亭。千里伴君行"；柳永《雪梅香》曰"景萧索，危楼独立面晴空。……临风。想佳丽，别后愁颜，镇敛眉峰"。在词中，除了站在男性角度描写相思离别外，还有完全以女子口吻描写登楼相思之情，如张先的《菩萨蛮》：

> 忆郎还上层楼曲。楼前芳草年年绿。绿似去时袍。回头风袖飘。
> 郎袍应已旧。颜色非长久。惜恐镜中春。不如花草新。

这首小令生动刻画了一位思妇的心理活动。因为思念情郎，便登楼远眺，看到楼前的芳草地，联想到情郎离别时所穿的绿色袍子。继而又想到分别已久，那袍子应该旧了。由袍子颜色不能长久，又联想到自己的容颜，担心镜中的容貌不能像花草一样年年如新。词人从女子由相思而登楼，写到登楼的所观、所思，把一位多情、善感的思妇形象生动地展现出来。

当然，北宋词人在登高时，除了男女相思外，也有些作品描写思乡、感时伤怀的情绪，如柳永《八声甘州》曰"不忍登高临远，望故乡渺邈，归思难收"；仲殊《定风波·独登多景楼》曰"故里无家归去懒。伤远。年华满眼多凄凉"。此外，苏轼的《南乡子·重九涵辉楼呈徐君猷》《采桑子·润州多景楼与孙巨源相遇》皆为赠友人之作。黄庭坚的《南乡子·重阳日宜州城楼宴集即席作》、米芾的《减字木兰花·涟水登楼寄赵伯山》、仲殊的《金蕉叶》（业霄逸韵祥烟渺）、晁补之的《木兰花·遏观楼》等登临之作，皆带有述怀的成分。但总体来看，抒发男女相思、离别之情，是北宋登临词的最大特点。

南渡之后，登临之作的内容、境界更为开阔。特殊的时代背景，使登临词更多与家国之思联系起来，如朱敦儒《苏幕遮》曰"独倚危楼，无限伤心处。芳草连天云薄暮。故国山河，一阵黄梅雨"，叶梦得《八声甘州·寿阳楼八公山作》中，更出现了"坐看骄兵南渡，沸浪骇奔鲸"之类的豪迈语。到了孝宗时期，词人们在登高时，儿女情长已经很少见，更多的是感时抚事、怀古伤今、壮志难酬的悲愤，以及由此产生的对命运的感慨。辛弃疾登临词中有不少具有浓郁的稼轩特色，如《念奴娇·登建康赏心亭呈史致道留守》中的"来吊古，上危楼、赢得闲愁千斛。虎踞龙蟠何处是，只有兴亡满目"；《声声慢·旅次登楼作》中的"今年太平万里，罢长淮、千骑临秋。凭栏望，有东南佳气，西北神州"；《水龙吟·过南剑双溪楼》中的"峡束沧江对起，过危楼、欲飞还敛。元龙老矣，不妨高卧，冰壶凉簟。千古兴亡，百年悲笑，一时登览"等，豪阔的境界与爱国的情怀显然可见。陆游《秋波媚·七月十六日晚登高兴亭望长安南山》一词，起句描写边城号角、烽火高台，渲染出边塞战前的雄浑画面。"悲歌击筑，凭高酹酒"，展现出词人的豪情壮志。下阕从"南山明月"入手，以"灞桥烟柳，曲江池馆"暗指长安。末句"应待人来"，则以曲笔方式表现出期待胜利的心态。

孝宗时期的登临词中，家国情怀不仅在辛派词人手中，在各种风格的词人笔下也都得到充分体现。例如，沈瀛《满江红·九日登凌歊台》描写重阳佳节登高远眺，词人并没有思亲怀人，面对着"长江一带平如席""襟带江城当一面，折冲千里无强敌"的雄浑景象，发出的是"怅英雄、千古到如今，空遗迹"的悲慨，以及"更行看、击楫溯中流，妖氛息"的豪情。再如，袁去华的《水调歌头·定王台》：

> 雄跨洞庭野，楚望古湘州。何王台殿，危基百尺自西刘。尚想霓旌千骑，依约入云歌吹，屈指几经秋。叹息繁华地，兴废两悠悠。
>
> 登临处，乔木老，大江流。书生报国无地，空白九分头。一夜寒生关塞，万里云埋陵阙，耿耿恨难休。徙倚霜风里，落日伴人愁。

这是一首登临凭吊之作。定王台，在今湖南省长沙市东，相传为汉景帝之子定王刘发为望其母唐姬之墓而建。词人登台览胜，从定王台的位置及背景入手，唤起了对古台的追忆。遥想当年定王到此，旌旗招展，千骑簇拥，急管高歌响彻如云。然而，弹指间繁华消歇，当年的盛况成为过眼云烟。使人不由得感叹盛衰无常，世事沧桑。下阕转写登临远眺之景，借苍凉冷落的景色渲染出定王台的残破衰败，并升华为感时爱国之情，同时抒发了自己壮志难酬、徒然白首的伤悲。词人以登临为线索，怀古伤今，充溢着强烈的爱国情怀及个人不遇之悲，具有鲜明的时代特色。这首思想、艺术俱佳的登临之作，引起不少人共鸣，曾"见称于张安国，为书之"①。

孝宗时期不少词人都有登临之作，内容多样，境界也比较开阔。例如，毛开《念奴娇·陪张子公登览辉亭》、韩元吉《鹧鸪天·九日登赤松绝顶》、吴儆《浣溪沙·登镇远楼》等，都展现出词人开阔的胸襟。吕胜己的《满庭芳·乙巳八月十日登博见楼作》《瑞鹧鸪·登博见楼作》《木兰花慢·登楼观

---

① （宋）陈振孙：《直斋书录解题》，上海古籍出版社1987年版，第546页。

稼作》等，或抒写人生哲理，或描绘盛世丰收景象，与北宋登临词大多歌咏相思离别之情截然不同。

二 景象上：北宋悠远；孝宗时期壮观

王国维曾言，"文学中有二原质焉：曰景，曰情"①，并指出"一切景语皆情语也"②。情景交融是中国传统诗词创作的一个重要特征，南宋文论家范晞文对此已有阐释，他认为，"情景兼融，句意两极。……情景相触而莫分也。……固知景无情不发，情无景不生"③，这一特征在登临之作中得到了集中体现。由于北宋文人与孝宗时期文人在登临时内心所生发的感悟有所不同，所以词中描绘的景象也存在着明显差别。

北宋词人多抒发男女离别相思之情及个人羁旅漂泊之意，因此，登高远眺时所关注的多是斜阳、草树、飞云、归雁等带有柔婉色彩的物象，即便是山、川，也往往呈现出悠远、宁静的意蕴来。晏殊词中颇多登高意象，所写景物全都带有一种阴柔色彩，如《清平乐》中的"斜阳独倚西楼。遥山恰对帘钩"；《踏莎行》中的"高楼目尽欲黄昏，梧桐叶上萧萧雨"；《撼庭秋》中的"楼高目断，天遥云黯"；《踏莎行》中的"高楼目断。斜阳只送平波远"等。北宋登临词中描绘的景致大多如此，如张先《离亭宴·公择别吴兴》中的"更上玉楼西，归雁与、征帆共远"；《倾杯·吴兴》中的"凭雕阑、久□飞云远"；柳永《凤栖梧》中的"伫倚危楼风细细。望极春愁，黯黯生天际。草色烟光残照里"；柳永《诉衷情近》中的"雨晴气爽，伫立江楼望处。澄明远水生光，重叠暮山耸翠。遥认断桥幽径，隐隐渔村，向晚孤烟起"。尽管北宋时期也有"海岱楼中。拂袖雄披楚岸风"（米芾《减字木兰花·涟水登楼寄赵伯山》）这样比较开阔的景象，但数量很少。可见，在词体当行本色创作盛行的北宋时期，登临词也深受环境影响。

---

① （清）王国维著，姚淦铭、王燕编：《王国维文集》第一卷，中国文史出版社2007年版，第25页。
② （清）王国维：《人间词话》，唐圭璋编《词话丛编》，中华书局1986年版，第4257页。
③ （宋）范晞文：《对床夜语》卷二，《丛书集成初编》，中华书局1985年版，第10—11页。

综观孝宗时期的登临词，随着表现内容的丰富多样，词人在描绘登临所见景物时，也往往从大处落墨，含无限于有限之中，景象十分开阔，给人以恢宏大气之感。毛开《水调歌头·次韵陆务观陪太守方务德登多景楼》起句为"襟带大江左，平望见三州"，心胸、视野极其阔大。词人在《念奴娇·暮秋登石桥追和祝子权韵》一首中写道："强起登临惊暮序，目极清霜摇落。散发层阿，振衣千仞，浩荡穷林壑。沉寥无际，镜天收尽云脚。"登高远眺，映入眼帘的是清霜、林壑、天、云这些景象，词人连用"目极""穷""无际""收尽"等词语，令开放无际的境界顿时呈现在人们眼前。例如，毛开《水龙吟·登吴江桥作》一词上阕曰："渺然震泽东来，太湖望极平无际。三吴风月，一江烟浪，古今绝致。羽化蓬莱，胸吞云梦，不妨如此。看垂虹千丈，斜阳万顷，尽倒影、青荧里。"则气势非凡。词人笔下登桥所见的壮阔之景，甚至不亚于盛唐诗歌中所描写的气度。

孝宗时期，词人们在登临之作中，除了描绘眼前现实中的山川草木、飞鸟云天，甚至还融入夸张与想象，把实景与虚幻结合起来，构成一个浪漫的艺术世界。沈端节《念奴娇》一词，虽然题序并未显示登高，但起句"寻幽览胜，凭危栏、极目风烟平楚"，清楚地点明了内容。该词下阕写道："宴罢玉宇琼楼，醉中都忘却，瑶池归路。俯瞰尘寰千万落，渺渺峰端栖雾，群玉图书，广寒宫殿，一一经行处。相羊物外，旷怀高视千古。"词人如同在神仙境界中俯瞰尘寰，末句更是在浪漫之中增添一份旷达。例如，张孝祥的《菩萨蛮·登浮玉亭》：

　　江山佳处留行客。醉馀老眼迷空碧。独倚最高楼。乾坤日夜浮。
　　微风吹笑语。白日鱼龙舞。此意忽翩翩。凭虚吾欲仙。

匆匆行客暂作停留，为的是欣赏江山的美好。醺醺酒意之后，迷离的醉眼投向辽阔的碧空。独自倚在高楼上，看日月浮游于天地之间。微风吹来阵阵欢声笑语，夜色还没有降临，热闹的鱼灯、龙灯已经舞动起来。面对此情此境，自己仿佛凌虚成仙。陆游的《木兰花慢·夜登青城山玉华楼》中有

"对翠凤披云，青鸾溯月，宫阙萧森。琅函一封奏罢，自钧天帝所有知音。却过蓬壶啸傲，世间岁月骎骎"，道家风味浓郁。这类带有浪漫色彩的登临之作，描写的景物大都清刚、高旷。

三 格调上：北宋低婉凄迷；孝宗时期开朗豁达

从登临词的发展来看，北宋时期与孝宗时期词人所抒写的不同情感和不同景物，使这两个时期的作品呈现出不同的风格情调。北宋登临词整体上笼罩在低迷、哀婉的氛围中。北宋词中登临的主体，不管是词人，还是所思念的女子，通常都是独自登楼。所登的楼阁，常常被称作"危楼"，如柳永《木兰花慢》中的"倚危楼伫立，乍萧索、晚晴初"；《雪梅香》中的"景萧索，危楼独立面晴空"；《凤栖梧》中的"伫倚危楼风细细"；石延年《燕归梁·春愁》中的"更斜日、凭危楼"；欧阳修《感庭秋》中的"倚危楼极目，无情细草长天色"；苏轼《好事近》中的"烟外倚危楼，初见远灯明灭"等。

危楼，即高楼，以"危"字来构词，倍显突兀醒目。楼越高，人的视野和心理也更开阔。然而，北宋词人站在高楼上，无论写景、抒情，所传达的基本上都是低婉、感伤的情绪。例如，晏殊《撼庭秋》中的"楼高目断，天遥云黯，只堪憔悴"；《踏莎行》中的"画阁魂消，高楼目断。斜阳只送平波远。无穷无尽是离愁，天涯地角寻思遍"；关咏《迷仙引》中的"独自个凝睇。暮云暗、遥山翠。天色无情，四远低垂淡如水。离恨托、征鸿寄。旋娇波、暗落相思泪"；柳永《木兰花慢》中的"倚危楼伫立，乍萧索、晚晴初。渐素景衰残，风砧韵响，霜树红疏。云衢。见新雁过，奈佳人自别阻音书。空遣悲秋念远，寸肠万恨萦纡"；沈唐《霜叶飞》中的"霜林凋晚，危楼迥，登临无限秋思。望中闲想，洞庭波面，乱红初坠。更萧索、风吹渭水。长安飞舞千门里。变景摧芳榭，唯有兰衰暮丛，菊残余蕊"；苏轼《浣溪沙·菊节》中的"缥缈危楼紫翠间。良辰乐事古难全。感时怀旧独凄然"。在这些登临词中，憔悴凄然、无尽离愁、相思泪水与萧索衰飒的环境互相交融，给人以凄迷哀伤之感。词人们的一腔情愁浓缩为一幅危楼人独倚的剪影，北宋登临词给人带来的整体感受大抵如此。

相比之下，孝宗时期词人也常用到"危楼"，然而，大多时候所表现的格调却并不低迷。例如，仲并《芰荷香》中的"朱阑倚遍，又微雨、催下危楼。秋风空响更筹。不将好梦，吹过南州。浮远轩窗异日到，山空云净，江远天浮。别去客怀，无赖准拟开愁"；曾觌《水调歌头·和南剑薛倅》中的"送征鸿，浮大白，倚危楼。参横月落，耿耿河汉近人流"；姚述尧《西江月》中的"独倚危楼情悄。脉脉望穷云杪，看看月上花梢"；赵长卿《水龙吟》中的"危楼横枕清江上，两岸碧山如画"；李泳《水调歌头》中的"危楼云雨上，其下水扶天。群山四合，飞动寒翠落檐前。尽是秋清栏槛，一笑波翻涛怒，雪阵卷苍烟"等。在这些词中，登临所见之景显得清旷、辽远，甚至还有"波翻涛怒，雪阵卷苍烟"的开阔、壮观。词人的内在情感也较为丰富、洒脱，如辛弃疾《念奴娇·登建康赏心亭呈史致道留守》中的"儿辈功名都付与，长日惟消棋局。宝镜难寻，碧云将暮，谁劝杯中绿"；辛弃疾《丑奴儿》中的"此生自断天休问，独倚危楼。独倚危楼。不信人间别有愁"。

孝宗时期登临词格调的开朗、豁达，可以管鉴为例。管鉴《养拙堂词》今存68首，其中不少登临之作。《念奴娇》序曰："癸巳重九，同陈汉卿、张叔信、王任道登金石台作"，可见，词人在乾道九年（1173）重阳节与友人一同登临金石台。起句"登高作赋"，文人意趣十足。虽然"叹老来笔力，都非年少"，有些感伤年岁已老，然而"千里江山，一时人物，迥出尘埃表。危阑同凭，皎然玉树相照"，把词人与友人的潇洒风度展露无遗。末句"饮酣归暮，浩歌声振林杪"，更显豪放、洒脱。对于重阳佳节登高习俗，管鉴词中多有涉及，如《水调歌头·夷陵九日》曰"举俗爱重九，秋至不须悲。登临昔贤胜地，空愧主人谁。滚滚长江不尽，叠叠青山无数，千载揖高姿。况有贤宾客，同醉此佳时"；另一首《水调歌头》亦称"举俗爱重九，我辈更钟情"。词人从良辰美景写到国泰民安，下阕更是直接写道："倚危亭，持玉斝，泛金英。风高日淡，一天秋色共澄清。指点云间岳镇，寿与两宫齐久，天地永成平。岁岁同民乐，持此报君恩。"充满了盛世太平气韵。

管鉴的《水调歌头·同子仪、韦之登舟青阁，用韦之韵》一词中充满了昂扬向上的情志。无论是"秋色浩无际，风露洗晴空。……四野暮云齐敛，遮尽远山重。城郭参差里，烟树有无中"的登临之景，还是"才论斗，气如虹。挥毫万字，举双白眼送飞鸿"的坐间之客，都给人以大气之感。此外，管鉴还有一首《水调歌头·大雪登望京楼》词，生动描写了雪中登楼的景况：

> 南雪不到地，今雪瑞非常。堆檐平砌，晚来风定转飞扬。浩荡乾坤无际，洗尽蛮烟瘴雾，和气遍遐荒。满眼丰年意，民共乐时康。
>
> 倚琼楼，临玉楼，举瑶觞。高吟低唱，从他减尽少年狂。且趁明年春好，整顿雨犁风耜，归去老农桑。唤起江南梦，先到水云乡。

雪中登临，在宋词中较为罕见。词人既有对大雪铺满房檐、被晚风吹舞这样的实景描写，又有对乾坤浩荡、洗尽蛮瘴的虚拟刻画。并由瑞雪联想到丰收与康乐。下阕由登高把酒、高吟低唱，写到归隐田园的渴望。虚实相间，心界与眼界都极其开阔。

由此可见，虽然都是居高眺望的登临之作，然而，孝宗时期词人的所观、所感，却与北宋有明显不同。之所以产生这种差异，并不是文人登临时所面对的景象不同，而是因为文人的内在心理状态有所区别。南渡之后，社会、时代的巨变给文人心理带来了一定影响，就情绪的触发来说，相思离别、游子思乡、怀古感今、言志抒怀，本是文人普遍的心理状态，任何时期的文人在特定情境下都会引发出这些情绪。北宋登临词中浓郁的相思离别、哀婉缠绵，在孝宗时期几乎不见踪影，取而代之的是家国情怀、个人身世，以及盛世气象、浪漫仙境，究其原因，主要是受"以诗为词"观念的影响。

值得注意的是，在历代登临诗，包括北宋登临诗中，男女情色并不多见。在北宋词作中，登临与艳情相结合的情况随处可见。比如，苏轼《采桑子·润州多景楼与孙巨源相遇》中，不仅写道"多情多感仍多病，多景楼中。尊酒相逢"，也提及歌妓的"细捻轻拢。醉脸春融"。而在曾巩《甘露寺多景楼》一诗中，描绘的是"云乱水光浮紫翠，天含山气入青红。一川钟呗淮南月，万里帆樯海外风"的胜景伟观及"老去衣衿尘土在，只将心目羡冥鸿"的高旷自得情怀。同为登多景楼之作，苏轼的词与曾巩的诗，格调明显不同。

北宋时期，由于晚唐五代确立起的词体当行本色正在盛行，文人填词时，总是自觉不自觉地向艳情靠近，在词中任意地表现男女之情、缠绵之意。即便登高望远时，也会选择性地把幽婉情绪倾注词中，而把开阔的意绪放在诗中表达。比如，毛滂的《八节长欢·登高》，词中所描写的景物和所传达的情调别具特色，然而，其中也不免"寄寒闺、一点离心""佳人为折寒英。罗袖湿、真珠露冷钿金"一类的艳情之语。

到了孝宗时期，登临词中的艳情色彩已经消失，整体内容格调比较接近登临诗。文人在登临赋词时，着眼点已不再局限于男女之情、相思之意，而是尽情抒发复国之志、豪情壮怀、历史兴亡、矢志归隐等各种具体化、个性化的情态和心绪，具有强烈的现实感，景象描写也变得开朗、豁达。纵观唐五代至北宋的登临词，其格调往往偏于低沉幽婉，伴随词人的通常是孤独、失意、愁闷的情绪。孝宗时期的登临词一改前人风貌，传递出豪壮、大气、开阔、潇洒的气韵。通过登临词这一视角，可以清晰感受到孝宗时期的词作风格与北宋时期的巨大差异。

第三节　从苏、辛异同看孝宗与北宋时期的词坛差异

苏轼、辛弃疾无疑是宋词史上最有成就、最具特色的两位词人。从时间上看，苏轼活跃在北宋元祐时期，辛弃疾崛起于南宋乾、淳年间，二人分别处于两宋文学最为发达的时段；从数量上看，二人创作众多，东坡现存词362首，稼轩现存629首，分别居于北宋和南宋创作之冠；从风格上看，两人皆以豪放词风而被人称道。众多可比之处，使这两位词人常常被后世词学家所并举议论。例如，李长翁曾指出苏、辛在词史中的独特地位："诗盛于唐，乐

府盛于宋，诸贤名家不少，独东坡、稼轩杰作磊落倜傥之气，溢出豪端，殊非雕脂镂冰者所可仿佛。"① 王博文也意识到苏、辛对于传统词作风格的突破："乐府始于汉，著于唐，盛于宋。大概以情致为主，秦、晁、贺、晏，虽得其体，然哇淫靡曼之声胜。东坡、稼轩矫之以雄词英气，天下之趋向始明。"② 王士祺称苏、辛词为"英雄之词"③；田同之把二人视作"词中壮士"④。刘熙载进一步从正、变的角度进行分析："苏、辛皆至情至性人，故其词潇洒卓荦，悉出于温柔敦厚。或以粗犷托苏、辛，固宜有视苏、辛为别调者哉。"⑤ 值得一提的是，后世词学家在大力关注苏、辛词豪放风格的同时，也注意到了二人婉约词的成就，如清初卓回就指出"苏、辛未尝乏缠绵温丽之篇"⑥。

词论家们除了用"苏辛"来并称这两位杰出词人外，还不断讨论二者的相似之处，甚至把稼轩视为东坡的继承和发展。淳熙戊申年（1188），辛弃疾的门人范开为《稼轩词甲集》作序时便提到"世言稼轩居士辛公之词似东坡"⑦，可见，早在南宋孝宗年间，人们便已经认为辛词与苏词有相似之处；刘辰翁的《辛稼轩词序》亦拿东坡与稼轩相比较。嘉定元年（1208），辛弃疾去世仅一年，汪莘在其《方壶诗余自序》中回顾唐宋词人，称词有三变：一变为苏东坡，二变为朱希真，三变为辛弃疾⑧。元好问则认为，"坡以来，山谷、晁无咎、陈去非、辛幼安诸公俱以歌词取称，吟咏情性，留连光景，清壮顿挫，能起人妙思……皆自东坡发之。"⑨ 把辛弃疾视为东坡之余脉。明

---

① （元）李长翁：《古山乐府序》，《续修四库全书》1723 册，上海古籍出版社 2002 年版，第379 页。

② （元）王博文：《天籁集序》，施蛰存主编《词籍序跋萃编》，中国社会科学出版社 1994 年版，第 463 页。

③ （清）王士祺：《倚声初集序》，王士祺、邹祇谟《倚声初集》，《续修四库全书》1729 册，上海古籍出版社 2002 年版，第 164 页。

④ （清）田同之：《西圃词说》，唐圭璋编《词话丛编》，中华书局 1986 年版，第 1450 页。

⑤ （清）刘熙载：《词概》，唐圭璋编《词话丛编》，中华书局 1986 年版，第 3693 页。

⑥ （清）卓回：《词汇·凡例》，孙克强编《唐宋人词话》，河南文艺出版社 1999 年版，第590 页。

⑦ 金启华、张惠民等：《唐宋词集序跋汇编》，江苏教育出版社 1990 年版，第 172 页。

⑧ 同上书，第 227 页。

⑨ （元）元好问：《新轩乐府引》，《遗山先生文集》卷三十六，《四部丛刊初编》，第 379 页。

代王世贞亦提道："词至辛稼轩而变，其源实自苏长公。"① 姚椿《满江红·题稼轩词后》更是直言"东坡老，是前身"②。

综观词学史，苏、辛并称，把辛弃疾作为苏轼嗣响的观点得到大多数词学家的认可。在这种基调下，人们对这两位词人及其作品从许多角度进行比较。就词学成就而言，有些人认为东坡高于稼轩，如吴衡照有言"苏辛并称，辛之于苏，亦犹诗中山谷之视东坡也。东坡之大，与白石之高，殆不可以学而至"③；有些人则认为稼轩超过了东坡，如陈廷焯便称"千古并称，而稼轩更胜"④，周济也认为"世以苏、辛并称，苏之自在处，辛偶能到；辛之当行处，苏必不能到：二公之词，不可同日语也"⑤；还有些论者持中允态度，认为苏、辛各有千秋，如刘熙载称"词品喻诸诗，东坡、稼轩，李、杜也"⑥。

然而，有些词论家则提出不同看法，认为苏、辛在词学创作上并非同类，更算不上继承发展的关系。先著明确指出："稼轩词于宋人中自辟门户，要不可少。……世以苏、辛并称，辛非苏类。"⑦ 四库馆臣一方面认可稼轩与东坡的相似之处；另一方面，又清楚地指出稼轩词的独特个性，认为稼轩"其词源出于苏轼，而才气纵横，溢为奇恣。遂于宋人中，别辟门庭。譬诸苏、黄之书，不可绳以二王法，而能自为一法，传之至今"⑧。陈廷焯提到"苏、辛并称，然两人绝不相似"⑨。叶嘉莹先生更是清楚地分析道："苏、辛之关系，却绝不属于继承模仿的发展，而是各具开创之才情，所以才能够各自有其臻于不同之极致的成就。"⑩

可以说，从孝宗时期开始，苏、辛及其作品便成为词学史上的一个热点，

---

① （明）王世贞：《艺苑卮言》，唐圭璋编《词话丛编》，中华书局1986年版，第391页。
② （清）姚椿：《洒雪词》，上海图书馆抄本。
③ （清）吴衡照：《莲子居词话》，唐圭璋编《词话丛编》，中华书局1986年版，第2468页。
④ （清）陈世焜：《云韶集》，南通王氏晴蔼庐抄本，卷五。
⑤ （清）周济：《介存斋论词杂著》，唐圭璋编《词话丛编》，中华书局1986年版，第1633页。
⑥ （清）刘熙载：《词概》，唐圭璋编《词话丛编》，中华书局1986年版，第3697页。
⑦ （清）先著、程洪辑，刘崇德点校：《词洁》，河北大学出版社2007年版，第234页。
⑧ （清）永瑢等：《四库全书简明目录》，古典文学出版社1957年版，第895页。
⑨ （清）陈廷焯：《白雨斋词话》卷一，唐圭璋编《词话丛编》，中华书局1986年版，第3783页。
⑩ 叶嘉莹、缪钺：《灵谿词说》，上海古籍出版社1987年版，第547页。

直至当下，不少学者仍给予广泛关注，从人生境遇、性情气质、创作手法、作品风格等角度对二人词作异同进行分析。从宏观来看，文学是一种社会意识形态，是作家个体与社会时代的双重体现。对于苏、辛这两位词坛巨匠的研究，应回归到具体的社会环境中，才能得到更清晰准确的认识。本书从元祐与乾、淳时期的词坛风尚、苏辛的词学主张、二人的词作主题构成及创作风貌等角度，对苏轼、辛弃疾词作进行整体分析，并由此来进一步观照孝宗词坛的嬗变。

一　二人词学主张不同

（一）苏轼的词学态度：余技之中求超越

不同时代的文学思潮，必定影响作家的创作态度。在艳情一统天下的元祐词坛上，苏轼一方面有意突破创新；另一方面，又深受当时词体观念的影响。小道、末技的文体地位，使苏轼在填词时也经常带有几分游戏态度。在苏轼的作品中，可以清晰地看出其创作态度具有明显的双重性：游戏性与创新性。

词乃花间樽前娱宾遣兴的娱乐工具，宋代文人们聚会时常以应景填词作为娱乐游戏，一方面，可以供歌妓演唱助兴；另一方面，也可以展现、比试各自的才情。苏轼并没有脱离这种创作氛围和习俗，甚至颇为享受。在很多情况下，苏轼作词完全是出于游戏的态度，现存宋人资料中有不少相关记录，其中，李之仪的《跋戚氏》最具代表性：

> 元祐末，东坡老人自礼部尚书以端明殿学士加翰林除侍读学士，为定州安抚使。开府延辟，多取其气类。故之仪以门生从辟，而蜀人孙子发，实相与俱。于是海陵滕兴公、温陵曾仲锡为定倅。五人者，每辨色会于公厅，领所事竟，按前所约之地，穷日力尽欢而罢。或夜则以晓角动为期。方从容醉笑间，多令官妓随意歌于坐侧。各因其谱，即席赋咏。一日，歌者轧于老人之侧，作《戚氏》，意将索老人之才于仓卒，以验天下之所向慕者。老人笑而颔之。邂逅方论穆天子事，顾摘其虚诞，遂资

以应之。随声随写，歌竟篇就，才点定五六字尔。①

在这段文字中，李之仪以当事人的身份真实生动地记录了苏轼《戚氏》一词的创作背景。苏轼在定州任职时，与李之仪等五人每天结束公务后，便到约定之处尽情欢娱。饮酒娱乐间，往往让官妓在旁边随意唱词，大家便依照所唱的词谱即席填写。一天，歌妓在苏轼身旁唱起了《戚氏》。《戚氏》乃柳永所创词调，共3段，212字，创作难度很大。歌妓特地以此来考验东坡，有意让他在很仓促的时间内作词，以便验证他那令天下人仰慕的才华是否属实，苏轼笑着点头应允。当时大家正聊穆天子一事，东坡便以此为素材，伴着歌声写起来。歌毕词成，仅仅修改了五六个字就成为定稿。通过这段资料可以看出，填词在元祐年间是文人之间极为流行的一种娱乐游戏，苏轼的创作也不外乎如此。

关于东坡一些词的创作背景，宋人笔记中有各种记载，胡仔《苕溪渔隐丛话》中引录颇丰。其中，后集卷四十引《东皋杂录》云："东坡自钱塘被召，过京口，林子中作守，郡有会，坐中营妓出牒，郑容求落籍，高莹求从良。子中命呈东坡，坡索笔为《减字木兰花》书牒后云：'郑庄好客，容我楼前先堕帻。落笔生风，籍籍声名不负公。高山白早，莹骨球肌那解老。从此南徐，良夜清风月满湖。'暗用此八字于句端也。"② 该词没有直接请求之语，而是以藏头游戏的形式表达了意愿，匠心独具。

《贺新郎》（乳燕飞华屋）一阕，乃苏轼著名的婉约之作，胡仔引《古今词话》云："苏子瞻守钱塘，有官妓秀兰，天性黠慧，善于应对。湖中有宴会，群妓毕至，惟秀兰不来，遣人督之，须臾方至。子瞻问其故，具以'发结沐浴，不觉困睡，忽有人叩门声，急起而问之，乃乐营将催督之，非敢怠忽，谨以实告。'子瞻亦恕之。坐中倅车，属意于兰，见其晚来，恚恨未已，责之曰：'必有他事，以此晚至。'秀兰力辩，不能止倅之怒。是时，榴花盛

① （宋）李之仪：《姑溪居士全集》卷三十八，《丛书集成初编》，中华书局1985年版，第301页。
② （宋）胡仔：《苕溪渔隐丛话后集》卷四十，人民文学出版社1962年版，第336页。

开，秀兰以一枝藉手告倅，其怒愈甚。秀兰收泪无言。子瞻作《贺新凉》以解之，其怒始息。其词曰：'乳燕飞华屋……'子瞻之作，皆纪目前事。"①由于该词品格高妙，超尘绝俗，后人认为其另有寄托，胡仔便称："东坡此词，冠绝古今，托意高远，宁为一娼而发邪？"陈鹄《耆旧续闻》卷二记录晁以道的转述，称该词是苏轼写自己侍妾榴花之作。②

通过这些宋人记载可以看出，东坡词很多情况下是应时、即事之作，赠妓言情之类所占比例颇多，此外，还大量运用集句、回文、藏头等创作手法，具有浓厚的游戏性质。作为一名天才文人，苏轼同时具有超前的眼光和意识。他一边以出众的才情游戏作词，一边则有意识地进行开拓。神宗年间，词坛创作复苏后，柳永词对社会产生极深远的影响，苏轼时时以柳永为参照对象，从思想意识到创作实践上都表现出明确的突破和创新。

熙宁八年（1175），苏轼在密州创作了《江神子》（老夫聊发少年狂）一阕，在给友人鲜于子骏的书信中提道："近却颇作小词，虽无柳七郎风味，亦自是一家。呵呵！数日前，猎于郊外，所获颇多。作得一阕，令东州壮士抵掌顿足而歌之，吹笛击鼓以为节，颇壮观也。"③ 身为文坛领袖，苏轼诗、词、文、赋造诣都很深厚，年少时便以诗赋成名。相比之下，他的词作起步较晚，直到熙宁五年（1072），35 岁之后他才开始持续有规模地填词。他开始创作后，很快便对词体有了自觉意识。苏轼在信中提到自己近期颇作词，尤其强调与柳永风格不同，强调"自是一家"。他跟朋友分享自己郊外打猎所作之词，并提到独特且壮观的演唱方式：在笛、鼓伴奏下，由东州壮士抵掌顿足而歌。信中"呵呵"二字，既表现出苏轼对自己创新的得意，又见其率性可爱。

苏轼不仅强调"自是一家"，有意把自己的词与风靡一时的柳永词区别开来，而且提醒自己的门生秦观不要走柳永之路。苏轼曾不止一次对秦观词中

---

① （宋）胡仔：《苕溪渔隐丛话后集》卷三十九，人民文学出版社 1962 年版，第 327 页。
② （宋）陈鹄：《西塘集耆旧续闻》，上海古籍出版社 1993 年版，第 9 页。
③ （宋）苏轼著，孔凡礼点校：《苏轼文集》，中华书局 1986 年版，第 1560 页。

的柳永风格提出批评：

> 苏子瞻于四学士中最善少游，故他文未尝不极口称善，岂特乐府，然犹以气格为病。故尝戏云："山抹微云秦学士，露花倒影柳屯田。"①

后秦少游自会稽入京，见东坡，东坡云："久别当作文甚胜，都下盛唱公'山抹微云'之词。"秦逊谢。东坡遂云："不意别后却学柳七作词。"秦答："某虽无识，亦不至是，先生之言，无乃过乎？"东坡云："'销魂，当此际'，非柳词句法乎？"秦惭服，然已流传，不复改矣。②

《满庭芳》（山抹微云）一词乃秦观代表作，苏轼却屡次指出少游学习柳永的填词技法，并颇带贬斥态度。苏轼对秦观词的评价，与"自是一家"的创作态度是一致的。

从东坡词作来看，《江神子·出猎》一类的豪放词数量并不多，不足七分之一，然而，却具有明显的创新意识。苏轼对于北宋中后期艳情一统天下的词坛进行了革新与开创，主要出于两方面的原因：一方面，是东坡自身那种潇洒超旷、乐观开朗的性格气质，使他在幽微要眇、浓挚深婉的词坛风尚中别具一格。"东坡每事俱不十分用力，古文书画皆尔，词亦尔"③。他自称写文章时"如行云流水，初无定质，但常行于所当行，止于所不可不止，虽嬉笑怒骂之辞，皆可书而诵之"。不仅文章如此，"苏轼之诗，其境界皆开辟古今之所未有，天地万物，嬉笑怒骂，无不鼓舞于笔端。"④ 这种嬉笑怒骂、无所拘束的创作习惯，同样体现在苏轼词作中。

另一方面，苏轼以柳永为目标，一心要超越柳永词风。这种功利思想，也对其豪放创作起到巨大的推动作用。杨芳灿曾谈到"与其摹写闺襜，千手

---

① （宋）叶梦得：《避暑录话》卷下，《丛书集成初编》，中华书局1985年版，第50页。
② （宋）黄昇：《唐宋诸贤绝妙词选》卷二，《花庵词选》，中华书局1958年版，第44页。
③ （清）周济：《介存斋论词杂著》，唐圭璋编《词话丛编》，中华书局1986年版，第1633页。
④ （清）叶燮著，霍松林校注：《原诗》，人民文学出版社1979年版，第9页。

一律，何如行吾胸臆，独开生面为之得乎"①，正可以作为苏轼主动超越柳永范式、自觉追求豪放词风的心理写照。

清人冯煦在《六十一家词选例言》中一针见血地指出："世第以豪放目之，非知苏辛者也。"② 对于东坡而言，虽然他有意与柳永相区别，追求"自是一家"，也创作了一些开拓创新之词，但在北宋中叶词体当行本色十分盛行的创作环境之下，其作品大半仍属于传统的婉约风格，词学观念在整体上也并未摆脱"小道""末技"之说。苏轼曾评价张先曰："张子野诗笔老妙，歌词乃其余技耳。……而世俗但称其歌词。昔周昉画人物，皆入神品，而世俗但知有周昉士女，皆所谓未见好德如好色者欤？"③ 可见，在苏轼观念中，诗歌是高于词的，歌词不过是"余技"，并且往往与"色"相连。对于诗、词、文、赋各种文体来说，苏轼对词的游戏态度明显更浓厚一些。

（二）稼轩的词学态度：并诗才之力专治词

辛弃疾则不同，他生活在南宋中兴时代，词坛氛围和词体观念已经与北宋产生了很大差别。在南渡词人和词论家的推动下，词不断向诗歌靠拢，逐渐摆脱了小道、末技的文体定位。在辛弃疾的思想中，已经丝毫没有诗尊词卑的文体观念。稼轩有一首《水调歌头》（文字觑天巧），其序曰："提干李君索余赋《野秀》《绿绕》二诗。余诗寻医久矣，姑合二榜之意，赋《水调歌头》以遗之。然君才气不减流辈，岂求田问舍而独乐其身耶。"友人向稼轩索诗，他却坦然地认为自己的诗歌有毛病，只是姑且合乎科举要求罢了。于是，作了一首《水调歌头》送给朋友。在稼轩看来，诗是应付科举考试的工具，自己并不擅长，就实际创作来看，稼轩填词很明显优于写诗。

周大框从"以诗为词"的角度谈道："苏、辛以宕激慷慨变之，近于诗

---

① （清）杨芳灿：《松花庵诗余跋》，吴镇《松花庵诗余》，《清代诗文集汇编》349 册，第101 页。

② （清）冯煦：《六十一家词选》，人民文学出版社 1959 年版，例言。

③ （宋）苏轼：《题张子野诗集后》，苏轼著，孔凡礼点校《苏轼文集》，中华书局 1986 年版，第2146 页。

矣。诗以风骨为主，苏分其诗才之余者也，辛则并其诗才之力而专治其余。"①
苏、辛都有"以诗为词"的创作特点，但二者并不相同。苏轼虽然自觉地产生了"以诗为词"的创新意识，但就具体创作而言，仍是把"诗才之余"用到词上。稼轩则真正实现了"以诗为词"，完全把词作为自己抒发情感、寄托心志的工具。遗憾的是，从现存稼轩作品中，很难看到他对于词体认识的直接论述，但是从其实际创作中，完全可以看出他对词体的推重和投入。

就苏、辛二人现存作品的文体构成来看，苏轼诗、词、文各体兼擅，其中，诗歌有 2000 首以上，尺牍 1300 余篇，词仅 360 余首。辛弃疾则专力于词，在现存稼轩著作中，词共 629 首，诗 132 首，佚诗二联，文 15 篇，另有 6 篇（段）见于他人作品中。毫无疑问，词是辛弃疾一生倾心创作的主体所在。从创作历程来看，苏轼早年潜心诗、文，20 岁出头便以诗、赋、策论闻名京城，中年以后才转向填词。相比之下，在稼轩的创作生涯中，词几乎是贯穿始终的。

在陈模《怀古录》的记载中，稼轩南归之前以诗词拜谒蔡光公。据邓广铭《稼轩词编年笺注》所考，辛弃疾现存最早词作为《汉宫春·立春日》，作于绍兴三十二年腊月二十二（1163 年 1 月 28 日），彼时孝宗已受禅半年，七日后便改元隆兴。辛弃疾时年 23 岁，刚刚南归不久，意气风发。可见，从孝宗朝伊始，填词便进入幼安的创作与生命。辛弃疾的最后一首《洞仙歌·丁卯八月病中作》，作于开禧三年（1207）八月，不久之后，即九月十日，他便与世长辞。无论从数量还是从质量上看，辛弃疾在宋代两千多名词人中居于榜首，这样的成就和他一生专心于词体创作不无关系。

辛弃疾对词的高度重视，还表现在他对自己作品的态度上。范开《稼轩长短句序》提道："开久从公游，其残膏剩馥，得所沾焉为多。因暇日裒集冥搜，才逾百首，皆亲得于公者。以近时流布于海内者率多赝本，吾为此惧，故不敢独閟，将以祛传者之惑焉。"② 范开作为辛弃疾的门人，经常可以从主

---

① （清）谢章铤：《词话纪余》，《赌棋山庄笔记合刻·稗贩杂录》，光绪辛丑年刻本，卷三。
② 金启华、张惠民等：《唐宋词集序跋汇编》，江苏教育出版社 1990 年版，第 172 页。

公那里得到其作品，闲暇时搜集整理，有百余首。由于当时海内流传的稼轩词集多为赝本，所以范开公开整理，以祛传者。这篇词集序作于淳熙十五年（1188），可见，辛弃疾的作品已经在社会上产生了很大影响。范开所搜集的百余首词"皆亲得于公"，足见辛弃疾经常把自己的作品向门人、宾朋传播。范开对其词作的搜集整理，肯定会得到辛弃疾自己的认可。

综观历代文人，凡是生前比较关注个人作品编集的，往往对创作有着很强烈的热情，对作品有着自我欣赏情结。稼轩对于词体创作的热情投入，通过岳珂的记载可见一斑：

> （稼轩）既而又作一《永遇乐》，序北府事，首章曰："千古江山，英雄无觅孙仲谋处。"又曰："寻常巷陌，人道寄奴曾住。"其寓感慨者，则曰："不堪回首，佛狸祠下，一片神鸦社鼓。凭谁问：廉颇老矣，尚能饭否？"特置酒召数客，使妓叠歌，益自击节，遍问客，必使摘其疵，孙谢不可。客或措一二辞，不契其意，又弗答，然挥羽四视不止。余时年少，勇于言，偶坐于席侧，稼轩因诵启语，顾问再四。余率然对曰："待制词句，脱去今古轸辙，每见集中有'解道此句，真宰上诉，天应嗔耳'之序，尝以为其言不诬。童子何知，而敢有议？然必欲如范文正以千金求《严陵祠记》一字之易，则晚进尚窃有疑也。"稼轩喜，促膝亟使毕其说。余曰："前篇豪视一世，独首尾两腔，警语差相似；新作微觉用事多耳。"于是大喜，酌酒而谓坐中曰："夫君实中予痼。"乃咏改其语，日数十易，累月犹未竟，其刻意如此。余既以一语之合，益加厚，颇取视其觚觚，欲以家世荐之朝，会其去，未果。①

辛弃疾《永遇乐·京口北固亭怀古》（千古江山）一阕作成后，特地置酒席召集几位朋友，让歌妓反复演唱，还亲自打拍子。然后询问每一位客人，要他们指出毛病来，不允许谢绝。客人中有的讲出一两句来，但不合稼轩心

---

① （宋）岳珂：《桯史》，中华书局1981年版，第38—39页。

意，他便不答话，挥着羽毛扇四顾不止。岳珂当时还比较年轻，敢于直言。有次坐在席边被稼轩询问，于是就谈起自己的看法，他认为《永遇乐》一词风格豪迈，但首句和尾句警语比较相似，另外，全词用典过多。稼轩听后非常高兴，认为岳珂之语正中自己要害。于是，一边歌咏一边修改自己的作品，一天反复改了数十遍，一个月仍未完成。岳珂所记录的稼轩设宴请人评词、自己刻意修改的情况，与李之仪所记录的苏轼在歌妓的唱曲声及友人的谈话中挥笔而就，圈点几字便彻底完成的情况，大相径庭。虽然苏、辛二人的才情有所差别，但是从李之仪和岳珂这两位当事人的记录中，我们可以清楚地看到苏、辛二人对于词体的创作态度有着明显区别。谢章铤曾言："读苏、辛词，知词中有人，词中有品，不敢自为菲薄，然辛以毕生精力注之，比苏尤为横出。"① 的确，稼轩这种严谨认真的创作态度及对词的投入与专注，在宋代无人能及。可见，在辛弃疾的思想中，词绝不仅仅是樽前游戏，更不是余技与小道。

二　主题构成与艺术风貌不同

人们在把苏、辛相提并论的时候，不仅注意到二人词作的相似之处，对其区别也多有分析。从南宋理宗年间开始，人们便明确指出苏、辛的差异，陈模《怀古录》引潘牥评价称"东坡为词诗，稼轩为词论"。清人对二人的差异关注更多，陈廷焯对此多有论及，他认为：

> 苏、辛千古并称。然东坡豪宕则有之，但多不合拍处，稼轩则于纵横驰骋中，而部伍极其整严，尤出东坡之上。……东坡词极名士之雅，稼轩词极英雄之气。②

> 感激豪宕，苏、辛并峙千古。然忠爱恻怛，苏胜于辛；而淋漓悲壮，顿挫盘郁，则稼轩独步千古矣。③

---

① （清）谢章铤：《赌棋山庄词话》，唐圭璋编《词话丛编》，中华书局1986年版，第3444页。
② （清）陈世焜：《云韶集》，南通王氏晴蔼庐抄本，卷五。
③ （清）陈廷焯：《放歌集》卷一，《词则》，上海古籍出版社1984年版，第311页。

苏辛并称，然两人绝不相似。魄力之大，苏不如辛；气体之高，辛不逮苏远矣。①

东坡词全是王道，稼轩则兼有霸气，然犹不悖于王也。②

东坡，神品也，亦仙品也。……稼轩，豪品也。③

稼轩求胜于东坡，豪壮或过之，而逊其清超，逊其忠厚。④

晚清词论家王国维和况周颐对苏、辛也有所关注和评价，前者称"东坡之词旷，稼轩之词豪。无二人之胸襟而学其词，犹东施之效捧心也。读东坡、稼轩词，须观其雅量高致"⑤。后者认为"苏词清雄，其厚在神；辛词刚健含婀娜，其秀在骨"⑥。蔡嵩云曾称："稼轩词，豪放师东坡，然不尽豪放也，其集中，有沉郁顿挫之作，有缠绵悱恻之作，殆皆有为而发。其修辞亦种种不同，焉得概以'豪放'二字目之。"⑦ 当代学者对苏、辛异同也有很多阐述，并从人生境遇、豪放词、婉约词等角度进行对比分析。

就具体创作而言，东坡词与稼轩词的内容都很宽泛，宋词中大部分重要主题，如艳情、咏物、节序、登临、赠别、感时等属于正体风貌的，以及爱国、怀古、述怀、田园等归于别调变体的，在二人作品中皆有体现。但是仔细分析，苏、辛的词作在主题构成及分布比例上存在着明显差异。从传统题材来看：苏轼存词362首，其中艳情词127首，咏物词34首，节序词18首，登临词8首，赠别词36首，感时之作26首；辛弃疾存词629首，其中艳情词87首，咏物词45首，节序词19首，登临词9首，赠别词55首，寿词39首，感春之作8首。值得一提的是，就当行本色的艳情词而言，苏轼无论在创作数量还是在创作比例上都远远高于辛弃疾，邓廷桢明确指出，苏轼词除"关

---

① （清）陈廷焯：《白雨斋词话》，唐圭璋编《词话丛编》，中华书局1986年版，第3783页。
② 同上书，第3957页。
③ 同上书，第3961页。
④ 同上书，第3969页。
⑤ （清）王国维：《人间词话》，唐圭璋编《词话丛编》，中华书局1986年版，第4250页。
⑥ （清）况周颐：《历代词人考略》，孙克强辑《蕙风词话广蕙风词话》，第337页。
⑦ （清）蔡嵩云：《柯亭论词》，唐圭璋编《词话丛编》，中华书局1986年版，第4913页。

西大汉，铜琶铁板"一类外，亦有《卜算子》《蝶恋花》《永遇乐》《水龙吟》《洞仙歌》等婉约之作，"皆能簸之揉之，高华沉痛，遂为石帚导师"①。另外，稼轩有 39 首寿词，而东坡却仅有一首词作与生日有些关系，其《蝶恋花》（泛泛东风初破五）一阕序曰"同安生日放鱼，取金光明经救鱼事"，这首词当为悼念第二任妻子王闰之所作，虽然涉及生日，但却不是庆生，重点落笔在放生悼念之上。北宋时期的寿词虽不及南宋发达，但也有不少创作，然而，这类主题在苏轼作品中却几乎没有呈现，不得不令人思考。众所周知，寿词中通常包含赞颂、溢美之意，不作祝祷谀颂之词，正体现出东坡傲岸、超旷、不媚世俗的性情、气质。四时感发乃词中的重要题材，常常与艳情、写景相结合，在这方面，苏、辛二人也颇有区别。苏轼词中，题序为"春情""晚春""暮春""送春""初夏""夏景""秋兴""秋感""暮秋""冬景"之类的作品较多，共 26 首；这类创作在稼轩词中相对比较少见，仅有 8 例，基本上与春天有关。

从整体来看，苏轼的传统题材作品共 249 首，占词作总数的 68.5%；稼轩的传统题材之作共 262 首，仅占总数的 41.6%。由此可见，苏轼与辛弃疾创作的最大不同在于二人的作品构成。关于词体，历来有正、变之论，艳情、咏物、感时一类的婉约之作被视为词之正体。虽然苏轼具有开拓意识，有意创作别调以区别于柳七风味，然而，在其整体创作中，具有正体风貌的词作仍占绝大多数，可见，东坡的创作在整体上并没有摆脱传统的填词路数。然而在稼轩集中，属于传统正体的词作仅占四成，绝大部分为变体之作，开拓、创新的特点更为明显。

以最具词体当行本色的艳情词为例进行分析。苏轼共 127 首艳情词，创作比例远远超过其他主题，其中有些作品情思深远、境界开阔，甚至带有一些哲义，如《定风波·海南归赠王定国侍人寓娘》中的"试问岭南应不好。却道。此心安处是吾乡"，《蝶恋花》中的"天涯何处无芳草""多情却被无情恼"等。然而，苏轼更多的艳情词不过是欢笑场中的随意之作，只是描写

---

① （清）邓廷桢：《双砚斋词话》，唐圭璋编《词话丛编》，中华书局 1986 年版，第 2528—2529 页。

刻画歌妓、侍人娇美的容貌及妩媚的风情，与花间格调绝无二异。例如，《菩萨蛮》四首之一：

> 娟娟侵鬓妆痕浅。双鬟相媚弯如翦。一瞬百般宜。无论笑与啼。
>
> 酒阑思翠被。特故腾腾地。生怕促归轮。微波先注人。

又如《减字木兰花·赠徐君猷三侍人》妩卿：

> 娇多媚妩。体柳轻盈千万态。嫱主尤宾。敛黛含嚬喜又嗔。
>
> 徐君乐饮。笑谑从伊情意恁。脸嫩敷红。花倚朱阑裹住风。

这两首词作，重点在于描写女子的妆容及其姿态，无论词语还是情调，都充满了香艳色彩。作为一位风流倜傥、才情纵横的士大夫，苏轼生活中从不缺乏歌舞声色，由于北宋时期词体功能主要是供歌妓演唱，因此，描写歌妓、侍女一类的作品在东坡词中极为多见。

辛弃疾的艳情词有87首，占其创作的14%，从数量及比例上看，稼轩的艳情词与东坡的同类作品相差很远。虽然也有描写歌妓、侍女之作，但整体格调不及东坡之作香艳。例如，《蝶恋花·席上赠杨济翁侍儿》：

> 小小华年才月半。罗幕春风，幸自无人见。刚道羞郎低粉面。傍人瞥见回娇盼。
>
> 昨夜西池陪女伴。柳困花慵，见说归来晚。劝客持觞浑未惯。未歌先觉花枝颤。

又如《菩萨蛮·赠周国辅侍人》：

> 画楼影蘸清溪水。歌声响彻行云里。帘幕燕双双。绿杨低映窗。
>
> 曲中特地误。要试周郎顾。醉里客魂消。春风大小乔。

这两首词皆为描写友人的侍女，然而，却没有关于容貌的刻画描写。前一首写的是一位十五六岁的侍女，着重表现其娇羞、青涩的情态；后一首重点放在侍女的歌声上，借"周郎顾曲"之典，增添了词的意趣。

虽然稼轩集中不乏艳情之作，而且《祝英台近》《摸鱼儿》《百字令》《水龙吟》等作品，"皆独茧初抽，柔毛欲腐，平欺秦、柳，下轹张、王。"① 从客观来看，辛弃疾的艳情创作无论数量还是质量上，都要逊于苏轼。究其原因，除了时代特色外，词人的性情心态也起到一定作用。作为封建官宦文人，虽然苏轼、辛弃疾身边总是歌儿舞女、家妓声色相伴，但二人性情气质并不相同。东坡风流倜傥、重情重义，无论是对妻子王弗、继室王闰之，还是侍妾朝云，都有很深的情感，在其诗、文、词作中皆有表达。此外，宋人笔记中有不少关于东坡与歌妓的故事，从中可以看出他对于这些女子的态度是游戏中带有一些宽容。

辛弃疾虽然也置身声色，有赠妓、赠侍女之类的词作，并有《浣溪沙·寿内子》之词，但与苏轼相比，稼轩对待两性的态度要理性、硬朗得多，在他一生中，极少有儿女情长、男女恩怨的抒写。甚至在《沁园春》一词中直称"老子平生，笑尽人间，儿女怨恩"。稼轩词作数量在宋代最多，600 余首词中关涉艳情的仅有 87 首，占 14%，如此低的艳情创作比例，恐怕与稼轩"笑尽人间，儿女恩怨"的心态不无关系。

从艺术手段上看，苏、辛二人明显具有"以诗为词"的创作倾向，都擅于运用典故，其中，稼轩用典更为突出一些。此外，作为才华出众的杰出文人，苏轼和辛弃疾对一些文字游戏性质的创作方法也乐于尝试。次韵唱和是古典诗词创作中的一种重要艺术形式，在苏轼词中出现了 28 次，占 7.7%；稼轩词中的次和之作有 114 首，占 18%。此外，苏轼有檃栝词 2 首，集句词 4 首；稼轩的檃栝和集句之作分别为 3 首和 2 首。苏轼还创作有 7 首回文词。

值得一提的是，苏轼追求"自是一家"，而辛弃疾则有一些专门效仿他人之作，如《丑奴儿》（千峰云起）一阕，题"博山道中效李易安体"；《蓦山溪》（饭蔬饮水），序曰："赵昌父赋一丘一壑，格律高古，因效其体"；《唐河传》（春水）乃"效花间集"；《河渎神》（芳草绿萋萋）为"女诫词效花

---

① （清）邓廷桢：《双砚斋词话》，唐圭璋编《词话丛编》，中华书局 1986 年版，第 2528—2529 页。

间体";《玉楼春》（少年才把笙歌盏）为"效白乐天体";《归朝欢》（山下千林花太俗）提到"因效介庵体为赋";《木兰花慢》（可怜今夕月）为"用天问体赋"。与苏轼有意创新、区别于前人有所不同，辛弃疾非常注重学习他人之长，他所效仿模拟的对象，既有花间集、李清照这一类婉约正宗词，又有赵蕃、赵介庵等友人之作，还有白居易的诗歌，以及《天问》这样的千古奇作。各种体裁、各种风格兼容并包，正是稼轩词风的重要特点。

王国维曾有论："诗人视一切外物，皆游戏之材料也。然其游戏，则以热心为之，故诙谐与严重二性质，亦不可缺一也。"①"诙谐"，是指幽默、谐谑的内容与风格;"严重"，指庄严、重大的内容格调。在"以诗为词"的旗帜下，"诙谐"与"严重"在苏轼与稼轩的词中皆有表现。相比之下，辛弃疾词中的"严重"更为丰富、明显。在稼轩众多的述怀词中，无论是抗金报国的激情，还是壮志难酬的苦闷，都体现出一种"重、拙、大"。此外，即便是在他的谐谑词中，也时常流露出内心深处对人生的反思和感悟，如《西江月·遣兴》（醉里且贪欢笑）一阕，看似醉语连篇，醉态可掬，实际却在骨子里透露出一种对现实的不满。"近来始觉古人书，信著全无是处"二句，传达出对不合理的现实的批判和否定。在稼轩词中，不但有"严重"之词，有"诙谐"之词，而且不少作品中，"诙谐"与"严重"是浑然一体的。

相比之下，苏轼虽然也经历过沉浮，但内心更加超然、洒脱一些。东坡生性幽默，因而有不少谐谑之词，大多是赠友人的戏谑之语，也有些是面对歌妓时的游戏之作，如《西江月》（公子眼花乱发），《西江月·再用前韵戏曹子方》（怪此花枝怨泣），皆是对友人的调侃;《减字木兰花》（天然宅院）是赠给徐君猷侍女胜之的词作，其中"海里猴儿奴子是。要赌休痴。六只骰儿六点儿"，完全为谐谑语。苏轼词中也有"严重"之作，如《江神子·猎词》《念奴娇·赤壁怀古》等，数量不多。在苏轼词中，"诙谐"远超"严重"，而且两类作品泾渭分明。

---

① （清）王国维：《人间词话》，唐圭璋编《词话丛编》，中华书局1986年版，第4267页。

三　时人回应不同

任何一种文体的发展及具体创作，都会受到当时社会文化，尤其是文学观念的影响。苏轼（1037—1101）与辛弃疾（1140—1207）生活的时代相差百年，值得一提的是，二人分处的元祐与乾、淳时期分别是两宋文学的高峰，诗词创作都非常繁盛。然而，就这两个时期的词学理念和词作风格来说，却差别很大。北宋中期，由于词体娱乐功能极为显著，词大多是宴饮、集会时文人即席应景的呈才助兴之作，因而，与言志之诗相比，往往被视为末道、小技。北宋末期，徽宗设立大晟乐府，万俟雅言等制词实谱，甚至"有旨依月用律，月进一曲"①，词体地位大为提升。南渡之后，特殊的社会背景使词体娱乐功能大减，言志功能大增，词不断向诗歌靠拢。到了孝宗时期，词不仅是供歌妓演唱的底本，还像诗歌一样成为文人言志述怀、酬赠往来的重要工具。不同的社会氛围，不同的功能目的，使元祐与乾、淳时期文人的词体观念存在着很大差异。

苏轼所处的元祐时期，词体处在当行本色成熟繁盛的重要阶段。以柔婉笔调写景抒情，尤其是抒发相思离别、思乡、惜时的感伤情怀，是被社会大众所普遍接受与认可的词体范式，柳永的创作便是典型范例。《乐章集》不仅受到乐工歌妓、社会民众的喜爱，对词人创作也产生了深远影响，苏轼总是不由自主地把柳永作为参照对象。然而，作为一位天才文人，苏轼不为时俗所拘，有意对传统词风进行革新，用曲子词来表现怀古、咏史、说理等各种诗歌中常见的题材和内容，突破了传统男女情思的抒发。《念奴娇·赤壁怀古》《江神子·猎词》《行香子》（清夜无尘）等皆为创新之代表。

对于苏轼这种开拓创新，同时代的文人却并不认可。最著名的例子要数俞文豹《吹剑续录》中记载的一则材料：

> 东坡在玉堂，有幕士善讴，因问："我词比柳词何如？"对曰："柳郎

---

① （宋）王灼：《碧鸡漫志》卷二，唐圭璋编《词话丛编》，中华书局1986年版，第87页。

中词，只好十七八女孩儿，执红牙拍板，唱'杨柳岸，晓风残月'；学士词，须关西大汉，执铁板，唱'大江东去'。"公为之绝倒。①

《吹剑续录》已佚，仅存遗文若干则。这则资料最为著名，在历代词话中多有引录，然而，在宋代现存资料中为孤例，朱崇才《词话史》对其曾有质疑②。单就该则词话来看，苏轼让幕士评价自己的词与柳永词，可见柳永的巨大影响。面对主公，这位擅于演唱的幕僚回答得机智得体。他并没有直接评判高低，而是用形象化的客观描述来表明自己的看法，言辞不置褒贬，态度却十分鲜明。在大众审美意趣中，十七八岁的女孩子手执红牙板浅吟低唱，通常会给人以美感；而关西大汉拿着铁板放声歌唱，虽然豪壮，却难言其美。幕士的回答既生动地指出二人词作的风格差异，又对苏轼偏离词体本色的创作带有一些幽默的嘲讽。

北宋文人对苏轼豪放词的评价，则批评意味居多。陈师道提出："子瞻以诗为词，如教坊雷大使之舞，虽极天下之工，要非本色。今代词手，唯秦七、黄九尔，唐诸人不逮也。"③ 陈师道乃"苏门六君子"之一，然而，这段评论却毫无忌讳地指出苏轼词不符合当行本色，并把这位文坛领袖排除在当时词坛高手之外。《后山诗话》中还引用世人话语曰"苏子瞻词如诗，秦少游诗如词"④。可见，苏轼词中的诗歌特色是被当时人们所普遍认知的。王直方亦有记录："东坡尝以所作小词示无咎、文潜，曰：'何如少游？'二人皆对云'少游诗似小词，先生小词似诗'。"⑤ 词坛女杰李清照在其《词论》中评点宋代词人，称苏轼"学际天人，作为小歌词，直如酌蠡水于大海，然皆句读不葺之诗尔"⑥，直接把苏轼词视为长短不齐的诗歌，同样是把东坡词排除在当行本色之外。可见，在苏轼同时代及稍后一些文人的观念中，苏轼词带有明

---

① （明）陶宗仪：《说郛》，据涵芬楼 1927 年 11 月影印版，中国书店 1986 年版，卷二十四。
② 朱崇才：《词话史》，中华书局 2006 年版，第 92 页。
③ （宋）陈师道：《后山诗话》，（清）何文焕辑《历代诗话》，中华书局 1981 年版，第 309 页。
④ 同上书，第 312 页。
⑤ 郭绍虞：《宋诗话辑佚》，中华书局 1980 年版，第 93 页。
⑥ （宋）李清照著，王仲闻校：《李清照集校注》，人民文学出版社 1979 年版，第 194 页。

显的诗歌特色，然而，这种特色有失当行本色，并不被众人接受和认可。由此可见，"以诗为词"的词学理念及词体创作在北宋词坛上属于一种异响。

然而南渡后，自绍兴中叶起，对苏轼词的评价发生了根本性的转变，赞美之声成为主导。比如，王灼认为"东坡先生以文章余事作诗，溢而作词曲，高处出神入天，平处尚临镜笑春，不顾侪辈。或曰，长短句中诗也。为此论者，乃是遭柳永野狐涎之毒"[1]，不仅为苏轼"以诗为词"平反，指出"东坡先生非心醉于音律者，偶尔作歌，指出向上一路，新天下耳目，弄笔者始知自振"[2]。胡仔盛赞"东坡'大江东去'赤壁词，语意高妙，真古今之绝唱"[3]，胡仔还对陈师道的评论提出反对意见："余谓后山之言过之矣。子瞻佳词最多……皆绝去笔墨畦径间，直造古人不到处，真可谓一唱而三叹。若谓以诗为词，是大不然。"[4] 胡寅《酒边词序》云："柳耆卿后出而尽妙，好之者以为无以复加，及眉山苏氏，一洗绮罗香泽之态，摆脱绸缪婉转之度，使人登高望远，举首浩歌，超乎尘垢之外。"[5] 绍兴年间，词论家们对苏轼的豪放词有了新认识，纷纷认可其开创价值，认为苏轼改变了词体传统的"绮罗香泽之态、绸缪婉转之度"，使词"超乎尘垢之外"。

到了孝宗时期，苏轼的词坛地位继续得到提升，在这一时期的词集题序中，很多都把苏轼作为参照对象，且带有赞美之意，如汤衡作于乾道辛卯年（1171）的《张紫薇雅词序》、同年陈应行的《于湖先生雅词序》、淳熙丁未年（1187）陈亮《燕喜词序》、淳熙十六年（1189）曾丰《知稼翁词集序》等。苏轼词不但被词论家所关注，而且被许多文人所效仿，这一时期追和、次韵东坡词的作品数量颇丰。辛弃疾对苏轼极为推崇，曾以著名的《念奴娇·赤壁怀古》为典范，创作了《念奴娇·用东坡赤壁韵》（倘来轩冕），对这位前辈给予充分肯定。

---

① （宋）王灼：《碧鸡漫志》，唐圭璋编《词话丛编》，中华书局1986年版，第83页。
② 同上书，第85页。
③ （宋）胡仔：《苕溪渔隐丛话前集》卷五十九，人民文学出版社1962年版，第411页。
④ （宋）胡仔：《苕溪渔隐丛话后集》卷二十六，人民文学出版社1962年版，第192—193页。
⑤ 金启华、张惠民等：《唐宋词集序跋汇编》，江苏教育出版社1990年版，第117页。

仔细分析，南渡后特殊的社会环境，再加上崇苏热的兴起，使稼轩词成为时代风貌的一种体现，因此，广泛被时人所接受。围绕在辛弃疾周围的友人、门生等，用各种形式来表达对稼轩及其词作的欣赏和肯定。

稼轩门人范开于淳熙戊申年（1188）作《稼轩词序》，称："故其词之为体，如张乐洞庭之野，无首无尾，不主故常；又如春云浮空，卷舒起灭，随所变态，无非可观。无他，意不在于作词，而其气之所充，蓄之所发，词自不能不尔也。其间固有清而丽、婉而妩媚，此又坡词之所无，而公词之所独也。昔宋复古、张乖崖方严劲正，而其词乃复有秾纤婉丽之语，岂铁石心肠者类皆如是耶。"① 对稼轩的性情气质及词作多有溢美之词。

与稼轩几乎同时期的许多词人，如韩元吉、陈亮、杨炎正、赵善括、刘过、张鎡、姜夔等，皆以词来呼应，其中多有赞美。即便是清空骚雅的姜夔，也对稼轩词风极为推崇，有《汉宫春·次韵稼轩蓬莱阁》《汉宫春·次韵稼轩秋风亭》《永遇乐·次稼轩北固楼词韵》《洞仙歌·黄木香赠辛稼轩》等 4 首词，直接与稼轩唱和交流，其词不失稼轩气韵。刘熙载明确指出："稼轩之体，白石尝效之矣，集中如《永遇乐》《汉宫春》诸阕，均次稼轩韵，其吐属气味，皆若秘响相通。"②

除了同僚、友人、门生外，一些后学、晚辈亦有关于稼轩及其词的实录。岳珂乃岳飞之孙，因稼轩与自己父、兄有旧交，因而"辛稼轩守南徐"时，老少二人颇有交往。"余试既不利，归官下，时一招去"，可见，年少的岳珂曾被招到辛弃疾家参加聚会。《桯史》曰："稼轩以词名，每燕必命侍妓歌其所作。特好歌《贺新郎》一词，自诵其警句曰：'我见青山多妩媚，料青山见我应如是。'又曰：'不恨古人吾不见，恨古人不见吾狂耳。'每至此，辄拊髀自笑，顾问坐客何如，皆叹誉如出一口。"③ 岳珂提到的稼轩得意之作，乃《贺新郎》（甚矣吾衰矣）一阕。这首词是辛弃疾感怀身世、抒发心志的代表

① 金启华、张惠民等：《唐宋词集序跋汇编》，江苏教育出版社 1990 年版，第 172 页。
② （清）刘熙载：《词概》，唐圭璋编《词话丛编》，中华书局 1986 年版，第 3693 页。
③ （宋）岳珂：《桯史》，中华书局 1981 年版，第 38 页。

作，豪放落寞中不失达观与高旷。与苏轼的豪放词适合关西大汉、东州壮士歌唱，受到友人批评不同，稼轩的豪放词由歌妓演唱，而且坐客们"叹誉如出一口"。可见，在辛弃疾生活、创作的时代，豪放词风已经被人们普遍接受。

以后人眼光看，苏轼、辛弃疾是宋代两位杰出的词人，然而，回归到历史状态下，二人所处的创作环境大不相同。苏轼"以诗为词"的创作可以说是一种超前的开拓与尝试，并不能被同时代人所接受和理解；南渡之后，词体加速了诗歌化的进程，"以诗为词"、推崇雅化成为词坛的一种趋势。在这种背景下，稼轩"以诗为词"，甚至"以文为词"，则受到当时人们的广泛好评，并以他为中心形成了一个创作群体，成为中兴时期词坛的重要焦点。

从整体来看，苏轼、辛弃疾这两位分属于两宋的词坛大家，尽管都具有超凡的气度及丰富的学养、才情，但就二人词学创作而言，从社会环境、周边评价，到二人的词学主张、词体观念，再到具体的创作主题及比例构成，都存在着明显的差别。这些差异，正折射出南、北宋词风的嬗变轨迹。

第六章　从《草堂诗余》看孝宗时期
大众娱乐风尚

从整个词史来看，孝宗时期词坛最明显的特点是艳情词在创作比例上的衰减，以及在创作风格上的文人化与诗歌化。这种局面的形成，与时代风貌、词体发展及社会思潮等密切相关。就词体而言，歌唱娱乐、"用助娇娆之态"是其主要功能，男女缠绵之情、柔媚婉转之意无疑最适于歌妓表演，也最能引起听众的共鸣与喜爱。然而南渡之后，尤其到了孝宗年间，文人填词目的有所扩展和转移，樽前佐欢不再是其主要功能，词更多被用于文人的交际应酬及个性表达，甚至出现了以词干谒的现象。文人之间的互动远超过文人与歌妓的互动，因此，祝寿、饯别、酬赠唱和之作数量大增。此外，文人以词说理、借词述怀的现象也极为突出。与此同时，填词、唱词在文人士大夫的生活创作圈子中依然流行，如姜夔谱就新词，范成大命家妓配乐演唱；辛弃疾宴请宾朋时也总会命家妓演唱自己的得意之作。然而，就词体发展来看，"北宋创调多，南宋创调少；北宋词传唱遐迩，南宋词则愈到后来流传的范围愈益狭小。词调的发展在北宋臻于极盛之后，南宋却出现了呆滞的现象，所增新调仅偏于词人自度曲一隅。"① 虽然孝宗时期也有姜夔这样精通音律、自度新曲的词人，但其精严的乐律、典雅的语言只是在文人群体中受到欢迎，与市井民间喜好相去甚远，文人们述怀说理及针对性极强的寿词、酬赠词等在社会上流传范围十分有限，因而，南宋文人词不再可能出现"凡有井水饮处，皆能歌柳词"的传播盛况。

然而，在孝宗乾、淳时期，由于政治比较清明，宋金关系相对缓和，社

---

① 吴熊和：《唐宋词通论》，商务印书馆 2003 年版，第 147 页。

会、经济长足发展，都市生活十分昌盛，勾栏瓦舍、酒馆、歌楼这些民间大众娱乐场所再度繁荣兴盛起来。与文人士大夫们宴饮雅集时家妓、官妓献唱助兴一样，市井坊间、黎民百姓同样需要歌舞声色之娱乐，对于他们而言，需要的是通俗明快、适于演唱的曲词，因此，声情并茂、雅俗共赏的歌词成为市井民间的最大需求。

就孝宗词坛具体状况来看，一方面，词越来越成为文人的娱乐工具，文人创作越来越趋向典雅化、诗歌化；另一方面，高度发达的民间娱乐业对通俗小词有着大量需求。在这种局面下，坊间编辑的一些迎合大众审美需求的词集便应运而生。陈振孙《直斋书录解题》有录："《草堂诗余》二卷、《类分乐章》二十卷、《群公诗余前后编》二十二卷、《五十大曲》十六卷、《万曲类编》十卷，皆书坊编集者。"[1] 南宋与陈氏书目相提并论的还有晁公武《郡斋读书志》（1151）及尤袤《遂初堂书目》（1178），皆为著名私家藏书目录，然而，后两者皆未见录坊间所编词集。由此可以推测，坊间大量编纂词集的情况当兴起于淳熙中期以后。遗憾的是，陈氏所列南宋坊间词选，除《草堂诗余》外，皆已亡佚，时间、内容皆无从了解。

宋代文化发达，书籍刊刻极兴盛，其中，有官刻、私刻、坊刻三种。坊刻是以刻印为业的民间书商所刊之书，与官刻、私刻相比，"速售牟利"，讲求经济效益是坊刻的重要特点。南宋坊间不断编选刊刻词集，足见词体在民间广受欢迎。其实早在北宋雍熙年间，词集编选之风便逐渐兴起，《家宴》（986）、《尊前》《金奁》《兰畹》等皆为应歌侑觞之唱本。南渡之后，词集编纂继续兴盛，然而格调却发生改变，黄大舆《梅苑》（1129）、铜阳居士题序的《复雅歌词》（1142）及曾慥《乐府雅词》（1146）等一批带有存史性质及崇雅色彩的词选纷纷面世。在这种文人化、雅化潮流下，《草堂诗余》作为一部由坊间书商策划选编的词集面世了。它取便时俗，收录晚唐、五代至南宋时期在社会上广为流传或适于传唱的曲子词，其编选目的又完全回归到娱乐功能上。

---

[1]　（宋）陈振孙：《直斋书录解题》，上海古籍出版社 1987 年版，第 633 页。

清代常州词派宋翔凤有论:"《草堂》一集,盖以征歌而设,故别题春景、夏景等名,使随时即景,歌以娱客。题吉席庆寿,更是此意。其中词语,间与集本不同。其不同者,恒平俗,亦以便歌。以文人观之,适当一笑,而当时歌妓,则必需此也。"① 在南渡之后词人、词作极为繁荣兴盛的背景之下,一部以北宋柔媚婉丽风格为主的词选在坊间产生并广为流传,这个现象非常值得关注。这说明到南宋时期,词已经越来越成为文人小众的娱乐工具,与社会大众需求产生了脱节。如果说,柳永《乐章集》是北宋民间词与文人词的一种交汇,体现着曲子词在当时市井层面中的流行风尚,那么,坊间编选、歌本性质的《草堂诗余》则可以说是窥探南宋中期民间大众娱乐词风的一个重要窗口。

在现存文献中,南宋人对《草堂诗余》屡有提及,如王楙《野客丛书》、史铸《百菊集谱》及陈振孙《直斋书录解题》,可见,《草堂诗余》作为一部坊间应歌词选对文人阶层影响也颇深远。龙榆生曾言"《草堂》之流布尤广,传刻至数十百种之多"②。在《草堂诗余》众多文本中,迄今可见的有四十余种,其中明代版本最为繁复,包括存世本 35 种、著录本 4 种③。元代存本两种:至正癸未(1343)庐陵泰宇书堂刻本及至正辛卯(1351)双璧陈氏刊本。泰宇书堂癸未本今藏日本,清水茂先生在《至正癸未庐陵泰宇书堂刊本〈妙选群英草堂诗余〉后记》中有记述④;双璧陈氏辛卯本藏于中国台北国家图书馆。遗憾的是,宋本《草堂诗余》今已不存,原始选本更无从窥见。在现存版本中,元代的泰宇书堂刻本、双璧陈氏刻本、明代最早的洪武壬申(1392)遵正堂刻本皆刊名《增修笺注妙选群英草堂诗余》,这三个版本选词、注释及附录的词话评论大体一致,仅略存差异,可以说最能体现宋本风

---

① (清)宋翔凤:《乐府余论》,唐圭璋编《词话丛编》,中华书局 1986 年版,第 2500 页。
② 龙榆生:《选词标准论》,《龙榆生词学论文集》,上海古籍出版社 1997 年版,第 72 页。
③ 刘军政:《明代〈草堂诗余〉版本述略》,《南阳师范学院学报》(社会科学版)2004 年第 2 期,第 49—54 页。
④ 清水茂:《至正癸未庐陵泰宇书堂刊本〈妙选群英草堂诗余〉后记》,赵晓兰译,《成都大学学报》1986 年第 4 期,第 89—91 页。

貌。由于元代最早的泰宇书堂刻本"转不如洪武本完善"①，因此，本书以双照楼景洪武壬申孟夏遵正堂新刊《增修笺注妙选群英草堂诗余》为参照，去掉新增、新添之作，以此来考察《草堂诗余》的原始风貌。

第一节 《草堂诗余》编选年代及编者考辨

关于《草堂诗余》的成书时间，清代馆臣编纂《四库全书》时已有考订："《草堂诗余》四卷，不著撰人名氏，旧传南宋人所编。考王楙《野客丛书》作于庆元间，已引《草堂诗余》张仲宗《满江红》词证'蝶粉蜂黄'之语，则此书在庆元以前矣。"②四库馆臣认为，《草堂诗余》成书在南宋宁宗庆元（1195—1200）以前，该结论已成定论。细而究之，《四库提要》推断的成书时间比较粗略，其论据是宋人王楙《野客丛书》卷二十四中所录的一则资料：

> 《草堂诗余》载张仲宗《满江红》词"蝶粉蜂黄都褪却"，注："蝶粉蜂黄，唐人宫妆。"仆观李商隐诗有曰："何处拂胸资蝶粉，几时涂额藉蜂黄。"知《诗余》所注为不妄，唐《花间集》却无此语，或者谓蝶交则粉落，蜂交则黄落。③

该书所引《草堂诗余》《满江红》"蝶粉蜂黄都褪却"一阕并非张元干之作，作者应为周邦彦。但足以说明在王楙生活的年代，《草堂诗余》已在社会上流传。王楙，字勉夫，长洲（今江苏苏州）人。生于高宗绍兴二十一年（1151），卒于宁宗嘉定六年（1213）。其《野客丛书》三十卷，卷首有作者自序：

① 吴昌绶：《草堂诗余跋》，吴昌绶、陶湘《景刊宋金元明本词》，上海古籍出版社1989年版，第456页。

② （清）永瑢、纪昀等：《景印文渊阁四库全书》1489册，台湾商务印书馆1986年版，第531页下。

③ （清）永瑢、纪昀等：《景印文渊阁四库全书》852册，台湾商务印书馆1986年版，第746页下。

> 仆间以管见，随意而书，积数年间，卷裘俱满。旅寓高沙，始命笔
> 吏，不暇诠次，总而录之。为三十卷，目之曰《野客丛书》。井蛙拘墟，
> 稽考不无疏卤，议论不无狂僭，君子谓其野客，则然不以为皋也。
> 皇宋庆元改元三月戊申日下稷，长洲王楙书于不欺堂之西偏。

又有补记：

> 此书自庆元改元以来，凡三笔矣。继观他书，间有暗合，不免为之
> 窜易，转乌为焉，吏笔舛伪，以竢订正。见别录云。
> 嘉泰二年十月初五日，楙再书于仪真郡斋之平易堂。①

可见，《野客丛书》初次成书于庆元元年（1195）三月，后修订完成于
嘉泰二年（1202），据此可断，《草堂诗余》初选本的编成下限应在庆元元
年，即1195年，最迟不会晚于宁宗嘉泰二年，即1202年。

关于《草堂诗余》成书上限，可依据所录词人、词作的年代推断，应在
南宋高宗绍兴以后。以洪武遵正堂本《草堂诗余》来看，除去新增、新添词
人，原始本中所录词人最早为李白；晚唐五代有温庭筠、韦庄、冯延巳、李
璟、李煜5家；北宋词人在集中所占比重最大，约有40家；南宋词人数量亦
不算少，有南渡时期叶梦得（1077—1148）、汪藻（1079—1154）、李清照
（1084—1155）、蔡伸（1088—1156）、张元干（1091—1170）、康与之等，还
有更晚的一些词人，如范端臣（1116—1178）、韩元吉（1118—1187）、京镗
（1138—1200）、辛弃疾（1140—1207）、刘过（1154—1206）、史达祖
（1163—1220?）等。根据集中所录这几位年代较晚的词人，可以初步断定
《草堂诗余》成书上限应在孝宗淳熙年间。特别是辛弃疾《蝶恋花》（谁向椒
盘簪彩胜）"元日立春"一阕，可为佐证。该词选中共有辛弃疾词10首，其
中9首标明为新增或新添，仅此一首未注增、添，应视为初选本辑录之作。
据邓广铭《稼轩词编年笺注》考订，此词在《花庵词选》中署为"戊申元日

---

① （清）永瑢、纪昀等：《景印文渊阁四库全书》852册，台湾商务印书馆1986年版，第549页下。

立春，席间作"，因此，写作时间为淳熙十五年（1188）①。综观《草堂诗余》
所录词人词作情况，这首非增非添、有明确编年的稼轩词可以把《草堂诗余》
的成书上限断定为淳熙十五年，即 1188 年。

需要提及的是，该词选后集卷上节序词"端午"中有一首署名刘潜夫
（后村）的《贺新郎》（深院榴花吐），既没标新增，又没注新添。刘潜夫即
刘克庄，南宋江湖诗派领军人物，生于孝宗淳熙十四年（1187），卒于度宗咸
淳五年（1269）。在整部词选所有未标增、添的词作中，仅此一首创作时间明
显要晚于淳熙十五年（1188）。据王楙《野客丛书》所推断，《草堂诗余》成
书不会晚于宁宗嘉泰二年（1202），而刘克庄在此时年仅 15 岁，不太可能有
词作流传。由于《草堂诗余》成书后增删较大，所以刘克庄这首咏端午的
《贺新郎》极可能是后来补入而未注明是增添之作。排除这个疑点后，我们可
以把《草堂诗余》初选本成书的时间定于孝宗淳熙十五年（1188）至庆元元
年（1195）之间，最迟不会晚于宁宗嘉泰二年，即 1202 年。

《草堂诗余》自诞生以来，增删繁复，版本众多，因此，编者的成分极为
复杂。除了李东阳、李锦、张綖、胡桂芳、顾从敬等大批明代文人参与改编、
重修外，与宋代相关的《草堂诗余》编者有"阙名""宋何士信编次""苕溪
胡仔编""宋武陵逸史辑"等四种署名，现予以辨之。

在现存文献中，最早提到《草堂诗余》编辑情况的是陈振孙《直斋书录
解题》，该书卷二十一"词曲"有录，云为"书坊编集者"。又称："《阳春白
雪》五卷，赵粹夫编。取《草堂诗余》所遗及近人所作。"② 陈振孙（1179—
1262）③，南宋藏书家、目录学家。他出身诗书之家，未冠便嗜书如命。嘉定
八年（1215）至嘉熙三年（1239），他辗转在浙江、江西、福建等文化发达、
出版繁荣地区任职，得以收集、见录大量典籍。淳祐四年（1244），陈振孙入
京为国子监司业后，更是博览馆阁秘籍、公卿藏书。他编写的藏书目录《直

---

① 邓广铭：《稼轩词编年笺注》，上海古籍出版社 2007 年版，第 238 页。
② （宋）陈振孙：《直斋书录解题》，上海古籍出版社 1987 年版，第 633 页。
③ 陈振孙生年有 1181 年之说，此处定为 1179 年，参见周佳林《略论陈振孙对目录学的贡献》，
硕士学位论文，湖南师范大学，2008 年。

斋书录解题》，"叙述诸书源流，州分部居，议论明切，为藏书家著录之准"①。陈振孙收集编录的年代距离《草堂诗余》形成不过几十年，所记载情况应该比较确凿。现存较早的元代至正癸未泰宇书堂本及明代洪武壬申遵正书堂本《增修笺注妙选群英草堂诗余》皆未署选者之名，亦可作为坊间无名氏所编的佐证。

现存世《草堂诗余》各版本中，所见署名较多的为"何士信"，如元代至正辛卯双璧陈氏刊本目录下题为"建安古梅何士信君实编选"。明代刊本大多题为"何士信辑"，如嘉靖三十三年杨金刻本《草堂诗余》前集二卷后集二卷，署名为"宋何士信辑"；《类编草堂诗余》三卷，署名"何士信辑、胡桂芳重辑"。至于何士信与《草堂诗余》的关系，当今学者普遍认为他并不是《草堂诗余》的原编者，而是宋代最重要的增修者。杨万里教授对何士信及增修时间曾有考辨：何士信，字君实，建安人，生活时代约宋末元初。《草堂诗余》不仅新添两首黄昇词作，且所添之词、所引词话多出自玉林词选（玉林乃黄昇之号），由此可以说明，何士信对黄昇颇为欣赏与熟悉。② 由于黄氏《唐宋诸贤绝妙词选》自序署为"淳祐己酉"，可见黄昇词选成书于1249年③，因而推测何士信增修《草堂诗余》的时间不会早于此年，即宋理宗淳祐九年。

此外，《草堂诗余》编者亦有胡仔之说。元代黄溍《记居士公乐府》有云："右居士公和东坡《百字令》，见苕溪胡仔所编《草堂诗余》，评曰'东坡赤壁词语意高妙，真今古绝唱，近时有人和此词，题于邮亭壁间，不著姓氏。语虽粗豪，亦气概可喜。'溍以家集较之，不同者三十九字。家集盖近岁溍从族人访求编入，而苕溪则得于当时壁间所题，然亦间有舛误而不可通者，乃传刻之讹也，今悉以家集订定焉。"④ 明代赵琦美《脉望馆书目》"荒字

---

① 胡玉缙、王欣夫：《四库全书总目提要补正》，中华书局1964年版，第672页。
② 杨万里：《关于〈草堂诗余〉的编者》，《文献》1999年第3期，第273—275页。
③ 杨万里《关于〈草堂诗余〉的编者》认为《绝妙词选》成书于1250年，有误。
④ （元）黄溍：《金华黄先生文集》卷三，《续修四库全书》1323册，上海古籍出版社2002年版，第116页。

号·史·附集词类"中有"胡元《草堂诗余》一本"①，此外还录有"《续草堂诗余》一本"，"《草堂诗余续集》四本"，皆未署名。

胡仔，字元任，绩溪（今属安徽）人。生于徽宗大观四年（1110），卒于孝宗乾道六年（1170）。有《苕溪渔隐丛话》前后集。《草堂诗余》中的词评大量引录《苕溪渔隐》之语，如前集卷上李易安《如梦令》（昨夜雨疏风骤）一阕评曰："《苕溪渔隐》云：近时妇人能文词如李易安，颇知佳句。如云'绿肥红瘦'，只此语甚新。又《九日》词'帘卷西风，人似黄花瘦。'此语亦妇人所难到也。"（此则见《苕溪渔隐丛话》前集卷六十。）另有徐幹臣《二郎神》（闷来弹雀）、晏殊《浣溪沙》（一曲新词酒一杯）、周邦彦《隔蒲莲》（新篁摇动翠葆）、苏轼《洞仙歌》（冰肌玉骨）、苏轼《水调歌头》（明月几时有）、黄庭坚《念奴娇》（断虹霁雨）、李汉老《念奴娇》（素光练静）、周邦彦《西河·怀古》（佳丽地）、苏轼《念奴娇·赤壁怀古》（大江东去）、吕本中《满江红·幽居》（东里先生）、苏轼《八声甘州·送参廖子》（有情风）、黄庭坚《品令》（凤舞团团饼）、张先《醉落魄·咏佳人吹笛》（云轻柳弱）、苏轼《西江月》（玉骨那愁瘴雾）、晁叔用《汉宫春》（潇洒江梅）、苏轼《卜算子》（缺月挂疏桐）等，皆引《苕溪渔隐》词评。此外，新增、新添之作也多有词话出自《苕溪渔隐》，如新添温庭筠《更漏子》（玉炉香）、新添晁补之《洞仙歌》（青烟冥处）、新添苏轼《行香子》（北望平川）、新增李清照《一剪梅》（红藕香残玉簟秋）、新增寇平仲《阳关引》（塞草烟光阔）、新增陈去非《临江仙·夜登小阁忆洛中旧游》（忆昔午桥桥上饮）等。

综观《草堂诗余》全集，引用《苕溪渔隐丛话》评论的词作共有23首，其中新增、新添有6首，可见，《草堂诗余》与《苕溪渔隐丛话》关系相当密切。但《草堂诗余》编者不可能是胡仔。首先，《苕溪渔隐丛话》与《草堂诗余》二书编纂态度、编订风格差异极大。胡仔文学造诣颇深，所编《苕溪

---

① （明）赵琦美：《脉望馆书目》，林夕编《中国著名藏书家书目汇刊》明清卷，商务印书馆2005年版，第10册，第130页。

渔隐》别裁真伪、去取谨严；而《草堂诗余》则显得十分粗疏，词作署名及体例编订颇为杂乱，如词人署名：苏轼有题东坡、苏东坡、苏子瞻；欧阳修有题欧阳永叔、六一居士；黄庭坚有题黄鲁直、黄山谷；李清照，亦作李易安；秦观，亦作秦少游。此外，还有不少词作署名有缺失或错误的现象。《草堂诗余》这种混乱的编辑状况与学养深厚的胡仔很难对应起来。其次，《草堂诗余》录有 10 首康与之（伯可）词，其中初录 4 首，增添 6 首，无论初录还是新增，康与之词在全集中所占比例都相当大。通过《宋史》可知，胡仔之父胡舜陟素与秦桧不合，后遭秦桧陷害致死①。这种家世经历，定使胡仔对秦桧及其党人难有好感。而康与之乃秦桧门下十客之一②，附桧以求进。假设《草堂诗余》为胡仔所编，从情理上讲，应该不会在初选本中出现多首康与之之词。再次，《草堂诗余》所引《苕溪渔隐丛话》中的词评，署名颇杂，有称"苕溪丛话"、有称"苕溪渔隐"、有称"苕溪"，若该词集为胡仔编选，自署名应当不会如此混乱。《草堂诗余》约有四分之一词后附有词评，新增添作亦有不少，所引词评除《苕溪渔隐》外，出自《古今词话》《复斋漫录》也不少，尤其许多署名《玉林词话》、花庵、花庵词客的词评出自黄昇，可见，词后评论多出自增添者之手。因此，可以说《苕溪渔隐丛话》对《草堂诗余》影响很大，但并不能以此推断胡仔乃《草堂诗余》之编者。

《草堂诗余》还有署名为"宋武陵逸史"，如《四部备要》2260 册录"草堂诗余：四卷/（宋）武陵逸史辑"，《丛书集成三编·六四·文学·词别集》中录"景明洪武本草堂诗余前集后集/（宋）武陵逸史辑"。也有把"武陵逸史"标为明人的，如嘉靖二十九年版《类编草堂诗余》署名为"宋何士信辑；明武陵逸史编次"。杨万里《关于〈草堂诗余〉的编者》一文从美国国会图书馆所藏万历年间刻《集古印谱》中找到线索，该书题为"武陵顾从

① 见《宋史·列传第一百三十七·胡舜陟》："舜陟与源（吕源）有隙，舜陟因讨郴贼，劾源沮军事，源以书抵秦桧，讼舜陟受金盗马，非讪朝政。桧素恶舜陟，入其说，奏遣大理寺官袁楠、燕仰之往推劾，居两旬，辞不服，死狱中。"

② 赵彦卫《云麓漫钞》："秦太师十客：施全刺客，郭知运逐客，吴益娇客，朱希真上客，曹咏食客，曹冠门客，康伯可狎客，□□庄客，□□词客，汤鹏举恶客……康伯可，捷于歌诗及应用文，为教坊应制；秦每燕集，必使为乐语词曲。"《云麓漫钞》，中华书局 1996 年版，第 169 页。

德汝修校",顾从德,字汝修,乃顾从敬之兄,其兄自署"武陵",那么,"武陵逸史"为顾从敬之别号当在情理之中①。因此,"武陵逸史"即顾从敬,而并非宋人。后人公认顾从敬是明代分调本《类编草堂诗余》的编纂者,他在何士信《草堂诗余》的基础上,把传统的按题材分类改为按词调分类,以小令、中调、长调为标准进行重新编订。自顾氏分调本出现后,在明代流行一时,续编不断,足见顾从敬在《草堂诗余》传播史中之重要地位。何良俊序言中亦提道:"顾子汝所刻《草堂诗余》成,问序于东海何良俊。……是编乃其家藏宋刻本,比世所行本多七十余调,是不可以不传。"② 序言署为"嘉靖庚戌七月既望",由此可断,顾从敬分调本《草堂诗余》刊刻于嘉靖二十九年(1550)。

通过以上辨析,可以得出结论:《草堂诗余》的初编者为南宋孝宗、光宗年间(1188—1202)坊间无名氏,何士信在理宗淳祐九年(1249)之后增修编订。明代嘉靖二十九年(1550)"武陵逸史"顾从敬进行分调重编,形成新的分调本系统。当然,在《草堂诗余》流传的数百年间,还有许多知名与不知名的文人及大量乐工、歌妓按照自己喜好或所需不断进行增删、改编。纵观整个词学史,极少有词选像《草堂诗余》一样,如此频繁地被修订、重编,这种现象,正是该词选富有实用性和生命力的一个佐证。

第二节 《草堂诗余》的审美风格

《草堂诗余》自成书以来,版本面貌差别很大,由此可见其在社会上流传之广。陈振孙《直斋书录解题》提及《草堂诗余》为二卷,双照楼洪武本《草堂诗余》则分前集与后集,每集又分卷上、卷下,其中不少标明新增、新

① 杨万里:《关于〈草堂诗余〉的编者》,《文献》1999年第3期,第275页。
② (清)永瑢、纪昀等:《景印文渊阁四库全书》1489册,台湾商务印书馆1986年版,第533页下。

添之作。现将双照楼洪武本《草堂诗余》录词数目统计如下：

表 6 – 1　　　　　　　　双照楼洪武本《草堂诗余》录词数量

	前集卷上	前集卷下	后集卷上	后集卷下	总计
录词总数	99 首	97 首	85 首	88 首	369
新增词	3 首	2 首	0 首	18 首	23
新添词	32 首	23 首	17 首	11 首	83
准初选本	64 首	72 首	68 首	59 首	263

由于《草堂诗余》出自坊间，其选编目的是出于应歌性质，因而，编选者的态度比较随意，编选体例也不够严谨：有的词句下有注解，有些无注解；有些词后无词话，有些则附有词话，所附词话亦颇有舛误；集中"无名氏"之作较多，然而，不少作者是可以断定的。《草堂诗余》共收词 369 首，84首阙名，其中可以鉴定作者的有 48 首，佚名或存疑的仍有 36 首，由此，可以推测《草堂诗余》在编选时的一些情况：第一，编选者词学造诣并不精深，对一些颇有影响的词人词作既不知晓，又不审定，所选词人、词作疏漏较多。第二，集中有众多"无名氏"之作，可见，当时社会上流行的唱词是以民间大众的爱好为取舍，其作者并不一定是词坛名家或官宦文人。因此，《草堂诗余》可以说是南宋，尤其是孝宗时期民间词学审美风尚的典型代表。尽管《草堂诗余》编纂比较粗疏，但其所选词作却体现出明确的编选原则和统一的审美风格。

一　推重北宋，注重应歌功能

南渡之后，尤其是孝宗年间，随着词体地位提高，"以诗为词"不断深入，词人创作内容、创作风格极为丰富多样，从南渡后士人们的国破家亡之痛，到张元干、张孝祥、辛弃疾等人的爱国英雄之气，词中的社会时代印记比此前任何阶段都要明显。然而，作为一部从唐五代到南宋的通代词选，《草堂诗余》对南渡后具有社会感的开阔的词坛新风毫不涉及，而是表现出明显的北宋倾向。以洪武遵正堂本《草堂诗余》为准，该集录词 367 首，除去新增、新添外，有 263 首。这 263 首词可以被视为《草堂诗余》的原始风貌，其中收词较多的是：周邦彦 23 首，苏轼 22 首，秦观 17 首，柳永 9 首，欧阳修 8 首，黄庭坚 6 首，李清照、康与之、晏殊、晏几道、胡浩然、赵令畤皆为 4 首，占全集四成以上。就词人分布而言，唐、五代 5 人，北宋约 40 位，南宋 12 位，北宋词人占 70%，由此可见，《草堂诗余》编选的主要是北宋时期的作品。

南宋坊间编选《草堂诗余》之所以呈现出重北宋轻南宋的倾向，主要是由于北宋词作应歌性能更为突出，更具花间樽前侑欢的当行本色。明人何良俊曾指出："《草堂诗余》所载周清真、张子野、秦少游、晏叔原诸人之作，柔情曼声，摹写殆尽，正词家所谓当行，所谓本色也。……观者勿谓其文句之工，足以备歌曲之用，为宾燕之娱乐。"① 可见，其选词标准及目的是为了应歌、宾燕娱乐。这一目的外化表现为词集的分类编排形式。任何一部作品集的排列顺序，无论是以时间、内容、体裁、音乐为标准，总会有意无意地体现着一种编选思想或编选目的。《草堂诗余》的编选者依照春景、夏景、秋景、冬景及节序、天文气候、地理宫室、人物、人事、饮馔器用、花柳禽鸟等 11 大类对所选词作进行排列，每一类又分若干小类，如"春景"中又有晓夜、怀旧、春思、春情、春暮、春怨、春恨 7 类。这种分类编排，主要是为了乐工、歌妓应景选歌的方便。胡铨《经筵玉音问答》即为实证。

该文详细记录了孝宗皇帝与胡铨彻夜欢会的情景，其中有几段关于唱词的描写极具价值。酒宴之初，孝宗命潘妃演唱甄龙友所作《贺新郎》，并解释其用意是："朕自贺得卿也。"显然与调名寓意相关。词中有"相见了，又重午"之句，这次侍宴发生在隆兴元年癸未岁五月三日晚，正是端午之前，因此，该词内容颇合时令。次盏孝宗亲唱《喜迁莺》，乃北宋末黄裳所作《端午泛湖》，亦应时之词。最后，潘妃演唱了《聚明良》，《尚书·皋陶谟》中有

---

① （明）何良俊：《草堂诗余序》，（明）顾从敬《类编草堂诗余》，明嘉靖二十九年刻本。

"元首明哉，股肱良哉"，显然该词牌含有君明臣良之意①，因此，孝宗抚掌大赞："此词甚佳，正惬朕意。"又说："此妃甚贤，虽待之以恩，然不至如他妇人，即唱劝酒事便可见矣。"通过胡铨实录，足可见宋人唱词佐欢并不是信口而歌，而要依照时间、节令、情景来选择歌词，要完全切合当时景况。《草堂诗余》按内容分类编排，显然是为了便于应景选唱。吴世昌把《草堂诗余》视为"供当时说话艺人唱词用的专业手册"②。

二　柔婉、泛化的情感模式

曲子词作为娱乐、演唱的产物，所表达的内容十分丰富，正如当今流行歌曲内容无所不包一样。在敦煌曲子词中，除了艳情这一主题外，还有众多题材，如"边客游子之呻吟，忠臣义士之壮语，隐君子之怡情悦志；少年学子之热望与失望，以及佛子之赞颂，医生之歌诀，莫不入调"③。到了晚唐、五代文人手中，词的主题趋向单一，艳情独领风骚。北宋之初，词体创作出现断裂，随着都城格局改变，市、坊界限的打破及宵禁的废除，市井娱乐逐渐兴盛，词在北宋中叶再度兴盛起来。词人们在继承花间传统的同时，也在内容、艺术风格上展现出自己的个性，尤其苏轼"自是一家"，有意开拓词体新境界。然而，从词的本体功能来看，凡是具有歌本性质的词集，从《云谣集》《花间集》，直到《草堂诗余》，都呈现出比较统一的风貌，其内容、格调基本上都是以艳情、婉约为主导。很显然，无论是私宅中的花间樽前，还是歌楼酒肆的宴乐场合，檀板歌拍、轻歌曼舞无疑是最适合的助兴方式，因此，歌妓所唱之词大多是关于男女间各种情感，以及由应景物象所引发的种种微妙情绪，无论是欣喜、愉悦，还是感伤、哀婉，都具有通俗、普泛的特色，能够引起社会大众的情感共鸣。

《草堂诗余》作为影响巨大的歌本选集，亦是如此。在南宋选家手中，无

---

① 参见张鸣《宋代词的演唱形式考述》，《文学遗产》2010年第2期，第16—27页。

② 吴世昌：《词林新话》，北京出版社2000年版，第57页。

③ 王重民：《敦煌曲子词集》，商务印书馆1950年版，第17页。

论是初编还是新增、新添之作，风格、内容十分统一。抒情，尤其是抒发婉约要眇之情是其主要特征。以苏轼为例，初选集中收录东坡词22首，分别为：《西江月》（照野弥弥浅浪）、《蝶恋花》（花褪残红青杏小）、《点绛唇》（红杏飘香）、《浣溪沙》（风压轻云贴水飞）、《洞仙歌》（冰肌玉骨）、《阮郎归》（绿槐高柳咽新蝉）、《贺新郎》（乳燕飞华屋）、《南柯子》（山与歌眉敛）、《水调歌头》（明月几时有）、《南乡子》（霜降水痕收）、《西江月》（点点楼前细雨）、《念奴娇·赤壁怀古》《哨遍·归去来兮辞》《满庭芳》（香叆雕盘）、《虞美人》（波声拍枕长淮晓）、《蝶恋花》（春事阑珊芳草歇）、《满庭芳》（蜗角虚名）、《八声甘州》（有情风）、《水龙吟》（楚山修竹如云）、《西江月》（玉骨那愁瘴雾）、《水龙吟·和章质夫韵》（似花还似非花）、《卜算子》（缺月挂疏桐）。苏轼这些词作可以说是南宋乾、淳年间在社会上十分流行的唱词，其中20首皆婉约之作，仅《念奴娇·赤壁怀古》《哨遍·归去来兮辞》二阕为别调。《哨遍》橻栝陶渊明《归去来兮辞》，苏轼有序曰："陶渊明赋归去来，有其词而无其声。余治东坡，筑雪堂于上，人俱笑其陋。独鄱阳董毅夫过而悦之，有卜邻之意。乃取归去来词，稍加橻栝，使就声律，以遗毅夫，使家僮歌之，时相从于东坡，释耒而和之，扣牛角而为之节，不亦乐乎。"苏轼深爱渊明之作，但遗憾不能歌，因此特地橻栝之，可见，该词是东坡特意为歌唱而作的。《念奴娇·赤壁怀古》在宋代便被胡仔视为"古今绝唱"[①]，王兆鹏教授通过数据证明该词是"最受词选家和词评家喜爱、关注的作品""是唐宋词中当之无愧的第一名篇"[②]。苏轼作为一代文坛领袖，对词体多有开拓，在后人眼中一向是豪放词领军人物，然而，以南宋社会流行标准来看，其被收录的22首词作中，90%以上皆为婉约词，由此，更可见《草堂诗余》的选编标准。

综观北宋词坛，虽然艳情、婉约之作是词坛主流，但其他内容风格并不缺乏，如贺铸词便是豪侠与婉约兼长，其《六州歌头》（少年侠气）、《小梅

---

① （宋）胡仔：《苕溪渔隐丛话》，人民文学出版社1962年版，第411页。
② 王兆鹏：《唐宋词史论》，人民文学出版社2000年版，第119页。

花·行路难》（缚虎手）等皆豪放慷慨，然而，《草堂诗余》所选的《薄倖》（淡妆多态）、《青玉案》（凌波不过横塘路）、《临江仙》（巧剪合欢罗胜子）三首，皆辞美情深的婉约之作。南渡之后，独特的社会局势使不少创作带有浓郁的时代气息，无论是赵鼎、李纲、叶梦得等人的忧闷悲愁，还是岳飞、张元干等人的慷慨激愤，都在词中有所体现。孝宗乾、淳年间，陆游、张孝祥、韩元吉、辛弃疾等人也在词中倾注了浓郁的家国之心，然而，在《草堂诗余》中却没有一丝痕迹。

尽管《草堂诗余》编选者颇为用心地把入选词作分为四季、节序、天文、地理、人事、器用、禽鸟等各种门类，但是，对爱情的追求与失落、对生命的苦闷与忧思贯穿于各门类中，毫无疑问成为该集的两大主题。比如，"地理宫室"类中有周邦彦《玉楼春》（桃溪不作从容住），"饮馔器用"类中有晏几道《鹧鸪天》（彩袖殷勤捧玉钟）、张先《醉落魄》（云轻柳弱）、欧阳修《生查子》（含羞整翠鬟）等，"花柳禽鸟"中有曹元宠《蓦山溪》（洗妆真态）、苏轼《西江月》（玉骨那愁瘴雾）等。从整体来看，《草堂诗余》所选之词基本上没有个性突出之作，无论男女之情、四季之咏，还是感时伤怀、怀古咏物，都符合社会大众普遍拥有的情感和意趣，无论是单篇词作还是整部词集，其中所传达的内容与格调，都十分切合词体当行本色。

三　平民化的尚雅之风

词作为一种在社会各阶层普遍流行的音乐娱乐文学，本身就注定了其通俗性质。朱彝尊《书绝妙好词后》云："词人之作，自《草堂诗余》盛行，屏去《激楚》《阳阿》，而《巴人》之唱齐进矣。"[1] 李佳亦称："《草堂诗余》所录，皆鄙俚，万不可读。"[2] 清代词论家对《草堂诗余》的微词主要基于明代淫靡词风泛滥，《草堂诗余》广为改编、流播的背景上。自嘉靖二十九年（1550）顾从敬分调本以来，《草堂诗余》已面目全非，有些版本已完全背离

---

[1] 金启华、张惠民等：《唐宋词集序跋汇编》，江苏教育出版社 1990 年版，第 368 页。
[2] （清）李佳：《左庵词话》，唐圭璋编《词话丛编》，中华书局 1986 年版，第 3169 页。

了宋本风貌。然而，仔细体会宋本《草堂诗余》，虽然其中作品以闺阁情怀及大众审美趣味为主，文人雅士色彩并不突出，如姜夔词便一直未被采录，但这部坊间词集的格调并不"鄙俚"低下。相对于北宋柳永、欧阳修、黄庭坚、周邦彦等不少文人词集中出现的粗俗、直露、淫亵之作而言，《草堂诗余》中并没有低俗淫亵及过于口语化的词作。作为南宋坊间所编选的歌本集，与北宋词风比较，其整体风格显得多情而不淫艳，通俗但不鄙俗，充分体现了南宋平民阶层的尚雅之风。王国维对《草堂诗余》颇为肯定，曾有论："自竹垞痛贬《草堂诗余》而推《绝妙好词》，后人群附和之。不知《草堂》虽有亵诨之作，然佳词恒得十之六七。《绝妙好词》则除张、范、辛、刘诸家外，十之八九，皆极无聊赖之词。古人云：'小好小惭，大好大惭'，洵非虚语。"① 在他看来，《草堂诗余》比南宋末期黄昇编选的《绝妙好词》更为出色。

对于坊间编纂的歌本而言，其目的不是要人阅读，而是供民间佐欢演唱之用。民间的乐工、歌妓，由于才学所限，所填歌词仅仅以迎合市井唱腔、大众口味为准，并不讲究工丽、雅致，往往会流于俗艳。宋末沈义父曾指出坊间歌词之病："秦楼楚馆所歌之词，多是教坊乐工及市井做赚人所作，只缘音律不差，故多唱之。求其下语用字，全不可读。甚至咏月却说雨，咏春却说秋。如《花心动》一词，人目之为一年景。又一词之中，颠倒重复，如《曲游春》云：'脸薄难藏泪。'过云：'哭得混无气力。'结又云：'满袖啼红。'如此甚多，乃大病也。"② 相比之下，柳永、秦观、周邦彦等文人所作之词，既语词优美、情感细腻，又讲究韵律、合乎乐理，可以说是雅俗共赏的典范，因而，直到南宋仍广为传唱。

孝宗时期，艳情词在文人群体中的创作和民间大众的需求之间呈现出两种不同的走向。文人词越来越注重个性，越来越向诗靠拢，从而呈现出与北宋不同的应社之风。民间大众却仍然需要大众化、通俗化的音乐文学以供娱乐之用。虽然艳情、娱宾仍然是南宋文人创作的一个重点，但南渡之后的文

---

① （清）王国维：《人间词话》，唐圭璋编《词话丛编》，中华书局1986年版，第4263页。
② （宋）沈义父：《乐府指迷》，唐圭璋编《词话丛编》，中华书局1986年版，第281页。

人词实用功能更强，酬唱、赠答、言志、贺寿之作增多，词人更注重抒发个人的情感与情绪，符合民间娱乐需要的词作并不突出，根本无法超越北宋柳永、苏轼、周邦彦等人之作，因此，在坊间编选的演唱歌本中，时人作品占比重较少。即便乾、淳时期文人所作的供歌妓娱宾歌唱之词，由于时代风尚的影响，显得较为内敛、理性，如姜夔词作受到范成大等官贵的喜爱，但是在《草堂诗余》中却不见踪影。过于清雅的格调，并不适合坊间、市井的娱乐气氛。

以《草堂诗余》为代表的民间编选词集的出现，说明民间歌楼酒肆的娱乐需求一如既往地延续了花间的格调，孝宗时期的词坛创作虽十分繁荣，但由于这一时期的文人创作与这种大众娱乐需求产生了一定距离，因此，呈现出重北宋、轻南宋的编选局面。作为南宋坊间编选的、代表着词风本色风貌的《草堂诗余》，自从问世后便广为流传，在明代盛极一时，到了清代则又屡受批判。这部词选的传播与接受、兴盛与衰退，正是不同时期词体观念的一种折射与体现，其源头便始于孝宗淳熙年间。

结　　语

孝宗一朝 28 年，在宋代 319 年的历史中并不算长，但是从宋词乃至整个词史发展来看，却是一个非常重要的阶段。从数量上讲，孝宗词坛无疑是整个宋代创作最为繁荣的时期。从风格上说，辛弃疾及陈亮、刘过等人的作品中所展现出来的爱国情怀和英雄气概，以及姜夔那种清空骚雅的意蕴，深受后人关注，并产生极深远影响。自从辛弃疾和姜夔诞生后，后世词坛创作基本上不再有新的突破，辛、姜当之无愧地置身于词史一流大家的行列。然而，辛、姜二人身上过于耀眼的光芒却掩盖了孝宗词坛纷繁复杂的创作风貌。以至于后世提及孝宗词坛，辛弃疾及辛派爱国词人仿佛成了这一时期的标签或是代名词。

从客观来看，姜夔的词作在当时流传面比较窄，并没有在社会上产生较大影响。相比之下，稼轩词颇受时人瞩目，自淳熙末年便广为传播，并刊刻成集。辛弃疾丰富多样、颇具个性的词作内容和创作风格，充分展现了当时的词坛风貌，的确可以作为孝宗时期的创作代表和词坛缩影。就具体创作而言，稼轩词的内容几乎无所不包，艺术风格也很多样，爱国主题只是其中的一种，所占比例并不大，豪放也是其众多风格之一。因此，把爱国豪放词视为辛弃疾的创作主流，把辛派词人视为孝宗词坛的代表，则缺乏客观性与全面性。

本书对于孝宗词坛的评价与定位，是建立在词坛整体创作之上，并以北宋为参照来进行分析的。众所周知，宋词的发展以靖康之变为明显的分界线，南渡之后，词坛风气陡然发生转变，传统言情之作大为衰减，词中的时代特色比较明显。孝宗词坛是对南渡时期的深化与发展，词人创作的基本走向在南渡时期都可以找到影子。南渡后，尤其是孝宗时期，词的表现内容越来越宽泛，词人的个性特征在作品中越来越突出。除了传统的艳情、羁旅行役、感时伤怀之外，几乎文人内心的各种情绪及社会生活的各种内容，都可以通过词来表现、感发。虽然这一时期的创作在内容、格调、艺术手法上丰富多样，但整体上呈现出文人化、诗歌化的创作倾向，与北宋时期的直白、晓畅、抒情性强的词风有明显不同。具体来说，孝宗词坛有以下几个特点：

第一，词体功能扩大，创作数量达到顶峰。从现存资料看，孝宗时期是整个宋代词体创作最为繁荣发达的阶段。词人226家，现存词作6150首，作品量约占整个宋代的30%。存词百首以上的有17家，辛弃疾更是以629首作品高居宋词创作榜之首。孝宗词坛创作的繁荣，很大原因是词体功能的扩大。词是一种音乐、娱乐文学，花间樽前的娱宾遣兴是其主要功能。到了孝宗时期，词不仅用于娱乐助兴，深入文人生活的各个方面：无论是宴饮集会时的歌妓演唱，还是文人之间的呈才游戏；无论是为亲朋祝寿，还是文人之间的交流；无论是家国大事，还是日常生活；无论是个人情志，还是人生哲理，在词中都可以得到充分表达。到了乾、淳时期，基本达到了"无事无意不可以入词"的地步，词人可以任意用词来表达自己的所思、所想、所观、所感。

第二，传统的词坛格局有所转变，艳情词占绝对主导的创作局面被打破。词体自诞生以来，尤其是到了晚唐、五代，以温庭筠为首的花间词人确立了词为艳科的本色特征，艳情词成为词坛创作主流。南渡之后，由于时代、社会原因，艳情词创作环境遭到破坏，作品也大为减少。到了孝宗年间，虽然社会娱乐已恢复到徽宗时期的繁荣状态，但从文人创作来看，艳情词依然呈现出南渡时期的衰退局面，所占比例仅1/5，名篇佳作也不及北宋突出。与此同时，词人创作内容越来越丰富广泛，咏物、述怀、说理、祝寿、节序之类的作品突显出来。与北宋时期花间词风极为流行相比，孝宗时期的创作风格发生了很大改变。尤其是辛派词人那些关涉家国、吟咏个人情志的作品深受关注。就词史而言，花间词历来被视为词之正体，述怀、言志、说理一类偏离婉约格调的作品被看作变体。孝宗时期是词体正、变交织的重要阶段，以辛弃疾为代表的词人所创作的变体之词受到许多文人的关注。范开等人对稼轩及其词风多有赞美，但也有些词论家站在词体当行本色的角度对此提出批评。从词的正体，即艳情词发展角度看，孝宗时期无疑是词体衰落的开始。从词体发展变化来看，这一时期创作丰富、开阔，更具文人气息，成为后代文人的楷模。由于论者的立场、角度不同，因此，对于稼轩词风，以及乾、淳词风的评价各有不同。我们既要以辩证的眼光看待孝宗词坛的创作风貌，又要明晰后世评价者的立场和角度。从整体上看，对传统艳情格局的颠覆，是孝宗词坛的重要特色之一。

第三，词体地位提升，"以诗为词"得到实现。浓郁的娱乐功能，使词体一开始便被排除在正统诗教之外，在文人眼中不过是末技、小道。北宋文人大多以轻松、游戏的态度来填词；南渡之后，黄大舆、鮦阳居士等词论家以"诗人之意""骚雅之趣"论词，具有明显的尊体意识。乾、淳年间，汤衡、陈应行、胡寅、范开等人更提倡"以诗为词"。词体逐渐向诗靠拢，在文人心目中的地位也越来越高。与北宋时期不少词人自扫其迹不同，孝宗时期许多词人及其后人或是把词附于诗文集后刊印，或是单独刊刻词集，词成为文人立身扬名的工具之一。就具体创作而言，孝宗时期的词作无论在内容上还是艺术上都呈现出典型的诗歌特色，尤其是宋诗中最为突出的"议论"与"用典"，在孝宗时期词人笔下极为普遍。苏轼所开创的"以诗为词"，在孝宗时期得到真正实现。无论是在主题内容上，还是艺术手法上，孝宗词坛都呈现出浓郁的文人化、诗歌化倾向。

第四，文人创作与社会娱乐需求开始出现分离。孝宗时期的词坛创作无疑是丰富多彩的，但是，过于文人化、诗歌化的创作倾向，使词体逐渐远离了其本色特质。就词而言，原本是供乐工、歌妓演唱的，音乐性、娱乐性是本质属性。南渡后，由于朝廷乐禁的影响，演唱功能遭到了扼制，因而更多地转向了文人的创作，成为文人之间的交际工具及文人的自我述怀工具。过于文人化、个性化的作品是不适合在歌楼酒肆侑酒佐欢的，因此，在创作十分兴盛的淳熙末期，坊间编选刊刻《草堂诗余》这种以北宋词为主的词集作为供歌妓演唱的底本。词体娱乐演唱功能的萎缩在孝宗时期已现端倪，周密《武林旧事》记录临安城酒楼中的"赶趁"娱乐，有吹箫、弹阮、息气、锣板、歌唱、散耍等多种形式，歌唱仅为其一。关于歌唱，亦有唱赚、小唱、嘌唱赚色、弹唱因缘等各种表演方式。小唱，即传统的唱词，已经不再明显占有主导地位，取而代之的是唱赚、嘌唱等新的民间艺术形式。

从整个词史来看，孝宗词坛是一个重要的发展阶段。这一时期的词人继承南渡以来的词体风貌，以其丰富多样的创作内容和创作风格，打破了传统词坛上艳情词占绝对主导的创作局面。随着南渡后词学观念的转变，词体在孝宗时期基本摆脱了末技、小道的地位，逐渐向诗歌靠拢，"以诗为词"得到了彻底实现，词体的文人化、诗歌化倾向大为加强。与此同时，过度的文人化倾向，使词体本色的音乐性、娱乐性开始减弱，文人创作与社会娱乐需求出现分离。传统艳情本色的衰落与文人化、诗歌化的兴盛在这一时期互相交织，呈现出与北宋迥然不同的创作风貌。

附录　孝宗词坛年表

公元 1162 年　壬午　绍兴三十二年　高宗赵构传位于孝宗赵昚

·人物

卒者：姚宽

生者：汪晫（1162—1237），《彊村丛书》辑《康範诗余》1 卷

·作品

侯寘《踏莎行》（元夕风光）

序曰："壬午元宵戏呈元汝功参议"

辛弃疾《汉宫春·立春日》（春已归来）

注：邓广铭《稼轩词编年笺注》称作于绍兴三十二年腊月二十二（1163 年 1 月 28 日），孝宗受禅即位已半年，七日后便改元隆兴。

公元 1163 年　癸未　隆兴元年

·人物

卒者：董德元　冯时行

·作品

杨无咎《柳梢青》（送雁迎鸿）

序曰："癸未秋社有怀故山"

丘崈《诉衷情》（东风篾岸进船难）

序曰："癸未团司归身中作"

公元 1164 年　甲申　隆兴二年

·人物

卒者：葛立方　汤思退

生者：虞刚简（1164—1227）：《全宋词》辑其词 1 首

　　　程珌（1164—1242）：《洛水集》24 卷，《洛水词》1 卷

·作品

陆游《赤壁词》（禁门钟晓）

序曰："招韩无咎游金山"

陆游《水调歌头》（江左占形胜）

序曰："多景楼"

毛开《水调歌头》（襟带大江左）

序曰："次韵陆务观陪太守务德登多景楼"

注：陆游时任润州（镇江）通判，陪太守方滋（务德）等多景楼。

韩元吉《霜天晓角》（倚天绝壁）

序曰："题采石娥眉亭"

注：陆游《京口唱和序》云："隆兴二年闰十一月壬申，许昌韩无咎以新番阳（今江西波阳）守来省太夫人于闰（润州，镇江）。方是时，予为通判郡事，与无咎别盖逾年矣。相与道旧故部，问朋俦，览观江山，举酒相属甚乐。"此词应为元吉在赴镇江途中经采石时作。

赵长卿《鼓笛慢》（暑风吹雨仙源过）

序曰："甲申五月，仙源试新水。雨过丝生，荷香袭人，因感而赋此词。时病眼"

韩玉《上平西》（折腰劳）

序曰："甲申岁西度道中作"

张孝祥《六州歌头》（长淮望断）

注：宋无名氏《朝野遗记》称其作于"建康留守席上"，1164 年经张浚

推荐，张孝祥升迁为中书舍人，迁直学士院，兼都督府参赞军事，领任建康留守，当为此年前后作。

辛弃疾《满江红·暮春》（家住江南）

公元1165年 乙酉 乾道元年

·人物

卒者：陈康伯

·作品

张孝祥《南歌子·过严关》（路尽湘江水）

注：末句"此行休问几时还。唯拟桂林佳处、过春残"，当于赴桂林途中。《广西通志》卷二二二《金石》八："孝祥乾道元年（1165）以集复集英殿修撰知静江府，领广南西路经略安抚使，有声绩。尤以文翰为当世所歆美。"乾道二年（1166）六月因受谗毁罢官后自桂林北归，与桂林相关之词当作于此两年。

张孝祥《水调歌头·桂林集句》（五岭皆炎热）

张孝祥《水调歌头·桂林中秋》（今夕复何夕）

张孝祥《柳梢青》（重阳时节）

张孝祥《满江红·思归寄柳州林守》（秋满漓源）

张孝祥《念奴娇·欲雪呈朱漕元顺》（朔风吹雨）

张孝祥《念奴娇·张仲钦提刑江边再和》（弓刀陌上）

张孝祥《水调歌头·凯歌寄湖南安抚舍人刘公》（猩鬼啸篁竹）

毛开《满庭芳》（五十年来，追思畴曩，佳时去若云浮）

注：毛开约生于政和六年（1116），故而断此词作于该年。

陆游《浣溪沙》（懒向沙头醉玉瓶）

序曰："和无咎韵"

陆游《满江红》（危堞朱栏）

陆游《浪淘沙》（绿树暗长亭）

序曰："丹阳浮玉亭席上作"

陆游《定风波》（敧帽垂鞭送客回）

序曰："进贤道上见梅，赠王伯寿"

胡铨《青玉案》（宜霜开尽秋光老）

序曰："乙酉重九葛守坐上作"

杨无咎《柳梢青》（渐近青春）、（嫩蕊商量）、（粉墙斜搭）、（目断南枝）四阕

注：杨无咎于乾道元年（1165）七夕前一日有题序曰："范瑞伯要余画梅四支：一未开，一欲开、一盛开、一将残，仍各赋词一首。画可信笔，词难命意，却之不从，勉徇其请。予旧有《柳梢青》十首，亦因梅所作，今再用此声调，盖近时喜唱此曲故也。"

公元 1166 年　丙戌　乾道二年

·人物

卒者：张纲　张焘

生者：王澡（1166—?）：《直斋书录解题》著录《瓦全居士诗词》2 卷，佚，《全宋词》辑其词 2 首

赵希俒（1166—1237）：词 1 首，见《阳春白雪》卷四

·作品

词话及序跋：

王木叔《题樵隐词》

注：题序落款时间为"乾道柔兆阉茂阳月"，"柔兆"代指天干"丙"，"阉茂"代指地支"戌"，"阳月"指十月，即宋孝宗乾道二年（1166）十月。

总集及别集：

黄裳季子黄玠收拾其建炎兵火之后的遗文，编成《演山先生文集》六十卷，其中卷三十、卷三一为词。

词作：

张孝祥《蝶恋花》（君泛仙槎银海去）

序曰："送姚主管横州"

张孝祥《菩萨蛮》（史君家枕吴波碧）

序曰："林柳州生朝"

张孝祥《丑奴儿》（年年有个人生日）

序曰："张仲钦母夫人寿"

张孝祥《丑奴儿》（伯鸾德耀贤夫妇）

序曰："张仲钦生日用前韵"

张孝祥《踏莎行》（藕叶池塘）

序曰："五月十三日月甚佳"

张孝祥《鹧鸪天》（君侯合侍明光殿）

序曰："送钱史君守横州"

张孝祥《踏莎行》（古屋丛祠）

序曰："别刘子思"

张孝祥《虞美人》（卢敖夫归骖鸾侣）

张孝祥《西江月》（窗户青红尚湿）

序曰："桂林同僚饯别"

张孝祥《念奴娇》（洞庭青草）

序曰："过洞庭"

注：以上为张孝祥桂林末期及北归途中所作。

石孝友《满庭芳·上张紫薇》（笔走龙蛇）

注：赠张孝祥之作，下阕"忆曾。瞻拜处，当年汝水，今日溢城。"溢城，今江西九江瑞昌，当作于乾道二年（1166）张孝祥自桂林北归过江州时。

陆游《恋绣衾》（雨断西山照晚明）

注：南宋陈鹄《西塘集·耆旧续闻》卷十载："公官南昌日，代还，有赠别词云：……"乾道二年（1166），陆游被免官离开南昌，该词当作于此年。

陆游《鹧鸪天》（插脚红尘已是颠）

注：陆游《幽溪》诗自注称"乾道丙戌，始卜居镜湖之三山"，该词自称"三山老子"，且云"新来有个生涯别"，因而当作于此年由南昌回到山阴闲居三山时。

陆游《大圣乐》（电转雷惊）

注：该词见《珊瑚网法书题跋》卷七陆游所书，未见于《渭南词》，是否自作有俟考证。若为自作，词中有"自叹浮生，四十二年"，陆游生于1125年，该词当作于此年。

公元 1167 年　丁亥　乾道三年

·人物

卒者：朱翌

生者：戴复古（1167—1248）：《石屏集》6 卷，《石屏长短句》1 卷

·作品

词话及序跋：

《苕溪渔隐词话》后集（卷三九论词），胡仔（前集在绍兴十八年，1148，卷五九论词）

词作：

袁去华《水调歌头·定王台》（雄跨洞庭野）

注：该词于长沙定王台赋，见称于张孝祥。

袁去华《菩萨蛮·送刘帅》（重湖草木威名熟）

注：潭州送刘珙之作。

周必大《点绛唇》（踏白江梅）

序曰："赴池阳郡会，坐中见梅花赋　丁亥九月己丑"

周必大《点绛唇》（秋夜乘槎）

序曰："七夜，赵富文出家姬小琼，再赋　丁亥七月己丑"

曾觌《阮郎归》（柳阴庭院占风光）

注：时间见《乾淳起居注》。

张抡《柳梢青》（柳色初匀）

注：时间见《乾淳起居注》。

曾觌《柳梢青》（桃脸红匀）

注：时间见《乾淳起居注》。

韩元吉《满江红》（梅欲开时）

序曰："丁亥示庞祐甫"

韩元吉《醉落魄·生日自戏》

注：词中有"相看半百。劳生等是乾坤客"。韩元吉生于1118年，推断该词作于乾道三年（1167）

赵师侠《朝中措》（眉间黄色喜何如）

序曰："丁亥益阳贺王宜之"

沈瀛《满江红·九日登凌歊台》（吴太守，文章伯）

注：凌歊台在当涂县西，南平军为太平州，属江南东路，其治所就在今安徽当涂。吴芾于乾道二年（1166）至五年（1169）四月知太平州，沈瀛乾道元年（1165）至乾道三年（1167）任太平州教授。该词应作于乾道二年（1166）或乾道三年（1167）年重阳。

王质《定风波·赠将》（问询山东窦长卿）

王质《定风波》（白璧黄金爵上卿）

王质《水调歌头》（饶风岭上见梅）

注：以上王质三首参看王可喜《王质词编年考》。

公元 1168 年　戊子　乾道四年

·人物

生者：龚大明（1168—1238）：《南轩稿》；《洞箫诗集》载其词6首

·作品

曹冠《蓦山溪》（深秋澄霁）

序曰："乾道戊子秋游涵碧"

周必大《朝中措》（月眉新画露珠圆）

序曰："贱生之日，蒙季怀示朝中措新词。今借严韵以侑寿罍，敬述雅志，非泛泛祝词也　戊子"

丘崈《点绛唇》（花落花开，等闲不管流年度）

序曰："戊子之春，同官皆拘文，不暇游集。春暮，皆兴牢落之叹。予亦颇叹之，作此，乃三月九日也。是日，杨花甚盛，盖风云"

辛弃疾《水调歌头·寿赵漕介庵》（千里渥洼种）

辛弃疾《水龙吟·登建康赏心亭》（楚天千里清秋）

注：该词作于乾道四年（1168）至六年（1170）间建康通判任上。

辛弃疾《满江红·建康史帅致道席上赋》（鹏翼垂空）

辛弃疾《念奴娇·登建康赏心亭，呈史留守致道》（我来吊古）

辛弃疾《浣溪沙》（侬是嵚崎可笑人）

注：该词序"赠子文侍人名笑笑"。邓广铭《稼轩词编年笺注》据《景定建康志》，严子文于乾道二年（1166）至五年（1169）通判建康府。乾道四年（1168），稼轩与为同官，该词作于乾道四年（1168）或五年（1169）。

王质《水调歌头·九日》（云巘在空碧）

注：全词歌颂虞允文宣抚川陕功德，应为在利川陪虞允文重阳登高之作，王质在蜀只有乾道四年（1168）一个重阳节。

公元1169年　己丑　乾道五年

·人物

卒者：孙觌　王之道　张孝祥（1132—1169）

生者：陈楠（1169—1211）：词存《道藏·翠微篇》及《修真十书》中

·作品

王质《浣溪沙·和王通一韵简虞祖予》

王质《浣溪沙》（梦到江南梦却回）

王质《浣溪沙》（征雁年来得几回）

王质《眼儿媚·送别》（雨润梨花雪未干）

王质《水调歌头·寿查郎中》（淮海一星出）

王质《虞美人·李敷文席上》（翠阴融尽氉氉雪）

注：以上皆作于乾道五年（1169）一二月间，参考王可喜《王质词编年》。

王质《八声甘州·怀张安国》（海茫茫）

注：作于乾道五年（1169）六月。

周必大《朝中措》

序曰："胡季怀以朝中措为寿。八月四日，复次其韵。季怀常以宰相自期，故每戏之　己丑"

罗愿《水调歌头·中秋和施司谏》（秋宇净如水）

曹冠《好事近》（商素肃金飙）

序曰："己丑重阳游雷峰"

吕胜己《满江红》（小立危亭）

序曰："登长沙定王台和南轩张先生韵"

吕胜己《鹧鸪天》（竹树萧萧屋数椽）

序曰："城南书院饯别张南轩赴阙奏事知严州"

注：张南轩，即张栻。城南书院，在长沙"临湘门街，乃南轩先生讲学之地"。胡宗楙《张宣公年谱》卷上记载，张栻自乾道元年（1165）赴居长沙讲学，乾道五年（1169）除知抚州，未上改严州，于是自长沙赴阙，十二月丙午抵临安见孝宗。李清馥《闽中理学渊源考》卷二十《州牧吕秀克先生胜己传》记载，吕胜己曾任湖南干官，当于乾道五年（1169）前后。吕胜己在长沙的词作，如《满江红·赴长沙幕府别饯送客》《临江仙·同王侯二公登裴公亭》《点绛唇·长沙送同官先归邵武》《蝶恋花·长沙作》《蝶恋花·长沙送同官先归邵武》当作于乾道五年（1169）前后。

曾觌《忆秦娥·邯郸道上望丛台有感》（风萧瑟）

注：南宋孝宗乾道五年（1169）冬，曾觌任贺金正旦副使，同正使汪大

獻一道奉命出使，途径邯郸古道。（《续资治通鉴》卷一四一）

辛弃疾《千秋岁·为金陵史致道留守寿》（塞垣秋草）

注："史致道，名史正志，字致道，江都（今江苏江都县）人。乾道三年（1167）至六年（1170）知建康府（即金陵）。稼轩作词为即将离任的史正志祝寿。

丘崈《水龙吟·为建康史帅志道寿》（蕊珠仙籍标名）

公元 1170 年　庚寅　乾道六年

·人物

卒者：蔡梢　王之望　张元干（不确，存疑）

生者：曹豳（1170—1249）：《全宋词》辑其词 2 首

史弥巩（1170—1249）：《独善先生文集》20 卷不传，《全宋词》辑其词1 首

行述：

·作品

周必大《加上太上皇帝太上皇后尊号册宝乐章》（重华真主）

序曰："乾道六年　奉上册宝导引曲"

周必大《醉落魄》（山川迥别）

序曰："次江西帅吴明可韵　庚寅四月"

曾觌《金人捧露盘》（记神京）

序曰："庚寅岁春奉使过京师感怀作"

袁去华《水调歌头》（笔阵万人敌）

注：该词序曰"送杨廷秀赴国子博子用廷秀韵"。杨廷秀即杨万里，于该年任奉新知县期满，离任赴京任国子博士。

赵彦端《柳梢青》（厄言日出）

序曰："庚寅生日铅山作"

辛弃疾《满江红》（直节堂堂）

注：该词序曰"题冷泉亭"。冷泉亭在杭州灵隐寺前飞来峰下，稼轩曾三度临安为官，皆在隐居带湖前，且时间很短。乾道六年（1170）夏五月，作者受命任司农寺主簿，乾道七年（1171）春知滁州，乃较长一次，本词盖此间所作。

王质《虞美人·即事》（绿荫夹岸人家住）

陆游《满江红》（疏蕊幽香）

注：该词序曰"夔州催王伯礼侍御寻梅之集"。乾道六年（1170）十月，陆游抵达夔州任通判。

公元 1171 年　辛卯　乾道七年

· 人物

卒者：王庭珪　王十朋

· 作品

词话及序跋：

汤衡撰《于湖词序》

陈应行撰《于湖先生雅词序》

汤衡撰《张紫微雅词序》

词作：

陆游《感皇恩》（春色到人间）

序曰："伯礼立春日生日"

陆游《蓦山溪》（元戎十乘）

序曰："送伯礼"

注：乾道七年（1171）八月，王伯礼调任永嘉。

陆游《木兰花》（三年流落巴山道）

序曰："立春日作"

赵彦端《浣溪沙》（人意歌声欲度春）

序曰："辛卯会黄运属席上作"

管鉴《蝶恋花》（楼倚云屏江泻镜）

序曰："辛卯重九，余在试闱，闻张子仪、文元益诸公登舟青阁分韵作词。既出院，方见所赋，以'玉山高并两峰寒'为韵，尚馀并字，因为足之"

丘崈《洞仙歌》（江城梅柳）

序曰："辛卯嘉禾元夕作"

辛弃疾《念奴娇·西湖和人韵》（晚风吹雨）

辛弃疾《好事近·西湖》（日日过西湖）

注：稼轩三次官居临安，时间较长者为乾道六年（1170）或七年（1171）任司农寺主簿。

辛弃疾《青玉案·元夕》（东风夜放花千树）

公元 1172 年　壬辰　乾道八年

·人物

卒者：倪俦

生者：邹应龙（1172—1244）：《全宋词》辑其词 6 首

·作品

陆游《临江仙》（鸠雨催成新绿）

序曰："离果州作"

注：乾道八年（1172）初，陆游受王炎之聘，任宣抚使司干办公事，二月途经果州。

陆游《蝶恋花》（陌上箫声寒食近）

序曰："离小益作"

陆游《鹧鸪天》（看尽巴山看蜀山）

序曰："蒹葭驿作"

陆游《望梅》（寿非金石）

注：乾道八年（1172）春夏之际在南郑作。

陆游《浣溪沙》（浴罢华清第二汤）

序曰："南郑席上"

陆游《秋波媚》（秋到边城角声哀）

序曰："七月十六日晚登高兴亭望长安南山"

注：高兴亭，在南郑城西北。

陆游《清商怨》（江头日暮痛饮）

序曰："蒹葭驿作"

注：乾道八年（1172）九月，王炎幕府被解散，陆游返成都任安抚司参议官，途径蒹葭驿。

陆游《齐天乐》（角残钟晚关山路）

序曰："左绵道中"

葛郯《洞仙歌》（璚楼十二）

序曰："壬辰六月十二日纳凉"

葛郯《洞仙歌》（藐姑仙子）

序曰："十三夜再赏月用前韵"

赵师侠《鹧鸪天》（烟霭空濛江上春）

序曰："壬辰豫章惠月佛阁"

韩元吉《好事近》（凝碧旧池头）

序曰："汴京赐宴闻教坊乐有感"

注：唐圭璋先生《唐宋词简释》评曰："此首在汴京作。公使金贺万春节，金人汴京赐宴，遂感赋此词。"乾道八年（1172），韩元吉权吏部侍郎，该年，出使金国，贺万春节。

王质《临江仙·宴向守簇》（曲水流觞修禊事）

辛弃疾《感皇恩》（春事到清明）

序曰："滁州寿范倅"

注：稼轩守滁始于乾道八年（1172）春正月，范倅于该年离任滁州，该类词皆作于此年。

辛弃疾《感皇恩·寿范倅》（七十古来稀）

辛弃疾《声声慢·滁州旅次登奠枕楼作，和李清宇韵》（征埃成阵）

辛弃疾《声声慢·嘲红木犀。余儿时尝入京师禁中凝碧池，因书当时所见》（开元盛日）

辛弃疾《木兰花慢·滁州送范倅》（老来情味减）

辛弃疾《西江月·为范南伯寿》（秀骨青松不老）

公元 1173 年　癸巳　乾道九年

·人物

卒者：曾协

·作品

词话及序跋：

周刊《竹坡老人词跋》

总集及别集：

高邮郡庠刻秦观《淮海集》四十九卷

词作：

陆游《汉宫春》（羽箭雕弓）

序曰："初自南郑来成都作"

注：陆游自南郑返成都，抵达时约乾道九年（1173）初。

陆游：《鹧鸪天》（家住东吴近帝乡）

序曰："送叶梦锡"

注：乾道九年（1173），成都府尹叶梦锡改知建康府，奉召还京。

陆游《乌夜啼》（檐角楠阴转日）

序曰："题汉嘉东堂"

注：汉嘉，即嘉州，今四川乐山。乾道九年（1173），陆游任成都府安抚司参议官，摄知嘉州事。

管鉴《念奴娇》（登高作赋）

序曰："癸巳重九，同陈汉卿、张叔信、王任道登金石台作"

赵师侠《浣溪沙》（日丽风和春昼长）

序曰："癸巳豫章"

赵师侠《菩萨蛮》（扁舟又向萧滩去）

序曰："癸巳自豫章檄归"

赵师侠《好事近》（云度鹊成桥）

序曰："癸巳催妆"

赵师侠《东坡引》（飞花红不聚）

序曰："癸巳豫章"

公元 1174 年　甲午　淳熙元年

·人物

卒者：曹勋

·作品

曾觌《浣溪沙》（元是昭阳宫里人）

序曰："郑相席上赠舞者"

注：郑相，即郑闻，据《宋史·孝宗本纪二》所载，其任相时间为：乾道九年（1173）十月任命为参知政事，至淳熙元年（1174）三月，以郑闻为资政殿大学士、四川宣抚使。淳熙元年（1174）七月郑闻再次被起为参知政事，至十月离世。

李处全《减字木兰花》（更生观尽）

序曰："甲午九月末在婺州韩守坐上和陈尚书韵"

丘崈《菩萨蛮》（秋声夜到秋香院）

序曰："甲午秋作"

赵师侠《满江红》（渺渺春江）

序曰："甲午豫章和李思永"

赵师侠《永遇乐》（秋满衡皋）

序曰："甲午走笔和岳大用梅词韵"

陆游《苏武慢》（淡蔼空濛）

序曰："唐安西湖"

注：唐安，即蜀州。淳熙元年（1174），陆游离开嘉州，至蜀州任通判。唐安署衙内有西湖。

陆游《木兰花慢》（阅邯郸梦境）

序曰："夜登青城山玉华楼"

注：淳熙元年（1174）冬，陆游摄知荣州事，赴任时取道青城山。

陆游《水龙吟》（樽前花底寻春处）

序曰："荣南作"

注：荣南，即荣州。陆游于淳熙元年（1174）十一月到任荣州，次年正月初十离任。

陆游《好事近》（羁雁未成归）

序曰："寄张真甫"

陆游《蓦山溪》（穷山孤垒）

序曰："有三荣龙洞"

注：三荣，即荣川城外荣黎、荣稳、荣德三座山。

辛弃疾《水调歌头》（落日古城角）

辛弃疾《一剪梅》（独立苍茫醉不归）

序曰："游蒋山，呈叶丞相"

注：叶衡于淳熙元年（1174）正月帅建康，二月即召赴行在。

辛弃疾《新荷叶》（人已归来）

序曰："和赵德庄韵"

注：稼轩乾道四年（1168）通判建康府，淳熙元年（1174）重归建康充帅属。

辛弃疾《新荷叶·再和前韵》（春色如愁）

赵德庄《新荷叶》（欲暑还凉）

赵德庄《新荷叶》（雨细梅黄）

辛弃疾《菩萨蛮》（青山欲共高人语）

序曰："金陵赏心亭为叶丞相赋"

辛弃疾《菩萨蛮》（江摇病眼昏如雾）

辛弃疾《太常引》（一轮秋影转金波）

序曰："建康中秋夜为吕叔潜赋"

辛弃疾《水龙吟·登建康赏心亭》（楚天千里清秋）

辛弃疾《八声甘州》（把江山好处付公来）

序曰："寿建康帅胡长文给事。时方阅《折红梅》之舞，且有锡带之宠"

公元 1175 年　乙未　淳熙二年

·人物

卒者：赵彦瑞

生者：李刘（1175—?）：《类稿》30 卷，《续类稿》30 卷，词散见《中兴以来绝妙词选》《截江网》《翰墨大全》等。

·作品

周必大《加上太上皇帝太上皇后尊号册宝乐章》（新阳初应）

序曰："淳熙二年　奉上册宝导引曲"

韩元吉《醉落魄》（红蕖漾月）

序曰："乙未自寿"

丘崈《汉宫春》（横笛吹梅）

序曰："乙未正月和李汉老韵，简严子文"

丘崈《鹧鸪天》（准拟关门度一秋）

序曰："乙未钱守登君山"

丘崈《临江仙》（天上玉厄称万寿）

序曰："乙未，高宗庆七十，母氏封宜人作"

赵师侠《酹江月》（斜风疏雨）

序曰："乙未白莲待廷对"

赵师侠《酹江月》（晓风清暑）

序曰："乙未中元自柳州过白莲"

赵师侠《朝中措》（西风著意送归船）

序曰："乙未中秋麦湖舟中"

陆游《齐天乐》（客中随处闲消闷）

序曰："三荣人日游龙洞作"

注：人日，即正月初七，当为陆游到荣川次年，即淳熙二年（1175）。

陆游《沁园春》（粉破梅梢）

序曰："三荣横溪阁小宴"

陆游《桃源忆故人　并序》（斜阳寂历柴门闭）

序曰："三荣郡治之西，因子城作楼观，曰高斋。下临山村，萧然如世外。予留七十日，被命参成都戎幕而去。临行，徙倚竟日，作桃源忆故人一首"

陆游《桃源忆故人》（栏杆几曲高斋路）

序曰："应灵道中"

注：应灵，唐所置县名，属荣州。

陆游《南歌子》（异县相逢晚）

序曰："送周机宜之益昌"

陆游《双头莲》（华鬓星星）

序曰："呈范至能待制"

注：淳熙二年（1175）六月，范成大出任成都知府。

陆游《乌夜啼》（我校丹台玉字）

注：词中"锦官城里重相遇"，当为淳熙二年（1175）陆游离开荣州回成都任安抚司参议官时所作。

辛弃疾《洞仙歌·寿叶丞相》（江头父老）

辛弃疾《摸鱼儿·观潮上叶丞相》（望飞来半空鸥鹭）

辛弃疾《满江红》（落日苍茫）

序曰："赣州席上呈太守陈季陵侍郎"

辛弃疾《菩萨蛮·书江西造口壁》（郁孤台下清江水）

辛弃疾《水调歌头·和王正之右司吴江观雪见寄》（造物故豪纵）

公元 1176 年　丙申　淳熙三年

·人物

卒者：李流谦

生者：洪咨夔（1176—1236）：《春秋说》30 卷，《平斋文集》32 卷，《平斋词》1 卷

郑清之（1176—1251）：《安晚堂集》7 卷，词存 1 首见《阳春白雪》卷四

·作品

管鉴《念奴娇》（寒梢冰破）

序曰："丙申十二月六日赏梅，闻岑守得祠、下政将赴，代归有日，喜见于辞"

丘崈《诉衷情》（素衣苍狗不成妍）

序曰："丙申中秋"

丘崈《愁倚阑》（风雨骤）

序曰："丙申重九和钱守"

姜夔《扬州慢》（淮左名都）

序曰："中吕宫　淳熙丙申至日，予过维扬。夜雪初霁，荠麦弥望。入其城，则四顾萧条，寒水自碧，暮色渐起，戍角悲吟。予怀怆然，感慨今昔，因自度此曲。千岩老人以为有黍离之悲也"

公元 1177 年　丁酉　淳熙四年

·人物

生者：方信孺（1177—1223）：今传《观我轩集》1 卷，《南海百咏》1 卷，词有《好庵游戏》1 卷已佚，《全宋词》辑其词 1 首

·作品

曹冠《满江红》（味道韬光）

序曰："淳熙丁酉六月十三日，浙宪芮国瑞巡历东阳，招饮涵碧。是日也，实予始生之日。国瑞用旧词韵作满江红为寿，因和述怀。"

史浩《最高楼》（当年尚父）

序曰："乡老十人皆年八十，淳熙丁酉三月十九日，作庆劝酒"

袁去华《柳梢青》（一水萦回）

序曰："钓台。绍兴甲子赴试南宫登此，今三十三年矣"

注：绍兴甲子，指南宋高宗绍兴十四年（1144），据此推断该词作于淳熙四年（1177）。

辛弃疾《满江红》（汉水东流）

赵师侠《谒金门》（江水绿）

序曰："丁酉冬昌山渡"

公元1178年　戊戌　淳熙五年

·人物

卒者：王炎　刘珙（1122—1178）

生者：薛师石（1178—1228）：《瓜庐集》1卷，集中有《渔父词》7首

魏了翁（1178—1237）：《鹤山全集》109卷，内有长短句3卷，十九为寿词。

真德秀（1178—1235）：《真文忠公文集》55卷；《全宋词》据《全芳备祖》前集卷四辑其《蝶恋花》咏红梅1首

·作品

曾觌：《诉衷情》（兰亭曲水擅风流）

序曰："史丞相宴曲水席上作"

注：依《宋史》考史浩任相时间为隆兴元年（1163）一月至五月，淳熙五年（1178）三月至十一月。隆兴元年，曾觌因朝臣抵制陷于"曾龙风波"，

不大可能做此词，且该词景致为清秋，因而应为淳熙五年（1178）秋。

曾觌《朝中措》（功名虽未压英游）

序曰："同前代御带作"

注：词中有"人间百年须到，如今七十春秋。"可见作于词人70岁，曾觌生于1109年，该词当作于1178年。

韩元吉《醉落魄》（菊花又折）

序曰："戊戌重阳龙山会别"

曹冠《夏初临》（翠入烟岚）

序曰："淳熙戊戌四月既望，游涵碧，登生秋、冲霄二亭，觞咏竟日。是日也，初夏恢台，园林茂密。瀑泉铿锵，松韵笙箫。峦翠波光，上下相映。佳山句在，我思古人，对景兴怀，视今犹昔，何异乎兰亭之感慨也。赋夏初临一阕，以纪时日。"

丘崈《水调歌头》（小队拥龙节）

序曰："戊戌迁客回程至松江作"

丘崈《垂丝钓》（夕烽戍鼓）

序曰："戊戌迁客。自入淮南，多所感怆作"

赵师侠《蝶恋花》（柳眼窥春春渐吐）

序曰："戊戌和邓南秀"

刘过《沁园春》（斗酒彘肩）

序曰："寄辛稼轩承旨"

注：参见辛继昌《对辛弃疾出任都承旨的时间探讨》（《纪念辛弃疾逝世800周年学术研讨会论文汇编》，2007年）一文。

杨炎正《水调歌头》（寒眼乱空阔）

序曰："登多景楼"

辛弃疾《水调歌头》（我饮不须劝）

序曰："淳熙丁酉，自江陵移帅隆兴，到官之二月被召。司马监、赵卿、王漕饯别。司马赋水调歌头，席间次韵。时王公明枢密薨，坐客终夕为兴门户之叹，故前章及之。"

辛弃疾《霜天晓角·旅兴》（吴头楚尾）

辛弃疾《鹧鸪天》（聚散匆匆不偶然）

序曰："离豫章，别司马汉章大监"

辛弃疾《念奴娇·书东流村壁》（野棠花落）

辛弃疾《鹧鸪天·和张子志提举》（别恨妆成白发新）

辛弃疾《鹧鸪天》（樽俎风流有几人）

辛弃疾《鹧鸪天·代人赋》（扑面征尘去路遥）

辛弃疾《鹧鸪天·送人》（唱彻阳关泪未干）

辛弃疾《满江红·题冷泉亭》（直节堂堂）

辛弃疾《满江红·再用前韵》（照影溪梅）

辛弃疾《水调歌头》（落日塞尘起）

序曰："舟次扬州，和杨济翁、周显先韵"

注：此词约作于淳熙五年（1178）当时稼轩以大理少卿出领湖北转运副使，溯江西行。舟停泊在扬州时，与友人杨济翁（炎正）、周显先有词作往来唱和，此词即其一。

辛弃疾《满江红》（过眼溪山）

序曰："江行和杨济翁韵"

注：此词与《水调歌头》"落日塞尘起"为同时先后所作。题一作"江行，简杨济翁、周显先"，词中有"笑尘劳、三十九年非，长为客"，稼轩生于 1140 年。

杨炎正《满江红》（典尽春衣）

注：今存杨炎正《满江红》数首，此阕虽与辛词用韵不同，但情调相近，意气相通，或为本词所和之韵。

辛弃疾《南乡子》（隔户语春莺）？

辛弃疾《南乡子·舟行记梦》（欹枕橹声旁）？

辛弃疾《南歌子》（万万千千恨）？

辛弃疾《西江月·江行采石岸，戏作渔父词》（千丈悬崖削翠）？

注：邓广铭指出以上四词见四卷本甲集，该集刊成于淳熙十四年（1187），该年之前江行可考者唯淳熙五年（1178）出领湖北漕一事。

辛弃疾《破阵子》（掷地刘郎玉斗）

序曰："为范南伯寿。时南伯为张南轩辟宰卢溪，南伯迟迟未行，因作此词勉之"

辛弃疾《临江仙·为岳母寿》（住世都知菩萨行）

陆游《玉蝴蝶》（倦客平生行处）

序曰："王忠州家席上作"

注：淳熙五年（1178）正月，陆游奉旨由成都召回临安，途径忠州、万州等地。

陆游《南乡子》（归梦寄吴樯）

注：淳熙五年（1178），陆游自蜀东归，约夏秋之际抵武昌。

陆游《好事近》（湓口放船归）

公元 1179 年　己亥　淳熙六年

·人物

生者：孙惟信（1179—1243）：《花翁集》1 卷；《花翁词》1 卷已佚，赵万里《校辑宋金元人词》有辑本

张端义（1179—?）：《荃翁集》已佚，今传《贵耳集》3 卷，词存 1 首见《阳春白雪》卷五

·作品

张抡《壶中天》（洞天深处）

注：时间参看《丁湖志馀》。

周必大《明堂大礼乐章》（合宫亲飨）

序曰："淳熙六年　明堂大礼鼓吹无射宫导引旧黄钟宫"

辛弃疾《摸鱼儿》（更能消）

序曰："淳熙己亥，自湖北漕移湖南，同官王正之置酒小山亭，为赋"

辛弃疾《水调歌头》（折尽武昌柳）

序曰："淳熙己亥，自湖北漕移湖南，总领王、赵守置酒南楼，席上留别"

辛弃疾《满江红·贺王帅宣子平湖南寇》（笳鼓归来）

辛弃疾《木兰花慢·席上送张仲固帅兴元》（汉中开汉业）

辛弃疾《阮郎归》（山前灯火欲黄昏）

序曰："耒阳道中为张处父推官赋"

注：据考，淳熙六年（1179）或七年（1180），作者任湖南转运副使和安抚使在此时写了这首词。

辛弃疾《减字木兰花》（盈盈泪眼）

序曰："长沙道中，壁上有妇人题字，若有恨者，用其意为赋"

辛弃疾《满江红·暮春》（可恨东君）？

辛弃疾《满江红》（敲碎离愁）？

辛弃疾《满江红》（倦客新丰）？

辛弃疾《满江红》（风卷庭梧）？

注：邓广铭认为《满江红》四首广信书院本均列于淳熙八年（1181）和洪景卢一首之前，"可恨东君"一阕有"湘浦岸"数句，知必作于长沙，余三首不可确考，今汇录于淳熙六年（1179）或七年（1180）诸作之间。

韩玉《水调歌头》（重午日过六）

序曰："上辛幼安生日"

注：见钟振振《〈全宋词〉韩玉小传补正》，《南京师大学报》（社会科学版）2010年第2期。

范成大《水调歌头》（万里吴船泊，归访菊篱秋）（下缺）

序曰："淳熙己亥重九，与客自阊门泛舟，径横塘。宿雾一白，垂垂欲雨。至彩云桥，氛翳豁然，晴日满空，风景闲美，无不与人意会。四郊刈熟，露积如缭垣。田家妇子着新衣，略有节物。挂马风溯越来越溪，潦收渊澄，如行玻璃地上。菱华虽瘦，尚可采。舣棹石湖，扳紫荆，坐千岩，观下菊丛中，大金钱一种已烂熳秾香，正午薰入酒杯，不待轰饮，已有醉意。其傍丹桂二亩，皆盛开，多栾枝，芳气尤不可耐。携壶度石梁，登姑苏后台，跻攀勇往，谢去巾舆筇杖，石陵草滑，皆若飞步。山顶正平，有坳堂藓石可列坐，相传为吴故宫闲台别馆所在。其前湖光接松陵，独见孤塔之尖。少北，墨点一螺为崑山。其后西山竞秀，萦青丛碧，与洞庭、林屋相宾。大约目力逾百里，具登高临远之胜。始余使虏，是日过燕山馆，赋水调，首句云："万里汉都护。"成都云："万里桥边客。"明年，徘徊药市，颇叹倦游，不复再赋。但有诗云："年来厌把三边酒，此去休哦万里词。"今年辛甚，获归故园，偕邻曲二三子，酬酢佳节于乡山之上，乃复用旧韵。

赵师侠《蝶恋花》（春到园林能几许）

序曰："己亥同常监游洪阳洞题肯堂壁"

赵师侠《关河令》（江头伊轧动柔橹）

序曰："己亥宜春舟中"

王质《临江仙》（缥缈青霄云一握）

序曰："和徐守圣可"

王质《临江仙》（千顷翠围遮绿净）

注：参见王可喜《王质词编年》

公元1180年　庚子　淳熙七年

·人物

卒者：胡铨　曾觌

卫时敏（1133—1180）

张栻（1133—1180）

生者：陈耆卿（1180—1236）：《赤城志》10卷，《篔窗集》10卷，《彊村丛书》辑《篔窗词》1卷

陈韡（1180—1261）：《全宋词》辑其词3首

·作品

词话及序跋：

《题周美成词》强焕撰

朱熹《书张伯和诗词后》，淳熙庚子刻置南康军之武观，以示文武吏士。（《朱文公文集》卷八十四）

总集及别集：

强焕知溧水捐奉印刻周邦彦《片玉词》并作序。

词作：

梁安世《西江月》（南国秋光过二）

序曰："淳熙庚子重九，梁次张拉韩廷玉、但能之、陈颖叔同游临桂楼霞洞，赋西江月词"

辛弃疾《贺新郎》（柳暗凌波路）

注：邓广铭认为当为在长沙时送友人归临安之作。

辛弃疾《水调歌头·和赵景明知县韵》（官事未易了）

公元 1181 年　辛丑　淳熙八年

·人物

卒者：李石（不确存疑）　葛郯　崔敦礼（生年不详）

·作品

吴琚《水龙吟》（紫皇高宴仙台）

序曰："喜雪应制"

洪适《满庭芳》（华发苍头）

序曰："辛丑春日作"

洪适《满庭芳》（风扰花间）

序曰："酬徐守"

注：洪适《满庭芳》十一首，皆同韵之作，作于淳熙八年（1181），辛弃疾有和作三首。（吴熊和主编：《唐宋词汇评》（两宋卷第二册），浙江教育出版社 2004 年版，第 1878 页）

辛弃疾《满庭芳·和洪丞相景伯韵》（倾国无媒）

辛弃疾《满庭芳·和洪丞相景伯韵，呈景卢舍人》（急管哀弦）

辛弃疾《满庭芳》（柳外寻春）

辛弃疾《满江红·席间和洪景卢舍人，兼简司马汉章大监》（天与文章）

辛弃疾《西河·送钱仲耕自江西漕移守婺州》（西江水）

丘崈《西河》（清似水）

序曰："饯钱漕仲耕移知婺州奏事，用幼安韵"

辛弃疾《贺新郎·赋滕王阁》（高阁临江渚）

辛弃疾《昭君怨·豫章寄张守定叟》（长记潇湘秋晚）

辛弃疾《沁园春》（三径初成）

序曰："带湖新居将成"

注：此词当作于引退前一年，新居将落成之时，即淳熙八年（1181）。

赵善括《沁园春·和辛帅》（虎啸风生）

赵善括《沁园春·和辛帅》（问舍东湖）

辛弃疾《沁园春·送赵景明知县东归，再用前韵》（仁立潇湘）

丘崈《沁园春》（雨趁轻寒）

丘崈《沁园春》（瓠系弥年）

序曰："景明告行，颇动怀归之念，偶得帅卿词，因次其韵。前阕奉送，后阕以自见云"

辛弃疾《菩萨蛮》（稼轩日向儿童说）

辛弃疾《蝶恋花·和赵景明知县韵》（老去怕寻年少伴）

辛弃疾《祝英台近·晚春》（宝钗分）？

辛弃疾《祝英台近》（绿杨堤）？

辛弃疾《惜分飞·春思》（翡翠楼前芳草路）？

辛弃疾《恋绣衾·无题》（长夜偏冷添被儿）？

辛弃疾《减字木兰花·宿僧房有作》（僧窗夜雨）？

辛弃疾《减字木兰花》（昨朝官告）？

辛弃疾《唐多令》（淑景斗清明）？

辛弃疾《南乡子·赠妓》（好个主人家）？

注：邓广铭认为以上八首似中年居官时所作，录于此。

辛弃疾《鹧鸪天》（一片归心拟乱云）？

辛弃疾《鹧鸪天》（困不成眠奈夜何）？

辛弃疾《菩萨蛮》（西风都是行人恨）？

注：邓广铭认为以上三首似中年宦游思归之作，汇附于此。

辛弃疾《清平乐》（断崖修竹）

序曰："检校山园，书所见"

韩元吉《朝中措》（危亭崛起卧苍龙）

序曰："辛丑重阳日，刘守招饮石龙亭，追录"

吕胜己《渔家傲》（长记浔阳江上宴）

序曰："沅州作"

注：《宋会要辑稿·蕃夷五之四一》载：淳熙八年（1181）四月十八诏，"前知沅州""吕援降一官""吕胜己降两官，放罢"。可见淳熙八年（1181），吕胜己知沅州，因此该词作于此年或稍后。参见王可喜、王兆鹏《南宋词人沈端节吕胜己赵磻老生平考略》，《中国文化研究》2006年第1期。

吕胜己《满江红》（忆昔西来）

序曰："辛丑年假守沅州，蒙恩贬罢，归次长沙道中作"

赵师侠《满江红》（烟浪连天）

序曰："辛丑赴信丰，舟行赣石中"

公元1182年　壬寅　淳熙九年

·人物

卒者：陆淞　陈从古　王崷

生者：包恢（1182—1268）：《全宋词》辑其词1首

杨泽民（1182—？）：《和清真词》1卷，《三英集》

·作品

词话及序跋：

韩元吉作《焦尾集序》云："汉魏以来，乐府之变，《玉台》诸诗，已极纤艳。近代歌词杂以鄙俚，间出于市廛俗子，而士大夫有不可道者。惟国朝名辈数公所作，类出雅正，殆可以和心而近古。"（宋·韩元吉《南涧甲乙稿》卷十四《焦尾集序》）

总集及别集：

魏仲恭《断肠诗集序》，《断肠集》编成于宋孝宗淳熙壬寅（1182）

词作：

曾觌《壶中天慢》（素飙漾碧）

吴琚《酹江月·观潮应制》（玉虹遥挂）

注：张德瀛《词徵》：曾觌赏月词与吴琚观潮词：淳熙九年（1182），驾诣德寿宫，八月十五夜，曾觌进赏月词，十八日吴琚进观潮，皆为孝宗叹赏。

辛弃疾《太常引·寿南涧》（君王著意履声间）

辛弃疾《水调歌头·盟鸥》（带湖吾甚爱）

辛弃疾《水调歌头》（寄我五云子）

序曰："严子文同傅安道和前韵，因再和谢之"

辛弃疾《水调歌头》（白日射金阙）

序曰："汤朝美司谏见和，用韵为谢"

注：辛弃疾42岁那年，被监察御史王蔺弹劾，削职后回上饶带湖闲居。曾任司谏的汤朝美自广东亲州贬所量移江西信州（今上饶），二人相见，由于处境相近，志同道合，因而诗词唱和。辛先赋《水调歌头》（盟鸥），汤以韵相和；辛又用原韵，赋此阕谢答。

辛弃疾《踏莎行·赋稼轩，集经句》（进退存亡）

辛弃疾《蝶恋花》（点检笙歌多酿酒）

序曰："和杨济翁韵，首句用丘宗卿书中语"

杨炎正《蝶恋花》（点检笙歌多酿酒）

序曰："稼轩坐间作，首句用丘六书中语"

辛弃疾《蝶恋花》（泪眼送君倾似雨）

序曰："继杨济翁韵饯范南伯知县归京口"

杨炎正《蝶恋花·别范南伯》（离恨做成春夜雨）

辛弃疾《蝶恋花·席上赠杨济翁侍儿》（小小年华才月半）

辛弃疾《六幺令》（酒群花队）

序曰："用陆氏事，送玉山令陆德隆侍亲东归吴中"

辛弃疾《六幺令·再用前韵》（倒冠一笑）

辛弃疾《太常引·寿韩南涧尚书》（君王着意履声间）

辛弃疾《蝶恋花》（洗尽机心随法喜）

辛弃疾《蝶恋花》（何物能令公怒喜）

辛弃疾《水调歌头》（今日复何日）

序曰："九日游云洞，和韩南涧尚书韵"

韩元吉《水调歌头·云洞》（今日我重九）

辛弃疾《水调歌头·再用韵，呈南涧》（千古老蟾口）

辛弃疾《水调歌头·再用韵答李子永提干》（君莫赋幽愤）

辛弃疾《水调歌头》（文字觑天巧）

序曰："提干李君索余赋《野秀》《绿绕》二诗。余诗寻医久矣，姑合二榜之意，赋《水调歌头》以遗之。然君才气不减流辈，岂求田问舍而独乐其身耶"

辛弃疾《小重山》（旋制离歌唱未成）

序曰："席上和人韵送李子永提干"

辛弃疾《贺新郎·赋水仙》（云卧衣裳冷）？

辛弃疾《贺新郎·赋海棠》（著厌霓裳素）？

辛弃疾《贺新郎·赋琵琶》（凤尾龙香拨）？

注：邓广铭认为《贺新郎》三首为稼轩赋闲时所作，为带湖所作。赋琵琶词置于淳熙七年（1180）"柳暗凌波路"之后，知作年不当过晚。依广信本次第编置于淳熙九年（1182）诸作之后。

管鉴《鹊桥仙》（中秋重九）

注：据王兆鹏、邓建考证，管鉴约生于 1133 年或稍后，享年 63 岁，该词末句"百年三万六千场，试屈指、如今过半"，可见作于 50 岁。

公元 1183 年　癸卯　淳熙十年

·人物

卒者：吴芾　吴儆　李洪

生者：

岳珂（1183—?）：《宝真斋法书赞》《桯史》《玉楮集》《愧郯录》等，《全宋词》辑其词 8 首

王迈（1183—1248）：《臞轩集》16 卷，赵万里《校辑宋金元人词》辑《臞轩词》1 卷

·作品

赵师侠《水调歌头》（韶华能几许）

序曰："癸卯信丰送春"

赵师侠《蝶恋花》（剪剪西风催碧树）

序曰："癸卯信丰赋芙蓉"

陈亮《水调歌头》（人物从来少）

序曰："癸卯九月十五日寿朱元晦"

吴琚《酹江月》（玉虹遥挂）

注：周密《武林旧事》卷七载：淳熙十年（1183）八月十八日，宋孝宗与太上皇（高宗）往浙江亭观潮。太上皇喜见颜色。曰："钱塘形胜，东南所无。"孝宗起奏曰："钱塘江湖，亦天下所无有也。"太上皇宣谕侍宴官，令各赋《酹江月》一曲，至晚进呈。太上皇以吴琚为第一。

辛弃疾《满江红》（瘴雨蛮烟）

序曰："送汤朝美司谏自便归金坛"

注：邓广铭据刘宰《颐堂集序》知汤氏归金坛当在淳熙十年（1183）。

辛弃疾《水调歌头》（上界足官府）

序曰："席上用王德和推官韵，寿南涧"

韩元吉《水调歌头·席上次韵王德和》（世事不须问）

辛弃疾《清平乐·为儿铁柱作》（灵皇醮罢）

辛弃疾《临江仙·即席和韩南涧韵》（风雨催春寒食近）

辛弃疾《洞仙歌·开南溪初成赋》（婆娑欲舞）

辛弃疾《唐河传·效花间体》（春水）

公元 1184 年　甲辰　淳熙十一年

·人物

卒者：洪适　魏杞　陈知柔

·作品

管鉴《蓦山溪》（老来生日）

序曰："甲辰生日醉书示儿辈"

辛弃疾《水龙吟》（渡江天马南来）

序曰："为韩南涧尚书寿甲辰岁"

辛弃疾《满江红》（蜀道登天）

序曰："送李正之提刑入蜀"

辛弃疾《蝶恋花》（莫问楼头听漏点）

序曰："用赵文鼎提举送李正之提刑韵，送郑元英"

辛弃疾《蝶恋花》（燕语莺啼人乍远）

序曰："客有'燕语莺啼人乍远'之句，用为首句"

辛弃疾《鹧鸪天·徐衡仲惠琴不受》（千丈阴崖百丈溪）

辛弃疾《鹧鸪天》（莫上扁舟访剡溪）

序曰："用前韵，和赵文鼎提举赋雪"

陈亮《蝶恋花》（手捻黄花还自笑）

序曰："甲辰寿元晦"

姜夔《莺声绕红楼》（十亩梅花作雪飞）

序曰："甲辰春，平甫与予自越来吴，携家妓观梅于孤山之西村，命国工吹笛，妓皆以柳黄为衣"

注：《全宋词》第 2794 页为甲辰春，夏承焘《姜白石词编年校笺》第 53 页为甲寅春，即绍熙五年（1194）。

公元 1185 年　乙巳　淳熙十二年

·人物

·作品

俞国宝《风入松》（一春长费买花钱）

注：《武林旧事》卷三载：淳熙十二年（1185），太上皇高宗一日游西湖，见酒肆屏风上有《风入松》词云："一春长费买花钱。日日醉花边。玉骢惯识西湖路，骄嘶过、沽酒垆前。红杏香中箫鼓，绿杨影里秋千。暖风十里丽人天，花压鬓云偏。画船载取春归去，馀情寄、湖水湖烟。明日再携残醉，来寻陌上花钿。"高宗驻目称赏久之，宣问何人所作，乃大学生俞国宝醉笔也。高宗笑曰："此调甚好，但末句未免儒酸。"因为改定云"明日重扶残醉"，则迥不同矣。即日予释褐（脱去平民衣服，喻始任官职）。

史浩《望海潮》（熊罴嘉梦）

序曰："庆八十"

注：史浩生于崇宁五年（1106），卒于绍熙五年（1194），由此可断该词作于孝宗淳熙十二年（1185）。

吕胜己《满庭芳》（丹膁浮空）

序曰："乙巳八月十五登博见楼作"

注：博见楼在邵武樵岚，吕胜己相关之词，如《鹤瑞仙·嘲博见楼》"倚阑观四远"、《满江红·题博见楼》"物理分明，人事巧、元来是拙"、《瑞鹧鸪·登博见楼作》"与君蹑足共凭阑"，当作于此年前后。

吕胜己《鹊桥仙》（银花千里）

序曰："乙巳第四次雪"

陆游《柳梢青》（十载江湖）

序曰："乙巳二月西兴赠别"

韩元吉《水龙吟》（南风五月江波）

序曰："寿辛侍郎"

辛弃疾《水龙吟》（玉皇殿阁微凉）

序曰："次年南涧用前韵为仆寿。仆与公生日相去一日，再和以寿南涧"

辛弃疾《菩萨蛮》（锦书谁寄相思语）

序曰："乙巳冬南涧举似前作，因和之"

辛弃疾《虞美人·寿赵文鼎提举》（翠屏罗幕遮前后）

辛弃疾《虞美人·送赵达夫》（一杯莫落他人后）

辛弃疾《虞美人》（夜深困倚屏风后）

辛弃疾《水调歌头》（万事到头白）

序曰："和信守郑舜举蔗庵韵"

辛弃疾《千年调》（厄酒向人时）

序曰："蔗庵小阁名曰厄言，作此词以嘲之"

郭应祥《踏莎行》（春已经旬）

序曰："乙巳正月二日雪"

陈亮《水调歌头》（不见南师久）

序曰："送章德茂大卿使虏"

注：淳熙十二年（1185）十二月，宋孝宗命章森以大理少卿试户部尚书衔为贺万春节（金世宗完颜雍生辰）正使，陈亮作词送行。

公元 1186 年　丙午　淳熙十三年

·人物

生者：赵葵（1186—1266）：《全宋词》辑其词 1 首

·作品

程大昌《万年欢》（老钝迂疏）

序曰："丙午生日"

范成大《朝中措》（东风半夜度关山）

序曰："丙午立春大雪，是岁十二月九日丑时立春"

陈三聘《朝中措》（朝来和气满西山）

序曰："丙午立春大雪，是岁十二月九日丑时立春"

赵师侠《酹江月》（漂流踪迹）

序曰："丙午螺川"

赵师侠《生查子》（春光不肯留）

序曰："丙午铁炉冈回"

赵师侠《卜算子》（杨柳褪金丝）

序曰："丙午春即席和从善"

辛弃疾《南歌子·独坐蔗庵》（玄入参同契）

辛弃疾《杏花天》（病来自是于春懒）

辛弃疾《念奴娇》（兔园旧赏）

序曰："和韩南涧载酒见过雪楼观雪"

辛弃疾《临江仙》（小靥人怜都恶瘦）？

辛弃疾《临江仙》（逗晓莺啼声昵昵）？

辛弃疾《临江仙》（春色饶君白发了）？

辛弃疾《临江仙》（金谷无烟宫树绿）？

辛弃疾《丑奴儿》（晚来云淡秋光薄）？

序曰："醉中有歌此诗以劝酒者，聊檃栝之"

辛弃疾《丑奴儿》（寻常中酒扶头后）？

辛弃疾《一剪梅·中秋无月》（忆对中秋丹桂丛）？

辛弃疾《一剪梅》（记得同烧此夜香）？

注：邓广铭认为以上八首作年难确考，以广信书院本次第推知为赋闲带湖时期所作，其时间不容过晚，因汇录于淳熙十三年（1186）游鹅湖之作前。

辛弃疾《江神子·和人韵》（梅梅柳柳斗纤秾）？

辛弃疾《江神子·和人韵》（剩云残日弄阴晴）？

辛弃疾《江神子·和人韵》（梨花着雨晚来晴）？

注：邓广铭据广信书院本认为以上三首不得晚于淳熙十四年（1187）。

辛弃疾《江神子·博山道中书王氏壁》（一川松竹任横斜）

辛弃疾《丑奴儿·书博山道中壁》（烟芜露麦荒池柳）

辛弃疾《丑奴儿·书博山道中壁》（少年不识愁滋味）

辛弃疾《丑奴儿》（此生自断天休问）

辛弃疾《丑奴儿近·博山道中效李易安体》（千峰云起）

辛弃疾《清平乐·博山道中即事》（柳边飞鞚）

辛弃疾《鹧鸪天·博山寺作》（不向长安路上行）

辛弃疾《点绛唇》（隐隐轻雷）

序曰："留博山寺，闻光丰主人微恙而归，时春涨断桥"

辛弃疾《点绛唇》（身后虚名）

辛弃疾《念奴娇》（近来何处）

序曰："赋雨岩，效朱希真体"

辛弃疾《水龙吟》（补陀大士虚空）

序曰："题雨岩。岩类今所画观音补陀。岩中有泉飞出，如风雨声"

辛弃疾《山鬼谣》（问何年此山来此）

序曰："雨岩有石，状怪甚，取《离骚》《九歌》，名曰'山鬼'，因赋《摸鱼儿》，改今名"

辛弃疾《生查子·独游雨岩》（溪旁照影行）

辛弃疾《蝶恋花·月下醉书雨岩石浪》（九畹芳菲兰佩好）

辛弃疾《蝶恋花·用前韵，送人行》（意态憨生元自好）

辛弃疾《定风波》（山路风来草木香）

序曰："用药名招婺源马荀仲游雨岩。马善医"

辛弃疾《定风波·再和前韵，药名》（仄月高寒水石乡）

辛弃疾《满江红·游南岩，和范廓之韵》（笑拍洪崖）

辛弃疾《满江红·和廓之雪》（天上飞琼）

辛弃疾《念奴娇·赋白牡丹，和范廓之韵》（对花何似）

辛弃疾《乌夜啼·山行，约范廓之不至》（江头醉倒山公）

辛弃疾《乌夜啼·廓之见和，复用前韵》（人言我不如公）

辛弃疾《定风波》（昨夜山公倒载归）

序曰："大醉归自葛园，家人有痛饮之戒，故书于壁"

辛弃疾《鹧鸪天·送廓之秋试》（白苎新袍入嫩凉）

辛弃疾《鹧鸪天·鹅湖道中》（一榻清风殿影凉）

辛弃疾《鹧鸪天·鹅湖游，醉书酒家壁》（春入平原荠菜花）

辛弃疾《鹧鸪天·鹅湖归，病起作》（翠木千寻上薜萝）

辛弃疾《鹧鸪天·鹅湖归，病起作》（枕簟溪堂冷欲秋）

辛弃疾《鹧鸪天·鹅湖归，病起作》（着意寻春懒便回）

辛弃疾《满江红》（曲几团蒲）

序曰："病中俞山甫教授访别，病起寄之"

辛弃疾《鹧鸪天·重九席上作》（戏马台前秋雁飞）

辛弃疾《鹧鸪天·重九席上再赋》（有甚闲愁可皱眉）

辛弃疾《鹧鸪天·败棋，罚赋梅雨》

辛弃疾《鹧鸪天·元夕不见梅》（千丈冰溪百步雷）

辛弃疾《鹧鸪天·戏题村舍》（鸡鸭成群晚未收）

辛弃疾《清平乐·村居》（茅檐低小）

辛弃疾《清平乐·检校山园，书所见》（连云松竹）

辛弃疾《满江红·送信守郑舜举被召》（湖海平生）

辛弃疾《洞仙歌·红梅》（冰姿玉骨）

辛弃疾《洞仙歌》（飞流万壑）

序曰："访泉于奇师村，得周氏泉，为赋"

辛弃疾《水龙吟》（断崖千丈孤松）

序曰："盘园任帅子严，挂冠得请，取执政书中语，以'高风'名其堂，来索词，为赋《水龙吟》。芗林，侍郎向公告老所居，高宗皇帝御书所赐名也，与盘园相并云"

姜夔《浣溪沙》（著酒行行满袂风）

序曰："予女须家沔之山阳，左白湖，右云梦，春水方生，浸数千里。冬寒沙露，衰草入云。丙午之秋，予与安甥或荡舟采菱，或举火置兔，或观鱼篝下，山行野吟，自适其适，凭虚怅望，因赋是阕"

姜夔《霓裳中序第一》（亭皋正望极）

序曰："丙午岁，留长沙，登祝融，因得其祠神之曲曰黄帝盐、苏合香。又于乐工故书中得商调霓裳曲十八阕，皆虚谱无辞。按沈氏乐律，霓裳道调，此乃商调。乐天诗云："散序六阕"，此特两阕，未知孰是。然音书闲雅，不类今曲。予不暇尽作，作中序一阕传于世。予方羁游，感此古音，不自知其辞之怨抑也"

姜夔《一萼红》（古城阴）

序曰："丙午人日，予客长沙别驾之观政堂。堂下曲沼，沼西负古垣，有卢橘幽篁，一径深曲。穿径而南，官梅数十株，如椒、如菽，或红破白露，枝影扶疏。著屐苍苔细石间，野兴横生，亟命驾登定王台。乱湘流、入麓山，湘云低昂，湘波容与。兴尽悲来，醉吟成调"

姜夔《探春慢》（衰草愁烟）

序曰："予自孩幼从先人宦于古沔，女须因嫁焉。中去复来，几二十年。岂惟姊弟之爱，沔之父老儿女子，亦莫不予爱也。丙午冬，千岩老人约予过苕霅，岁晚乘涛载雪而下。顾念依依，殆不能去。作此曲别郑次皋、辛克清、姚刚中诸君"

姜夔《翠楼吟》（月冷龙沙）

序曰："双调淳熙丙午冬，武昌安远楼成，与刘去非诸友落之，度曲见志。予去武昌十年，故人有泊舟鹦鹉洲者，闻小姬歌此词，问之颇能道其事，还吴为予言之。兴怀昔游，且伤今之离索也"

姜夔《湘月》（五湖旧约）

序曰："长溪杨声后典长沙椑椁，居濒湘江。窗间所见，如燕公郭熙画图，卧起幽适。丙午七月既望，声伯约予与赵景鲁、景望、萧和父、裕父、时父、恭父大舟浮湘，放乎中流。山水空寒，烟月交映，凄然其为秋也。坐客皆小冠练服，或弹琴、或浩歌、或自酌、或援笔搜句。予度此曲，即念奴娇之鬲指声也，于双调中吹之。鬲指亦谓之过腔，见晁无咎集。凡能吹竹者，便能过腔也"

姜夔《清波引》（冷云迷浦）

序曰："予久客古沔，沧浪之烟雨，鹦鹉之草树，头陀、黄鹤之伟观，郎官、大别之幽处，无一日不在心目间；胜友二三，极意吟赏。竭来湘浦，岁晚凄然，步绕园梅，摘笔以赋"

姜夔《八桂·湘中送胡德华》（芳莲坠粉）

姜夔《小重山令·赋潭州红梅》（人绕湘皋月坠时）

姜夔《眉妩·戏张仲远》（看垂杨连苑）

注：夏承焘先生认为以上三首作于客湘时。白石此年秋返山阳，冬至湖州，三词当皆此前之作。

刘过《浣溪沙》（黄鹤楼前识楚卿）

序曰："赠妓徐楚楚"

刘过《西江月》（楼上佳人楚楚）

序曰："武昌妓徐楚楚号问月索题"

注：姜夔《翠吟楼》序云：淳熙丙午冬，武昌安远楼成，与刘去非诸友落之，度曲见志。

公元 1187 年　丁未　淳熙十四年

·人物

卒者：赵构（高宗）　韩元吉

生者：刘克庄（1187—1269）：《后村先生大全集》200 卷，《后村别调》

1卷，《彊村丛书》本《后村长短句》5卷。《翁应星乐府序》；《辛稼轩集序》；《跋刘叔安感秋八词》；《黄孝迈长短句跋》；《再题黄孝迈长短句》；《跋刘澜乐府》；《汤野孙长短句跋》

阳枋（1187—1267）：《字溪集》12卷，词2首见集中

·作品

词话及序跋：

杨冠卿《群公乐府序》

陈鬴《燕喜词序》

詹傚之《燕喜词跋》

总集及别集：

杨冠卿编《群公乐府》三卷，已佚，

宣称学宫刻《燕喜词》，由使君詹公傚之为其幕客主持其事

词作：

廖行之《满庭芳》（五甲科名）

序曰："丁未生朝和韵酬表弟武公望"

陈亮《洞仙歌》（秋容一洗）

序曰："丁未寿朱元晦"

姜夔《石湖仙》（松江烟浦）

序曰："越调寿石湖居士"

注：淳熙十四年（1187），姜夔经杨万里引荐拜范成大，作该词寿石湖，石湖告以琵琶四曲，二人始有交。

姜夔《点绛唇》（燕雁无心）

序曰："丁未冬过吴松作"

姜夔《杏花天影》（绿丝低拂鸳鸯浦）

序曰："丙午之冬，发沔口。丁未正月二日，道金陵。北望淮楚，风日清淑，小舟挂席，容与波上"

姜夔《踏莎行》（燕燕轻盈）

序曰："自沔东来，丁未元日至金陵，江上感梦而作"

姜夔《惜红衣》（簟枕邀凉）

序曰："吴兴号水晶宫，荷花盛丽。陈简斋云："今年何以报君恩。一路荷花相送到青墩。"亦可见矣。丁未之夏，予游千岩，数往来红香中。自度此曲，以无射宫歌之"

辛弃疾《水调歌头》（上古八千岁）

序曰："庆韩南涧尚书七十"

注：据《南涧甲乙稿》中载《南剑道中诗》自注，称"生于戊戌，至甲子年二十七。"查戊戌年为徽宗重和元年（1118），至淳熙十四年（1187）丁未，恰为70岁。

辛弃疾《最高楼·醉中有索四时歌者，为赋》（长安道）

辛弃疾《最高楼·和杨民瞻席上用前韵，赋牡丹》（西园买）

辛弃疾《菩萨蛮·雪楼赏牡丹，席上用杨民瞻韵》（红牙签上群仙格）

辛弃疾《生查子·山行，寄杨民瞻》（昨宵醉里行）

辛弃疾《生查子·民瞻见和，复用前韵》（谁倾沧海珠）

辛弃疾《西江月·和杨民瞻赋牡丹韵》（宫粉厌涂娇额）

辛弃疾《八声甘州》（故将军饮罢夜归来）

序曰："夜读《李广传》，不能寐，因念晁楚老、杨民瞻约同居山间，戏用李广事，赋以寄之"

辛弃疾《昭君怨·送晁楚老游荆门》（夜雨剪残春韭）

辛弃疾《昭君怨》（人面不如花面）

辛弃疾《临江仙》（莫向空山吹玉笛）

序曰："醉宿崇福寺，寄祐之弟。祐之以仆醉先归"

辛弃疾《临江仙·再用韵送祐之弟归浮梁》（钟鼎山林都是梦）

辛弃疾《菩萨蛮》（功名饱听儿童说）

辛弃疾《菩萨蛮·送祐之弟归浮梁》（无情最是江头柳）

辛弃疾《蝶恋花·送祐之弟》（衰草斜阳三万顷）

辛弃疾《鹊桥仙·和范先之送祐之弟归浮梁》（小窗风雨）

辛弃疾《满江红·和杨民瞻送祐之弟还侍浮梁》（尘土西风）

辛弃疾《朝中措·崇福寺道中，归寄祐之弟》（篮舆嫋嫋破重冈）

辛弃疾《朝中措》（夜深残月过山房）

辛弃疾《朝中措》（绿萍池沼絮飞忙）

辛弃疾《浪淘沙·山寺夜半闻钟》（身世酒杯中）

辛弃疾《南歌子·山中夜作》（世事从头减）

辛弃疾《鹧鸪天》（木落山高一夜霜）

辛弃疾《鹧鸪天·席上再用韵》（水底明霞十顷光）

辛弃疾《念奴娇·双陆，和陈仁和韵》（少年横槊）

辛弃疾《水龙吟·题瓢泉》（稼轩何必长贫）

辛弃疾《水龙吟》（被公惊倒瓢泉）

序曰："用瓢泉韵戏陈仁和，兼简诸葛元亮，且督和词"

辛弃疾《江神子·和陈仁和韵》（玉箫声远忆骖鸾）

辛弃疾《江神子·和陈仁和韵》（宝钗飞凤鬓惊乱）

辛弃疾《永遇乐》（紫陌长安）

序曰："送陈仁和自便东归。陈至上饶之一年，得子，甚喜"

辛弃疾《定风波·暮春漫兴》（少日春怀似酒浓）？

辛弃疾《菩萨蛮·席上分赋得樱桃》（香浮乳酪玻璃碗）？

辛弃疾《鹧鸪天·代人赋》（晚日寒鸦一片愁）？

辛弃疾《鹧鸪天·代人赋》（陌上柔桑破嫩芽）？

辛弃疾《踏歌》（攧厥）？

辛弃疾《小重山·茉莉》（倩得熏风染绿衣）？

辛弃疾《临江仙·探梅》（老去惜花心已懒）？

辛弃疾《一落索·闺思》（羞见鉴鸾孤却）？

注：以上八首作年难确考，邓广铭据广信书院本编次断其至晚作于淳熙十四年（1187）。

辛弃疾《鹊桥仙·为人庆八十席上戏作》（朱颜晕酒）

辛弃疾《鹊桥仙·庆岳母八十》（八旬庆会）

辛弃疾《好事近》（医者索酬劳）

公元 1188 年　戊申　淳熙十五年

·人物

生者：冯取洽（1188—?）：《双溪词》1 卷

·作品

词话及序跋：

《稼轩词序》范开撰

词作：

辛弃疾《蝶恋花》（谁向椒盘簪彩胜）

序曰："戊申元日立春席间作"

辛弃疾《水调歌头·送郑厚卿赴衡州》（寒食不小住）

辛弃疾《满江红》（莫折荼䕷）

序曰："饯郑衡州厚卿席上再赋"

辛弃疾《沁园春》（老子平生）

序曰："戊申岁，奏邸忽腾报，谓余以病挂冠，因赋此"

辛弃疾《贺新郎》（把酒长亭说）

序曰："陈同父自东阳来过余，留十日。与之同游鹅湖，且会朱晦庵于紫溪，不至，飘然东归。既别之明日，余意中殊恋恋，复欲追路。至鹭鸶林，则雪深泥滑，不得前矣。独饮方村，怅然久之，颇恨挽留之正是遂也。夜半投宿吴氏泉湖四望楼，闻邻笛悲甚，为赋《贺新郎》以见意。又五日，同父书来索词，心所同然者如此，可发千里一笑"

陈亮《贺新郎》（老去凭谁说）

序曰："寄辛幼安，和见怀韵"

辛弃疾《贺新郎》（老大那堪说）

序曰："同父见和再用韵答之"

陈亮《贺新郎》（离乱从头说）

序曰："酬辛幼安，再用韵见寄"

陈亮《念奴娇》（危楼还望）

序曰："登多景楼"

赵师侠《水调歌头》（人生如寄耳）、（心景两无著）

序曰："戊申春陵用旧韵赋二词呈族守德远"

赵师侠《风入松》（溪山佳处是湘中）

序曰："戊申沿檄衡永，舟泛潇湘"

赵师侠《蝶恋花》（夜雨鸣檐声录薪）

序曰："戊申秋夜"

公元 1189 年　　己酉　　淳熙十六年　　　光宗赵惇即位

·人物

卒者：李处全

生者：赵以夫（1189—1256）：《虚斋乐府》1 卷

刘克逊（1189—1247）：《西墅集》不传，《全宋词》辑其词 1 首

徐鹿卿（1189—1250）：《清正存稿》6 卷，《彊村丛书》辑《徐清正公词》1 卷

·作品

词话及序跋：

《长短句序》陆游撰

《跋金荃集》陆游撰

《知稼翁词集序》曾丰

总集及别集：

陆游自编词集成，作《长短句序》

邵阳郡斋黄沃刻其父黄公度《知稼翁集》十一卷，有《知稼翁词》

词作：

陈亮《贺新郎》（话杀浑闲说）

序曰："怀辛幼安用前韵"

注：词中有"却忆去年风雪"，当为鹅湖之会次年。

辛弃疾《贺新郎》（细把君诗说）

序曰："用前韵送杜叔高"

注：宋孝宗淳熙十六年（1189）春，杜叔高从浙江金华到江西上饶探访作者，作者作此词送别。题云"用前韵"，乃用作者前不久寄陈亮同调词韵。

辛弃疾《玉蝴蝶》（古道行人来去）

序曰："追别杜叔高"

辛弃疾《破阵子·为陈同甫赋壮词以寄之》（醉里挑灯看剑）

辛弃疾《破阵子·赠行》（少日春风满眼）

辛弃疾《水调歌头》（头白齿牙缺）

序曰："元日投宿博山寺，见者惊叹其老"

注：词中有"四十九年前事"，当为稼轩50岁，此年所作。

辛弃疾《卜算子·落齿》（刚者不坚牢）

辛弃疾《最高楼》（相思苦）

序曰："送丁怀忠教授入广。渠赴调都下，久不得书，或谓从人辟置，或谓径归闽中矣"

辛弃疾《浣溪沙·寿内子》（寿酒同斟喜有余）

注：词中有"两人百岁恰乘除"，稼轩夫妇二人同龄。

辛弃疾《水调歌头·送信守王桂发》（酒罢且勿起）

辛弃疾《鹊桥仙·己酉山行书所见》（松冈避暑）

辛弃疾《满江红》（绝代佳人）

序曰："送徐抚干衡仲之官三山，时马叔会侍郎帅闽"

辛弃疾《御街行·山中问盛复之提干行期》（山城甲子冥冥雨）

辛弃疾《御街行》（阑干四面山无数）

辛弃疾《卜算子·寻春作》（修竹翠罗寒）

辛弃疾《卜算子·为人赋荷花》（红粉靓梳妆）

辛弃疾《卜算子·闻李正之茶马讣音》（欲行且起行）

辛弃疾《归朝欢》（万里康成西走蜀）

序曰："寄题三山郑元英巢经楼。楼之侧有尚友斋，欲借书者就斋中取读，书不借出"

辛弃疾《玉楼春·寄题文山郑元英巢经楼》（悠悠莫向文山去）

辛弃疾《声声慢·送上饶黄倅秩满赴调》（东南形胜）

辛弃疾《玉楼春》（往年龙崽堂前路）

序曰："席上赠别上饶黄倅。龙崽，雨岩堂名。通判雨，当时民谣。吏垂头，亦渠摄郡时事"

辛弃疾《水调歌头·送杨民瞻》（日月如磨蚁）

辛弃疾《水调歌头》（簪履竞晴昼）

辛弃疾《寻芳草·调陈莘叟忆内》（有得许多泪）

辛弃疾《柳梢青·和范先之席上赋牡丹》（姚魏名流）

辛弃疾《谒金门·和廓之五月雪楼小集韵》（遮素月）

辛弃疾《谒金门》（山吐月）

辛弃疾《定风波·席上送范廓之游建康》（听我樽前醉后歌）

辛弃疾《醉翁操》（长松）

序曰："顷予从廓之求观家谱，见其冠冕蝉联，世载勋德。廓之甚文而好修，意其昌未艾也。今天子即位，覃庆中外，命国朝勋臣子孙之无见任者官之。先是，朝廷屡诏甄录元祐党籍家。合是二者，廓之应仕矣。将告诸朝，行有日，请予作诗以赠。属予避谤，持此戒甚力，不得如廓之请。又念廓之与予游八年，日从事诗酒间，意相得欢甚，于其别也，何独能恝然。顾廓之长于楚词而妙于琴，辄拟《醉翁操》，为之词以叙别。异时廓之绾组东归，仆当买羊沽酒，廓之为鼓一再行，以为山中盛事云"

赵师侠《凤凰阁》（正薰风初扇）

序曰："己酉归舟衡阳作"

姜夔《鹧鸪天》（京洛风流绝代人）

序曰："己酉之秋苕溪记所见"

姜夔《夜行船》（略彴横溪人不度）

序曰："己酉岁，寓吴兴，同田几道寻梅北山沈氏圃载雪而归"

姜夔《浣溪沙》（春点疏梅雨后枝）

序曰："巳酉岁，客吴兴，收灯夜阖户无聊，俞商卿呼之共出，因记所见"

姜夔《琵琶仙》（双桨来时）

序曰："黄钟商　吴都赋云：户藏烟浦，家具画船。唯吴兴为然。春游之盛，西湖未能过也。己酉岁，予与萧时父载酒南郭，感遇成歌"

附录参考资料：

邓广铭：《稼轩词编年笺注》（第 2 版），上海古籍出版社 2007 年版。

夏承焘：《姜白石词编年笺注》，上海古籍出版社 1981 年版。

夏承焘、吴熊和：《放翁词编年笺注》，上海古籍出版社 1981 年版。

吴熊和主编：《唐宋词汇评》（两宋卷第二册），浙江教育出版社 2004 年版。

王可喜：《王质词编年考》，《咸宁学院学报》2007 年第 2 期。

参考文献

古籍:

（明）陈邦瞻：《宋史纪事本末》，中华书局 1977 年版。

（清）陈世焜（廷焯）：《云韶集》，南通王氏晴蔼庐抄本。

（清）陈廷焯：《词则》，上海古籍出版社 1984 年版。

（宋）陈亮：《陈亮集》，中华书局 1974 年版。

（宋）陈模：《怀古录》，国图缩微。

（宋）陈振孙：《直斋书录解题》，上海古籍出版社 1987 年版。

（清）丁传靖：《宋人轶事汇编》，中华书局 1981 年版。

（清）冯煦：《宋六十一家词选》，扫叶山房，民国二十三年石印本。

（宋）范成大：《范成大笔记六种》，中华书局 2002 年版。

（宋）葛立方：《韵语阳秋》，中华书局 1985 年版。

（宋）韩元吉：《桐阴旧话》，李际期宛委山堂《说郛》。

（宋）胡铨：《经筵玉音问答》，知不足斋丛书第二集，刻本。

（宋）黄昇：《花庵词选》，中华书局 1958 年版。

（清）何文焕辑：《历代诗话》，中华书局 1981 年版。

（宋）姜夔著，夏承焘笺校：《姜白石词编年笺注》，上海古籍出版社 1981 年版。

（明）蒋一葵：《尧山堂外纪》，明万历刻本，国家图书馆藏书。

（明）田汝成：《西湖游览志余》，浙江人民出版社 1980 年版。

（清）况周颐著，孙克强辑：《蕙风词话广蕙风词话》，中州古籍出版社2003年版。

（梁）刘勰著，周振甫译：《文心雕龙今译》，中华书局1986年版。

（宋）黎靖德编：《朱子语类》，中华书局1986年版。

（宋）李心传：《建炎以来系年要录》，上海古籍出版社1992年版。

（宋）李心传撰，徐规点校：《建炎以来朝野杂记》，中华书局2000年版。

（宋）梁克家：《淳熙三山志》，《四库全书》本。

（宋）廖莹中：《江行杂录》，《丛书集成初编》，中华书局1985年版。

（宋）陆游：《老学庵笔记》，中华书局1979年版。

（宋）罗大经：《鹤林玉露》，中华书局1983年版。

（宋）罗烨：《新编醉翁谈录》，《续修四库全书》，上海古籍出版社2002年版。

（宋）孟元老等：《〈东京梦华录〉、〈都城纪胜〉、〈西湖老人繁胜录〉、〈梦粱录〉、〈武林旧事〉》，中国商业出版社1982年版。

（宋）庞元英：《谈薮》，《说郛》，中国书店1986年版。

（宋）普济著，苏渊雷点校：《五灯会元》，中华书局1984年版。

（清）阮元：《增入名儒讲义皇宋中兴两朝圣政》（影印本），江苏古籍出版社1988年版。

（宋）释道融：《丛林盛世》，《四库全书》本。

（宋）释晓莹：《罗湖野录》，《丛书集成初编》，中华书局1985年版。

（宋）苏轼著，孔凡礼点校：《苏轼文集》，中华书局1986年版。

（清）谭献：《谭评词辨》，清道光二十七年刻本。

（元）陶宗仪：《南村辍耕录》，中华书局1958年版。

（元）脱脱：《宋史》，中华书局1977年版。

（明）王夫之著，舒士彦点校《宋论》，中华书局1964年版。

（宋）吴自牧：《梦粱录》，《丛书集成初编》，商务印书馆1937年版。

（宋）辛弃疾撰，邓广铭笺注《稼轩词编年笺注》（第2版），上海古籍出版社 2007 年版。

（明）徐师曾著，罗根泽点校：《文体明辨序说》，人民文学出版社 1962 年版。

（清）谢章铤：《赌棋山庄所著书》，光绪十年刻本。

（清）徐松：《宋会要辑稿》，中华书局 1957 年版。

（宋）谢维新：《古今合璧事类备要》，《四库全书》本，台湾商务印书馆 1986 年版。

（明）杨士奇等：《历代名臣奏议》，《四库全书》本，台湾商务印书馆 1986 年版。

（清）永瑢等：《四库全书简明目录》集部，台湾商务印书馆。

（宋）姚宽：《西溪丛话》、陆游《家世旧闻》，中华书局 1993 年版。

（宋）叶绍翁：《四朝闻见录》，中华书局 1989 年版。

（宋）叶寘：《爱日斋丛钞》、周密《浩然斋雅谈》、陈世崇《随隐漫录》，中华书局 2010 年版。

（宋）岳珂：《桯史》，中华书局 1981 年版。

（宋）佚名：《增修笺注妙选群英草堂诗余》，景明洪武本，国家图书馆藏书。

（清）张宗橚编，杨宝霖补正：《词林纪事·词林纪事补正合编》，上海古籍出版社 1998 年版。

（清）朱彝尊、汪森：《词综》，上海古籍出版社 1978 年版。

（清）朱彝尊著，屈兴国、袁李来点校：《朱彝尊词集》，浙江古籍出版社 1994 年版。

（宋）赵葵：《行营杂录》，李际期宛委山堂《说郛》。

（宋）赵潜：《养疴漫笔》，李际期宛委山堂《说郛》。

（宋）赵升：《朝野类要》，《丛书集成初编》，中华书局 1985 年版。

（宋）赵文：《青山集》，《四库全书》本。

（宋）赵彦卫：《云麓漫钞》，中华书局 1996 年版。

（宋）周必大：《玉堂杂记》，李际期宛委山堂《说郛》。

（宋）周淙：《乾道临安志》，《四库全书》本。

（宋）周煇撰，刘永翔校注：《清波杂志》，中华书局 1994 年版。

（宋）周密：《齐东野语》，中华书局 1983 年版。

（宋）周密：《武林旧事》，中华书局 1983 年版。

（宋）周密撰，吴企明点校：《癸辛杂识》，中华书局 1988 年版。

当代著作：

陈耳东、陈笑呐：《情词》，陕西人民出版社 1997 年版。

陈乃乾辑：《清名家词》，上海书店 1982 年版。

崔海正主编：《南宋词研究史稿》，齐鲁书社 2006 年版。

邓广铭：《辛稼轩年谱》（增订本），上海古籍出版社 1997 年版。

邓子勉：《金元词籍文献研究》，上海古籍出版社 2008 年版。

邓子勉：《宋金元词话全编》，凤凰出版社 2008 年版。

丁传靖：《宋人轶事汇编》，中华书局 1981 年版。

方建新：《南宋临安大事记》，杭州出版社 2008 年版。

王兆鹏主编：《宋才子传笺证·词人卷》，辽海出版社 2011 年版。

何春环：《唐宋俗词研究》，中央民族大学出版社 2010 年版。

何忠礼：《南宋科举制度史》，人民出版社 2009 年版。

胡适：《词选》，商务印书馆 1930 年版。

黄杰：《宋词与民俗》，商务印书馆 2005 年版。

黄文吉：《宋南渡词人》，台湾学生书局 1985 年版。

姜书阁：《陈亮龙川词笺注》，人民文学出版社 1980 年版。

蒋晓成：《流变与审美视阈中的唐宋艳情词研究》，江西人民出版社 2009 年版。

蒋寅：《大历诗风》，上海古籍出版社 1992 年版。

金国正：《南宋孝宗词坛研究》，上海人民出版社 2011 年版。

金启华、张惠民等：《唐宋词集序跋汇编》，江苏教育出版社 1990 年版。

孔凡礼、齐治平：《陆游资料汇编》，中华书局 1962 年版。

［美］林顺夫：《中国抒情传统的转变——姜夔与南宋词》，张宏生译，上海古籍出版社 2005 年版。

李剑亮：《唐宋词与唐宋歌伎制度》，浙江大学出版社 2006 年版。

李一飞：《张孝祥事迹著作系年》，宋人年谱丛刊 2003 年版。

龙建国评注：《沁园春》，四川文艺出版社 1998 年版。

梁令娴编，刘逸生校点：《艺衡馆词选》，广东人民出版社 1981 年版。

林玫仪：《词学论著总目》，"中研院"中国文哲研究所筹备处，1995 年。

刘琳、沈治宏：《现存宋人著述总录》，巴蜀书社 1995 年版。

刘晓珍：《宋词与禅》，人民文学出版社 2010 年版。

刘扬忠：《唐宋词流派史》，福建人民出版社 1999 年版。

刘宗彬：《刘过年表》，宋人年谱丛刊 2003 年版。

刘尊明、王兆鹏：《唐宋词的定量分析》，北京大学出版社 2012 年版。

刘尊明：《唐宋词与唐宋文化》，凤凰出版社 2009 年版。

龙榆生：《龙榆生词学论文集》，上海古籍出版社 1997 年版。

路成文：《宋代咏物词史论》，商务印书馆 2005 年版。

马维新：《姜白石先生年谱》，宋人年谱丛刊 2003 年版。

欧明俊：《词学思辨录》，人民出版社 2011 年版。

钱建状：《南宋初期的文化重组与文学新变》，厦门大学出版社 2006 年版。

单芳：《南宋辛派词人研究》，巴蜀书社 2009 年版。

施蛰存：《词学名词释义》，中华书局 1988 年版。

施蛰存主编：《词籍序跋粹编》，中国社会科学出版社 1994 年版。

孙克强：《唐宋人词话》，河南文艺出版社 1999 年版。

唐圭璋编：《全金元词》，中华书局 1979 年版。

唐圭璋编：《词话丛编》，中华书局 1986 年版。

唐圭璋编:《宋词纪事》,上海古籍出版社 1982 年版。

唐圭璋编纂,王仲闻参订,孔凡礼补辑:《全宋词》,中华书局 1999 年版。

陶尔夫、刘敬圻:《南宋词史》,黑龙江人民出版社 1992 年版。

陶尔夫、诸葛忆兵:《北宋词史》,黑龙江人民出版社 2005 年版。

王楙竑撰,何忠礼点校:《朱熹年谱》,中华书局 1998 年版。

王水照、熊海英:《南宋文学史》,人民出版社 2009 年版。

王易:《词曲史》,东方出版社 1996 年版。

王兆鹏:《南渡词人群体研究》,凤凰出版社 2009 年版。

王兆鹏:《唐宋词史论》,人民文学出版社 2000 年版。

吴宏一、叶庆炳:《清代文学批评资料汇编》,台湾成文出版社 1979 年版。

吴熊和:《唐宋词通论》,商务印书馆 2003 年版。

吴熊和等:《唐宋词汇评》,浙江教育出版社 2004 年版。

夏承焘、吴熊和:《读词常识》,中华书局 2000 年版。

夏承焘、吴熊和笺注:《放翁词编年笺注》,上海古籍出版社 1981 年版。

夏承焘:《唐宋词人年谱》,上海古籍出版社 1979 年版。

夏承焘等:《宋词鉴赏辞典》,上海辞书出版社 2003 年版。

肖鹏:《群体的选择:唐宋人词选与词人群通论》,凤凰出版社 2009 年版。

谢桃坊:《中国词学史》,巴蜀书社 2002 年版。

辛更儒:《辛弃疾研究丛稿》,研究出版社 2009 年版。

辛更儒:《辛弃疾资料汇编》,中华书局 2005 年版。

徐汉明:《辛弃疾全集校笺》,华中科技大学出版社 2012 年版。

许伯卿:《宋词题材研究》,中华书局 2007 年版。

薛泉:《宋人词选研究》,黑龙江人民出版社 2010 年版。

颜虚心:《宋陈龙川先生亮年谱》,商务印书馆 1940 年版。

杨海明:《唐宋词史》,天津古籍出版社 1998 年版。

杨万里:《宋词与宋代的城市生活》,华东师范大学出版社 2006 年版。

叶嘉莹：《唐宋词名家论稿》，河北教育出版社 1997 年版。

叶嘉莹、缪钺：《灵谿词说》，上海古籍出版社 1987 年版。

余英时：《朱熹的历史世界》，生活·读书·新知三联书店 2004 年版。

曾枣庄、吴洪泽：《宋代文学编年史》，凤凰出版社 2010 年版。

曾昭岷、曹济平、王兆鹏等：《全唐五代词》，中华书局 1999 年版。

湛之：《杨万里范成大资料汇编》，中华书局 1964 年版。

张春义：《宋词与理学》，浙江大学出版社 2008 年版。

张惠民：《宋代词学审美理想》，人民文学出版社 1995 年版。

张惠民：《宋代词学资料汇编》，汕头大学出版社 1993 年版。

张培锋：《宋代士大夫佛学与文学》，宗教文化出版社 2007 年版。

张毅：《宋代文学思想史》，中华书局 1995 年版。

朱崇才：《词话丛编续编》，人民文学出版社 2010 年版。

诸葛忆兵：《宋词说宋史》，中华书局 2008 年版。

诸葛忆兵：《徽宗词坛研究》，北京出版社 2001 年版。

祝尚书：《宋代科举与文学》，中华书局 2008 年版。

学位论文：

陈未鹏：《宋词与地域文化》，博士学位论文，苏州大学，2008 年。

李静：《南宋乾淳词坛研究》，博士学位论文，北京大学，2004 年。

梁葆莉：《宋代祝颂词研究》，博士学位论文，北京师范大学，2007 年。

孟露芳：《宋代寿词浅论》，硕士学位论文，曲阜师范大学，2010 年。

王福美：《宋中兴词人群体研究》，博士学位论文，中国社会科学院研究生院，2003 年。

王伟伟：《宋代社交词研究》，博士学位论文，山东师范大学，2010 年。

张晓宁：《宋词题序研究》，博士学位论文，陕西师范大学，2009 年。

郑诚：《宋词题序研究》，硕士学位论文，郑州大学，2008 年。

后　记

　　这本书，是在我博士论文基础上形成的，也可以说是自己相对平坦的职业生涯中的一个转折标志。

　　算起来，读书，教书，过往的人生岁月，一多半时光是在高校度过的。我本科就读于河南大学，自 1936 年起，家族三代人曾在此求学。上世纪 90 年代初的河南大学中文系，名师林立，课程丰富，其中最爱古代文学，尤其是孙克强老师的"词学"、王立群老师的"山水文化"、李贤臣老师的"《二十四诗品》研究"，对我影响至深。毕业后，回到故乡洛阳，在洛阳师院教普通话口语和现代汉语，度过了 8 年舒心明媚的时光。由于身边同事好学向上，加之高校对学位要求越来越高，便打算考研，选择了一直喜爱的古代文学。因缘交错，又考回到河南大学。毕业后，随着命运安排，留校从事大学语文的教学工作。早年懵懂混沌，缺少清晰的人生规划，在专业与学位上，一直断断续续、兜兜转转，直到 2010 年 9 月，考入中国人民大学诸葛忆兵教授门下攻读博士，才坚实地踏上古代文学之路。

　　记得读博之初，构想的研究方向是晚清民国词，诸葛老师建议：若要研究词，最好从宋代做起，孝宗词坛可以挖掘。20 世纪 90 年代以来，断代词坛研究较为深入，王兆鹏教授的《南渡词人群体研究》与诸葛老师的《徽宗词坛研究》，可以说开创了两种不同的研究路子。定下范围，整理研究现状时，才发现作为南宋中兴的孝宗朝，竟然已经有了王福美《宋中兴词人群体研究》（中国社会科学院研究生院，2003 年）、李静《南宋乾淳词坛研究》（北京大学，2004 年）、金国正《南宋孝宗词坛研究》（华东师范大学，2006 年）三部博士论文，顿时很泄气，甚至产生了排斥、抗拒之情，担心将来毕业论文所用的文献都会大量重复。然而，导师并不主张我更换题目，他说：别人做过了照样还可以做，每个人的视角、理解不一样。

说实话，虽然着手阅读《全宋词》、词话、史料、笔记等相关文献，但由于带着纠结的情绪，很长一段时间并没有什么进展。直到开完题，基本没退路了，才狠狠告诫自己：做人不能太随性！于是安下心来，投入地读书、思考，与导师、同学开诚交流。从词史发展角度看，绍兴中叶至辛弃疾谢世，无疑是南宋词风确立的重要阶段，孝宗词坛正处其间，辛弃疾和姜夔是杰出代表，因此，最终决定把词风嬗变作为孝宗词坛的研究重点。

读书、写论文的日子，单纯、快乐。读硕时，在孙克强教授调教下认真读书、思考。孙老师出身复旦，以理论见长，又注重文献，在他的影响下我比较偏重文论。博士导师诸葛忆兵教授的研究路子则重于文、史。就我而言，分析阐释作品的功夫很薄弱，因此读博过程中，便有意加强文、史方面的训练。课堂上下，读书会中，导师的睿智、犀利，总能让我产生收获的喜悦。诸葛老师率直、磊落的性格，也潜移默化影响着我。导师喜欢打羽毛球，美丽娴雅的师母做得一手好菜，三年间，记不清打了多少场球，在老师家吃了多少顿饭。点点滴滴，恍如昨日。每当看到一些关于读博生活痛苦悲催的描述，便暗自庆幸，因为对我来说，这三年时光实在是充实、舒展、健康、快乐。

论文完成后，评审与答辩过程中，得到陶文鹏教授、张鸣教授、王兆鹏教授、沈松勤教授、张国风教授、刘宁研究员、张剑研究员，以及我的硕士导师孙克强教授的指教。诸位老师深厚的学养以及各自的人格魅力，让我感念至今。

回顾人生，总觉得老天很眷顾，如我这般生性疏淡，不善表达与交际之人，却总能遇到一些很优秀的师长、学友，并得到他们无私地指点、帮助。在博士论文写作过程中，南京师范大学的陆林教授、邓红梅教授也曾给予很多肯定和鼓励，可惜天妒英才，二师驾鹤仙去，令人痛惜。裴喆学兄、陈斐师兄以及挚友张冰等，每次小聚畅聊，也总能给我许多支持与启迪。每每想起，便心头沉甸甸的，充满了温暖与感激。

完成学业，返回河南大学工作，正式进入古代文学教研室，开始相关的教学、研究。半路出家，心中始终缺少底气。对于博士论文，总怀有藏拙之心。感谢文学院领导和同事的鼓励，感谢黄河文明中心的支持，让我有勇气、有机会拿出来出版。正如王宏林教授所言：无论如何，都是自己博士生涯的总结和纪念。

该书的部分章节，曾在《南京师大学报》《中国文学研究》《江西社会科学》《河南大学学报》《中州大学学报》《河南科技大学学报》等期刊上发表，还入选2014年度《光明日报》"国学博士论坛征文"，谨致谢忱。

很幸运得遇郭晓鸿编辑，在她身上，严谨与可爱并存。感谢她为这部书的出版付出的所有辛劳！

最后，还要深深感谢我的家人，他们永远是最温暖的港湾和最坚实的后盾！

陈丽丽

2019 年 4 月于河大